テメレア戦記7

黄金のるつぼ

ナオミ・ノヴィク　那波かおり＝訳

Crucible of Gold

Naomi Novic

静山社

テメレア戦記7　黄金のるつぼ

ナオミ・ノヴィク著　那波かおり訳

テメレアに翼を与えてくれた非凡なる編集者、
ベッツィー・ミッチェルに

テメレア戦記7　黄金のるつぼ　目次

主な登場人物と竜

テメレア

中国産の稀少な天の使い種《セレスチャル》の大型ドラゴン。中国皇帝からナポレオンに贈られた卵を英国艦が奪取し、洋上で卵から孵《かえ》った。英国航空隊ドラゴン戦隊所属。すさまじい破壊力を持つ咆《ほう》吼《こう》〝神の風《ディヴァイン・ウィンド》〟と空中停止《ホバリング》は、セレスチャル種だけの特異な能力。中国名はロン・ティエン・シエン（龍天翔）。学問好きで、美食家で、思いこんだらまっしぐら。ローレンスとの絆は深く、強い。

ウィリアム（ウィル）・ローレンス

テメレアを担うキャプテン。生真面目で一徹。英国海軍の艦長としてナポレオン戦争を戦ってきたが、フランス艦を拿捕《だほ》したことから運命が一転する。洋上で孵化したテメレアから担い手に選ばれ、国家への忠誠心ゆえに航空隊に転属。竜疫《りゅうえき》が全世界に蔓延《まんえん》するのを阻止するべくテメレアとともに特効薬をフランスに渡したことにより、国家反逆罪で死刑宣告を受けるが、減刑されて英領植民地に追放される。オーストラリア大陸縦断の大冒険をへて、内陸の〝緑の谷間〟に隠遁する。

英国の人々

アーサー・ハモンド……若き外交官。〝在中国全権大使〟

ジョン・グランビー……イスキエルカの担い手。元テメレア・チームの副キャプテン

トム・ライリー……ドラゴン輸送艦アリージャンス号艦長。ローレンスの海軍時代の部下

フェリス……元テメレア・チームの副キャプテン。冤罪により軍籍を奪われる

フォーシング……空尉。新制テメレア・チームの副キャプテン

エミリー・ローランド……士官見習い。ジェーン・ローランド空将の娘

ディメーン……クルンギルの担い手。アフリカ出身の元テメレア・チームのクルー

サイフォ……ディメーンの弟。テメレア・チームのクルー。本の虫

ゲリー……クルーに新しく加わった少年。見習い生

ゴン・スー……ローレンスが中国から連れてきた料理人。テメレアに尽くす

バークリー……マクシムスの担い手。ローレンスの訓練同期生

キャサリン・ハーコート……リリーの担い手。トム・ライリーと結婚し、一児をもうけた

オディー……テメレアのクルーで記録係。元囚人

シプリー……テメレアのクルー。元囚人。裁縫が得意

メイヨー……アリージャンス号の熟練水兵

ハンズ……アリージャンス号水兵

バギー……アリージャンス号給仕係

ジョン・マッカーサー……英国領ニューサウスウェールズ植民地の総督、〝自治政府首相〟

ペンバートン夫人……ローレンスが依頼したエミリーのお目付役《シャペロン》

ランキン……ニューサウスウェールズ英国航空隊基地の首席士官

英国の竜たち

イスキエルカ……カジリク種の火噴きドラゴン。グランビーが担う

クルンギル……幼いときは虚弱ながら巨大に育った交配種ドラゴン。ディメーンが担う

リリー……毒噴きのロングウィング種。キャサリンが担う
マクシムス……リリーの編隊所属、巨大なリーガル・コッパー種。バークリーが担う
メッソリア……リリーの編隊所属、イエロー・リーパー種。サットンが担う
イモルタリス……リリーの編隊所属、イエロー・リーパー種。リトルが担う
ドゥルシア……リリーの編隊所属、グレー・コッパー種。チェネリーが担う
ニチドゥス……リリーの編隊所属、パスカルズ・ブルー種。ウォーレンが担う

フランスの人と竜

ナポレオン・ボナパルト……世界制覇をもくろむフランス皇帝
ド・ギーニュ……ナポレオンの信任厚い大使
リエン……故国中国を離れ、ナポレオンの参謀となった純白の雌ドラゴン。セレスチャル種。テメレアの宿敵
ジュヌヴィエーヴ……ド・ギーニュの担うドラゴン。フルール・ド・ニュイ種

インカ帝国の人と竜

マイラ・ユパンキ……インカ帝国の重鎮ドラゴン
タルーカ……さらわれた老人
ワルパ・ウトゥルンク……チリ・スウユの首長ドラゴン
マンカ・コパカティ……チリ・スウユの、不敗を誇る戦闘ドラゴン
クリクラー……チチカカの一族の長。老いた雌ドラゴン
チュルキ……クリクラーの子である若い雌ドラゴン
アナワルク……インカ帝国の統治者、**サパ・インカ**

ツワナ王国の人と竜

リサボ(元エラスムス夫人)……奴隷としてツワナから連れ去られ、宣教師夫人となったのち、ツワナ王国に戻る
ケフエンツェ……高い戦闘力を誇るツワナ王国の重鎮ドラゴン
ディケレディ……戦闘力の高さで一目置かれる雌ドラゴン

ポルトガルの人々

ジョアン皇太子……ナポレオン軍から逃れてリオに遷都した摂政皇太子

ドム・ソアリス・ダ・カマラ……ポルトガル代表団主席

これまでのあらすじ

時は十九世紀初頭、ナポレオン戦争のさなか――。

英国艦リライアント号の艦長ウィリアム・ローレンスは、拿捕《だほ》したフランス艦の船倉に奇妙なドラゴンの卵を見つけ、孵化《ふか》に立ち会うことになった。卵から孵《かえ》った漆黒《しっこく》の幼竜が〝担い手《にないて》〟として選んだのは、あろうことか、艦長のローレンスだった。

ドラゴンは、卵から孵ると、みずから担い手を選んで命名を許し、終生の契《ちぎ》りを結ぶ。国家にとっては貴重な空中戦力だ。はからずもドラゴンから選ばれてしまったローレンスは、国家への忠誠心ゆえに、軍功を積みあげてきた海軍を離れ、航空隊に転属した。

規律正しい海軍とちがって、航空隊には自由闊達《かったつ》な気風があった。ローレンスは最初こそとまどったものの、ドラゴン戦隊養成基地で訓練を重ねるうちに、義務感から引き受けたテメレアが、いつしか掛け替えのない愛しい存在に変わっていることに気づいた。

テメレアとローレンスは、毒噴きのロングウィング種、リリーが率いるドラゴン戦隊に加わって、負傷ドラゴンの救出や初の戦闘を経験し、ナポレオンの英国本土侵攻もかろうじて食い止めた。厳しい戦闘のなかで、テメレアに、中国産の天の使い《セレスチャル》種特有の、すさまじい破壊力を放つ咆《ほう》吼《こう》、〝神の風《ディヴァイン・ウィンド》〟が発現した。

そんな折り、ナポレオンに贈った竜の卵が奪われたと知った中国が、怒り心頭に発してテメレアの返還を求めてきた。テメレアとローレンスは、中国との和平を画策する若き異才の外交官アーサー・ハモンドに導かれ、ドラゴン輸送艦アリージャンス号で中国に渡った。

テメレアは中国のドラゴンが貨幣を使い、仕事を持ち、街中を闊歩《かっぽ》し、人間と同じように大切に扱われているのを目の当《ま》たりにする。ローレンスは宮廷内の争いに巻きこまれ、中国皇帝暗殺をたくらむ反英派のヨンシン皇子に狙われる。テメレアの反撃によって、ヨンシン皇子は命を落とし、皇帝は暗殺をまぬがれた。その見返りとして、ローレンスは便宜《べんぎ》的に皇帝の養子となり、正式にテメレアを譲り受けることができた。

中国からの帰途につくローレンスたちに、オスマン帝国から買いつけた竜の卵を持ち帰れという命令が本国から下った。ローレンスとテメレアは、砂漠の案内人サルカイの手引きで、パミール高原を越える。雪崩や野生ドラゴンの襲来を乗り越え、砂漠を行き、やっとのことで、オスマン帝国にたどり着くも、約束の卵は引き渡されない。ローレンスは部下を率いてやむなく卵を盗み出し、テメレアとともに逃亡した。

一行は、フランス軍の猛攻にさらされるプロイセン王国に入った。この地で、ナポレオンは純白の竜に騎乗して指揮をとっていた。その竜は、テメレアと同じセレスチャル種の雌ドラゴン、リエン。〝守り人《もりびと》〟のヨンシン皇子亡きあと、リエンは、テメレアへの復讐を誓い、故国を離れてナポレオンと手を結んでいたのだ。

テメレアたちは、プロイセン国王と王妃の避難を助けた。その途上で、オスマン帝国から持ち出した竜の卵が孵る。生まれてきた火噴きの雌ドラゴンは、みずからにイスキエルカと名づけ、テメレア・チームの副キャプテン、ジョン・グランビーを担い手に選んだ。フランス軍から逃れて要塞《ようさい》都市ダンツィヒに立てこもった一行を、パミール高原の野生ドラゴンたちを引き連れて、サルカイが助けにやってきた。

ダンツィヒから逃れて祖国に帰ったテメレアたちを待っていたのは、ドラゴンを死に至らしめる病、〝竜疫《りゅうえき》〟の蔓延《まんえん》だった。仲間のドラゴンがつぎつぎに病に倒れるなか、なぜかテメレアだけは感染しなかった。竜医たちが、テメレアは中国に渡る途中で竜疫に感染したが、立ち寄ったアフリカで食べたなにかが特効薬となって快復したのだろうと推測した。

テメレアとローレンスは、竜疫に罹《かか》ったドラゴン戦隊の仲間とともに、アリージャンス号でアフリカに向かい、苦労の末に竜疫に効く薬キノコを見つけた。だが喜びも束《つか》の間《ま》、ローレンスと飛行士たちが、内陸のツワナ王国のドラゴンにさらわれてしまう。そのなかには英国からアフリカまで同行した宣教師の妻、エラスムス夫人もいて、かつてツワナの地で奴隷《どれい》狩りの犠牲者となった彼女の過去が明かされる。テメレアやドラゴン戦隊の仲間によって飛行士たちは救出されたが、ツワナ軍は奴隷貿易を根絶させるため、アフリカ各地の奴隷貿易港をつぎつぎに襲撃し、破壊していった。

ローレンスたちは、新しく仲間に加わったコーサ人の兄弟、ディメーンとサイフォを伴って、アフリカから帰国した。薬キノコのおかげで多くのドラゴンが竜疫から快復したが、航空隊の上部組織である海軍省は、捕虜《ほりょ》にしたフランスのドラゴンを竜疫に感染させ、送り返すという残酷な作戦を決行した。これではフランスのみならず、全世界のドラゴンが死滅しかねない。卑劣なドラゴン殺戮《さつりく》計画に憤ったテメレアは、ローレンスを説得し、竜疫が広まりつつあるフランスに薬キノコを届け、多くのドラゴンの命を救った。

ローレンスはあえて帰国する道を選び、軍事裁判に臨み、国家反逆罪で死刑宣告を受けた。テメレアは繁殖場に送られた。その後、ローレンスが監禁された軍艦ゴライアス号がフランス軍に撃沈されると、テメレアはローレンスが死んだと思いこみ、打ちひしがれる。そんな折り、ナポレオンがふたたび英国本土侵攻に打って出て、ついにロンドンを制圧した。テメレアは失意の底から立ちあがり、繁殖場の落ちこぼれドラゴンたちを率いて応戦し、生き延びていたローレンスと再会を果たした。陸と空と海の凄絶《せいぜつ》な戦いがつづき、テメレアと宿敵リエンは海上決戦で相《あい》まみえる。英国は〈シューベリネスの戦い〉に辛勝してフランス軍を本土から撤退させるが、ナポレオンは純白の竜リエンとともに戦場から逃走した。この戦いの戦功によって、ローレンスは死刑から流罪に減刑され、テメレアとともにアリージャンス号でオーストラリアに送られる。この航海にはサルカイも同行し、火噴きの竜イスキエルカもあとから追いかけてきた。

オーストラリアのニューサウスウェールズ植民地では、〈ラム酒の反乱〉が起きていた。ドラゴンの戦闘力をあてにする植民地総督とそれを警戒する反乱軍のあいだで、ローレンスは板挟みになった。植民地の政治的軋轢《あつれき》から逃れるように、ローレンスたちはオーストラリア大陸を縦断する遠征に赴いた。その途上で本国から託された交配種のドラゴンが誕生するが、発育の悪い異様な外見ゆえにみなが尻込みするなか、コーサ人のディメーンが横からかすめとるように担い手となり、クルンギルと名づける。遠征の最後にたどり着いた大陸の北海岸では、中国が先住民と手を結び、大海蛇《だいかいじゃ》を使った国境なき交易を行っていた。その拠点を嗅ぎつけた英国政府が英国艦を現地の港に差し向けるが、ローレンスは己《おの》れの良心にそむく戦闘に協力するのを拒んだ。

ローレンスは、自分のなかに育つ不服従の芽を自覚し、軍務から離れる決意を固め、オーストラリア内陸の地、〝緑の谷間〟に隠遁《いんとん》する。愛しいテメレアがそばにいてくれるなら、世界の果てに暮らそうと、なんの不足もなかった。

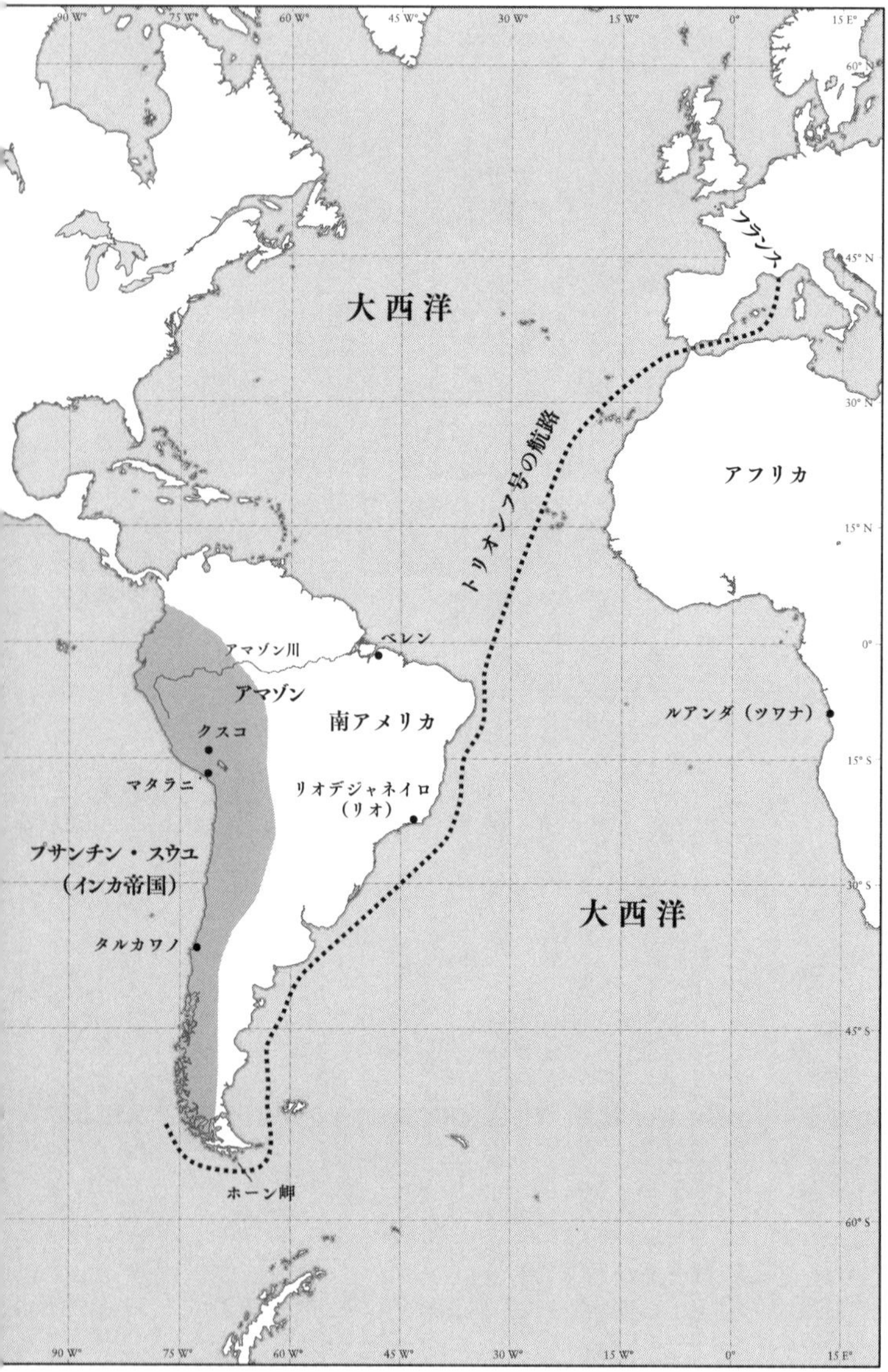
90 W°
75 W°
60 W°
45 W°
30 W°
15 W°
0°
15 E°
60° N
45° N
30° N
15° N
0°
15° S
30° S
45° S
60° S
大西洋
フランス
トリオンフ号の航路
アフリカ
ベレン
アマゾン川
アマゾン
南アメリカ
クスコ
マタラニ
リオデジャネイロ
（リオ）
ルアンダ（ツワナ）
プサンチン・スウユ
（インカ帝国）
タルカワノ
大西洋
ホーン岬

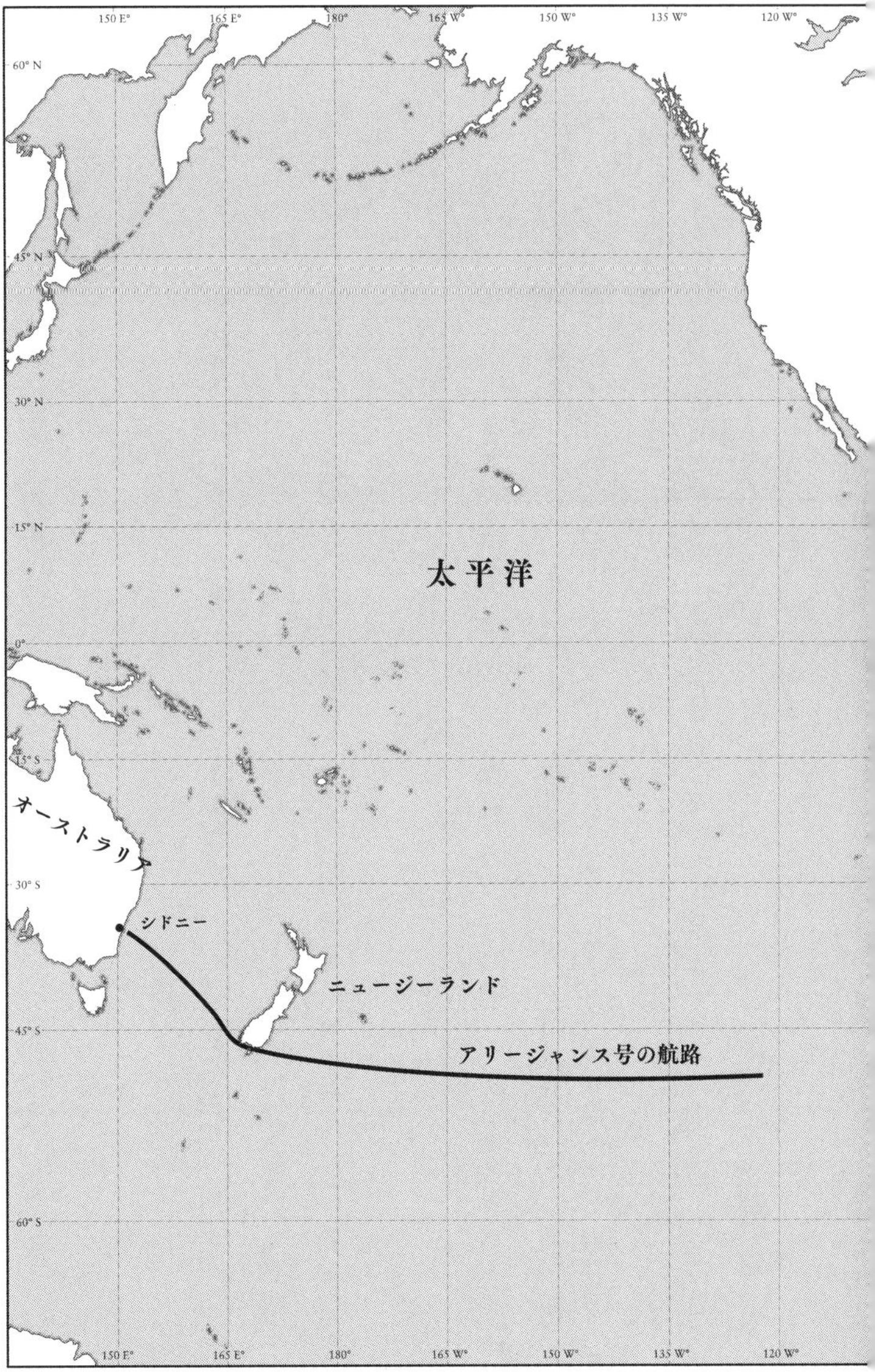

150 E°
165 E°
180°
165 W°
150 W°
135 W°
120 W°
60° N
45° N
30° N
15° N
0°
15° S
30° S
45° S
60° S
太平洋
オーストラリア
シドニー
ニュージーランド
アリージャンス号の航路

プロローグ

アーサー・ハモンドは、自分のある種の鈍感さに誇りを持っていた。外交任務の妨げになるなら、肉体的な不快感にも、対人的な気まずさにも目をつぶれた。人として当然の嫌悪感も抑えこむことができた。育ちのよい上品な人々は、繊細さも併《あわ》せ持っているものだから、なかなかこうはいかない。

ハモンドには、自分はなまくらな鈍器だという自負があった。どうせ鈍器であるなら、つねに極上の鈍器でなければ——。ただし、他人に対して鈍感であるように、自分に対しても鈍感で、それが彼にとって唯一の免罪符《めんざいふ》になっていた。彼を知る人々は、苦々しげにこう言ったものだ。

「おお、ハモンドか、耐えがたい男だ。しかしやつなら、この任務をみごとにやってのけるにちがいない」

こうして、彼は生来の性向に磨きをかけた。良心の呵責《かしゃく》や礼節にとらわれず、つかめるチャンスを片っ端からつかみ、三十歳を前に〝在中国全権大使〟というみずからつくった要職におさまった。

ところが、そのような性向が、今回ばかりは裏目に出た。自分への無関心が、思わぬ試練となって、彼の身に降りかかってきた。頭まですっぽりとくるんだ毛布には霜《しも》がこびりついている。淡いブルーの巨大な翼を持つ雌ドラゴンは、獲物を見つけるたびに、身の毛もよだつ急降下を繰り返す。急降下からつぎの急降下までの間隔は、衝撃に慣れるには長すぎ、そこから立ち直るには短すぎた。

つねに空腹と吐き気がせめぎ合っていた。肉と米飯がかばんに入ってはいたのだが、一日一回、毛布から出した手をどうにか温めながら、食事にありつくのがやっとだった。それでも、手でつかんだ食べ物の半分は風に吹き飛ばされた。生き延びていられるのは、ときどきグビリとあおる度数の高い米酒のおかげだ。眼鏡《めがね》は用心してかばんに入れたままなので、視界はつねにぼやけていた。朦朧《もうろう》とした視界と吐き気でできあがった世界のなかで、一日、また一日と旅の日々が過ぎていった。

三週間の旅の終わりには、方便《ほうべん》としての鈍さが、ほんものの鈍さに変わった。ドラゴンがついに目的地に向かって降下をはじめたことに、しばらくは気づかなかった。彼をここまで運んできた雌ドラゴン、ロン・シェン・リーは、地上におりて翼をたたむと、首を後ろにひねって言った。

「たいへん快適な旅でしたね」ハモンドは指先が震えてもつれ、搭乗ハーネスをはずすことすらできなかった。

シェン・リーは、彼の不手際《ふてぎわ》についてはなにも言わなかった。長い首を水辺におろして水を飲み、また頭をあげると、鼻先から水を振り払った。そして、まだハーネスの留め具と格闘しているハモンドに言った。「ロン・ティエン・シエン様の姿は見えないけど——ほら、あの丘の上のドラゴン舎、あれはあの方が指揮して建てているものだわ」

ハモンドはかばんをごそごそと漁《あさ》って眼鏡を取り出し、レンズを拭いた。眼鏡をかけてようやく、おり立った谷間のはるか先にある崖《がけ》と、その上に建つ堂々たるドラゴン舎が見えた。それは大きさもかたちもギリシアのパルテノン神殿に似て、外周には黄色い石柱が等間隔に並んでいた。だが、屋根は未完成のようだ。まわりには、間に合わせのような草葺《ぶ》き小屋がいくつか建っていた。

「ああ、見えたよ。だけど、かなり距離があるようだね」ハモンドは言った——いや、言おうとしたが、カエルの鳴くような、つぶれた声しか出なかった。会話をあきらめて、搭乗ハーネスをはずすことに専念した。もうこれ以上飛びたくはない。たとえ棘《とげ》のある草の上だろうと、裸足《はだし》で歩いていったほうがましというものだ。

やっとのことでハーネスをはずし、シェン・リーの背中からおりた。中国では幼児か老人しかやらない、手と足を順繰りにそろそろと動かしていくやり方で。地面に足がつくと、水場に近いなめらかな大きな岩の上にすわりこんだ。

「あなたに立ち直る時間が必要なら、わたし、ドラゴン舎に行く前に、狩りをしておく」シェン・リーの心遣《づか》いによって、ハモンドは恥を忍んで休憩を求めなくてもすんだ。雌ドラゴンは大きな翼を広げ、石や葉を蹴散らして空に舞いあがった。

ハモンドはすわったまま、水場の濁った水面《みなも》を見つめた。喉はからからだったが、いまの足の状態で水場までの数歩を無事に歩けるとは思えなかった。あと三十分はかかりそうだ。

体の芯《しん》は冷えきっていたが、降りそそぐ日光が厚い毛布を通して滲《し》みこみ、この土地の気温の高さが徐々にわかってきた。いまも、北京《ペキン》は冬だ。三週間どころか何か月も旅をしたような、あるいはお伽《とぎ》ばなしのように一瞬にして季節をまたぎ越えてしまったような感覚にとらわれた。体に巻きつけた毛布の、まずは一枚目を慎重に剝《は》がしてみた。

二枚目を脱ぎ捨てるときには、玉の汗が背中をつたっていた。ハモンドは、人としての尊厳を捨てて、地面に這《は》いつくばった。尊厳も、体を包んでいた繭《まゆ》も脱ぎ捨てて、岩の上を水場まで這い進み、冷たい水に直接口をつけて飲んだ。

顔から水をしたたらせ、岩の上に仰向けになった。あえぎながら、いつになく自分の肉体をすみずみまで意識し、暖かさと喉が潤ったことに安堵《あんど》した。が、つぎの瞬間、うろこに覆《おお》われた足とかぎ爪が茂みから跳び出し、ハモンドの旅荷をひったくり、またたく間に消えた。わずかに見えたのはノコギリのような歯を持つ口、不気味に光る黒い眼。あとにはなんの気配も残らなかった。

ハモンドは、驚きに目を見開き、思わず立ちあがった。両脚がぐらぐらしたが、それでもこけつまろびつ走った。風にそよぐ枝葉にも震えあがった。恐怖が走る力になった。うなりが背後から聞こえた。獲物を逃して悔《くや》しがっているのか。とにかく逃げなければ——。だが、ハモンドはこういう仕事には不向きな人間だった。

ふいになにかが足もとを通り過ぎるのを感じて、凍りついた。近場の茂みから怪物の頭が突き出した。飢えた邪悪な顔がはっきりと見えた。もう逃げ場がない。こいつと戦うとしても、ひとりきりだ。

しかし怪物は不意打ちを狙っており、真っ向から一対一で戦いを挑むつもりはなさそうだった。低木の茂みから四肢をのぞかせ、ようすをうかがいながら近づいてきた。前足の長いかぎ爪、濃い茶と緑のうろこ、筋肉隆々《りゅうりゅう》の両肩が見えた。

ハモンドは身をひるがえし、またしても凍りついた。新たな一頭が、少し離れた斜面にあいた穴から半身を乗り出していた。怪物の口が残忍な笑みをつくる。さらに二頭が、別の穴から頭を突き出した。

自分の息遣いばかり大きく聞こえた。恐怖で固まった手脚を必死に動かし、懸命に走りながら、ドラゴンの名を叫んだ。「シェン・リー！　シェン・リー！」息も絶えだえになって、草の生えていない岩の斜面をよじのぼった。そのあいだも、なめらかな体表を持つ追っ手たちは、狩りを楽しむように、ゆっくりと近づいてきた。

背後からクックッと奇妙な音がした。怪物たちが笑っているのだろうか。足がもつれ、前のめりに倒れた。そのまま小山の反対側にごろごろと転がり落ちた。そして止まった先に、みすぼらしい土地の猟師が立っていた。顎《あご》ひげをはやし、ほこりまみれで、だぶついたシャツとズボン、つばの広い帽子をかぶっている。そしてなんと！　ライフルを持っている。だが、男のほかに仲間はいない。一方、うろこに覆われた怪物は五頭に増え、小山の上から頭を突き出し、ふたりの人間を見おろしていた。

猟師がライフルを構えて発砲した。弾丸は怪物たちの頭上をかすめていった。猟師はライフルをおろして言った。「もうやめろ。とっとと失《う》せろ。さもないと、巣穴をぜんぶ掘り返してやるぞ」

怪物たちはうなりをあげた。が、つぎの瞬間には逃げ出していた。とてつもなく巨大な影が怪物たちの上に落ち、地面が揺れた。ハモンドは悲鳴を呑みこんだ。大きな顎と赤い口、ぎらりと光る上下の歯。人間のものではない太い声が響き渡った。

「ふふん！　人間を狩るのは許さないってこと、バニャップどもに思い知らせてやらなきゃ」

「テメレア……」ハモンドは息を呑んだ。にわかには信じがたかった。全身の神経が逃げろと叫びつづけている。だが、自分に言い聞かせるようにつぶやいた。「そう、テメレアだ。間違いない」

「ハモンド?」猟師が声を発した。

ハモンドは、手を差し出されても、まだその男の顔を呆然《ぼうぜん》と見あげていた。強い握力、大きな手のひらの硬くて厚い皮膚の感触。もつれた顎ひげからのぞく日焼けした顔。青い瞳。

「キャプテン・ローレンス? あなた、なんですか?」

第一部

1　手のひらの上で光るもの

「あの方の関心、物質的なものに向かいすぎている。とても心配です」ロン・シェン・リーがやわらかな声で言った。当のテメレアは、ローレンスたちから離れた場所で、四角い巨大な石板を持ちあげ、ドラゴン舎の床の中央に嵌《は》めこもうと奮闘している。

ドラゴンは一般的に物欲が強い生きものなので、シェン・リーのような考えを持つほうがむしろ珍しい。だが巨大な翼を持ち、中国の伝令竜《でんれいりゅう》としてオーストラリアの不毛の砂漠や南太平洋上を飛びつづけ、空で過ごす時間がひときわ長かった雌ドラゴンには、彼女の宿命にふさわしい独自の哲学があるのかもしれない。

「もちろん、この舎はすばらしい」シェン・リーが言い添えた。「でも、物への執着《しゅうじゃく》は、かならずや苦しみを生み出す」

ローレンスは意識の一部で彼女の話に応《こた》えていた。テメレアが石板を持ちあげたところで、作業員たちに手で合図し、石板を所定の位置まで導くための木製の枠組を準備させた。だがこの作業のことも、意識の中心にあるわけではない。

ローレンスの心を占めているのは、ここから十ヤード離れた木立のなか、みすぼらしい野営地でもっとも涼しい場所に建つ、低い屋根の小屋で眠るアーサー・ハモンドのことだった。ハモンドとともに、全世界があった。ローレンスが一度は捨てたと思っていた世界が、ふたたび戻ってきて門口《かどぐち》に立ち、扉を叩いたのだ。

宙で揺れていた石板がやっと動きを止めて、木枠におさまった。テメレアがふうっと息を吐いた。石板は、木枠の樹皮を削り、木っ端《こば》を散らしながら、ゆっくりと滑り落ち、しかるべき場所におさまった。男たちが木枠を取り除き、その場から離れた。

「やれやれ、ひとりもつぶされずに、手も失わずにすんだのは奇跡というものだ」ミスタ・オディーが、残念そうに聞こえなくもない口ぶりで言い、作業員たちにラム酒と銀貨数枚のねぎらいを手渡した。テメレアが大理石模様のある巨大な石板をドラゴン舎の中心に据えたいと頑固《がんこ》に言い張るたびに、ミスタ・オディーはその作業が災いを呼ぶだろうと言いつづけてきた。

「この石を小さく切っちゃうなんて、罪深いことだよ」テメレアが言った。「せっかくの模様がだいなしになる。モザイクだって悪くはないよ。とくに、宝石のモザイクなんて、すごくすてきだ。でもね、誰がなんと言おうと、これは特別な石板なんだ」

テメレアは石のまわりを念入りに調べ、練ったばかりの漆喰《しっくい》の匂いをしつこく嗅《か》ぎ、ようやく安心したのか、ローレンスとシェン・リーのかたわらにすわり、そばを流れる小川の水を飲んで、尋ねた。「気に入ってくれた?」

「きわめてよき」シェン・リーが言った。「この谷間にいるかぎり、褒《ほ》めることにも疚《やま》しさを感じなくてすみます。なぜなら、この舎も、この谷から生まれたものだから」

「ねえ、ローレンス。言っちゃあなんだけど——」テメレアは、シェン・リーの関心がほかに移った機会を逃さず、声を潜めて言った。「彼女、ときどきむっとすることを言うね。もちろん、ぼくらのもとに手紙やお客を届けてくれることには感謝しているけどね……。それにしても、ミスタ・ハモンドは遠路はるばるよく来てくれたもんだなあ」

「ああ、たしかに」ローレンスは真顔でうなずきながら、郵便袋をあけた。翡翠《ひすい》の軸に巻かれた大きな重い手紙は、テメレアの母竜チエンから息子に宛《あ》てたもので、一冊の詩集が添えられていた。別の厳重に封をされた小包は、ひっくり返しても宛名が見つからないので、外側の紙を剝がすと、料理人ゴン・スーの名があらわれた。

ゴン・スーは、「ありがと、キャプテン」と言って包みを受けとり、自分の小さな差し掛け小屋に戻った。あとでローレンスがそばを通りかかると、ゴン・スーが包みを前にして中国式の敬礼の儀《ぎ》を繰り返しているのが見えた。彼の父親から届いたものなのかもしれない。

それよりもっと不可解なのは、宛名が何度も×で書き直されたミスタ・リチャード・シプリーへの封書だった。「これはきみへの手紙だろうか、ミスタ・シプリー？」ローレンスは、どうして元流刑囚に中国から音信があるのだろうといぶかしんだ。

「アイ・サー」若者は手紙を受け取って言った。「兄が、広東《カントン》航路のウィローツリー号に乗り組んでいるんです。ありがとうございます」

シェン・リーは、シドニーに持ちこむ小さな郵便袋も携《たずさ》えていたが、その大半は、中国人の経営する小さな会社の従業員に宛てたものだった。オディーが明日、それを持ってポート・ジャクソン湾〔シドニー港がある入り江〕まで飛ぶことになっている。おそらくハモンドも同行するはずだ。彼の任務の目的は、シドニーでキャプテン・ランキンと会うことにちがいない。ランキンはいま、オーストラリアの英国航空隊基地で首席士官を務めている。

そう、仕事の相手はランキンにちがいない――。ローレンスは自分にそう言い聞かせようとした。が、それにには無理があった。

ドラゴンの夕食用の牛が串焼きにされているあいだ、ローレンスはドラゴン舎の石を敷いたばかりの床を端まで歩いていき、広い谷を見おろした。はじめて種をまいた作物が芽を出し、昼さがりの日を浴びている。牛と羊が群れをなし、草を食《は》み、低く鳴き交わしている。この光景を前にすると、戦争は山々を越えた先にある遠い土地を通りすぎる嵐――かすかに聞こえる雑多な音でしかなかった。

ここには、平穏と、実直な労働がある。ローレンスの人生につねに滲みついていた、殺しと裏切りの臭いはない。自分が世界を忘れたことに、そして世界から忘れられたことに、いつしか満足を覚えるようになっていた。

「ありがとう。いただきましょう」と声がして、ローレンスは振り返った。ハモンドがとうとう小屋を出て、焚《た》き火のそばでミスタ・オディーからラム酒のグラスを受け取っていた。彼は勧められた折りたたみ椅子に深々とすわった。

ローレンスは顎に片手をあてがった。すでに親しいものとなった硬いひげの感触を確かめながら、胸の内で、いや、ありえない、とつぶやいた。ハモンドが、ただ手紙を届け、会話するためだけにここまで来ることなど、断じてありえない。

ローレンスが近づいていくと、ハモンドは「もう一度、お礼を言わせてください」と言い、大《たい》儀《ぎ》そうに椅子から立ちあがった。「まる一日、眠っていたんですね！　ここまで進展していたとは驚きですよ」彼はドラゴン舎のほうを顎で示して言った。

「でしょう？」テメレアが、褒め言葉を聞いて首をめぐらした。「なにもかも、すばらしい出来なんだよ。どの意匠《いしょう》にも、ありきたりじゃない、ちょっとした工夫があるんだ。実際になかを歩いて確かめてみてよ。もちろん、あなたの旅の疲れがとれてからでいいけど。楽な旅じゃなかったんでしょう？」

「まさしく！」ハモンドがきっぱりと答えた。「ローレンス、あなたに不平を言ってもしょうがないんですが、三週間もかかりました！　三週間前の日曜のいまごろは、北京でお茶を飲んでいた。信じられませんよ。このつらい経験が報われるのかどうかもわからず――あ、もう一杯いただきましょう」

ハモンドは大柄ではなかったし、酒に強いほうでもなかった。強い生《き》のラム酒三杯が彼の警戒心を解いたのかもしれない。でなければ、ローレンスの質問に、こんなにも早ばやと旅の目的を明かさなかったことだろう。ローレンスはこう尋ねた。「ハモンド、あなたならいつでも歓迎します。ただ、正直言って、あなたがここにいる理由がよくわからない。小さな用件のために、あなたがこんなところまでやってくるはずがない」

「当たり！」ハモンドはテーブルをさがしてきょろきょろしたが、あきらめてグラスを地面に置くと、背筋を伸ばしてにっこりした。「単刀直入に申しあげます。わたしは、あなたを軍務に復帰させるために来ました。どうかキャプテンに戻ってください」

ローレンスはハモンドをまじまじと見た。ハモンドは上着の内ポケットをまさぐり、「これを」と言い、細い金の帯が二本並んだ階級章を取り出した。二本の金の帯は、英国航空隊空佐《キャプテン》の証《あかし》だ。

ローレンスはとっさに逃げ出したくなるのを自制し、しばらく身動きしなかった。もし、この階級章をハモンドが持ってきたのでなければ、悪い冗談だと思ったことだろう。しかし、旅の疲れと酔いが招く悪ふざけが、ここまで周到に準備されるはずがない。これは、ふざけたところなどみじんもない真実なのだ。

ローレンスには、自分が国家の反逆者であるという深い自覚があった。フランス軍の英国本土侵攻の際に軍務に戻り、いくばくかの戦功をあげて絞首刑をまぬがれ流罪《るざい》になった。だがそれ以降、英国政府を喜ばせるようなことは、なにひとつしていない。それどころか、オーストラリアの北岸にある中国の交易地を英国艦が攻撃しようとしたときは、英国艦艦長の命令にそむき、協力を拒んだ。

「ふふん！　ふふん、聞いたよ、ハモンド。なんですぐに言わなかったの？　いや、責めてるんじゃないよ、こんなすごい知らせを持ってきてくれたんだもの」テメレアが頭をおろし、大きな眼でじろじろと階級章を見た。「ローレンス、緑の軍服もいるね。ねえ、ミスタ・シプリー！ローレンスの衣類箱《シーチェスト》を持ってきて」

「いや、いい」ローレンスは言った。「復帰するつもりはありません」と、今度はハモンドにできるだけ丁重《ていちょう》に返した。「ここまで来てくださったことには痛み入りますが、お断りするほかない」

これが唯一の苦渋の決断だった。金の階級章はまだハモンドの手のひらの上にあった。この小さくて地味な階級章には、ローレンスとその一族の汚名を晴らすだけの力があった。どうせ無理なのだからとあきらめて考えないようにしてきた、恥辱を晴らすだけの力が。

ハモンドは、手のひらを開いたままローレンスを見つめ返した。テメレアが、「ローレンス、本心じゃないよね?」と言い、金の階級章を見つめた。

ローレンスは確信をもって言った。「いまこの状況で、わたしに軍務復帰を求める目的は、ひとつしか考えられません。つまり、シドニーで起きた反乱事件を制圧すること、謀反《むほん》を抑えこむことだ。申し訳ないが、引き受けかねる。もう二度と、英国政府の残虐《ざんぎゃく》な手先にはなりたくない。ミスタ・マッカーサーにも、彼の独立への野望にも、たいして共感はしない。しかし彼のくわだてた謀反に義《ぎ》や理《ことわり》がないわけではない。わたしは彼を絞首台に送るために、英国軍兵士を殺そうとは考えない」

「ふむ、いや――」ハモンドが言葉に詰まった。「いや、ちがうのです。その、キャプテン――いや、ミスタ・ローレンス。失礼ながら、誤解されている。シドニーのマッカーサー総督に会う用件はあります。もちろん、オーストラリア植民地の独立などもってのほか、許されるものではありません。しかし、今回の目的はそうではない。もちろん、あなたに手伝ってもらえるなら、それは――」

ハモンドはいったん口をつぐみ、態勢を立て直そうとした。そのあいだにローレンスは、胸の内で疼《うず》いている希望を抑えつけ、気を許すな、分別を保て、と自分に言い聞かせた。もしハモンドが持ってきたのが、航空隊士官にとって誉《ほま》れある任務なら、すでに相応の人物が引き受けているはずだ。だがハモンドは自分を立て直し、胸を張った。よりいっそう魅力的な衣でくるみ、よりいっそう断りがたい提案にして差し出してくるつもりなのだろう。

「まずですね」と、ハモンドは言った。「雑な言い方で申し訳なく思いますが、あなたのお考えはよくわかります。これもあなたのお耳に入れておきますが、マッカーサー司令官の行動は、謀反はともかく、それ以外の行動に関してはきわめて慎重であったと、さまざまな方面から評価されています。冷静に考えるなら、中国との全面戦争などあってはならないことでした。礼節を保って愚行と呼ぶのは控えますが――ウィロビー艦長の行動は、全面戦争を誘発しかねなかった。彼の命令の意図がなんだったにせよ、言語道断《ごんごどうだん》と言うほかありません」

ローレンスは控えめにうなずいた。それと同じことを、ジェーン・ローランドに送った報告書に書いていた。公式に注目されなかったとしても、関係者の目には触れていただろう。つまり、ハモンドにはさしたる苦労もなく、シドニーにおける反乱事件に関するローレンスの所見を知ることができたということだ。

ハモンドがつづけて言った。「ミスタ・マッカーサーにとっては、破滅的な方針に従うよりは、それをくつがえすために反乱を起こすほうが、より賢明な対処だったのです。ならば、行きすぎた点があったとしても、彼は赦免《しゃめん》されるべきでしょう――もちろん、彼がみずからの非を認め、過《あやま》ちを正すならですが。ミスタ・マッカーサーを直接知るあなたなら、彼にそのような理性的判断ができるかどうかを、よくわかっていらっしゃるはずだ。申しあげておきますが、わたしがオーストラリアまでやってきた目的は、彼を武力でねじふせることではありません。彼を犯罪者として扱うつもりもない」

テメレアが心配そうに、「ミスタ・マッカーサーなら、きっと理にかなった判断をするよ」と横から言った。翼をきっちりとたたみ、頭の冠翼《かんよく》を寝かせている。

ローレンスがキャプテンの地位を失ったことを、テメレアはことのほか惜しんでいた。軍籍を奪われたことも、財産のほぼすべてを失ったことも、自分のせいだと思って自分を責めていた。ローレンス自身は犠牲にした栄誉をそれほど惜しいとは思っていない。しかし、いくらそう言っても、テメレアは納得しなかった。とりわけ、キャプテンの地位は、テメレアにとって、いつかは取り戻さなければならないものだった。

ローレンスの見るところ、マッカーサーは〝二流のナポレオン〟で、その力量は彼の野心ほど大きくはなかった。大いに手柄をあげたが、中傷も受けた。謀反を起こしたのは私利私欲からではなく、この植民地を守るためだったと、彼は再三言っていた。すべて嘘《うそ》だとは言わないが、いくらかは自分が絞首台送りにならないための防衛線ではなかっただろうか。だとしたら、ハモンドからの提案を彼が受け入れる可能性は充分にある。たとえ彼が、テメレアの望みどおりに〝理にかなった判断〟をしそうになかったとしても、彼の妻が、あの聡明な夫人が、彼を説得してくれるのではないだろうか。

「では、なんの目的があって、わたしに田舎《いなか》暮らしを捨ててキャプテンに戻ることを求めるのですか?」ローレンスは尋ねた。

「あの反乱事件とは関係ありませんよ」ハモンドはそう言ったあとに、断りを入れた。「嘘つきとあとから責められたくないので、こう言っておきましょう。反乱事件の後始末は目的の一部でしかない。あなたの軍務復帰が、わたしとミスタ・マッカーサーとの話し合いに、ある程度の成果をあげることはあるかもしれません」

「なるほど」ローレンスはあっさりと返した。

ハモンドが咳払いをしてつづけた。「だが、それが主たる目的ではない。もしそうなら、いざというときに備えて、ドラゴンと一等級艦を近辺に配備しているでしょう。あなたが反対したとしても、それを動かす権限はわたしにある。とすれば、この仕事に是非《ぜひ》でもあなたを必要とするわけじゃありません。結局、オーストラリア植民地の現況を変えることは、火急の用件ではないのです。ミスタ・マッカーサーが、これまでと同じように、四人船を受け入れつづけるかぎりは。むしろ急いでいるのは、ブラジルに関する案件です。あなたもすでにお聞きおよびではありませんか?」

ローレンスは、はっとした。そう言えば、アメリカ人船長から突拍子もない噂を伝え聞いたことがある。「ナポレオンが、ツワナ王国のドラゴン何頭かを輸送艦でリオ〔ブラジルのリオデジャネイロ〕に送り出した、と聞きました。なんでも植民地を攻撃するためだとか。根も葉もない噂かもしれないが……」辺境の谷間まで伝わってくる情報はわずかしかないし、それを後追いすることもなかった。

「いいえ、根も葉もない噂ではありません」ハモンドが言った。「直近の報告によれば、ナポレオンは、ツワナ軍の重戦闘竜ばかり十数頭をブラジルに送りこんだそうです——リオの街を破壊するために。その輸送艦をアフリカに戻したら、すぐまた新たなドラゴンと戦士を送り出すつもりだとか」

ローレンスにもしだいに読めてきた。ハモンドがここを訪ねてきた理由、そして彼の張り詰めた表情の意味が。「いや、わたしは、ツワナ王国では捕虜のひとりに過ぎなかった」ローレンスは、ゆっくりと口を開いた。アフリカでの体験がまざまざとよみがえる。突然の拘束。大陸の中心まで千マイルを超える距離を運ばれ、テメレアとの音信を断たれ、なぜ自分が拉致《らち》されたのかもわからず……。

「あなたは、誰よりも詳しいのではありませんか？」ハモンドが言った。「ツワナ人の言語に、そして習慣にも……」

ハモンドが口ごもったことで、ローレンスのなかに疑念が湧いた。アフリカでの数か月におよぶ監禁生活のほとんどを、捕虜用の洞窟《どうくつ》のなかで過ごした。救出されたあとは、そこで知り得たすべてを上層部への報告書にしたためた。だがどうして、ツワナ王国でのあの短い期間の体験によって、英国がブラジルに送りこむ使節として、自分がふさわしいと見なされるのだろう。英国政府がなぜそう考えるのかがわからない。

その疑いに答えるようにハモンドが言った。「つまりその、わたしの聞いたところでは、ウェリントン公爵閣下が、あなたが適任ではないかと……」

「ウェリントンにとって、わたしとテメレアの名は鬱憤《うっぷん》を搔き立てるだけだと思っていましたよ。それを聞いて驚くほかありません」

「ああ、なるほど。わたしの理解するところでは……」しばらくのあいだ、ハモンドは話をうまくまとめようと四苦八苦した。しかしついに、ローレンスにも納得できる説明が彼の口から出た。ウェリントンがこう言ったのだという。ツワナ軍の制御不能なドラゴンたちを説き伏せられるのは、ローレンスとテメレアをおいてほかにいないだろう。ただし、植民地の四分の三を失うような危険を回避するために、しかるべきお目付役を添えて送り出す必要はあるだろうが――。

「ぼくら、きっとすばらしい使節になれるよ」テメレアが期待に満ちた眼でローレンスを見おろした。「たとえまたウェリントンが失礼な態度をとったとしてもね。ぼくだって、ツワナ王国に腹を立てなかったわけじゃないさ。あいつらに、あなたを連れ去る権利なんてなかったんだから。

だけど、ツワナ人が捕らわれて奴隷《どれい》にされたことも忘れちゃいけない。きっと彼らはわかってくれるよ。奪われた人々を返せば、納得してくれる」

「むむう」ハモンドが奇妙な声をあげた。「しかしまあ、同盟国の利益も考えなくちゃなりません。特定の個人を追跡するむずかしさも、そしてもちろん、政府の立場も、つまり財産権に関する――」

「ふふん！　財産権か。くだらない」テメレアが言った。「たとえば、ぼくが他人の牛をとって食べたとする。誰にも見られてなくても、それは盗みだよね。でも、その牛をクルンギルが持ってるオパールと交換したらどうなるんだろう？　クルンギルはその牛に関して財産権を持ってる？　ことにはならないよね。とくに、クルンギルがぼくの牛じゃないって最初から知ってた場合には」

ハモンドが困り果てた表情になった。中国行きの任務に外交官として同行したとき、彼はたびたび同じ表情を見せた。もしかすると、ハモンドは早くも後悔しはじめているのではないだろうか。ローレンスは少し後ろ暗い喜びを感じながら考えた。時の経過とともに過去の厄介《やっかい》な出来事の印象が薄れ、最後の任務達成の薔薇《ばら》色の思い出も加味され、ハモンドは今回のブラジル行き計画において、不用意にもローレンスとテメレアの手綱《たづな》を握る役を志願してしまったのではないだろうか。

ローレンスとしては、テメレアが提案するようにかなりの数の奴隷を返還できたとしても、ツワナ王国は満足しないだろうと考えていた。ポルトガルが、ブラジル植民地で働く奴隷を真摯《しんし》に引き渡すつもりになったとしても、鉱山や農園の過酷な労働や、拘束生活の絶望によって死んでしまった奴隷を、生き返らせることはできない。

また、自分が奴隷所有者の代理人になることも、ローレンスには考えられなかった。それくらい、ハモンドもわかっていそうなものなのに……。ローレンスの父アレンデール卿《きょう》が、長年にわたり奴隷制廃止を訴えつづけてきた人物だということを、彼が知らないはずはない。

「いやいや、そんなことは考えていません」ハモンドが反論した。「それどころか、この段階で、ポルトガル側は妥協案を用意していると言ってもいい」ここで言葉を切り、彼はその妥協案を具体的に言うのを避けた。「いずれにせよ、あなたには奴隷所有者の代理人ではなく、われわれ英国政府の代理人になっていただきます」

「それによって、英国が得る利益とは？」

「平和の確立です」と、ハモンド。「平和が望ましいことに議論の余地はないと思いますが？」

テメレアが言った。「平和は不快じゃないし、人が思うほど退屈なものじゃないよ」小さな嘘が交じったのか、少し声の調子が落ちた。「でもどうしてブラジルの平和に興味を持つの？ それよりまずヨーロッパで、ナポレオンと和平を結びたいって考えるのがふつうじゃない？ ぼくはいやだけど」と言ったあとで、あわてて付け加えた「少なくとも、リエンがフランスでふんぞり返ってるあいだはね。あいつとはぜったいうまくいくわけがないんだ」

「む、むう」ハモンドがいったん口ごもり、かなり逡巡《しゅんじゅん》してから言った。「あなたがたを信頼するほかないのですが、実は極秘事項として――」

「安心して。秘密は守る!」テメレアが興味しんしんになって冠翼をぴんと立て、身を乗り出した。ハモンドの表情はまだ迷っていた。大きなドラゴンの内緒話など、十ヤード先まで聞こえた。

「できるかぎり、秘密は守ります」ローレンスは言った。「ただし、秘密が洩《も》れたとしても、あなたの情報は、この地ではほとんど興味を引かないでしょう。敵を利するように使われることも、まずありえない」

けっして嘘ではなかった。ポート・ジャクソンの街とは交易による行き来があるものの、この谷で働く男たちのなかで、オーストラリアから出ていきそうな者はひとりもいなかった。たとえ貧困と酩酊《めいてい》が彼らの行く手を阻《はば》まなかったとしても、法律が阻むことになる。この大陸において彼らは永遠の囚《とら》われ人だ。ローレンスとテメレアも、彼らと同じ運命にあると思ってきた。英国は別世界。戦争は遠いお伽ばなしの世界。それについてなにかを聞いたところで、これまでは気にかけることもなかった……。

「では、思い切ってお伝えします」ハモンドが言った。「英国本土侵攻に失敗し、無理をしすぎたナポレオンが、ついに罠《わな》に落ちるときが来たのです。われわれ英国は、目下ポルトガルを占領しているナポレオン軍を追い出すために、まもなくポルトガルに上陸します――。英国は南からナポレオンを追いつめ、東からはロシアとプロイセンが襲いかかる。ウェリントン将軍は、われわれの勝利を確信しておられます」

大胆な策だが、危険も多いとローレンスは思った。戦いは蝸牛《かぎゅう》の歩みを強いるだろう。ウェリントン軍はポルトガルからスペインへ、イベリア半島をじりじりと北上していくしかない。そして、ピレネー山脈を越えて、ようやくフランスへ。ナポレオンは、英国侵攻において大敗したとき、自身が逃げるために多数の兵士を捕虜として英国に残したが、その損失が最終決戦に響くほど厳しいものだったかどうかはわからない。

「だが戦いの足場を確保していなければ、いかなる勝利も望めない」ローレンスは言った。

「いかにも」と、ハモンド。「だからこそ、われわれ英国は、ポルトガルの地を確保しておかなければなりません。目下、ポルトガル王室の摂政皇太子〔君主に代わって摂政として統治する王子〕は、ナポレオン軍の侵攻から逃れて、一時的にブラジルのリオに遷都《せんと》しています。もし、ふたたびブラジルからも追われ、本国に戻らなければならない事態となったら……？　スペインはすでにナポレオンが占拠しているのですから――」

「英国軍がイベリア半島を通過することは許されないだろうと」

ハモンドがうなずいた。「そのとおり。だからこそ、われわれはポルトガルを味方に引き入れなければならないのです」

テメレアには、ハモンドがなにを言おうとしているのか、最初はほとんど理解できなかった。こんな大事なことが儀式や書面もなく伝えられるなんて、どう考えてもおかしい。だがふと、ローレンスが階級を失ったのを知ったときのことを思い出した。自分はなにも知らされておらず、ある日突然、誰かが〝ミスタ・ローレンス〟と呼んでいることに気づいたのだ。そのときにはもう、ローレンスの肩から金の階級章が消えていた。そしていまふたたび、ハモンドの手のひらの上に金の階級章が忽然《こつぜん》とあらわれ、美しい輝きを放っている。

ローレンスは黙りこんでいた。ハモンドはすでに任務に関する説明を終えていた。テメレアは不安に駆られてローレンスを見つめ、「ハモンドの提案は、ぼくにはそんなに悪くないように思えるよ」と声をかけた。もちろん、拒むしかないようなひどい命令や、ふたたび〝反逆者〟と呼ばれるような任務を含むのなら、ローレンスには軍務に戻ってほしくない。でもいま目の前にあるチャンスがつかむ前に消えてしまうとしたら、それもつらいことだった。

ローレンスがハモンドに言った。「長旅のあとで、お疲れにちがいない。あなたさえよければ、わたしの小屋を自由に使ってください。清潔な水が必要なら滝の上にある。ミスタ・シプリーに案内させましょう」すぐにシプリーを手招きした。

「あ、それはどうも」と言ってハモンドは席を立ったが、でこぼこ道にもかかわらず、ローレンスの顔から考えを読みとろうとするように、歩きながら何度も振り返っていた。

「ねえ、ローレンス。あなたがいやなら引き受けなくてもいいんだよ」ハモンドの姿が消えて、ふたたびローレンスとふたりきりになると、テメレアは言った。「でも、ぼくには、ブラジル行きに反対する理由が見つからない。そして、あなたには階級と称号を取り戻してほしいな」

「階級なんてうわべだけの作り事だよ、愛しいテメレア」ローレンスが言った。「わたしはあるときから心に決めたんだ。倫理にもとると自分が判断した命令には従わないと。そんな人間が、ほんとうの意味で、軍人になれるはずがない。それを装うのはわたしには無理だ」

作り事が金の階級章をもたらし、まわりの人々の態度をすっかり変える。だとしたら、それはまぎれもなく現実ではないだろうか。「ひどい命令がくだると決まったわけじゃないよ。彼らだって教訓を得て、考えを改めたかもしれないし」テメレアは希望的観測を口にした。実のところ、政府の知恵はあまり信じていない。ただ幾多の事例から、自分とローレンスが公正と思えない命令には従わないことを、彼らも学んだと期待してもいいのではないだろうか。

「わたしたちのどちらのことも、政府はそれほど当てにしていないはずだ」ローレンスが言った。

そしてまた黙りこんでしまった。後ろ手を組んで谷間の広がりを眺めるローレンスの背中を、テメレアは見つめた。粗末な身なりでも、ローレンスの背筋はまっすぐに伸びている。リライアント号の上ではじめて会ったとき、彼が金の肩章を付けていたときから変わらない。少し想像力を働かせるだけで、航空隊に移ってからの暗緑色の軍服、革製の搭乗ハーネス、金の階級章もまざまざとよみがえってくる。

ローレンスが躊躇《ちゅうちょ》するようすを見せたあと、しばらく間を置いてから尋ねた。「それで、きみはブラジルに行きたいのか？」

ふいに、その任務を請《う》ければ当然この谷を離れることになるのだ、という考えがテメレアの頭をかすめた。テメレアはドラゴン舎を振り返った。それから谷間の草地にいる牛の群れを、どこまでもつづく緑深い谷間を、山肌にのぞく黄色や黄土色の岩を眺めた。丸めたしっぽの先が宙で細かく震えた。この谷に来て仕事に取りかかったのが、きのうのことのように思える。

その仕事に、戦いがもたらすような高揚感がないことは認めよう。でも、種をまいて作物が育つのを見るのは、とてもすてきだ。ただ、ここから去ることを考えるだけで、完成間近いドラゴン舎がうら寂《さび》しい廃墟《はいきょ》のように見えてきた。

「ぼくたち、ここで幸せだったよね」テメレアは半ば問いかけるように言った。「何かをやり残して出ていくとしたらいやだな。でも――」それからローレンスを見つめて尋ねた。「あなたはずっとここにいたいの？」

数時間後、テメレアはゆっくりと眠りに落ちた。野営地のいくつかの小さな焚き火はすでに淡い黄色の残り火となり、頭上には南半球の星空が広がっている。谷間の遠い向こう端から、歌声が高くなり低くなり聞こえてくる。距離があるために歌詞までは聞きとれない。川沿いにウィラジュリ族が夏場だけのキャンプを張っているのだ。

明日は火曜日だから、いつもならローレンスが谷をくだって彼らのもとへ行き、物々交換をする日だ。テメレアが計画しているドラゴン舎の建築をつぎの段階に進めるために、北の森の大きな古木を倒して木材を調達することを彼らに説明し、承認を得る必要がある。木材はドラゴン舎内にローレンスの居室と客人用の部屋をつくるために使われることになっている。

明日はオディーが郵便袋を持ってシドニーまで飛び、一週間後には何冊かの新しい本を仕入れて戻ってくるだろう。そのあいだに、ドラゴン舎の床に石を敷きつめる作業が終わる。屋根をつくるのはこれからで、すでにふたりの男が作業に取りかかっている。数日のうちに、牛を新しい草地に移す必要がある。毎日夕方になれば、ローレンスは新しく手に入れた中国の詩集をテメレアの手引きで読むだろう。それがいつしか、この谷間暮らしの日課になっていた。

だがそんな日常を送る代わりに、テメレアとともにポート・ジャクソンへ、ブラジルへと向かうことになるのだろうか。自分たちは岸辺に打ちあげられたふたつの石ころのようだ。束の間《つかのま》だけ陸で休むことを許されたものの、また引き潮が訪れ、大海原へと流されていく。

すでに心を決めていることが、ローレンスにはわかっていた。もしかしたら、ハモンドが話を持ち出す前から決心していたのかもしれない。ただその選択が、自分のプライドや消えない恥辱に突き動かされたものではないことを確かめておきたかった。きょうこの日まで、自分の犯した反逆行為となんとか折り合いをつけようと、あれは全体のなかの必要悪だったのだと自分を納得させようと努めてきた。そこに付け入るかのように——強力な賄賂《わいろ》を差し出すかのように——ハモンドが失点挽回のチャンスを持ちかけてきた。

もっと大きな世界に出れば、もといた世界に連れ戻せば、彼らも悪よりは善をなすだろうと期待し、計画することはたやすい。しかし、その期待が間違いであったことを証《あか》すのは、さらにたやすい。

さらにたやすいのは、そのような心配の種を閉じこめておくことだった。間違いを犯さないように、海に浮かぶ監獄よりもさらに厳重な、陸の辺境の地に閉じこめておくことだった。そうではなかったろうか？　ローレンスは、テメレアの前足の温かなうろこに触れた。そう、いずれにしても、テメレアは世界の果ての平穏な谷間で無為《むい》に一生を過ごすようなドラゴンではない。テメレアがわずかにまぶたをあげ、眠りから覚めきらない青い眼で問いかけるようにローレンスを見つめた。

「なんでもないよ、おやすみ。すべてうまくいく」そう語りかけると、ふたたびテメレアのまぶたが落ちた。ローレンスは立ちあがり、ひげを剃《そ》るために川へと向かった。

2　シドニーの航空隊基地

「ドラゴン舎に屋根がないんじゃどうしようもないわね」イスキエルカが、耐えがたい尊大さで言った。「それに屋根があったって、持ち運べるわけじゃなし。なんの役にも立ちゃしない。あたしはきみよりずっと有意義に時間を使ったわよ」

テメレアはなにを抜かすかと高《たか》を括《くく》ったが、イスキエルカは、インドのマドラス基地から来た新しいクルーたちを急《せ》き立て、数個の衣類箱《シーチェスト》を持ってこさせた。蓋《ふた》をあけると、なかにおさめられた黄金の器《うつわ》や美しくカットされた宝石が、陽光にまぶしく輝いた。

それらを見てしまったあとでは、テメレアのどんな反論もむなしく響くだけだった。聞くところによれば、アリージャンス号でマドラスまで向かう途中に、敵国商船をなんと三隻《せき》も奪って、拿捕《だほ》賞金を獲得したらしい。さらに、マドラスからの復路でも一隻。テメレアをブラジルのリオまで運ぶというハモンドからの緊急指令を受けて、アリージャンス号は急遽《きゅうきょ》、オーストラリアへ引き返すことになったのだ。

「こんなの不公平だ」と、テメレアはローレンスに言った。「これまでさんざん航海してきたのに、ぼくらはろくにフランス商船に出会わなかった。この先、ブラジルへ向かうあいだにも期待できそうにないね」

「まあそうだな。でも、捕鯨船なら一度や二度は会えるかもしれない」ローレンスが上《うわ》の空で返事した。テメレアは気持ちがおさまらなかった。もちろん、クジラはいやな生きものじゃない。適度な大きさなら食べても旨《うま》い。それでも、山をなす黄金や宝石の魅力とは比較にならないし、マッコウクジラからとれるという高価な香りにも興味がない。

ローレンスは、ここシドニーの英国航空隊基地で、テメレアの新たなクルーを選ぶため、飛行士たちへの面接にかかりきりだった。グランビーとともにマドラスからやってきた飛行士たちもいたのだが、インドの基地も竜疫《りゅうえき》でほぼ半数のドラゴンを失っており、全体として候補者はそう多くはなく、とくに優れた人員がそろっているわけでもなかった。

一方、グランビーとイスキエルカのほうはすでにチームの人選を終えていたため、テメレアとローレンスは残りの者たちからクルーを選ばなければならなかった。年功序列ではテメレアのほうがイスキエルカより上だし、クルーの必要性も高い。そもそも、棘から噴き出す蒸気のせいで、イスキエルカの背中には多くのクルーを乗せることはできないというのに……。

テメレアにとってせめてもの慰めは、かつてのチームで地上クルーの長を務めた、武具師のフェローズが戻ってきたことと、エミリー・ローランドが正規の士官見習いとしてローレンスの部下に復帰したことだった。だがあとは、ほぼすべてを剝《は》ぎとられたようなものだった。いや、中国からついてきた料理人のゴン・スーだけは、つねに忠実なクルーでいてくれる。しかし、竜医のドーセットは、くだらない理由でチームに復帰できなくなった。航空隊基地に人間を診《み》る外科医がいないので、ドーセットが残るのが当然だという意見が出たのだ。なぜイスキエルカのチームの竜医が残らないのか、テメレアには納得できなかった。

「失礼します」と、テメレアの宿営にあらわれたブリンカン空尉が、書き物机に向かうローレンスに、おずおずと声をかけた。「少しお時間をいただけますか」

ローレンスがノートから顔をあげると、ブリンカンは口ごもりながら謝罪の言葉を述べはじめた。あなたに正しく敬意を払ってこなかったことをたいへん申し訳なく思う。それでも精いっぱい責務を果たしてきたつもりであり、今後キャプテン・ローレンスに目をかけていただけるならありがたく――。

「ミスタ・ブリンカン」ローレンスは話を途中でさえぎった。「きみがかつてわたしにとった態度にはなんの不満もない。もちろん、きみが謝りたいなら、受け入れてもいい。だが、たとえ面と向かってわたしを痛罵《つうば》しようが、それが強い信念にもとづくことなら、わたしはその人物を部下にするつもりだ。ただし、例外はある。同じ人物が、友人もなく上官の保護もない若い士官に非道な言動を繰り返していたこと、さらには、自分のものでもない竜の育成に干渉しようとしたことが、わたし自身の見聞と信頼のおける情報によって明らかになった場合だ」

ローレンスの言う〝若い士官〟とは、ディメーンのことだった。シドニー基地の飛行士たちはあいかわらず、ディメーンから竜のクルンギルを奪おうと画策しつづけていた。それを基地首席士官のランキンが放任していることは驚きでもなんでもない。もっとも、テメレアとしては、誰かが竜の誘惑に成功したとしても、そう悪い結果じゃないと考えている。クルンギルの心がディメーンから離れれば、ディメーンはテメレアのクルーに戻るだろうし、またもとのようにうまくやっていけるだろう。それなら、大歓迎だった。

もちろん、そうなるよう望んでいるわけじゃない。もしもそんなことが起きたらいいなと……。いいや、起きるわけもないか。テメレアはため息をつき、ローレンスが書きつけている士官たちのリストをむなしく見おろした。

まだなにか言おうとするブリンカン空尉を、ローレンスはさえぎった。「けっこう。きみのどんな言い訳も聞く気はない。きみが釣り糸を垂らしたことが上官に容認され、同僚たちがまねをした。だからといって、きみの行為が評価されることも正当化されることもない。きみは間違ったことをした。自分でもわかっている。わたしは、きみも、きみと同じことをした連中も、まとめて非難する。それ以外のものをわたしから期待しないことだ」

ブリンカン空尉は足早に立ち去った。ローレンスがペンを置き、テメレアに情けなそうに言った。「近ごろますます気が短くなった。これまでが、良き仲間に恵まれすぎていたのかもしれないな」

「ブリンカンにはあれでいいんだよ。ぼくのクルーになってほしくない。彼があなたにどんな失礼な態度をとったか、よく憶《おぼ》えてるから」

「国家への反逆を嫌悪することなら、わたしは許せる」と、ローレンスが言った。それはテメレアをはるかに超えた寛容さだった。なぜなら、ローレンスもテメレアも、ほんとうの意味では、国家への反逆者ではなかったからだ。いまでは英国政府もそれを認めている。

ローレンスがつづけて言った。「だが、こそこそした卑怯《ひきょう》なやり口は許せない。それを考えると、クルンギルとディメーンをここに残し、ランキンの指揮下に置いてはいけないな。ハモンドと話をつけなければ――。わたしとグランビーには、重量級ドラゴンをここから一頭連れ出すだけの権限があるはずだ。なにしろ、孵化して以来、一度も正式な命令を受けたことがないドラゴンなのだから。そうでもしないと、ここの連中は、彼らを放っておかない。軍務復帰がわたしの報告書の信用を高めると見なすなら、連中は身を守るために、いっそう悪質な隠蔽《いんぺい》に走るだろう」

「そうだよ、ディメーンがぼくらについてくるのは当然だ」テメレアは気持ちがぱっと明るくなった。「クルンギルさえ納得すれば、誰も反対しない。ねえ、イスキエルカの代わりにクルンギルが来るってのはどうかな?」期待を込めて提案した。残念ながら、ハモンドがブラジル行きにイスキエルカの帯同を求めているらしい。火噴きばかり、なぜこうも引き立てられるのだろう。

でもとにかくクリングルが来るなら、ディメーンとサイフォもついてくる。テメレアには、ディメーンの弟を手放す心の準備ができていなかった。ディメーンがクルンギルの担《にな》い手《て》である以上、サイフォの所属については異論が出るかもしれないのだが。「ぼくには中国に双子の兄がいるけど、いつもいっしょに行動してるわけじゃない。兄弟がちがうチームにいたっていいと思うよ」

「ミスタ・オディーには加わってもらいたい」ローレンスが言った。「ここ数か月、彼はよくやってくれた。少なくとも記録係として優秀だ。そう、ミスタ・シプリーも入れよう。おや、ローランド、どうした?」

エミリー・ローランドは宿営に入ってくると、声を落として言った。「失礼します、キャプテン。みんなが彼を通そうとしないんです。でも、きっとあなたは彼に会いたいと――」

テメレアは丘のふもとを見おろした。そこには、街からの侵入者を防ぐより飛行士たちの外出を見張ることを目的とした、ほとんど用をなさない門扉《もんぴ》がある。その門扉の前で、私服姿のひとりの男が足止めされていた。

テメレアは目をすがめて確認し、「なんと！」と歓声をあげた。その赤褐色《せっかっしょく》の髪には見覚えがあった。「フェリス空尉だ。なんで、彼を通そうとしないんだろう？」

ローレンスがはっとした顔になり、低い声で告げた。「ローランド、下におりて、あの人たちに彼を通すように言ってくれたまえ。ミスタ・フェリスはわたしのお客だと」

エミリーがうなずいて駆け出し、まもなくフェリスが宿営にあらわれた。近くで見ると、フェリスの容貌がかなり変わっていることに、テメレアは気づいた。以前よりがっしりとして、とくに肩幅が広くなっている。日焼けのせいなのか、髪が色褪《あ》せ、頬《ほお》に赤みが差し、歳より老けているように見えた。テメレアは再会を喜んだ。フェリスは、グランビーほど優秀な副キャプテンではなかったが、あのときはまだ若かった。いまならほかのどんな士官より、イスキエルカのどんなクルーより、しっかりやってくれるにちがいない。

出迎えようと立ちあがったローレンスは、フェリスはどこか具合が悪いのではないかと思った。まだ二十三歳のはずだが、うんと年を取ったように見えた。残念なことだが、深酒の結果が顔にあらわれはじめている。

「また会えてすごくうれしいよ、ミスタ・フェリス」テメレアが頭を彼に近づけて言った。「でも、ずいぶんここに来るのが遅かったね」

フェリスは言葉に詰まりながら、船でオーストラリアに着いたばかりだと言った。本国からの植民地船が最近到着したことは、ローレンスも聞いていた。しかしそれ以上、彼はなにも話そうとしなかった。

ローレンスは言った。「テメレア、しばらく彼とふたりだけで話がしたい。ミスタ・フェリス、少し散歩につきあってもらえないだろうか」

フェリスを伴って、小さなテントまで歩いた。そこはローレンスにとって、ほかの飛行士から離れるための、多くの場合、ランキンとの摩擦を避けるための避難所で、人に話を聞かれる心配もなかった。ローレンスは、折りたたみ椅子のひとつをフェリスに勧め、みずからも別の椅子にすわって静かに言った。「わたしも、きみと再会できてとてもうれしい。きみが受け入れてくれるならだが、謝罪する機会が持てた。きみほど、わたしが深く傷つけた人はいないと思っている」

フェリスは頬を赤黒く染めて、ローレンスが差し出した手を握った。だが彼の口からはよく聞きとれないつぶやきが洩れただけだった。

ローレンスは静かに待ったが、フェリスは口をつぐみ、目を伏せたままだった。この会話をどうつづければよいのか、困難で、侮辱にもなりかねない償《つぐな》いについて、どう切り出せばよいのかわからなかった。ローレンスは、自分とテメレアの反逆行為を隠すことによって、フェリスやほかの飛行士たちを守ろうとした。しかし軍法会議は、見つけた標的はなんであろうが攻撃した。知らなかったことさえ罪に問われた。こうしてフェリスは軍籍を剝奪《はくだつ》され、前途有望な職を失い、家名を汚された。せめてもの救いは、絞首刑をまぬがれたことだけだった。

「きみの消息を知ろうとした」ローレンスはついに口を開いて言った。「しかし――きみのご家族にわたしから手紙を書くのはやはり――」

「いいえ、いいんです」フェリスが低い声で言った。「あなたが投獄されていたことは知っています」そして、またふたりとも口をつぐんだ。

「きみの痛手に見合うだけの賠償を支払うことさえ、いまのわたしにはむずかしい」ローレンスはとうとう言った。だがどんなに無益な謝罪であろうと、逃げることはできない。「しかしできるだけのことはしたい。もしきみが財産を築くためにこの地へやってきたのなら、わたしにできることは――」ローレンスは自己嫌悪を呑みこんでつづけた。「総督のマッカーサーとは知己《ちき》の間柄なので――」

「いいえ、その……わたしは、あなたがテメレアといっしょに、このオーストラリアでドラゴンたちの繁殖場をつくると聞いたのです」フェリスが言った。「あなたが軍籍から離れているとしたら、わたしもなにかお役に立てるのではないかと考えました。いずれにせよ――」彼はここで言葉を切った。もうこれ以上説明は不要だ。そのような淡い希望を支えに赤道を越える船に乗り、いまも不穏な状況がつづく小さな監獄のような植民地を目指した理由は明らかだ。最悪の不名誉と絶望、はぐれ者として行き場のない人生――。「でも、航空隊に戻られたそうですね」

ローレンスはかろうじて心の動揺を隠した。反逆者である自分が軍籍を取り戻し、無実の罪を着せられたフェリスが取り戻せずにいる。だがいまの自分に、フェリスを航空隊に復帰させる力はない。できるのは、キャプテンとしてクルーを指名するくらいだ。非公式の、いわば居候《いそうろう》のような地位ならフェリスに与えられるかもしれない。しかし、彼の傷をいっそう深くすることにならないだろうか。彼より能力の劣る飛行士たちと仕事に就き、ローレンスが受けてきたような侮辱を、いわれもなく受けるかもしれないのだから。

それでも、ローレンスは「もしきみの意向に沿えるならだが――」と切り出し、まだ仕事の具体的な内容には触れずに提案した。「長旅になってもかまわないなら、ぜひきみに――」そこで、いったん言葉を切り、ぼそぼそと結んだ。「旅の友となってもらいたい」思いつく最善の言い方を選んだ。

「うれしく思います……そのような機会をいただけて」フェリスもぼそぼそと返した。ローレンスが承知している不利な条件を、フェリスも同じように承知していることが、それを呑みこもうとしていることがひしひしと伝わってきた。これよりましな選択がないことは認めるしかない。拒めないとわかっていながら仕事を持ちかけるのは恥ずべきことだ。

「アリージャンス号に連絡を入れておこう。よければ艦《ふね》にきみの荷物を移してくれたまえ。できるだけ早く出帆《しゅっぱん》することになっている」

「お役に立てなくて申し訳ありません、キャプテン」と、ハモンドが言った。「でももちろん、英国王室による赦免しか救済策がないのは、あなたもよくご存じでしょう。本国に手紙を書かれてはいかがですか?」

ローレンスはすでに一度ならず手紙を送り、ジェーン・ローランド空将がフェリスの名誉回復と復帰を望みながらも打つ手がないことは知っていた。けっして楽観していたわけではない。

「お言葉を返すようですが」と、ハモンドに言った。「わたしは自分の復帰を要求したことはない。自分もテメレアも含めて、なにも要求しなかった。しかし、今回の件は、わたしにとって、せめてもの償いなんだ。わたしだけ階級を取り戻し、フェリスにできないという理由がない」

「彼は竜の担い手ではありませんから」ハモンドはにべもなく言った。「無理ですね、キャプテン。お気持ちはわかります。ですが、わたしの立場から言えるのは、今回のわれわれの任務がみごと達成されるなら、彼への裁定にも有利に働くだろうということだけです。この遠征に同行されるというその青年が――そのような理解でよろしいですね?――良い働きを見せるなら、なおさらに」

フェリスにも説明しづらい、不確かな未来への保証だったが、ローレンスはそれで自分を納得させるしかなかった。飛行士たちへの面接を終えたいま、人材不足がいっそう悔《く》やまれる。無理やり掻き集めたクルーは、強い信頼を寄せられるチームにはなっていない。

ただしフォーシング空尉は、とびきり優秀ではないとしても、オーストラリアを縦断する遠征で奮闘した。空尉候補生の若い三人、キャヴェンディッシュ、ベルー、エイヴリーは、軍歴の短さゆえに力量不足をほかの候補者ほど露呈していないだけの話だが、まだ見せていない才覚を秘めていると期待できなくもなかった。

マッカーサー夫人が開いてくれた送別の晩餐会《ばんさん》は、植民地という制約があるにせよ、相当に立派なものだった。彼女の夫は分別のあるところを見せ、みごとにハモンドを説得し、この催しを承認させた。

「大使殿、わたしの肩書きが、〝自治政府首相〟であろうが、〝総督〟であろうが、はたまた〝カンガルー総元締《そうもとじめ》〟であろうが、いっこうに気にしませんよ」と、マッカーサーはハモンドに言い、衆目があるところならチャンスを逃さず、同じせりふをいくぶんの変化をつけて繰り返した。

「気にしませんとも――この土地のことはわれわれがいちばんよくわかっている。それをご理解いただき、すべてをまかせてくださるかぎりは。ただし、英国政府の承認が届くのを八か月も待つ気はありません。ましてや、石頭の英国艦艦長がやってきて、われらが親しき隣人との対立を煽《あお》ることなどもってのほかです。隣人たちは良き貿易相手をさがしているだけ。われわれもそうありたいと願っています」

このような立場の表明は、ローレンスには事実上の独立宣言とも聞こえたが、ハモンドは、とりあえずはマッカーサーを総督と呼び、総督公邸に掲げられた英国旗に満足し、送別会への出席も承諾《しょうだく》した。

出席者の男女比に偏《かたよ》りが出るのは避けようもなかったが、マッカーサー夫人は上位の男性の間には女性が入るように、それなりの数の女性を集めていた。そのかいあって、植民地の社交では珍しく、少なくともテーブルの上座《かみざ》半分は男女の釣り合いがとれていた。

ローレンスの横にはひときわ美しい女性がすわっていた。彼女の夫は、〝ニューサウスウェールズ軍団〟のジェラルド大佐であり、マッカーサー直属の部下ということだった。ジェラルド夫人と短く会話するだけで、掏摸《すり》の罪を犯して囚人船で送りこまれてきたという大佐の過去がすぐに判明した。

ジェラルド夫人は、三杯目のワインを飲むころには、あけっぴろげに大佐との結婚のいきさつまで披露《ひろう》した。「最高におもしろい話をするわよ。いつか故郷に帰って金持ち娘を見つけてくるっていうのがティモシーの口癖だったの。女にとって、これ以上むかつく話はないわ。そこであたしは、昔の故郷の恋人の名前を使って、自分に宛てた長い手紙を書いた。きみに会うためにオーストラリアへ行くつもりだ、許されるなら指輪を持って――。そして手紙をティモシーの目に触れるところに置いてやった。要するに、あたしを見くだすような物言いをやめさせたかったの。なのに、ティモシーときたら、かんかんになって怒鳴り散らすものだから、あたしもかっとなって言い返した。だったら、あたしと結婚しなさい。さもなきゃ、とっとと金持ち娘を見つけてくるのね。――だから、いまここにあたしがいるんです！　でも、彼にとっても断然このほうがよかったわ。金持ち娘にこんな田舎暮らしができるわけないいんだから」

繊細さに欠けるとしても、ジェラルド夫人は気のおけない食事相手になった。しかし、ローレンスのもう片方の隣はそうはいかなかった。その女性は、どう見ても十五歳より上には見えず、晩餐会に出るために学校から抜け出してきたのではないかとさえ思われた。ジェラルド夫人より生まれも育ちもよいはずなのだが、ミス・ハーシェルムは極端に内気なようで、ローレンスの努力にもかかわらず、彼女は皿に目を伏せたままで、口からはひと言の切れ端ぐらいしか出てこなかった。

下座の青年たちが、女性の同席を忘れてはめをはずしはじめているというのに、こんな子どもがここにいるのはまずいのではないか。ローレンスがそう思った矢先に、マッカーサー夫人が視線を落とし、そばに控えた執事に短い指示を出した。ほどなく、チーズとお菓子の盛り合わせにプディングを添えるというでたらめな組み合わせの大皿が運ばれてきた。準備されていたコース料理の二品ぐらいが省略されたのかもしれない。しかし、料理の趣向に文句のある者などひとりもいなかった。獲れたてのスズキにレモンとオレンジのソースを添えて新鮮な豆をあしらった料理、仔羊の骨付き肉のローストを王冠のように並べてチェリーを飾った料理、皮付きの新ジャガイモと焼いて細かく刻んだ仔牛肉に焦《こ》がしバターをかけたひと皿。さらには、まるごと塩で包んで焼いた、テーブルの半分を占める大きなマグロ。どれもみごとな出来だった。

だが、プディングが片づくと、マッカーサー夫人はすぐに立ちあがった。マッカーサーも同じように如才《じょさい》なく、客たちが晩餐の間《ま》に長居しないように、ご婦人たちとはのちに客間で合流するように取り計らった。

客間に移る前に、何人かの女性がいなくなった。ミス・ハーシェルムも消えており、ローレンスは胸を撫でおろした。ところが、ミセス・ジェラルドが近づいてきて、ローレンスの腕を取り、あなたにふさわしい魅力的な若い女性たちを紹介したいと言い出した。「ぜひ、みなさんとお近づきになって。あなたを放っておけないのよ。ドラゴンについてうるさく言うようなお嬢さんとは引き合わせないから安心して。ミス・オークリー、キャプテン・ローレンスをご紹介するわ」

ローレンスは、自分は不適格であるし出発間際であるしと理由をつけて、どうにかミセス・ジェラルドの申し出を辞退し、バルコニーにいたハモンドに合流した。彼は出席者のご婦人のひとりと話していた。そのご婦人、ペンバートン夫人は、植民地に渡る船上で夫を亡くし、近ごろ服喪の黒い手袋をやめたばかりだった。

「エリザベスが――マッカーサー夫人がいなければ、わたしどもはここに来ることなど考えつきもしませんでした。彼女は、わたしの学生時代からの友人なのです」オーストラリアまでの長旅を決意したことに驚くハモンドに応えてペンバートン夫人は言った。「でも、中国のような遠い土地にお住まいの方が、驚かれるとは意外です。デヴォンシアの田舎暮らしや六週間のロンドン滞在では体験できない世界を見てみたいと思う者は、けっこういるものですよ。わたしたち夫婦に土地を分け与えるという提案がエリザベスからあったとき、それはうれしかったものです。でも、女ひとりになってしまうと、ここではなにもできません」

再婚することを除いては――とは口にはせず、彼女は宴席の人々に目をやった。場はいっそう騒がしく、がさつになっていた。ペンバートン夫人がこの土地での将来にあまり期待していないことは明らかだった。

「イングランドに戻ることもできるのでは?」ハモンドが言った。

「デヴォンシアの村に戻って、義母といっしょにレース編みを? 足もとにいる義母のパグのいびきを聞きながら?」ペンバートン夫人は冷ややかに返した。政情不安定な植民地を目指して夫とともに海を渡ろうとした女性には、訴えるところのない生活なのだろう。「あなたも、まもなく出発なさるのですね?」と、彼女のほうからハモンドに尋ねた。

「潮が変わり、西風が吹いたらすぐに」ハモンドは気どって言ったが、正確ではなかった。西風とともに出帆したら、アリージャンス号は外洋に出るどころか港の岸壁に激突してしまう。「でも、わたしはいつかイングランドに戻りたいと思っていますよ。どんな任務だろうと国家に不服はありませんが、自分は放浪者タイプでもないのです。帰郷の喜びは、女性の心によりいっそう深く響くのではありませんか?」

「キャプテン・ローレンス、あなたはどうですか?」ペンバートン夫人が尋ねた。「退役したあとの静かな暮らしに憬《あこが》れますか? 田舎に家をお持ちになりたいですか?」

彼女の口調に少しだけからかうような調子があった。「一頭のドラゴンのための居場所さえあれば充分ですよ」ローレンスはそう答えると、外気を吸うため屋敷の外に出た。闇のなかに屋敷の明かりが輝いていた。椰子《やし》の木が茂る庭と飛び交うオオコウモリがぼんやりと見える。もしかしたら、こんな屋敷を持っていたかもしれなかった——そう、六年前の自分のままだったなら。だがいまや将来についてなにも考えられず、予期せぬ現実に翻弄《ほんろう》されている。屋敷よりもむしろ、人寂しいあの緑の谷間を、あの場所の不便さと労働を好ましく思う。

しかし、その緑の谷間にも別れを告げた。牛は売るか、ドラゴンの食事用にアリージャンス号の積み荷となった。屋根のない、太い柱が特徴的なドラゴン舎だけが、星空の下で、育ちつつある麦類を見守っているだろう。人里離れた場所であるため、管理を引き受けてくれる者は見つからなかった。もしまたあの谷間に戻ることがあるなら、柱には蔓《つる》植物が巻きつき、苦労して耕した畑には雑草や若木がはびこっているだろう。

もしいつか戻ることがあるなら……。ローレンスは体を返し、また屋敷に戻った。

総督公邸は湾をはさんで航空隊基地のある岬の反対側にあったため、晩餐会に招待された飛行士や陸軍兵士らは、夜気のなか、酔いも覚めるような長い道のりを歩くことになった。幾人かの若い士官は、静かな宿舎より波止場の居酒屋の灯《あか》りに惹かれ、道すがら二人、三人と抜けていった。そしてとうとうローレンスのそばにはグランビーしかいなくなった。ランキンが、ブリンカンとドルーモア空尉とともに前方を歩いていた。ローレンスとグランビーは示し合わせるまでもなく、歩調をゆるめ、わざと回り道をとった。

「送別会は立派なものでした」グランビーが言った。「マッカーサーはもっと浮かれたかったかもしれませんけどね。ぼくが悪魔のもとへ行くと言っても、彼はきっと喜んで別れの握手をしたと思いますよ。まあ、実際そのとおりかもしれませんが」

「もう少しミスタ・ハモンドを信用してもいいと思うんだが」ローレンスは言った。

「ぼくにはむしろツワナ王国のほうが信用できますよ。ハモンドは、いったいぼくらがなにを言ったらツワナ王国を懐柔《かいじゅう》できると思ってるんでしょう？　彼らのドラゴンの荒っぽさときたら。いまわかってるだけで、火噴きが何頭かに、重量級が四頭。全体像はほぼわからない。早急に北アメリカへ行って、かの地で戦闘竜を傭《やと》えるのかどうか確かめたほうがいいかもしれない。有り余るほど持ってるんだから、戦闘に使うことも考えているかもしれません」

グランビーの口調には不満がにじんでいた。アメリカ人がきわめて熱心にドラゴンの繁殖と育成に取り組んでおり、その保有数においていまや英国に迫る勢いであることを知る飛行士なら、誰もがいだく不満だった。アメリカではそのせいで竜に乗る人間のほうが不足しているとも聞いている。軍務に就きながらドラゴンの担い手となる日を待ちわびる者なら、不満はいっそう強くなるだろう。

「だが、その多くは小型ドラゴンだ」ローレンスは言った。「軍事訓練も受けていない。比較にもならないな。ナポレオンは、ツワナ王国のドラゴンを輸送艦に積めるだけ積んで南米に送り届けるつもりだ」

「まあ、ツワナ人たちがぼくら三人を追い返さず、話を聞いてくれるぐらいは期待しましょう」グランビーは悲観的な口調で言った。「ハリファックス基地かイギリス海峡艦隊から、援軍が派遣されるだろうと、ハモンドから聞きました。援軍が牛を寄こせと叫びながら上陸するところが目に見えるようだ。まあ、すぐにではないとしても。

ともあれ、昨今の外務省のやり方にとやかく言うのはやめましょう。ぼくは、この結果に感謝してますよ。あなたとテメレアを、この小さな港に投げ捨てたいと思ってるやつを激怒させるには充分です。あ、きっと足もとで吠《ほ》えるランキンの野郎も、役立たずの怠《なま》け者どもも、まとめて放りこみたいと思ってるんでしょうけどね。もちろん、あなたがまとめて放りこんだって、ぼくは文句を言いません。——おや、なにをやってるんだろう?」

すでに基地の門が見えていた。門から少し先の丘の中腹でなにやら騒ぎが起きている。怒鳴る声がして、興味しんしんの四頭のドラゴンが人だかりの上に頭をぬっと突き出している。ローレンスは落胆の思いで、人だかりのまんなかにディメーンを見た。ディメーンの前に、ニューサウスウェールズ軍団の陸軍士官らしき男がひざまずいていた。男は唇から血を流し、見おろすクルンギルを険しい目で見あげている。

「違反行為だ」と、ランキンが高ぶった声で言った。「彼の司令官が、朝になったら、説明を求めに来るぞ」

「かまいません!」ディメーンが言った。「悪いのはこいつだ! あなたはなにもわかっちゃいない。ぼくは、キャプテン・ローレンスが戻ってくるまで、こいつをここで見張ってます。もし立ちあがって逃げようとしたら、そしたら——クルンギルに言って、こいつを崖から逆さにして吊《つる》してやる!」

「ねえ、ローランド。ディメーンがこんなに怒ってるんだから、こいつはそれなりのことをしたんだと思うよ」テメレアが、ローレンスにしてみれば場違いな忠誠心を発揮して、エミリー・ローランドに話しかけていた。「だから、ローレンスが戻るのを待ったほうがいいよ。ローレンスならきっとうまく解決してくれるから。でも、崖からこいつを吊すのはやめたほうがいい」最後はクルンギルに対して、この発言ではじめて理屈の通ったことを言った。「だって、きみ、こいつを崖から落っことしちゃいそうだもの。逃げそうになったら、のしかかるぐらいでいいんじゃない？　つぶしちゃわないように気をつけなきゃいけないけど」

「もう、どいつもこいつも、ばか言わないでよ！」エミリーが、いつになく怒りのこもった声で言った。この人、臆病者でなきゃ、逃げてたわよ。とにかく手を出さないで。キャプテンにはなにも言わなくていいから」

イスキエルカが言った。「でも、あたしには聞かせてくれる？　もう眠れそうにないんだもん。けんかでもしたの？」

「やれやれ」グランビーが小さな声を洩らした。

「わたしはここにいるぞ。いったい、何事だ？」ローレンスは苦々しい思いで言った。「ディメーン、きょうの昼、話し合ったばかりじゃないか。けんかはするなと」

「してません！」ディメーンが言った。が、血まみれの男の顔を見て嘘にしか聞こえないと悟ったようだ。「ローランドがやったんです。でも、彼女がこいつを逃がしてやろうとしたから——」

「酔っぱらいのばかをぶん殴ったくらいで、大騒ぎされたくないもの。だいたい、あんたがなんで首を突っこむのよ。なんの権利があるの？　わたしの問題なのに」エミリーが言った。「キャプテン、どうか彼をこれ以上——」

「まさかほんものの女だとは思わなかった」地面にひざまずいた士官が、もつれた舌で言った。

「なんで女がズボンをはいて、こんなとこ、うろうろしてんだよ。つくりものかと思った。冗談でやってるんだとな」

「だったとしても、あんたにつかまれたくなかった」エミリーが軽蔑もあらわに言った。「変だと思ったら、まず尋ねるべきでしょ。なんか文句ある？」

ランキンが鼻を鳴らした。「ははん、そういうことか。その手の騒ぎならなにもはじめてじゃない。捕虜を逃がしてやれ、ディメーン。航空隊の女性飛行士に、淑女《しゅくじょ》のふるまいなど、誰も期待していない。こんな場合、違反の訴えを起こそうが、一笑に付されるだけだ。それとも、きみは嫉妬《しっと》に駆られて、こいつを縛り首にしてくれと言うのか？」

「もうけっこう、もう充分だ」ローレンスはランキンに語気鋭く言った。「そしてきみ、名前と、所属は？」ひざまずく陸軍士官に尋ねると、彼はいささか挑戦的にパスター少尉だと名乗り、所属を明かした。「きみの上官には、明朝、わたしから連絡を入れておこう。女性と軍人仲間に適正な敬意を示せない者について考えるところは、上官もわたしと同じであろうと信じている」

パスター少尉から反論はなかった。ローレンスが手を払って退去を命じると、彼は早足に丘をくだっていった。ディメーンはまだ顔をしかめていたが、興味を失った野次馬たちが徐々に離れはじめた。

「大事《おおごと》にしたくないです」エミリーがローレンスに近づいて言った。「たいしたことじゃ――」

「いや待て」ローレンスは片手でエミリーを制し、自分のテントのほうに促した。ディメーンが追いかけて声をかけようとしたが、エミリーはさっと顔をそむけ、やるべきことをやったまでだという彼の抗弁を冷ややかに無視した。

「言いたいことは山ほどあるが――」自分の机につくと、ローレンスは厳しい声で言った。「ディメーン。きみが最も尊重すべきは、渦中にある女性の評判、そして彼女の安心だった。公衆の面前でかっとなって大騒ぎしては、どちらを保つこともできない」

「ありがとうございます、キャプテン」とエミリーが言い、そら見ろという顔でディメーンをにらみつけた。

「遅きに失したが――」ローレンスはつづけて言った。「もとはと言えば、わたしの責任だ。そもそも、わたしがみずからの責務を果たしていれば、きみはこんな侮辱を受けずにすんだ。わたしがきみに、しかるべきお目付役《シャペロン》を用意していれば……いや、待ちなさい、ローランド」なにか言い返したそうなエミリーを押しとどめて、つづけた。「もちろん、きみの軍務が最優先されるべきだ。しかし、きみは貴婦人《ジェントルウーマン》であり、貴婦人の娘でもあり――」

「ちがいます！」エミリーが憤然《ふんぜん》と返した。「わたしは軍人です。そして、母も――」

「男が、軍人であり紳士《ジェントルマン》であることを求められるのなら、軍務の許すかぎり、きみもまたしかりだ」ローレンスは引きさがらなかった。「どちらも否定してはならない。わたしには、きみを監督する責任がある――そう、きみが成人するまでは。この件については、わたしが明日、なんとかしよう」

「ほらごらん。なんてことしてくれたのよ」エミリーがディメーンに毒づき、大股でテントを出ていった。

「キャプテン。こんなことになるとは思っていませんでした。ただ、ローランドがいやな目に遭《あ》うのが許せなくて」

「だが、きみの出る幕じゃなかった」ローレンスは言った。「これからも同じだ。その役割を、ローランドはきみに託したのか？　彼女の家族の同意を得たのか？　わたしはきみに紳士らしくふるまうことを求める。かっとなって無茶をするな。訴えたいことがあるなら、節度をわきまえてやるように」

「でも、それは……ローランドとぼくは――」ディメーンが言った。

「彼女がきみになにか約束したのか？　きみに約束したと考えさせるようななにかを許したのか？」ローレンスは言った。

「いいえ」ディメーンがむっつりと答えた。「でも――」

「では、これ以上話を聞いてもしかたがない」ローレンスはきっぱりと言った。

ディメーンもエミリーと同じくらい高ぶってテントから出ていった。ローレンスはなんの達成感もなくテントに残り、みずからに課した面倒な仕事と向き合った。いったいどうすれば、これを成し遂げられるのか。世情不安な植民地において納得のいくお目付役《シャペロン》の女性を雇うことはむずかしい。ましてや、アリージャンス号が出帆するまでの三日間で、長い航海にも危険な任務にもひるまない人物をさがしあてることなど、至難《しなん》の業《わざ》だ。

しかしだからと言って、エミリー・ローランドをシドニーに残していくことはできない。それでは、エミリーを貴重なドラゴンを担うにたる軍人に育てあげるという大きな責務を怠《おこた》ることになる。その責務を果たすためには、危険が伴おうが、エミリーに有意義な経験を積ませなくてはならない。怠慢が染みついた港町では、有益な体験は望むべくもないだろう。ランキンの指揮下に置くなら、なおさらだ。ランキンという男が、ローランドの訓練にも保護にも配慮しないことはわかりきっている。

ローレンスは、いっそ高齢の退役軍人をこの仕事に雇うのはどうだろうと、首をひねって考えた。いや、そんな人選は、適正とは言いがたい。ローレンスが漠然と考える、たとえ娘を育てた経験がなくともお目付役《シャペロン》のご婦人ならできるような助言をローランドに与えられないのではないだろうか。しかし、女性が見つからなければ、それで手を打つしかないかもしれない。そうだ、アリージャンス号まで出向かなければ——。ライリー艦長にローランド専用の船室を用意してもらうように頼む必要があることに、ローレンスは気づいた。

「ふつうの仕様でいいんだ」ローレンスはいった。「ただし、寝台をふたつ用意してもらいたい。ひとつはシャペロンに使ってもらう」

「女性……ですか?」ライリー艦長がいぶかしげに尋ねた。「いや、必要性を認めないわけじゃないんです。ただ、ローレンス、目下戦争しているブラジルまで、貴婦人《ジェントルウーマン》——をお連れしろと? わが艦に三人より多くの女性が乗っているところを想像できません。いまのところ、厨房のモリーばあさんに、砲手の妻がひとりとその赤ん坊。いや、赤ん坊は数に入れないとしても」

シャペロンの代役として、退役した紳士《ジェントルマン》も考えているとローレンスが提案すると、ライリーはさらに疑わしげな顔になった。

航空隊には女性士官が存在することを、ライリーはすでに知っている。その点は説明が省けてありがたかった。もちろん、エミリー・ローランドにふつうの結婚や家庭生活は期待できないかもしれない。若い娘を育てる一般的なやり方を彼女に当てはめることにも無理があるかもしれない。しかしローレンスは、自分の部下を酒や賭博《とばく》や女遊びに溺れさせ、分別も品位もある女性にはおよそ不適格な男たちにしてしまうような艦長を知っていた。自分はそんな過ちを犯すつもりも、エミリーが侮辱にさらされるようないまの状況を放っておくつもりもなかった。

「メイドをひとり雇えればいいんだが。少なくとも、それらしい役割は果たしてくれるだろう」

ローレンスは言った。

「マッカーサー夫人に相談してみてはどうですか？」ライリーが言った。「今後の方針くらいは示してくれるでしょう。時間は残り少ないが、もしかしたら堅実な人物を紹介してくれるかもしれない。明日には風が変わるでしょう。潮が満ちる昼には出帆ですね」

ふたりは甲板に出ていた。〝聖なる石《ホーリーストーン》〟で板を磨く音が騒がしく、塗り立てのペンキの臭いが鼻を突く。副長のパーベック卿の監督のもと、水兵たちが懸命に働いていた。ライリーの言うことはもっともだ、とローレンスは思った。この艦の、ある種の堅実な空気には生来の性向に訴えかけるものがあった。

「もし、誰か見つかったら、船室は用意します」ライリーが言った。「あなたがた三人のキャプテンは、それほど多くのクルーをかかえていないから、艦首の船室にまだ余裕があります」そこは、ドラゴンを輸送するときにいつも飛行士たちが使う場所であり、通常ならもっと多くの飛行士たちが乗艦するはずだった。「航空隊の士官見習いが私室をあてがわれるのを知ったら、理由を知らない私の艦の海尉候補生たちは不平たらたらでしょうが、ここは我慢させましょう」

「少なくとも難題のひとつは取り除けそうだな」ローレンスはそう言うと、ライリーと握手を交わし、艦載艇《かんさいてい》で陸を目指した。

基地に戻ると、エミリーが怒ったように忙《せわ》しなく手を動かし、テメレアのハーネスに脂《あぶら》を塗っていた。地上クルーが手入れを怠っていたらしい。ローレンスに気づいて、エミリーはさっと立ちあがった。

「言っておくが、考え直したわけではない」ローレンスは言った。「だが、わたしには別の責務もある。こちらについては、きみも異論はないだろう。ローランド、きみは空尉候補生に昇格するにふさわしい充分な働きをしてきた」

唐突な昇格宣言を前に、エミリーの態度が少しやわらいだ。が、彼女は狡猾《こうかつ》にさぐりを入れた。

「空尉候補生なら、シャペロンは必要ありませんね？　そもそも、シャペロンを雇うなら、まずわたしの母に相談するべきではないでしょうか？」

ローレンスにとっては、余計なひと言だった。残念ながら、ジェーン・ローランドがシャペロンを雇うことに賛成するとは思えない。彼女自身、シャペロンが付いたことなどなかったし、ばかばかしいと一蹴《いっしゅう》するだろう。だが、娘がよからぬ関心の対象になることも是《よ》しとはしないはずだ。いまやエミリーは体の変化をごまかしきれなくなっているが、生涯の伴侶《はんりょ》を見つけるには若すぎる年齢なのだ。

「イングランドに戻れば、きみは母親の監督下に置かれることになる。そのときには当然、わたしからいかなる口出しも受けることはない」ローレンスは言った。「しかしそれまで、わたしひとりきりできみを監督するのが適切だとは思えない。きみはその……」しどろもどろでつづけた。「きみは、ある種の同性の友人を求めたことはないだろうか？　つまり、その……きみがしかるべきときに……助言を求め、頼りたくなるような友人を」

「わたしは母からすべてを教わりました」エミリーがじれったそうに返した。「愚かなことをするつもりはありません。一年間も軍務から離れるなんてまっぴらです。だいたい、わたしがスカートをはいてないことに鼻を鳴らすようなおばあちゃんと、なんでおしゃべりしなきゃいけないんですか？」

ローレンスは説得をあきらめ、黒色火薬を補充しておくようエミリーに命じて、議論を打ち切った。

3　アリージャンス号出帆

テメレアは、遠ざかるシドニーのみすぼらしい家々に、さほど名残惜《なごり》しさを感じなかった。ただ、ローレンスとライリー艦長は、ここがいかに優れた港であるかをしきりに語り合っていた。それはそうかもしれないが、だからと言って、この街の荒れた未舗装の通りのひどさが帳消しになるわけではない。通りはあまりにも狭く、ぬかるみがそこらじゅうにあった。大海蛇《だいかいじゃ》たちが中国からこの街に運びこむ品々は高く評価するとしても、彼らが食する半ば腐った魚のすり身の強烈な臭いときたら……。なんであんなものを蓋もせず、樽《たる》に詰めて港に置いておくのだろう？　追い風のいま、港の腐臭がアリージャンス号をしつこく追いかけてくる。

「わたしたちを、食べたりしませんわよね？」ペンバートン夫人が、ドラゴン甲板にのぼる階段の下で逡巡しながら、エミリー・ローランドに尋ねた。

「ふふん、食べちゃうかもしれませんよ——隙《すき》を見せたが最後」と、テメレアは、ペンバートン夫人を見おろして言った。「残念ながら、彼らには魚と人間の区別がつきません。言葉も解さない。だから人間を食べちゃだめだって言い聞かすこともできないんです。もし泳ぎたいのなら、あと数日待ったほうがいいですよ」

ご婦人は言葉をなくしてテメレアを見あげた。よくわからない、とテメレアは思った。いったいどうして、ローレンスはこんな人を必要だと思ったんだろう？　エミリーに訊《き》いてみたが、「ぜんぜん、必要ない」というにべもない返事が返ってきた。

エミリーは、いかにも見くだした態度で、ペンバートン夫人に答えていた。「もちろん、あなたを食べたりなんかしません。ねえ、テメレア、彼女が言ってるのは、あなたとイスキエルカとクルンギルのこと。大海蛇のことじゃなく」

「彼女、あまり賢くないみたいだね」その日の午後、テメレアが声を潜めてローレンスに言った。海に浸《つ》かり、ローレンスが先にドラゴン甲板に戻ったときだった。「それにね、ローレンス。ローランドに護衛が必要なら、ぼくに言ってくれれば、やってあげるのに。彼女がぼくのクルーじゃなくたって、ここにいないエクシディウムのために、ぼくには彼女を守る義務があると思ってるよ」

心外だという気持ちは、隠そうとしても態度ににじみ出た。その後、フェリス空尉——いや、正確を期すならミスタ・フェリス——が、ペンバートン夫人の仕事について説明してくれた。しかしそれでも、この件に関するテメレアの考えは、エミリーの意見と完全に一致した。

「身体警護なら、問題ない」ローレンスが素っ気なく返した。「だが、淑女の名誉を守るのに、残念ながら、きみは適任じゃない。つまり、きみの意見は、この件に関しては、当たっていないということだな」ため息を洩らし、付け加えた。「ペンバートン夫人は思慮深い女性だ。臆病でもない。臆病だったら、そもそもこんな仕事を引き受けないだろう。きみが危険な存在でないことは、すぐにわかってくれるよ」

何匹かの大海蛇が、遊びたいのか獲物を求めてなのか、アリージャンス号のあとを追ってきた。艦首からこぼれる白い泡と戯《たわむ》れ、海水の飛沫《ひまつ》で横腹がきらきらと輝いている。

臭いだけならともかく、大海蛇という旅の道連れを喜ぶ者はいなかった。とりわけ水兵たちは、いまにも襲ってくるのではないかとびくびくしていた。大海蛇は肉付きがよく、飢えたようすはなく、空腹なら港に帰ればいいだけなので、まず人間を襲うことはないだろう。しかし水兵たちはドラゴンだけが頼みの綱と考え、テメレアが昼寝しようとすると、帆桁《ほげた》の上で大きな音をたてたり、甲板に砲弾を転がしたり、ロープの束を上からどさりと落としたりして眠らせないようにした。

「結局、水兵たちは、ぼくのことも恐ろしいやつだと思ってるんだよ」テメレアはうんざりして言った。折りしも一匹の大海蛇が水面から飛び出し、虹色の弧を宙に描いたかと思うと、汚泥《ヘドロ》がビシャッと首にかかった。テメレアが注意を払っているかどうか確かめようとしたにちがいない。

　エミリー・ローランドが昇格してテメレアの体を洗う役目から離れたので、サイフォとゲリーという名の幼い少年がその仕事を引き継いだ。ゲリーは、ニューサウスウェールズ軍団の士官とその妻から生まれ、両親を熱病で失った孤児だった。まだ八歳にも満たず、オーストラリア大陸にほかに身寄りはいない。ローレンスはマッカーサー夫人から、エミリーのお目付役《シャペロン》としてペンバートン夫人を推薦されたとき、いっしょにゲリーも引き受け、航空隊の見習い生とした。

「まあ、斡旋料《あっせん》のようなものかな」と、ローレンスはちょっと情けなそうに言ったが、テメレアは幼いゲリーを大歓迎した。子どもの細い指は、塗料のような、うろこの下まで潜りこむ汚れを落とすのにうってつけなのだ。

　ゲリーははじめてドラゴン甲板にあがるとき、大泣きして、エミリーに叱られた。「わたしはね、あんたの歳より二年も早く、学校に行く代わりに見習い生になった。なんで、赤んぼみたいに泣きわめくわけ？　せっかくのチャンスを無駄にしたら、誰もあんたを将来の竜の担い手にふさわしいとは思ってくれないから」

　ゲリーが洟《はな》をすすりながら言った。「ぼく、ドラゴンなんかほしくない」

　テメレアはこの発言を大いに評価した。やっとほかのドラゴンのところに行きたがらないクルーが手に入ったのだ。せっかくローレンスと自分のもとで訓練を積みながら、ほかのドラゴンのキャプテンになられてしまってはたまらない。

「なんという、あんぽんたん」エミリーが言った。「自分のドラゴンがほしくないなんて。いっしょに空を飛べて、祖国のために尽くせるのに。あんたも軍人の息子なんでしょ。恥ずかしいったらないわね」

ゲリーの亡くなった父親は、マッカーサー総督が首謀した反乱に深く関わった人物なので、祖国のために尽くしたとは言えないかもしれないが、少年の涙が引っこんだ。「ぼくは、あんぽんたんじゃないよ」ゲリーはむっつりとエミリーに返すと、サイフォのあとを追ってテメレアの背にのぼった。こうしてふたりで竜の体を洗い終えるころには、少なくともテメレアの脇腹を滑りおりるくらいには、新しい仕事になじんでいた。

テメレアは、ドラゴン甲板の前部でとぐろを巻き蒸気を噴きながら眠っているイスキエルカを、苦々しく見やった。イスキエルカはまったくへドロをかぶっていなかった。

クルンギルは彼女と比べれば進んで役に立とうとするし、魚も獲れるようになった。自分の捕まえた魚の大半を自分で食べてしまうけれど、少なくとも前のように、食事の時間になると眼の前のものをまたたく間にたいらげ、ゆっくりと食べているほかの竜の分け前をものほしげに見つめることはなくなった。

「艦《ふね》に着地するとき、揺らさないで」イスキエルカが、甲板におり立って舌なめずりするクルンギルに文句を言った。

「仕事を怠けてるわけじゃなし、きみは文句を言える立場じゃないよ」テメレアは言った。「あ、これは、クルンギル、ありがとう」持ち帰った小さなクジラを分け与えようとするクルンギルに愛想よく礼を言った。とはいえ、クジラは端っこがぼろぼろで、かじった痕《あと》まであった。それに、テメレアが食べたいと思うよりずいぶん量がある。クルンギルのようにたくさん食べられないことは、あまり認めなくなかった。あんなに小さなしわだらけの貧弱な体で生まれてきたくせに、いつしか自分より大きくなり、そのうちマクシムスさえ追い越しかねないなんて、どう考えても不公平じゃないか。

「あたしは、お腹すいてない」イスキエルカが言った。「拿捕賞金が出るような商船がいるなら別だけど、ただ魚を獲るために飛びまわるなんてばかみたい。だいたい、きみだって、自分で魚を獲ってこないじゃない」

「ぼくには、大海蛇からアリージャンス号を守るという大切な仕事があるからね」テメレアはもったいぶってイスキエルカに返した。

翌日の午前には、最後まで残っていた大海蛇たちもシドニーに戻っていった。アリージャンス号はほどなく〝吠える四十度《ロアリング・フォーティーズ》〟〔南緯四十度から五十度にかけての強い風が吹く海域〕に入ろうとしていた。海水温が下がり、海面は鉄灰色《てっかいしょく》に変わり、緑がかった泡が複雑な模様を描いている。

ローレンスはライリー艦長とともに、艦尾の艦長室からガラス越しに、大海蛇たちが去っていくのを見送った。大海蛇の棘のある背中が浮いたり沈んだりしながら輝く波間を突っ切り、やがてアリージャンス号の航跡の彼方《かなた》でひときわ盛りあがる波に潜りこみ、見えなくなった。

そこからは、船乗りが最も愛する単調な航海になった。ナイフの切っ先のように鋭い風が後方から吹きつけ、太陽は一日の数時間を除いて水平線上に浮かぶ冷たく白い小さな円になった。ローレンスは毎朝、甲板を磨く音と時鐘で目覚めた。ときに寝ぼけて、なぜ朝の当直に呼ばれなかったのかと狼狽《うろた》え、あるはずもない軍服の青い上衣を手探りした。

日々のこまごまとした日課があれば、もっと気がまぎれたはずだった。緑の谷間の生活では、毎日やるべきことがたくさんあった。だが艦上では、ローレンスにふさわしい時間つぶしになるような仕事はなにもなく、ただの乗客でいるしかない。エミリーの教師役も、結婚前は家庭教師をしていたというペンバートン夫人がいるおかげで、ローレンスはお役御免となった。

グランビーという旅の友がいるのはありがたかった。ライリー艦長もそう言えなくもないのだが、アフリカ渡航のときに生まれた彼とのあいだの溝はまだ埋まっていなかった。ライリーの父親は西インド諸島で農園を経営する奴隷所有者であり、ローレンスの父親、アレンデール卿は、奴隷制廃止のために人生を捧げてきた人物だった。

先のアフリカ行きで、アリージャンス号はあの大陸にある、ほぼすべての残酷な奴隷貿易港を通過した。その過程でライリー艦長とローレンスのあいだに軋轢《あつれき》が生まれたが、結局、謝罪と和解のチャンスは訪れなかった。ローレンスは、今回の任務について心の底にわだかまっている感情を、ライリーには打ち明けていなかった。またライリーのほうにも、知ろうとするのを避けているようなところがあった。ふたりは、慎重に礼節を保って共に歩き、航海術や天候や艦上生活のことしか話題にしなかった。

ローレンスのせめてもの気晴らしは、テメレアと艦を離れて、空を飛ぶことだった。冷たい風が心地よく頬を刺し、かなり南まで行けば、雪を降らす雲に出会うこともできた。眼下にときどき銀色の魚の大群や、クジラやネズミイルカの小さな群れがあらわれた。たまにサメの影が通りすぎることもあった。

「サメのやつら、旨いものばかり食べてるのに、ちっとも旨くないのはどうしてなんだろう？まったく無駄なことだなあ」テメレアがぶつぶつ言った。「それはそうと、ローレンス。どうしてあなたの提言を実行するのがまずいのか、よくわからないんだ。どうせツワナ王国が奴隷をさらっていくのなら、ポルトガルはさっさと奴隷を手放してしまったほうがいいんじゃない？　そうすれば、ブラジルの街を片っ端から破壊されずにすむ」

「奴隷にされたツソナ人がまだそこで暮らしているかぎり、ツワナ王国はブラジル全土を破壊しようとは考えないだろう」ローレンスは言った。「――もちろん、ツワナ王国にとって民の救出が第一の目的だとしての話だが」

ローレンスは慎重であれと自戒したが、ほかにも希望はあった。ツワナ軍は、祖国から遠く離れた、ツワナの民をひとりも送り出していない奴隷貿易港にも、破壊の手をゆるめていなかった。だとしたら、ローレンスがひそかに考えている提案を、ポルトガル側が受け入れる可能性もあるのではないか。すなわち、ツワナ人の特定の親族を返還するだけにとどまらず、ブラジル全土の奴隷を解放するという提案を。

心に温めた提案のことを、ローレンスはまだテメレアにしか打ち明けていなかった。ハモンドの反応はたやすく想像できた。奴隷制の全廃をポルトガルに勧めることはできないし、ツワナ王国も納得しないかもしれない。そのような思いつきを遂行するためには、あらゆる努力が要求されるだろう。

「少なくとも、試してみなければ。わたしたちにほかの選択肢がないなら、まずは試してみるしかない」ローレンスはそう付け加えた。

「もちろんだよ」テメレアが言った。「ポルトガルだって、拒否していられなくなるんじゃないかな、ブラジルの都市をつぎつぎにツワナ軍に焼き払われたら」テメレアは楽観したようすで言った。「もしハモンドの望みどおり、ぼくらがツワナ王国をなだめてブラジルに平和が戻るなら、彼だって文句を言う筋合いはないと思うけどね。任務をすませたら、ぼくらは英国に戻る。

そして今度こそナポレオンを打ち負かすんだ。あれ？　ローレンス、あそこに見えるのは、拿捕できる船かな？」

そうではなかった。それはかなり遠くを行く捕鯨船で、ほぼ確実に敵国船ではなかった。テメレアの体重を支えられそうにないほど小さく、たとえ事前に知らせたとしても、訪問は乗組員を怯《おび》えさせるだけだろう。テメレアが問いかけるように、振り返った。ローレンスは、首を横に振って返事とした。テメレアは針路を変え、相手から気づかれるような降下もせず、捕鯨船から遠ざかった。

一隻の捕鯨船以外に帆影《ほえい》はなかった。出帆してすでに数週間、いくつかの島々を通り過ぎたが、ほとんどは岩が剝き出しになり、地衣類に半ば覆われた火山島で、人は住んでいなかった。労働がない分、緑の谷間にいたとき以上に孤立感を覚えたが、ローレンスはあえてそれを求めた。もうどんな権威に屈するつもりもなければ、それをテメレアに強いるつもりもない。すべては自分たちの判断によって行う。そう覚悟した身には孤立感こそふさわしかった。

アリージャンス号に戻るとき、ローレンスは後悔と驚嘆が交じり合う複雑な思いで、眼下の艦《ふね》を見おろした。そこには、かつてローレンスの人生を仕切っていた、わかりやすい秩序があった。

ふいに、ナポレオンのことを考えた。あえて秩序に支えられた人生を捨てた男。義務や名誉という重圧に縛られることなく、己《おの》れのぎらぎらする野放図な欲望だけを追いかけ、そのために仲間との社交生活からみずからを締め出した男——。

「ナポレオンを満足させるものなど、なにもないのだろうな」ローレンスはテメレアに言った。「どんな勝利が、どんな栄光が、彼を満足させるのだろう？　世の中が変わるだけでは無理だな。おそらく、彼の野望を擦《す》り切れさせるのは、老いという時の経過だけなんだろう」

「老いたナポレオンが征服と栄華に飽《あ》きても、リエンは変わらないよ。だって、あいつが年を取るには、すごく長い時間がかかるんだから」テメレアが険悪な口ぶりで言った。「とにかく、時がたつのを待ってちゃだめだ。ぼくらでナポレオンをやっつけて、二度とひどいことができないようにしてやらなくちゃ」

「そうだな。ナポレオンが全ヨーロッパの王になろうとするなら、わたしたちはその玉座《ぎょくざ》から引きずりおろしてやるまでだ」ローレンスは、そうは言ったものの、テメレアの背から世界の最果てのような冷たい海に浮かぶ艦におりようとしている自分が、あまねく世界に知られる大国の君主、ヨーロッパの半分を征服した覇者《はしゃ》についてこんなふうに言うことを、どこかおもしろおかしく感じた。

その日の夕食は、いささかいつもとちがった。ローレンスとグランビーが内々で、クルンギルの担い手となったディメーンをキャプテンと同等の待遇にすることを決め、彼を食卓に同席させたのだった。ディメーンの食卓での作法や会話術は上座にすわる人間にふさわしいものではなかったが、それは若さを理由にできないおとなの軍人にもしばしば見られる欠点だ。少なくともディメーンは、わざと無視されることさえあったシドニーの見習い生時代より、まわりから注目されるのを意識しており、今後、恥をかいたり注意を受けたりして鍛えられていく余地は充分にあった。

しかしハモンドは行儀作法には無頓着《むとんじゃく》な客で、ディメーンが四席隔てた場所でひと言も発せず食べていようが、肘《ひじ》で小突かれて乾杯に加わろうがまったく気づいていなかった。そして彼自身の口数の多さは、同じテーブルに就いた者たちの寡黙さを補って余りあるものだった。英国大使として中国の宮廷で四年間を過ごすあいだに、いささか体重が増え、以前のがむしゃらな情熱は揺るぎない自信に変わったが、彼自身にとってきわめて関心の高い事柄になると、以前と変わらぬ前のめりの姿勢が顔を出した。

「報告書によれば、二隻の輸送艦が送りこまれ、いまは港に待機しているそうです」ハモンドは乾パンのかけらを並べてリオの輪郭を描き、乾パンから出てきたコクゾウムシを指でつまんで取り除いた。「ツワナ軍は、破壊された街のなかに野営を張っているとのこと」

「ツワナ王国がナポレオンに味方するというのが解《げ》せませんね」グランビーが言った。「やつは奴隷制を不法とはしていない。ツワナ王国はほんとうにフランスの同盟国なんですか？」

「本来の意味では、同盟関係とは呼べないでしょう」ハモンドが言った。「むしろ、ツワナ王国が、賠償を求める代わりにナポレオンと休戦を取り決めたと言ったほういいかもしれない。ただし、ツワナ軍が敵を討てるよう海を越えて送り届けることが、ナポレオン側の代償だった。ツワナ王国の敵は、彼の敵でもあった。二国にとって結びつくよりほかに選択肢はなかったというわけです。二国は、スペイン沿岸やポルトガルへの攻撃もやめてはいません」そこまで言うと、意味ありげな視線をローレンスに送った。もちろん、その地に英国軍が上陸すれば、どれほどの危険が待ち受けているかは容易に想像がつく。

「アフリカのケープ半島あたりに、彼らをとどめておくことはできないものかな」グランビーが言った。「あるいは、彼らの王国にもっと近い場所に。地中海はアフリカ南部からあまりにも遠い。補給線の確保だって簡単じゃないはずです」

「もちろん、未知の領域で戦端を開くことは容易じゃない」ローレンスは言った。「われわれはツワナ王国が存在することすら知らなかった。その無知がいまの苦境を招いたとも言える。しかし、ツワナ軍が強大な戦力を維持して長距離を移動できると知ってしまった以上、アフリカ大陸から遠く離れた土地であろうが、踏みこむときにはいっそうの慎重さが要求されるようになった」

ローレンスは話しながら、頭上の甲板から聞こえる足音と声の変化にうっすらと気づき、しだいにそちらのほうが気になってきた。警告の叫びもなければ、敵の襲来を知らせる小太鼓が連打されたわけでもない。席を立って確かめにいく口実も見つからないまま、なんとか好奇心を抑え、料理の皿が片づけられると、食後のコーヒーをドラゴン甲板で飲まないかと提案した。

　梯子《はしご》通路から頭を出して空を見あげるや、疼いていた好奇心が満たされた。その夜は士官室で食事していたライリー艦長がすでに後甲板にあがり、指示を出していた。焦《あせ》ったようすもなく、粛々《しゆくしゆく》と差配しており、縮帆が進められている。「まもなく、強風が来ると思いますが、なにも心配はいりません」ライリーは快活な声で言ったあと、ローレンスに耳打ちした。「気圧計の水銀柱がぐんぐん上がっていきます。ドラゴンたちを早めに鎖で甲板に縛りつけたほうがいいですね」

　ローレンスは無言でうなずき、テメレアのもとへ行って、嵐用の鎖ネットできみを拘束しなければならないと告げた。テメレアはこの鎖が大嫌いだった。「なんなら、装着の前に、ちょっと飛んでもいいよ」

「なんでもいいよ」冠翼をぺたりと倒した竜にすまない気持ちが湧いて、ローレンスは付け足した。

「なんでぼくらが海に出ると、いつも嵐になるんだろう」テメレアはローレンスを乗せて舞いあがると、憂鬱《ゆううつ》そうに言った。遠くの空に赤紫と紫の大きな雲のうねりが見えた。海はのっぺりとした黒一色だ。

　テメレアがついにしぶしぶと艦に着地したとき、イスキエルカの声がした。「あたし、鎖で縛られるのはいや。しっかりつかまってればいいんでしょ。いざとなったら、舞いあがればいいんだし」

イスキエルカは三日連続で吹き荒れる強風をまだ経験したことがないのだ、とローレンスは気づき、面倒なことになるのではないかと懸念《けねん》した。風だけで命を落とすことはないとしても、強風はドラゴンの耐久力を根こそぎ奪い取る。

「そんなに長くは吹かないはずだから、我慢してくれよ」グランビーがイスキエルカにそう言ったあと、問いかけるようにローレンスを見あげた。ローレンスはテメレアの背から滑りおりるところで、できるだけ静かにすみやかに作業を進めようと急いでいた。

数人の水兵が巨大な防水布と嵐用の鎖ネットを持って立ち、まるで災いを招いた元凶であるかのようにテメレアを見つめていた。グランビーとイスキエルカの議論する声が艦全体に響き渡るほど大きくなると、水兵たちのまなざしはさらに険しくなった。

水兵たちの迷信深さはいつものことだが、目の前に立ちはだかる想像しうるかぎり最悪の嵐に、さらに災厄の要素を上乗せする必要などどこにもなかった。悪天候のあいだ長時間の拘束に耐えるようイスキエルカを説得できなければ、いっそう悪い結果を招くことになる。イスキエルカとグランビーは、この件に関して一時間近く議論していた。そのあいだも雲は刻々と近づき、ライリー艦長が、だらだらと作業する水兵や準備ができていないドラゴンたちを、心配そうに見やるようになった。

ついに、グランビーが自棄《やけ》っぱちな調子で言った。「大切なイスキエルカ、こうしよう。きみが鎖を受け入れるなら、ぼくはあの軍服を着る。お願いだから、きみの安全を確保させてくれ」

あの軍服とは、前世紀のヴェルサイユ宮殿でも人目を浴びるほどの、金地に宝石をちりばめた、恐ろしく派手なしろものだった。イスキエルカはそれを、チームの新しい副キャプテン、ミスタ・リチャードを奔走《ほんそう》させて――その結果、彼はキャプテンからこっぴどく叱られるのだが――インドであつらえさせた。だが、グランビーはここまで金ピカに飾り立てられることを断固として拒んだため、以来イスキエルカは不満をくすぶらせていたのだ。

そういう事情があったので、イスキエルカはすぐに提案に飛びつき、「あたしが望めばいつでも？」と念を押した。

「状況にふさわしくない場合は除いて」グランビーがさっそく条件を付けた。

「ふさわしいかふさわしくないかは、あたしが決める」

最後はグランビーが観念して、と言うよりは破れかぶれで承諾した。イスキエルカが甲板に身を伸ばし、その堂々たる赤と黒の体に鎖ネットがかぶされ、さらに鎖がかけられた。

一連の作業のあいだ、グランビーはローレンスの視線を避けるように艦首に立っていた。自分の竜を従わせるために褒美《ほうび》で釣るしかなかったことを恥じているのだと、ローレンスにはわかった。イスキエルカとは対照的な、やさしい気性のクルンギルの反応にも思うところがあったのかもしれない。

ディメーンが、防水布の下に入ってくれと頼むと、クルンギルは「うん、いいよ。あなたの好きにして。でもこれじゃあ、魚を獲りに行けないね」と返し、ディメーンが空腹のときは食事を持ってくるからと保証するだけで、鎖ネットも受け入れた。

「けっして快適とは言えないなあ」テメレアも甲板に身を伸ばし、憂鬱そうに言った。テメレアとクルンギルは、イスキエルカをまんなかにはさんで、嵐をやり過ごさなくてはならなかった。イスキエルカの棘状の突起は、巨艦に追加された錨《いかり》のように、体の固定をいっそうむずかしくした。突起が嵐の衝撃を受けやすいことも、たえずそこから蒸気を噴きつづけるのも厄介だった。

「いま食べさせておいたほうがよさそうですね」艦首から戻ってきたグランビーが言った。ドラゴン甲板では、竜たちにかぶせた鎖ネットが艦に固定され、さらにその上からロープをかけて補強する作業がつづいている。海は先刻まで不気味な静けさに満ちていたのだが、いつしか波のうねりが警告のリズムを刻むように舷側《げんそく》を打っていた。

ふだんならドラゴンとの接触を避けたがる水兵たちが、かぎ爪やうろこの上を這い、ロープを引いて結束を確かめていた。確実に固定しなければ、竜の重みの片寄りで艦が転覆することにもなりかねないからだ。「一日ぐらい寝ていてくれると助かるんですけどね。そのうち牛を甲板に吊りあげるのもたいへんになります」と、グランビーが言った。

　ぼくは気むずかしいことは言わない、とテメレアはひとりごちた。ついさっきグランビーの頬が赤くなるのを見たとき、自分はあんなふうに、ローレンスに恥をかかせるようなことはしないぞ、ときっぱり思った。ほんとうは、イスキエルカよりぼくのほうが鎖の拘束を嫌っている。だから、拘束の見返りを求める権利があるとしたら、イスキエルカじゃなくて、むしろ自分のほうなのだ。

「でもぼくは大騒ぎしたり、仲間やかわいそうな水兵たちを困らせたりしない。だって、みんな、嵐のなかで一生懸命働いてくれるんだからね」テメレアは誰にともなく言ったが、少したつと、黙るのが早すぎたかもしれないと後悔した。火を通した肉を食べたいぐらいは言ってもよかった。しかしそのときには、すでに一頭の牛が前部昇降口から吊りあげられ、甲板には解体した牛の肉を分ける金《かな》だらいが用意されていた。降りはじめた雨が金だらいに当たって騒がしい音を響かせている。

「それにあのこともだ」肉が分配されるのを見ながら、テメレアはさらにぶつぶつと言った。「きれいな服を着る権利があるのは、グランビーよりもローレンスのほうだ。つまるところ、ローレンスは王子でキャプテン、どっちもなんだ。おまけにグランビーより年上だ。だから、ローレンスがあいかわらず一張羅《いっちょうら》を着ないのなら――」もちろん、着ない理由はわかってるさ。あんなに美しいものを誰だって不必要に汚したいとは思わないからだ。「グランビーも遠慮したほうがいいんだ」

クルンギルが頭をもたげて言った。「あのね、ディメーンも王子なんだよ」

いいや、ちがう、とテメレアは思った。だが、ローランド空将が、ディメーンとサイフォを見習い生として採用するのに海軍省から文句が出るなら、彼らはアフリカの王子だと言ってやればいい、そんなことを言っていたのを思い出した。でも、それとローレンスの場合はぜんぜんちがう。ローレンスは立派な儀式によって正式に中国皇帝の息子になったのだから。

「王子なのに、ディメーンはきれいな服を着ていない」とクルンギル。

イスキエルカが苛立《いらだ》って、蒸気を噴いた。「言っとくけど、飛行士としてはグランビーのほうが長いんだから。ああ、なんでグランビーは王子じゃないんだろう。ぜんぜん、わかんない。だけど……いつか、そのうち、かならず……」イスキエルカが翼のなかに首をうずめてしまったので、そこから先は聞こえなくなった。

一時間後、雨脚が激しくなった。テメレアとクルンギルにはさまれて風を避けられるイスキエルカはよく眠り、蒸気を定期的にシュッと噴き出していた。そのために、三頭を覆う防水布の内側に水滴がたまって、テメレアの背にぽたぽたと落ち、それがなんとも不快だった。生肉をおさめた胃のこなれも悪かった。

ゲリー少年を使いにやって、料理人のゴン・スーにボウル一杯の中国茶を用意してもらうのはどうだろうと真剣に考えているとき、クルンギルが頭をテメレアの背にのせて、そっとささやきかけた。「テメレア?」

「なに?」テメレアは答えながら、やっぱりこの雨と風ではお茶がだいなしになるだろうと結論した。貴重な一杯を無駄にしたくない。ただでさえ自分が好むお茶はとても値が張るので、ローレンスに負担を強いている。

「ディメーンも、もっときれいな服を着たほうがいいのかな?」クルンギルがおずおずと尋ねた。

「ふふん」テメレアの心のなかでしばし葛藤が渦巻いた。いまも、自分のクルーだったディメーンを奪われたことを恨んでいるし、彼がチームに戻ってきてくれたらとてもうれしい。でも、クルンギルがディメーンのことを真剣に気にかけているのなら、クルンギルにわざと間違ったことを教えるのは卑怯なやり口だ。

そこでテメレアは言った。「一目置かれるドラゴンのキャプテンなら、それなりの場所に出ていくときは、ぱりっとした見てくれのほうがいいね。ディメーンはもっと上等な上着を持っていてもいいかもね。それと、ローレンスやグランビーが付けているような金の階級章も。それがないと、本物のキャプテンだとは見なされないから」

「だけど、どこに行けばもらえるの?」クルンギルが尋ねた。

テメレアは、突如むくむくと湧きあがった寛容の精神をもって答えた。「ぼくがローレンスに頼んでみようか。ぜったいとは言えないけどね。でも、もしぼくらが敵国船を拿捕したら――」それを想像して、思わず声がうわずった。「拿捕賞金を分け合って、お金が手に入る。それなら、ほしいものはなんだって買えるんだ」

「イスキエルカはたんまりと賞金を稼いだんでしょ？」クルンギルが問いかけた。

「通りかかったところにたまたま船がいたからさ。運がよかったんだ。敵国船が目の前にいれば、ぼくだって拿捕するし、賞金をもらう」さらに公平を期して付け加えた。「きみだって、敵国船を拿捕する戦功をあげれば、賞金を手にできるんだ。大砲で撃ち落とされちゃ元も子もないけどね」

「大砲なんか怖かないや」クルンギルが言い、折りしも艦首から押し寄せた波をかぶり、頭を振った。「こんな波だってへっちゃらだよ」

「ぼくも」テメレアも同意し、肩を揺すって水を払い、艦が波の谷間に突っこむのに合わせて体を低く伏せると、眼前にガラスの壁のような大波が立ちはだかるのが見えた。

アリージャンス号は颱風《タイフーン》を乗り切るのに適した艦とは言えない。ローレンスは、ライリーが数年前にこの艦を評して言ったことを憶えている。「艦首の重いずんぐりした船体にしては、帆が不釣り合いに多すぎる。あんな艦を動かせと言われたら、喉を掻き切りたくなるでしょうね」

あのときふたりはまだリライアント号の艦上にいて、ポーツマス港に危なっかしげに入ってくるドラゴン輸送艦を見物していた。当時はまさかこんなふうにアリージャンス号に乗りこむ日が来ようとは、どちらも夢にも思っていなかった。

海軍時代のローレンスは、当時すでに勅任艦長として六年の軍歴があり、影響力ある政治家を父に持ち、数々の戦功にも恵まれ、いずれは提督となり将官旗を掲げて重要な任務にあたることが期待されていた。一方、ライリーは、リライアント号の副長を務め、ローレンスという後ろ盾《だて》もあり、あと五年ぐらいで艦長に昇進できるだろうと思われていた。

だがその後ろ盾を失ったとき、ライリーはアリージャンス号の艦長への昇進を喜んで受け入れた。もちろんいま、彼の口からかつてのような辛口の批評が出てくることはないし、彼の前でそれを言うことさえはばかられる。だがアリージャンス号にとって、唯一の長所と言えるのが、沈むには大きすぎるぐらいであることは否定できないだろう。

だがいま、アリージャンス号は自然の驚異に――立ち向かうにはあまりにも過酷な試練に――無謀に挑みかかっているように見える。ローレンスは、この艦で味わった前回の厳しい経験を苦々しく思い出した。三日間つづいた嵐。果てしなく山なす波の頂《いただき》と谷間を、艦はかろうじて進みつづけた。波の谷間に沈むたびに、また頂まで行き着けるのかどうかが危ぶまれた。

ニューサウスウェールズ植民地まで航海するあいだに、ライリー艦長は、これまでほとんど海に出たことがない陸者《おかもの》や囚人たちを、水兵として使いものになるよう仕込んできたが、それでも未熟な者たちが大勢いた。海軍においてドラゴンの輸送は栄《は》えある任務とは見なされず、ライリー艦長に、自艦の優秀な乗組員を先任の艦長たちに引き抜かれるのを防ぐだけの政治力はなかった。

その結果とも言うべき乗組員の頼りない仕事ぶりは、到底、ローレンスには満足できるものではなく、結局、干渉したい衝動をこらえつつ、ドラゴン甲板か船室に引きこもっているしかなかった。

「万事うまく対処されています。だいじょうぶですよ」その日の午後、ローレンスは――半ば自分に言い聞かせるように――ペンバートン夫人に言うと、窓から差しこむ薄暗い日差しのもと、冷めた料理をぼんやりと見つめた。艦が自分の関与できないところで波間に浮き沈みを繰り返しているとき、食事の席についていても、現実の外にはじき出されているような感じがした。

嵐は三日どころか五日間もつづき、アリージャンス号に恨みでもあるかのように、しつこくあとを追いかけてきた。ごく短く風雨がとだえることはあったが、眠れるほどには長くつづかず、これでやっと終わりだという偽《いつわ》りの希望を何度もいだかせた。四日目の夜が訪れ、濃い闇の帳《とばり》がおりると、南から凍りつくような寒風が激しく吹きつけた。ローレンスは、やつれて赤い目をして舵輪《だりん》の前に立つライリー艦長に近づき、耳もとで大きな声を出した。「トム、わたしがパーベック卿のところに行って、仮眠をとるように言おう。副長に代わって、わたしがきみを補佐する。副長を休ませたら、つぎはきみが休息をとるといい」

ライリーの反応は鈍く、やや間を置いてうなずいた。ローレンスは、副長のパーベック卿に近づいた。彼は提案に抗《あらが》うこともなく、半分眠っているような足取りで持ち場から離れた。ローレンスは、アリージャンス号の乗組員たちをよく知っているわけではない。一隻の艦であっても、飛行士と乗組員のあいだには意外に距離があったし、ドラゴンと艦を分け合うことを喜ぶ乗組員はまずいなかった。

それでもローレンスはアリージャンス号をよく知っており、彼らに指示を出すことに支障はなかった。風が逆巻くなかでは大声よりも身ぶり手ぶりが役立った。

「もうすぐ終わるよね、きっと」と、テメレアが言った。ローレンスが束の間、話しかけに行ったときだった。雨がわずかなあいだ小降りになっていた。「空に舞いあがって、残りをやり過ごすことだってできるかも——」

しかしその低い声に希望はなかった。疲労と寒さに精気を奪われ、まぶたはすぐに落ちて細い眼になった。「愛しいテメレア、嵐はまだ終わりそうにない。我慢してくれ」ローレンスがそう言うと、テメレアは口に放りこまれた羊の生肉をおとなしく咀嚼《そしゃく》した。厨房は安全のために火を落としていた。

イスキエルカは、二頭の竜にはさまれて比較的風雨をしのげているにもかかわらず、拘束の長さに腹を立て、いっそう気むずかしくなっていた。ローレンスの見るところ、もしクルンギルとテメレアが両側から体の重さで押さえつけ、拘束をより確実にしていなければ、どんなにグランビーが説得したところで、鎖ネットを払いのけ、艦全体を傾かせてしまったにちがいない。

「ああもう！　やだやだ！　ぜんぜん終わらないじゃない。もうここにいたくない、いやったらいや！」イスキエルカは怒りをぶちまけると、体をずるずると後退させ、防水布の下から這って出ようとした。

「どうしてそんなに騒ぐの？」クルンギルが眠たげな声で言った。ローレンスは、ディメーンがクルンギルになにか耳打ちするのに気づいた。クルンギルはあくびをすると、頭をもたげ、どっしりと重い前足をイスキエルカの肩に置き、はーっと息を吐き出し、自分の体の重みでイスキエルカを甲板に固定した。

イスキエルカはさっと首をめぐらし、クルンギルの鼻に嚙《か》みつき、シュッと威嚇《いかく》したが、たいした効き目もなく、クルンギルは、食べたばかりの羊の血を鼻先から舌でぬぐって、そのまま眠りに落ちた。

「ああ、やだやだ」イスキエルカは苛立って繰り返したが、鎖には抗わず、甲板にぺたりと伏せて、怒りの眼で嵐の雲を見つめた。

だが翌朝になると、絶え間ない風雨によって彼女の気力はかなりすり減っていた。与えられた山羊を口のなかで噛みつづけ、たらいにはまだ半分を残していた。テメレアはなにも食べず、ローレンスが話しかけたときだけ、かろうじて眼をあけた。

「こんなこと、いつまでもつづけられませんよ」艦内の通路でローレンスとすれちがったグランビーが言った。副長のパーベック卿は短い仮眠をとり、ふたたび甲板に戻っていた。「いっそ、ドラゴンたちを空に飛ばしてはどうでしょう。上空にいるうちに嵐が終わるんじゃないですか。嵐が永遠につづくはずがない、ですよね」グランビーは不安そうだった。実際、世界の終わりのような嵐が永遠に吹き荒れると言われたほうが、いまは信じられる気がした。

「この天候で上空に出て、仲間とはぐれずにいられるだろうか。いったんはぐれてしまったら、再会する手立てはなにもない。いま自分たちがどこにいるのかさえわからないんだ――ふたたび夜空の星を見るまでは」ローレンスは言った。

「それならせめて、ライリー艦長が火を熾《おこ》すのを許可してくれたらいいんですけどね。ドラゴンたちに温かいものを食べさせてやりたい。もちろん、火の扱いには気をつけるとして」グランビーはつづけて言った。「まずいですよ、ローレンス。三頭とも食欲がない。冷たい食べ物ばかりだからです。たとえ飛ばなくても、嵐のときには、いつも以上に食べたほうがいいのに」

ローレンスは、火の使用が心配で、この提案に諸手《もろて》をあげて賛成はしなかった。ところが、料理人のゴン・スーが首を突っこんできた。艦内の隔壁の向こうの話には聞こえなかったふりをするという船乗りの不文律を、飛行士たちはいっこうに学ぼうとしない。ゴン・スーは、彼の所有する大釜の底で石炭を燃やせば、直《じか》に火を焚く危険もなく、温かいスープをつくれると請け合った。

ところがライリー艦長は仮眠中で、副長のパーベック卿もこのような提案は受け入れがたく、「それなら最初から艦《ふね》に火を放ったほうがいい」と、辛辣に返した。いつもならもう少しはローレンスを丁重に扱うのだが、いまはその片鱗《へんりん》もない。「嵐がいつまでつづくか、わかるわけがない。とにかく、あいつらから鎖をはずさないでください。あいつらが甲板で翼をばさばさやったら、たちどころに逆帆《さかほ》を打つ。とにかく、我慢です。ドラゴンにも乗組員全員と同じように我慢させるんです」

「イスキエルカが我慢しろと言われて我慢できるなら、最初から頼んじゃいませんよ」グランビーがいささか熱くなって返した。

「竜が勝手に暴れて溺れ死ぬならともかく、この艦を沈めようとするなら、その前に艦首砲で頭を撃ち抜いてやりますぞ」パーベック卿が応酬した。ローレンスは、食ってかかろうとするグランビーの腕をつかんで、引き戻した。

そのうちライリー艦長が甲板に戻ってきたが、彼も火を使うという提案には反対だった。「なんでそんな危険を冒そうとするのか、さっぱりわかりませんね。だいたい、なんでそれを頼もうとするのもわからない」ライリーの持ち前の寛容さも、艦を沈ませないように操舵しつづけた長時間の疲労によってすり切れてしまっていた。

「ゴン・スーに勝手にやらせてしまいたいですよ」グランビーがかっかして言った。ローレンスが彼の肩に手を添えて、ドラゴン甲板のほうに促そうとしているときだった。「いまいましい。ぼくらが自分たちの楽しみのために頼んでるみたいな言い草だった。そもそも、この艦はドラゴンを運ぶためにあるんですよ。いったい、あいつら、なんのためにここにいるんだ？　イスキエルカの頭に大砲を撃つのなら、こっちが先にあいつを撃ち抜いてやる」

グランビーは声を潜める気もないようだった。耳の遠い人が声を張りあげがちなのと同じで、嵐のせいで全員、声の大きさの感覚がおかしくなっていた。ちょうど嵐が小休止したときだったので、グランビーの発言は届いてほしくないところまで、しっかりと届いた。ライリー艦長が身をこわばらせ、パーベック卿が侮蔑のまなざしでにらみつけてきた。もしこのまま嵐がつづけば、避けがたい重圧のせいで、このような不快な記憶もすぐに消し去られていたかもしれない。しかし、まさにこのとき、嵐から五日目にしてはじめて雲が割れ、日が甲板に差しこんできた。

「拿捕賞金も稼げないし、大嵐には遭うし、なんでこんな航路を選ぶんだろう」テメレアはそう言うと、空中停止《ホバリング》しながら、大きなマゼランアイナメを呑みこんだ。いまはもう急いでアリージャンス号に戻る必要はないが、きっとこの先何週間かは、からっとして暖かい空気に触れられないだろう。日光は乏しく、太陽は役目を果たしていなかった。水平線上の雲間から、鮮やかな色彩の日差しが斜めに差しこんでくるばかりで、まだなお骨の髄《ずい》まで水に浸かっているような気がした。

イスキエルカが空の高みで、大きな円を描きながら火焔《かえん》を噴いていた。そうやって暖められた空気のなかを突き抜け、自分の体を乾かしている。テメレアは同じことを自分にもしてくれたらと思うが、イスキエルカに頼みごとをするのは気が進まなかった。彼女は、ただ火噴きであるというだけで、ほかに秀でたところもないというのに、いつも偉そうだ。

「その魚、まだある?」クルンギルが近づいてきて、テメレアの食べているマゼランアイナメに興味を示した。クルンギルは午後のあいだに、一頭の牛、二頭のアザラシ、ゴン・スーが竜とクルーのために用意した米の粥《かゆ》を食べていた。

テメレアは、魚の小さな群れの場所をクルンギルに教えてやった。ただし、あまり大きくないので、自分ではわざわざ獲りに行く価値はないと見なしていた群れだ。クルンギルは、羽ばたいて上昇し、魚の群れを距離をおいて観察したあと、いきなり海面に突っこみ、顎を水中に潜らせて大量の魚を一気に口におさめた。上空に戻ろうとするとき顎の隙間から飛び出す魚もいたが、それでもまだ口中には充分な量が残っていて、クルンギルは満足そうに嚙み砕いた。顎の両脇からは海藻《かいそう》がだらりと垂れている。

その後、ドラゴンたちは甲板に長々と寝そべった。鎖の拘束はなく、下の厨房では火を使いはじめており、甲板がぬくぬくと温まってきた。海のうねりはまだ高く、一定間隔で波が冷たい飛沫を散らすが、それでも気分は満ち足りていた。

テメレアは、曲げた前足がつくる空間にローレンスをすわらせ、翼で飛沫から守りながら、彼の朗読に耳を傾けた。

「あれ、そこでおしまい？」テメレアは尋ねた。まだ詩はつづくように思えるが、ローレンスの声がとだえている。テメレアはちらりと見おろし、ローレンスが首をのけぞらせてかぎ爪にもたれ、居眠りをしているのに気づいた。本は膝《ひざ》の上に開かれたままになっている。

テメレアは小さなため息を洩らし、まわりを見た。サイフォもまた、防水布の切れ端をかぶり、クルンギルの脇腹に身を寄せて眠っている。ディメーンも、エミリー・ローランドも、クルンギルのそばにいた。エミリーは、テメレアに読み聞かせられるくらいに漢字が読めるのだが、いまは数学の教科書に顔を突っ伏して眠っている。

クルンギルがため息をついて言った。「もう眠りたくないよ」

「あたしも」と、イスキエルカが言った。グランビーがその発言に反応しないのは、金地の上着を着たまま、巻いたロープを枕に眠っているからだった。「このあたりに拿捕できそうな船はなさそうだけど、なんかいいものがないか、さがしに行きたいな」

テメレアにはその計画に問題があるとは思えなかった。イスキエルカもたまにはいいことを思いつく。「最初に、どこで落ち合うかは決めておいたほうがいいね」テメレアはそう言って、航海士のミスタ・スミスをさがした。

ミスタ・スミスなら艦の針路などの情報を、つまり、ローレンスがテメレアと遠くまで飛ぶときにいつも確認するようなことを教えてくれるだろう。その情報を帰還にどう役立てるのかも、彼なら説明してくれるはずだ。それに、彼に訊けば、ローレンスを起こさずにすむ。そう、ローレンスを起こす必要はぜんぜんない。それはローレンスが反対すると思うからではなくて、ローレンスがほかにやることがないときでも、少なくともほかにもっといいことがないときでも、拿捕できる船をあまり見つけに行きたがらないからだ。

ミスタ・スミスをさがしたが、甲板には出ておらず、代わりに副長のパーベック卿がいた。ジョージ海尉が舵輪に手を掛けたまま、頭をかしげて立っていたが、声をかけると、あわてて頭を持ちあげ、潤んだ青い目をしばたたかせた。

「いつまで待たせるのよ。そんなこと知らなくても、敵の商船はさがせるでしょ。そして飛んでいったのとは反対のほうに引き返してくるだけ。あとは航跡をたどればいい。数字がなくても、あたしは憶えていられる」

「そんなこと、どうやったらできるの？」テメレアは言った。「外洋に出たら、木や建物のような目印はなにもないんだよ。迷子になるなんて、まぬけすぎる。艦を見つけるまで、何時間も飛ぶはめになるんだから」

「なんだか、行かないほうがいいみたいだね」クルンギルが言った。「ぼくらのために料理してるみたいだよ。すごくいい匂いがする」

確かに、いい匂いがした。直火で牛肉を炙《あぶ》る匂いが下から漂ってきた。テメレアはうっとりと匂いを吸いこんだ。空腹ではなかったし、ローレンスにこれ以上負担をかけたいとも思わなかった。牛は、魚が不漁のときに備えて蓄えておかなければならない食糧だ。しかし、ローストビーフのようなご馳走《ちそう》を前にしては、誰も断れないだろう。もちろん、料理人のゴン・スーが、嵩《かさ》を増すためシチューに入れようとしているだけなのかもしれないが……。

「あたしは頭が食べたい！」とイスキエルカが言い、首を伸ばし、手すりを越えて前部昇降口から下をのぞきこもうとした。「もう何年も、こんがりと焼いた牛の頭を食べてないんだもん。きみたちふたりはずっと陸にいたからいいけど」

「ニューサウスウェールズ植民地には牛がたくさんいたけど、いつでも好きなだけ食べられたわけじゃないよ」テメレアは言った。「それに、ぼくらはもう何週間も海に出てる。きみが牛の頭を独り占めするいわれはない。ま、ぼくは牛の脳みそでも胃袋でも気にしないけど」

「ぼくは尻の肉をもらうよ」クルンギルが言った。「焦げてなきゃいいんだけどなあ。煙がちょっと濃くなってきたみたい」

ローレンスがはっと目を覚まして立ちあがり、開いていた本が膝から落ちた。「いったい、どうした？　下でなにをしている？」ローレンスは両手をメガホン代わりに口にあてがい、甲板に響き渡る大声で叫んだ。「火事だっ！」

ローレンスは、グランビーの肩をつかんで揺り起こし、彼とともに前部昇降口から梯子をくだって艦内に飛びこんだ。とたんに煙がまとわりついてきた。板の隙間から鼻を突く灰色の煙が立ちのぼってくる。水兵たちが煙から逃れて上へあがろうと、ぶつからんばかりにローレンスとグランビーの横を通りすぎた。充血した目、赤らんだ顔。ラム酒の匂いを漂わせ、危険が迫っているというのに、にやにやと笑ったり、ふざけて笑い声をあげたりしている。

ローレンスは、酒庫がこじあけられたのだと気づき、慄然《りつぜん》とした。酒庫には六か月間の航海で水兵七百人に一日一杯のグロッグ酒〔ラム酒を水で薄めた船乗りがよく飲む酒〕を配給し、なおかつ——士官や有能な船乗りは眠って疲れをとるのだが——一日一杯ではやっていけない怠け者と飲んだくれをなだめるための大量の生《き》のラム酒が保管されていた。

厨房の床は、酔っぱらいが肉切り包丁を振りまわしたせいで血の海になっていた。二頭の牛の死骸が転がり、肉の一部は直火で焼かれ黒焦げになっている。炎がテーブルに燃え移り、ロープづたいにさらに燃え広がろうとしている。ローレンスは「ポンプにつけ！」と叫び、人だかりのなかからひとりの男を、熟練水兵でチェルトナム出身のヤーロウを引き寄せた。が、いつもの頼りになるヤーロウとはちがい、酒の誘惑に負けたことがうかがえた。顔はすすで汚れ、目は炎を映して爛々《らんらん》と赤く輝いている。

「きみの持ち場につけ！」ローレンスはヤーロウを怒鳴りつけた。が、彼の顔に命令を理解したようすはない。ヤーロウは体をよじってローレンスの腕から逃れると、また人込みにまぎれてしまった。みながみな、酔いと恐怖でおかしくなっていた。

グランビーが革手袋をはめて、塩漬け豚を茹《ゆ》でていた大鍋を返し、煮え返る鍋の湯を炎に浴びせかけた。くすぶる厚板の上に熱湯と溶けた脂《あぶら》が流れ、裸足の水兵たちが悲鳴をあげた。肉を焦がす火は消えたが、火傷《やけど》の痛みにもだえるひとりの男が、燃えるテーブルを押し倒して人だかりに突っこみ、服に燃え移った火がさらに別の男の服に燃え移った。

「艦長！　艦長！」ライリー艦長の部下で海尉候補生の少年、ダーシーが甲高い声を張りあげていた。昇降口から差しこむ光で、少年のぼさぼさの黄色い髪と、白い寝間着のシャツから突き出す素足が見えた。ダーシーの向こうにライリー艦長の姿もちらりと見える。ライリーは首にクラヴァットを結ばず、上着だけをはおり、口を開いてなにか叫んでいたが、人込みと炎のなかで、遠くまで声は届かなかった。数人の士官がくさび形にライリーを囲み、人を掻き分けながら厨房への道をつくろうとしていた。

ローレンスは腰に剣を差していたが、ここで使うわけにはいかない。グランビーが壊れたテーブルから厚板を二枚剝がし、一枚をローレンスに手渡した。ふたりは厚板を振りまわし、酔って騒ぐ水兵たちを左右に追いやった。こうしてやっと人垣のなかに、ライリーと六人の士官たちが通り抜けられる空間が生まれた。

料理人助手のアーカートが、水兵たちが牛を襲うのに手を貸したにちがいなく、肉包丁を握ってかまどの陰にうずくまっていた。給仕係の五人の少年が、酒よりも肉を求めて、こんな混乱のさなかでも、厨房の隅で生焼けの肉にかぶりついている。殴り倒されたふたりの男は呆然としていたが、使いものにならないほど酔ってはいない。そんな間に合わせの人手を掻き集めて、消火作業を進めた。水兵が砂袋を引きずってくると、肉に見切りをつけた少年たちが、ちろちろと燃えている火に砂をかけはじめた。アーカートが、調理場に残る炎をすべて消し止めた。

アーカートはそのあと人込みにまぎれて姿を消した。この場からいったん離れることで、犯した罪からも逃れようとしたのだろう。一方、そのあいだにも少しずつ上甲板に火が燃え広がっていた。ローレンスは鼻と喉を煙にやられて息苦しくなった。みなが作業の手を止めて、顔から水滴をぬぐった。鍋から出た湯気で空気がじっとり湿っている。

「ローレンス！　ローレンス！」テメレアの叫ぶ声がした。よく響く深みのある声は、上甲板の厚い板を通してもしっかりと聞こえた。

「ドラゴンたちから見える場所に戻ったほうがよさそうですね」グランビーがしゃがれ声でローレンスに言った。扣い手の身を案じるドラゴンがなにをしでかすか予想もつかないことは、いまさらお互いに口に出すまでもない。

「ダーシー」ライリー艦長が海尉候補生の少年に呼びかけた。「パウトンを連れてきて、〝総員配置〟の小太鼓連打を命じろ。もしパウトンが使いものにならず、叫んだり逃げ出したりするようなら、きみが小太鼓をさがし出して叩け。消火もできない水兵に右往左往されるよりは、大砲のそばに集めておいたほうがましだ。とにかく、この混乱を鎮めなければ」

ダーシー少年はあわただしくローレンスを追い越し、昇降梯子をのぼった。こうして、ローレンスとグランビーがあと少しで上甲板にたどり着くころには、すでに小太鼓が連打され、士官たちが一斉《いっせい》に「総員配置につけ！　総員配置につけ！」と叫びはじめていた。

小太鼓の効果はてきめんだった。水兵たちは、実戦でも訓練でも、煙や無秩序に慣れていなかった。だが、聞き慣れた音が響くと、酩酊している者でさえ、下層の砲列甲板に向かって足を速めた。ただし訓練不足で分別を欠いた多くの者が、上甲板を右往左往して通行のじゃまをした。ローレンスは、まとわりつく煙を払いながら昇降梯子をのぼって上甲板に出ると、酒の入った水差しを奪い合う水兵ふたりを押しのけるように進んだ。ふたりはよろめいて道をあけたが、コルク栓が抜けて中身がぶちまけられてしまったことにも気づかず、まだ争っていた。

そのとき、クルンギルがドラゴン甲板の手すりを越えて前足をおろし、大きなかぎ爪で水兵ふたりをさっとすくいあげた。ローレンスが上を見あげると、クルンギルがふたりを腹にくくりつけた運搬用のネット袋におさめるのが見えた。

「これで少しはましになります、キャプテン！」エミリー・ローランドが上から叫んだ。エミリーは三頭のドラゴンに指示して、甲板で暴れる酔っぱらいをつぎつぎに回収させていた。

「上出来《じょうでき》だ！」ローレンスは叫び返したとたんに咳きこみ、すぐに雨水樽の水を口に含んでうがいした。グランビーとほかの飛行士たちも加わって、酔っぱらいたちを追いつめた。ひとかたまりになった男たちは、つぎつぎに三頭のドラゴンの腹側ネットに放りこまれていった。ネットのなかで人間が折り重なり、手や足が編み目から突き出している。

「気をつけて！」テメレアが叫んだ。一個の砲弾が甲板の上をゆっくりと転がっていた。水兵たちが仰天し、水しぶきをあげて海に落ち、あるいは昇降口に逃げこんだ。水兵の多くが酒のせいで判断力を失っており、ロープを引っ張り、水の大樽をひっくり返し、押し合いへし合いしながら叫び声をあげた。当直に当たっていたため酒にあぶれ悔しがる水兵たちが、酔ってもいないのに、囃《はや》したてながら、帆から獣脂をこそげ落として、見境もなく投げつけた。

波は高くなかったが——もちろん太平洋南部にしてはという意味での二十フィートそこそこだったが——アリージャンス号は乗組員の怠慢から、激しく横揺れと縦揺れを繰り返した。

「おい、あれを見ろ！」舵輪のそばにいる副長のパーベック卿が叫んだ。甲板に設置された大砲のひとつが固定索からはずれ、艦が波頭《なみがしら》を乗り越えて傾くにつれて動きだし、ついにはずんぐりとした鉄の魔物となって、砲架《ほうか》の車輪の音をガタガタと不気味に響かせながら、ありえない速度で甲板の上を突進してきた。

グランビーはなおも酔っぱらいたちをドラゴンのほうに追いこんでおり、船匠《せんしょう》と三人の助手、酔ってふらつきながらも熟練の船乗りらしい足さばきを保った上機嫌の水兵たちが、横並びに腕を組み、笑い声としゃっくりの音をたてながら歩いていた。大砲はそこへ斜めから突っこみ、男たちは砲身の上に倒れた。大砲に乗って滑るように進む彼らの顔には恐怖と言うよりは驚愕《きょうがく》の表情が浮かんでいた。

ローレンスはとっさにグランビーの腕をつかみ、とてつもない重みに彼とともに引っぱられた。グランビーの上衣の裾《すそ》が、大砲が台座からはずれたときに壊れた金具に引っかかり、引き裂かれていた。ローレンスは大砲とともに甲板の上を滑ったが、どうにかブーツのかかとを舷側の手すりに押しつけ、踏みとどまった、と同時にガツンと衝撃が走り、大砲がオーク材の手すりをやすやすと破壊した。

大砲が艦のへりを越えようとした。船匠と助手三人が宙に投げ出され、悲鳴とともに海に落下した。グランビーがしゃがれた叫び声をあげ、彼の腕がローレンスの手から奇妙にゆるんで離れた。上等な絹地がローレンスの指からするりと抜け、刺繡糸が指の硬いタコにからまった。太陽と金地の輝きがローレンスの目をまぶしく射った。グランビーは歯を食いしばって耐えていたが、ローレンスの手を握り返すことはなく、舷側の端からいまにも落ちそうになった。そのとき突然、フェリスが駆け寄ってひざまずき、手にしたナイフをグランビーの上着の背に突き刺し、切り裂いた。

ローレンスはグランビーもろとも後ろに倒れた。グランビーがうめき、日焼けした顔から血の気が引いた。ローレンスとフェリスがふたりがかりで彼を立たせたが、その片腕はまだだらりと垂れていた。

「グランビー！　グランビー！」イスキエルカが金切り声をあげ、ドラゴン甲板の手すりから身を乗り出し、体を支えるために主檣《メインマスト》に前足をかけ、もう一方の前足をグランビーのほうに伸ばそうとした。いまにも竜のかぎ爪が索具を引っかけそうになっている。

フェリスが叫んだ。「イスキエルカ！　わたしが彼をきみのところに連れていく。彼をつかんじゃいけない。腕がますます痛手を負うぞ」それを聞いて、イスキエルカが不安そうにシュッと息を吐き、身を引いた。

ローレンスはフェリスに向かってうなずいた。フェリスがローレンスの片腕を下から支え、甲板を歩くのを助けた。大砲に倒されたほかの男たちの姿はどこにもない。波が艦を打ち、海水が泡立っていた。帆桁から離したてる者はもはやひとりもいなかった。いまや非番就寝中だった士官や海兵隊員もすべて甲板に駆けつけていた。

ライリー艦長が、後甲板で命令を叫んでいた。その背後に彼の従者のカーヴァーが、白いクラヴァットを旗のようになびかせて控えている。彼は隙あらばライリー艦長の首にクラヴァットを結ぼうとして、艦長の苛立った手に払いのけられていた。

「ローレンス、だいじょうぶ？」テメレアがイスキエルカに劣らぬ不安げな表情で呼びかけた。

ローレンスは涙が止まらなくなった目をこすった。炎がいまなお下で燃え、煙が這《は》いあがってくる。ライリー艦長が、一名の士官が指揮をとる水兵の一団を複数編成し、バケツや桶《おけ》で消火作業をさせるため、下に送り出していた。とにかく人手が必要だった。

「わたしはだいじょうぶだ」ローレンスはテメレアに返事した。「きみの腹側ネットに収容した男たちを五、六回、海水に浸けてくれないか？　素面《しらふ》に戻して仕事をさせたい」

だが、つぎの瞬間、ローレンスはアリージャンス号を外から見ていた。ゆがんだ古い板ガラスを透かして見るような奇妙な光景だった。緑がかった波が騒ぎ、艦の背後に輝く夕日が見えた。アリージャンス号が黒いものに包まれて遠のき、赤と黄金の輝きが闇に呑みこまれるさまに陶然《とうぜん》と見入った。が、急に体が軽く自由になった。飛ぶように上昇していくが、そこに風はない。

頭が唐突に海面から上に出た。空には白っぽい太陽があった。日差しが目にまぶしい。塩からい海水にむせ、波にもまれながら何度か吐いた。やみくもに手を伸ばした先に、厚板があった。ディメーンがそこにつかまって浮いていた。甲板の板だ。さわるとまだ熱く、端のほうから煙があがっている。

輝く夕日など、どこにもなかった。アリージャンス号の艦尾が吹き飛び、砲列甲板から喫水線までえぐる大穴があいている。そこから炎と木っ端が噴き出し、すべての帆が燃えていた。

「ああ、神よ」ローレンスは思わずつぶやいた。低いかすれ声だった。

「なんでこんなことに――?」横にいるディメーンが波間に浮き沈みする厚板にしがみつきながら、息をあえがせて言った。

突然、激しい轟音《ごうおん》とともにアリージャンス号が震えた。二度目の爆発が起こり、白熱の炎が舷側から噴き出した。ローレンスはディメーンの頭を引き寄せ、自分も頭を伏せた。木っ端と灰が降りそそぎ、チクチクと皮膚を刺した。

煙が通り過ぎていった。「なんで――」ディメーンが言い、「なんで――」とまた繰り返し、それきり口をつぐんでしまった。

ローレンスは顔をあげた。艦の内部の炎が、破壊された甲板から流れこむ海水によって消えようとしている。船体の後方が傾き、前方の巨大なドラゴン甲板が持ちあがった。ドラゴンたちはすでに飛び立ち、巨獣の死を待つ大鴉《おおがらす》さながらに、アリージャンス号の上空で円を描いている。艦がゆっくりと波の下に沈みはじめた。

4　果てしない海

最初は、なにが起きたのかよくわからなかった。テメレアはそのとき、酔っぱらった水兵たちが大声で抗議するのもかまわず、海面すれすれを飛んで、腹のネットを海水に浸していた。突然、轟音が響き渡り、アリージャンス号のいたるところから火の手があがった。イスキエルカがわめく声の百倍くらい大きな音だった。燃える帆布《はんぷ》や木片がテメレアに降りかかってきた。視界を得るために上昇すると、甲板から炎があがるのが見えた。

「これ、戦闘なの？」クルンギルが興奮したようすで降下してきた。クルンギルの腹に装着した、水兵たちを詰めたネットから、水滴がテメレアの背中に落ちた。「ぼくたち、賞金もらえるの？」

「いや、攻撃されたかと思ったけど、敵艦がぜんぜん見えない」テメレアは混乱し、アリージャンス号のまわりを旋回した。船体にぱっくりと巨大な穴があき、上から下まですべての甲板が断面としてさらされているのは、なんとも奇妙な光景だった。垂木《たるき》からさがる蚕《かいこ》のさなぎのような白いハンモックが、並んで揺れているのも見えた。

大砲が海に滑り落ち、すさまじい水しぶきをあげた。大樽や木箱があちこちに浮いている。囲いから逃れた羊たちが鳴きながら泳いでいた。なかには背の毛に火がついた羊もいた。

「ふふふん」クルンギルが羊に興味を示した。

「いまはだめ」テメレアは言った。「食べてる場合じゃないよ。ローレンスはどこにいるんだろう？」さらに目を凝らした。アリージャンス号の甲板には索具や折れた帆桁が散らばり、昇降梯子のあたりに煙と炎が充満していた。いくつもの死体が転がり、血が流れている。ローレンスもクルーも見つからず、名前を呼べども返事はない。「ローレンス！」テメレアはもう一度叫んだ。

なにがなんだかわからず、ふたたびアリージャンス号の周囲を飛んだ。水兵たちが海面に浮かんでいたが、ひとりひとりを識別するのはむずかしい。波間に浮かぶ人間の小さな頭は、樽とよく似ている。テメレアに呼びかける者はいなかった。

どうして……どうして艦《ふね》を離れるとき、ローレンスを乗せなかったんだろう？　後悔が込みあげた。ほんの短い時間だからだいじょうぶだと思った。敵の姿もなかった。まさか……まさか艦が爆発し、あんな大きな穴があくなんて……。

ふいに視界にきらりと光るものが飛びこんできた。テメレアは首を伸ばし、目を凝らした。エミリー・ローランドが防水布で体をくるみ、ドラゴン甲板の端から懸命に手を振っていた。テメレアのかぎ爪飾りを持ち出しており、その磨かれた黄金が日差しを反射している。

テメレアは低空飛行してエミリーを拾い、そばにいたゲリー少年とサイフォも救出した。この三人のことも、自分の手の届かないところに置いたまま空に飛び立つべきではなかったのだ。「ローレンスは？」テメレアはそう尋ねたあと、じれったい気持ちで付け加えた。「わかった、わかった。きみのことも見えてるよ」必死に両腕を振っている十六歳の空尉候補生、キャヴェンディッシュもついでに拾いあげた。この青年のことは、のっぴきならない事情で引き受けたとローレンスから聞いていたが、いまは彼にかまってなどいられない。

「キャプテンの姿を見てないわ」エミリーが搭乗ハーネスのカラビナを竜ハーネスに装着し、ゲリーの分も助けてやりながら言った。「がたがた騒ぎなさんな。酔っぱらいども！」テメレアの背までのぼりつつ、腹側ネットから文句をわめきたてる水兵たちに叫び返す。「黙らないと、ネットを切り離してやるから！」

テメレアは水兵たちがそこにいることさえほとんど忘れていた。「テメレア、旋回してくれる？ゆっくりと。みんなでキャプテンをさがすから。それとディメーンも」エミリーが言った。クルンギルはすでにアリージャンス号の周囲をまわり、ディメーンの名を叫んでいた。

イスキエルカが飛んできて、捜索を助けた。その背にはグランビーが乗っていた。自分のキャプテンとはぐれていないばかりか、フェリスまで乗せている。フェリスはテメレアのクルーだが、テメレアは、イスキエルカが彼を助けたことに苛立ちはしなかった。いまは、そんなちっぽけなことにこだわっていられない。

　ゲリー少年がテメレアの背から、「見つけた！　ディメーンがいる。キャプテンもだ！」と甲高い声で叫んだ。テメレアは急降下して、海に浮かんだ木片もろともローレンスとディメーンをすくいあげた。ふたりが浮きに使うには驚くほど頼りない、小さな板だった。

「ディメーンをぼくに乗せて！」クルンギルがすぐに追いかけてきて、宙を旋回しながらせがんだ。「ディメーン、だいじょうぶなの？」

「彼は口もきけないほど冷えきっている。体が温まるまで待つんだ」ローレンスが言った。ローレンスが少なくとも口がきける状態であることに、テメレアは安堵した。だが声はしわがれてざらざらと耳障りで、まったくローレンスらしくないし、舌も少しもつれている。

「防水布を持ってきました。これでくるんではどうでしょう？」エミリーが言い、テメレアのかぎ爪から背へとおろされたディメーンを支えた。「ドラゴン甲板から物資を持ち出しましょう――艦が沈む前に。荷造りはもう終えてます」

　テメレアは、エミリーの言葉をすぐには理解できず、もう一度アリージャンス号を見おろした。ぱっくりとあいた穴に海水が流れこみ、アリージャンス号がゆっくりと傾き、優雅に水面下に没していく。

「ふふん！　なんとか助けられないの？」

「まず無理だ」ローレンスはそう言って、搭乗ハーネスを慎重に固定した。両手が震えっぱなしだった。「テメレア、わたしは大声が出せない。できるだけ生存者を救出するように、イスキエルカとクルンギルに伝えてくれ。わたしたちは物資の回収にあたろう。艦の上空で空中停止《ホバリング》してくれ」

ローレンスは迅速な行動を要求したが、救出作業ははかどらなかった。多くの水兵が愚かにも、彼らを拾いあげようとするイスキエルカとクルンギルから、泳いで逃げようとした。そのあいだに、テメレアがドラゴン甲板からいくつかの物資を回収した。腹から垂らした長いロープにエミリーがぶらさがり、各種ハーネスや予備の防水布を固定し、巻きあげ機で腹側ネットまで引きあげた。

料理人のゴン・スーが、どうにか艦内から這い出したらしく、ブーツの左右の靴紐《くつひも》を結び合わせ、防水布の袋といっしょに首からさげていた。酔ってぼうっとしたオディーが艦首の女神像の上でバランスをとっており、ゴン・スーが脇から支えていた。背中に大きな翼のある女神像は、ドラゴン甲板より下に位置しているので、テメレアはめったに見ることがない。それがいまは宙に突き出している。

ゴン・スーは、搭乗ハーネスを装着すると、カラビナを付け替えながらテメレアの脇腹を自力でよじのぼった。「いいえ、キャプテン」と返事するゴン・スーの声が聞こえた。ローレンスが武具師のフェローズの行方《ゆくえ》を尋ねたのだった。「残念だけど、フェローズの姿見てません。下の甲板は煙いっぱい、たくさん人が死んでます」

「こうなることは最初からわかっていました」オディーがそう言って、しゃっくりした。「海神の裁きが――」

「けっこう」ローレンスがそう言っただけで、オディーは赤面し、手のひらでしゃっくりを押さえた。

「水樽をもっと確保したほうがいいですか、キャプテン？」エミリーが下から呼びかけた。

「いらないと伝えてくれ」ローレンスはテメレアに言った。「だが、テメレア、きみたちは、樽の水をいまのうちに飲んでくれ。イスキエルカもクルンギルもだ。ついでに、あの羊たちも食べたほうがいいな」

「腹側ネットのなかの水兵たちだって喉が渇くよ」テメレアは言った。「あなたもね、ローレンス」

「ローランドには、水筒ふたつ持ってくればいいと伝えてくれ。ネットのなかの連中は放っておこう」いつもとはちがうローレンスの声に、陰鬱《いんうつ》な険しさが加わっていた。「できるかぎり荷を軽くして飛んでほしいんだ、愛しいテメレア。水の心配よりも、とにかく陸地を見つけなければ」

物資を引きあげ、さらに幾人かを艦から救出し、一時間が過ぎたころ、イスキエルカがテメレアに近づいてきた。その背からグランビーが疲れきった声で叫んだ。「もうこれ以上、生存者の救出は無理です！」グランビーは片腕を胴体に縛りつけて固定していた。「もう生きてません。水が冷たすぎて。早くここから飛び去ったほうがいいでしょう」

「北東に針路をとれ」ローレンスが言った。「陸地をさがすために、ドラゴンどうしの距離は目視できる範囲で、できるかぎり離そう。夜に備えて、イスキエルカとクルンギルにもランタンの用意を」

アリージャンス号の残骸を永遠にここに残し、あてもなく大海原を飛んでいくのかと思うと、なんとも言えぬ寂しさが込みあげた。船体はほぼ水面下に沈み、沈む速度が増した。海面から宙に突き出ているのは、もはやドラゴン甲板だけだった。

海におろされた艦載艇には、水兵たちがぎっしり乗っていた。もちろん、ボートとドラゴンは同じようには進めない。しばらくのあいだ、あちこちで叫び声が行き交った。大型ランチの指揮をとるのは、バロー海尉。壊れずに残った小型カッターは、十五歳のパリス海尉にまかされ、海尉候補生のダーシーが補佐していた。

「ライリーの姿を見かけなかったか？」ボートに関する報告を聞いたあと、ローレンスがテメレアに尋ねた。

「見てない——」やや間を置いて、テメレアは答えた。ライリーが大きなマグロをくれたことを思い出した。あれは孵化《ふか》から三日目。生後の数日間はすさまじい空腹をつねにかかえていた。ローレンスは眠っており、ライリーがマグロをかかえて船室におりてきた。水兵のほとんどがテメレアを恐れて近づこうとしなかったからだ。

「そう、見ていないんだよ、ローレンス。ライリーの姿は見ていない」テメレアは繰り返した。ローレンスから返事はなかった。テメレアが首をめぐらして振り返ると、ローレンスは険しくこわばった表情で、煙をあげるアリージャンス号の残骸を見おろしていた。それから無言でうなずき、ペンバートン夫人のほうを見て尋ねた。「ボートに乗って行かれますか？」

ペンバートン夫人は、外交官アーサー・ハモンドといっしょに、艦首楼の船室から助け出された。窓から身を乗り出し、注意を引くために予備のペチコートを振っていたところを、ロープで引きあげられたのだ。「あなたをボートにおろすこともできますよ。もし人がいっぱいなら、男たちを何人かこちらに移しましょう」

「お心遣いに感謝します。でも、どうかこちらにいさせてください」

「ご承知願いたいのですが、ドラゴンが飛べるのは、せいぜい二日——よくて三日です」

「承知しています。でもこの緯度では、ボートでも陸地を見つけられる可能性はとても低いでしょう。でしたら、早く結果がわかるほうがよいのです」

テメレアは、羊の最後のひと口を呑みこんで、ペンバートン夫人に言った。「ボートより、ぼくに乗ってたほうがずっといいですよ」そう、ロン・シェン・リーは、ほぼ着陸せずに、中国からはるかオーストラリア北海岸まで飛んでいたじゃないか。ローレンスは悲観的になっているけど、闘わずしてふがいなく海に沈んでしまうなんてごめんだ。ぜったいに陸地を見つけてやると、心のなかで誓った。

イスキエルカが、アリージャンス号の上空をもう一度旋回してきて、「艦《ふね》を海から引きあげればよかったのに……」とぶつぶつ言った。彼女が拿捕賞金で得た宝物はすべて船倉に収納されていたし、グランビーの豪華な上着もずたずたになってしまった。でも、テメレアには、してやったりとは思えなかった。あんなにすばらしい品々を大海蛇《だいかいじゃ》ぐらいしか楽しむ者のいない海底に沈めてしまうなんて、とても悲しいことだ。イスキエルカはもうあれらを二度と見せびらかせなくなったのだ。

だが、ローレンスの一張羅《いっちょうら》の中国式長衣は、自分のかぎ爪飾りとともに油紙の袋に入った状態で、エミリー・ローランドが持ち出していた。長衣とかぎ爪飾りを彼女に託し、ドラゴン甲板で保管しておいて、ほんとうによかった。テメレアは自分の人選の確かさを褒《ほ》め称《たた》えたい気分だった。

「艦があんなふうに水に浸かる前に、やれるだけのことはやったよ。もう手の尽くしようがない」テメレアはイスキエルカに言った。「だからもう離れたほうがいいんだ」

　かくして、ドラゴンたちは太陽に背を向け、東に向かって飛んだ。


　ローレンスは、沈んでいくアリージャンス号を一度だけ振り返った。艦の残骸や物資が漂流物となり、貴婦人のドレスの裾のように広がっていた。サメたちがすでに騒ぎはじめており、多くの水兵にとって哀れな厳しい結末が待っている。だがもしかしたら、もっとも運が悪いのは、いま竜の腹側ネットに押しこまれ、うめいている者たちかもしれない。もっとも運が良いのは、愚行の報いとして、栄誉を取り返すこともなく、海という沈黙の墓に沈んだ者たちかもしれない。ライリーは、晴天の日に輸送艦を沈めた艦長として記憶されることになるだろう。ただしそれも、もし乗組員のひとりでも生き延びて、海軍省まで報告が届くとしての話だ。

　この南の果ての地で太陽は白く縮み、濡れて塩まみれの皮膚や衣類を温めるほどの熱量はなかった。だが残念なことに、その太陽さえもまもなく沈もうとしている。さらに残念なのは、この日の午前中、事故が起きる前にドラゴンたちが遊びと狩りとで体力を消耗していたことだった。

　三頭のドラゴンは、テメレアを中心とした横並びとなって、できるかぎり距離をあけて飛んでいた。黄昏《たそがれ》のなかで、クルンギルとイスキエルカは、遠くを飛ぶ海鳥のような小さな点となり、闇が深まるにつれて見えなくなった。あとは暗闇のなかを進む小さなランタンの明かりだけになり、それを頼りに飛行速度をそろえた。静けさを破るのは下から聞こえる水兵らの不平の声だけで、それもやがて聞こえなくなった。

油布や防水布をかぶっても、身を切るように冷たい風が、笛のような音をたてて吹き抜けた。海洋はやむことなく低い声でつぶやいている。

「羊を何頭か持ってくればよかったなあ」テメレアが風に向かって大きなあくびをして言った。短い夜が明け、日がのぼろうとしていた。「いまなら一頭だけでもかまわないよ。大勢の人間をぶらさげてちゃ、魚を獲るのも楽じゃない」

テメレアは頭を低くして飛びつづけた。ローレンスは腹側ネットにひしめく水兵たちがいなくなったら、テメレアがどれほど身軽になるだろうと考えずにいられなかった。それなら、さらにもう一日飛べるのではないか……。そのような考えは、心の底の暗い感情——彼らは自分たちを殺そうとしたのだ、という怒りと恨みに根ざしていた。

太平洋のこの緯度ならば、岩の多い環礁がいくつか散らばっているはずだった。だが、地図もコンパスもなく、それらを見つけられる可能性はきわめて低い。たとえ見つけられたとしても、そこから飛べる距離にまた新たな環礁があるとは考えにくい。この海域は生きものにとって厳しい環境だ。大きなドラゴン三頭が、針路からはずれることなく、生き延びるための食糧を確保するのも容易なことではない。

むしろ船に遭遇するチャンスのほうが高いだろう。孤独に海を行く捕鯨船か、あるいは南米のホーン岬を目指す快速帆船《クリッパー》。船の明かりは遠くからでも見える。ただし、そのような船はドラゴンたちの避難所にはなりえない。ただ腹側ネットの重荷をおろすだけだ。こうして、災いの元凶となった――万策尽きて死すべき運命にあるはずの――水兵たちを助け、竜たちは力を使い果たして海で溺れ死ぬことになるのだろうか。

ローレンスは飛行中に、今回の反乱事件に関する報告書を書いた。十分に一度はペンを止めて、両手を防水布の下の上着に突っこみ、温めなければならなかった。もし船と遭遇できれば、海軍省に事件の詳細を、ライリー艦長が愚者でも無能者でもないことを伝えられる。

報告書を書きあげると、さらにもう一通、個人的な手紙を書いた。


――彼はむしろ、愚者の卑劣と酒の害毒によって裏切られたのです。彼と配下の士官たちは、五昼夜にわたって猛威をふるった嵐のなかで死力を尽くし、艦を守り抜きました。そしてしばしのあいだ疲労困憊《こんぱい》で動けなくなった。その機に乗じて、危機のさなかには士官たちほど厳しい交代制を強いられなかった多くの未熟な水兵が、酒への狂った強欲に突き動かされ、破壊行為に走りました。

夫君のご逝去をお伝えしなければならないことを遺憾に思います。また、この一件がなんの益もないゆえに、さらに悪くとらえられるのではないか、わたしの知りうるかぎり、もっとも評価されるべき軍人のひとりに、不名誉の烙印が捺《お》されるのではないかと懸念します。この手紙があなたに届くことを願ってやみません。彼に関するいかなる悪しき噂も、すべて間違いであることをお伝えし、あなたとご子息のせめてもの慰めとなることを切に祈っております。

ローレンスは、キャサリン・ハーコートに宛てた手紙を折りたたむと、防寒のためにかぶっていた油紙を四角く切り取り、先に書いた報告書といっしょにそれに包み、その上からほどけたロープを縒《よ》り合わせた紐でしっかりとくくった。

この悪い知らせを自分がキャサリンに直《じか》に伝えることはまずないだろう。それはせめてもの救いだった。彼女の反応が予想できないだけに、直に伝えることを考えるだけで胸が苦しくなった。ライリーの死が哀悼されることを願っていた。ライリーはそれに値する男だ。しかし、どうなるかはわからない。キャサリンは、生まれてくる子のために、しぶしぶライリーの求婚を受け入れた。そして生まれてきたのは、ロングウィング種の担い手を継承できない男子だった。以来、ライリーが夫の役目を果たそうとするほど、彼女は苛立ちをあらわにするようになっていった。

「ローランド、これはきみが持っていてくれ」ローレンスがそう言うと、エミリー・ローランドはうたた寝からはっと身を起こし、包みを受け取って、服のなかにおさめた。「手紙のほうは、チャンスがあったら、キャプテン・ハーコートに渡してほしい」

「はい、渡します」未来をみじんも疑っていないかのように、エミリーは落ちつき払って答えた。

すでに二日目の午後。ドラゴンたちは実に三十時間近くも滞空していることになる。

「あそこに、イルカの群れがいるみたいです」テメレアの肩から下をのぞいていたゲリー少年が言った。

テメレアが一瞬にして目覚め、いきなり胃が喉までせりあがるような急降下に入った。腹側ネットからあがった恐怖の叫びは、テメレアがイルカの小さな群れに突っこむと、水しぶきに掻き消された。テメレアはかぎ爪で三頭のイルカを捕らえて上昇し、空腹ゆえの性急さでがつがつと食べた。血が竜の胸に飛び散った。

「ああ、元気が出た」獲物を食べきると、かぎ爪の血を舐《な》めとりながら、哀れな水兵たちに言った。「みなさん、怖がらせてごめんなさい。でも、不平を言うのはなしだよ。だいたい、あなたたちが暴れなきゃ、こんなふうにネットに押しこまれることもなかったんだから。ねえ、ローレンス、まだ陸地は見えない?」

「まだだな」ローレンスは答えた。

翌朝、子どもゆえの鋭い目を持つゲリーが、海洋の一部に白く波立つところがあるのを発見した。そこにあったのは海面から十フィートほど突き出た岩礁だったが、たとえ小さくとも、この海域では貴重だった。

ローレンスは、グランビーとディメーンに信号を送り、二頭のドラゴンを呼びよせた。ドラゴンたちは岩礁に着地し、尻ずわりになって、波に洗われながら一時間の休憩をとった。水兵たちは、水を避けようとネットの上部まで這いあがり、そこに足をかけてとどまった。もう不平を言うのもあきらめたようだった。

ドラゴンたちはうなだれて半ば眠っていた。やがてイスキエルカが目を覚まし、不機嫌そうに言った。「そろそろ出発したほうがいいわよ。こんなとこにいたって、ますます寒くなるだけだから」翼を震わせて水滴を払うと、真っ先に飛び立った。

「飛べそうかい？」ローレンスはテメレアに尋ねた。

「ふふん、もちろん」という返事は、つぶやきに近かった。それでもテメレアは首を長く伸ばしてコキコキと鳴らし、一気に跳躍して舞いあがった。

一日がゆっくりと過ぎていった。羽ばたきの音が時を刻んだ。テメレアはもうあまり目をあけてはいなかった。ローレンスの手がそっと肩に触れ、針路の修正を促されたときだけ、目をあけてそれに応じた。一度だけ、冷たい水にはっとして、叫びながら急上昇した。あまりにも低く飛びすぎて、顔に波をかぶったのだ。波は腹もかすめていった。

テメレアは、これはたまたまなのだと言って、ローレンスを安心させようとした。そう、一瞬の不注意。けっして悪い前触れじゃない。もちろん、疲れているけれど、たいした疲れではない、心配はいらないと。でも、どういうわけか、呼吸が苦しかった。吸いこんだ息は飛行のために使いたいのだが、大気はあまりにも冷えきっていた。

イスキエルカとクルンギルも海面近くを飛んでいた。三頭の距離は前よりも近づいている。テメレアは、イスキエルカの尾のあたりでときどき水しぶきがあがることに気づいていた。クルンギルは彼女より少し高いところを飛んでいたが、それでも徐々に高度が下がっていく。

テメレアは息を吸いこみ、吼《ほ》えた。咆吼《ほうこう》と呼べるほどの大きさも力もない、ただ抵抗のしるしとしてのひと吼えだったが、それは海を渡り、イスキエルカに届いた。イスキエルカは首をぐっと持ちあげ、テメレアに応えるように、か細く粗《あら》い火焔を噴いた。三頭の竜は決然とペースを取り戻し、飛行をつづけた。

闇が世界の果てのような水平線から迫りつつあった。その青く長い曲線をさえぎるものは、なにもなかった。つまり、休める場所はどこにもないということだ。陸地も、帆影も、新たな岩礁さえなかった。

テメレアは夜が近づいていることにも気づかなかった。つぎの翼のひと掻きだけに集中する、狭められた世界のなかにいた。ひと掻きすれば、またひと掻き。翼で空気をとらえ、押しやる。その繰り返しだ。つぎの羽ばたきに備えて空気をたっぷりと吸い込めるよう、どうにか呼吸を整えながら——。

ふいに、行く手の海面から波の砕ける音がした。

「テメレア——」ローレンスの声が聞こえた。「テメレア」また聞こえた。何度も呼びかけられていたのだろうか。「ほら、あそこだ。右舷へ二ポイント〔艦首から右へ二十二度三十分。一ポイントは三百六十度を三十二等分した方位の角度〕針路変更」

テメレアは指示された方角に向かった。まだ意識がぼんやりしているが、背中でなにか動きがあるのはわかった。ランタンによる信号が出され、前方の海面から信号が返ってきた。海面の信号は揺れていた。その直後、背中からシューッと音をあげ、青い光が天に向かった。

目に痛いほどまぶしい閃光弾《せんこうだん》の光が炸裂し、束の間、周囲の海を照らした。闇のなかに浮かぶものが見えた。テメレアは最後の力を振り絞り、甲板に近づき、着地した。樽などの備品が急いで押しのけられた暖かな甲板——ふふん、暖かいぞ！——の上で身を縮め、イスキエルカとクルンギルが着地するための場所をつくった。まずイスキエルカが舞いおり、つぎにクルンギルが、先の二頭の上に乗るように着地したが、そんなことはぜんぜん気にならなかった。

腹側ネットの水兵たちが抗議と懇願《こんがん》の声を張りあげた。テメレアは、イスキエルカの首の根もとをとらえ、彼女の腹側ネットの乗客たちが押しつぶされないように体を支えた。早くもナイフや手斧《ておの》が使われ、ネットがほどかれ、どさどさと落ちてきた水兵たちが這ってドラゴンから遠ざかる。

テメレアはへたりこんだ。背中からローレンスが這いおりた。ああ、ローレンスも無事だった。安堵と同時に眠りに落ちそうになる意識のなかに、ローレンスの声が入りこんできた。

「われわれは降伏する」と、ローレンスは確かにそう言った。

5　捕虜宣誓

目覚めると、蓋をとった雨水樽が間近にあった。眼をあけずとも、テメレアにはそれがわかった。水の匂い、水面に映る日の輝き。半身を起こし、とぐろを巻いて上に乗ったイスキエルカをどかすと、樽をつかんで、一気に飲みほした。これでほんとうに目が覚めた。ひどく空腹で、肩と翼の関節に強い痛みがあった。やっと目を開き、周囲を見まわし、軽蔑と非難としか思えない感情をたたえた一対の眼に、じっと見つめられているのに気づいた。

「なんでそんな眼でぼくをにらむの？」テメレアは頭の冠翼《かんよく》を倒し、尻ずわりになった。「少なくとも、ぼくはきみのように羽根まみれじゃないよ。それが羽根かうろこかは知らないけど」

その奇妙なドラゴンは、体も翼も、鮮やかな細長いうろこで覆われていた。そう、あれはうろこにちがいない。しかし、そのうろこは通常より大きく、先端が不規則で、密に重なり合っていないため、まるで全身に羽根が生えているかのように見える。

体は、ぼくのほうが大きい。それは断言できる。そう思うそばから、もしかすると、このドラゴンは、なんの断りもなく樽ひとつ分の水を飲んでしまったことに怒っているのではないかという考えが頭をかすめた。

奇妙なドラゴンが鼻を鳴らし、テメレアが聞いたこともない未知の言語でなにか言った。別の誰かが眠たげな声で言った。「彼はね、こう言ってるの。〝勝手に飛んできて、戦いもせずに降伏したやつが、大きな顔をするんじゃない〟」

テメレアが声のほうに眼をやると、甲板の反対側の端にフルール・ド・ニュイ〔夜の花〕種の若い雌ドラゴンがいた。大きな乳白色の眼を半ば閉じ、片翼で日光をさえぎっている。「わたしは、ジュヌヴィエーヴ」その雌ドラゴンが言った。「そして、こちらはマイラ・ユパンキ。彼は大使なのよ」

「大使っていうのは、特別に丁重で礼儀正しい資質の持ち主だとばかり思ってたよ」テメレアは、マイラをじろりと見て言った。「さっきの言語は?」

「ケチュア語。インカの言葉よ」ジュヌヴィエーヴが答えた。

この艦《ふね》は、トリオンフ号という名の、フランスのドラゴン輸送艦だった。母国のトゥーロン港から出帆し、ホーン岬を回ってきたばかりで、このまま北上するということだった。おそらくはインカ帝国にたどり着き、同盟関係を結ぼうとしているにちがいない。

「ぜったいに、リエンが謀《はか》ったことだよ」テメレアは、意気消沈しているアーサー・ハモンドに中国語で言った。中国語なら、話の内容を知られずにすむだろう。ちょうど、ひとりの紳士が甲板にあがって、こちらに近づいてくるところだ。「でも、彼女は少なくとも、ここにはいない。だから、ぼくらが事情を洗いざらい説明すれば、インカ帝国は、リエンやナポレオンと手を組むことを考え直してくれると思うな。インカ人は、ナポレオンが得体の知れないドラゴンの集団を、領土やその近くに送りこんでくるのを、けっして喜べないはずだよ。ところで、ローレンスはどこにいるの？」

「フランスは、事情を説明する機会など、われわれに与えてくれそうにないな」巻いたロープの上に腰かけたハモンドが言った。「キャプテン・ローレンスは、キャプテン・グランビーやディメーンといっしょに下甲板にいる。体調は良好だ。これも伝えておきましょう。彼らは一日に一回、後甲板にあがって外気に当たれるし、きみたちドラゴンにも会える。ただし、〝捕虜宣誓《ほりょせんせい》〟に違反するような行動や計画が見つかった場合は、そのかぎりではありません」ハモンドは陰鬱な声で言った。

「なに？　グランビーがどうしたの？」イスキエルカが頭をもたげて言った。ハモンドが英語にして情報を伝えると、彼女は不快そうに言った。「捕虜宣誓なんてした覚えないから。あたし、降伏してないもん。その気になれば、あたしたちで、この艦を乗っ取ることだってできるんだから。どうして、あたしのキャプテンをあたしから引き離しておくわけ？」

「きのうの夜、あなたがたを着陸させる必要など、こちらにはなかったわ」ジュヌヴィエーヴがいくぶん熱くなって言った。彼女は英語も習得しているようだ。「着陸できなければ、あなたがたもキャプテンたちも海で溺れていた。なのに、この艦を乗っ取ろうなんて、よくも言えたものね。もっとも、それが本気なら、とっくにやっていたでしょうけどね」

イスキエルカは口の端から――乗組員たちが警告の叫びをあげるのも無視して――渦巻く炎をシュッと吐いたが、意外にも、ジュヌヴィエーヴには言い返さなかった。多額の拿捕賞金をもたらすはずの艦に自分が囚われているという状況には、なかなかつらいものがある。フランスで建造されたばかりのこのドラゴン輸送艦を、たとえ英国の三頭で乗っ取ろうとしても、成功する可能性は薄かった。

この艦には、成竜と呼ぶには若いジュヌヴィエーヴのほかに、アルドントゥーズという名のシャンソン・ド・ゲール〔戦いの歌〕種、ピコロという名のグラン・シュヴァリエ〔大騎士〕種が乗っていた。どちらのドラゴンも、いまは来訪者に甲板の場所を譲って空を飛んでいる。ピコロはトリオンフ号の上空を往復し、鋭く細めた眼で、イスキエルカとテメレアの下になって見えにくいクルンギルの大きさがどれくらいかを推し量ろうとしていた。

もし戦闘になったら、ドラゴンの数は三対三。いや、マイラがフランスに味方すれば敵は四頭になる。だが、そうしてくれてかまわないとテメレアが思うほど、マイラ・ユパンキはいやなやつだった。ともあれ、フランス側に火噴きやその類《たぐ》いはいない。ふふん！　公正に戦ったら、こっちの勝ちだった。三日間飛びつづけた直後に敵と相まみえるなんて、けっして公正な戦いとは言えないはずだ。

マイラは、イスキエルカをじっと見つめ、眼を逸《そ》らすことなくジュヌヴィエーヴになにか言った。ジュヌヴィエーヴは翼を震わせてマイラに短く答え、二度のやりとりのあと、イスキエルカに向かって言った。「彼が尋ねているわ。炎は息を吐くのと同じように出るのかって」

「そんなはずないでしょ」イスキエルカは風下のほうを向き、漣《さざなみ》のような火焔を噴いてみせた。炎はほぼ艦の全長まで伸び、あたりの空気を陽炎《かげろう》で揺らめかせた。「本気を出せば、もっといけるわよ」と付け加え、両翼をバンッと打ち鳴らした。

トリオンフ号の水兵らを震えあがらせるには、それで充分だった。数分後、艦長のムッシュ・チボーが口もとをこわばらせ、剣の柄《つか》に片手をかけてドラゴン甲板にあらわれ、艦で火を噴くことまかりならぬと言い渡した。

それはわかる、とテメレアは思った。艦長の声はよく通るため、彼とハモンドとのやりとりはいやでも耳に入った。「あのけだものに、きみが最善と思う伝え方でかまわないから、伝えてくれたまえ。とにもかくにも、おまえの行動の結果が、おまえのキャプテンを苦しめることになると。こんな脅しを実行に移すのは残念だが、つぎにやったら容赦せず、おまえのキャプテンを鞭《むち》打ちにすると」

「グランビーを鞭打ちにされてたまるか」テメレアは怒りがむらむらと込みあげ、フランス語で言った。「そんなことしたら、イスキエルカがこの艦に火をつけますよ。ぼくは止めませんからね」

「この男、なんて言ってるの？」クルンギルの背でとぐろを巻いたイスキエルカが、背中の突起から蒸気を噴き、艦長を見おろして言った。「はん！　なんで誰でもわかる言葉でしゃべらないのよ。グランビーのこと話してるんでしょ？」

「グランビーを鞭打ちにするってさ」テメレアは怒りおさまらずに言った。「だから、そんなことさせるかって言ってやったんだ。グランビーが悪いんじゃないよ」最後はチボー艦長に言った。「あなたのお客が見せてくれって頼んだようなものだった。それに、彼女はちゃんと気をつけてやりました」そう、イスキエルカはそこらじゅうに火を噴いたわけじゃない。いつもなら喜んでイスキエルカを叱責《しっせき》するところだが、今回ばかりは譲歩する気になれなかった。

イスキエルカの喉と体の棘からシューッと音が洩れた。目を覚ましたクルンギルが、寝ぼけまなこをしばたたかせ、自分の背中で怒りながら跳ねるイスキエルカを見あげて尋ねた。「ねえ、なにか食べるもの、ある？」

頭上二フィートのところにある上甲板の大騒ぎを、それに対処するどんな権限もなく、ただ聞いているしかない。ローレンスは、気がおかしくなりそうだった。

「この騒ぎで艦が沈まなかったとしたら、神の計《はか》らいですね」グランビーが身を横たえた吊り下げ式寝台から、目をつぶったまま言った。その顔は痛みのせいで引きつり、しわが寄っている。チボー艦長はなにかと親切だった。グランビーの腕の傷を診る外科医を手配し、従者に命じて――食糧不足を理由にはるかに劣る扱いもできたはずだが――すばらしい夕食を届けさせた。それでもドアの外には四人の見張りがいた。武装した屈強な四人の兵士だ。彼らがなにを命令されているか、甘く見てはいけないとローレンスは思っていた。頭上の甲板から聞こえるドラゴンたちの口論がますます騒がしくなると、四人の兵士は落ちつきなく互いを見やった。

それでもやがて頭上の騒ぎが静かになり、ほどなく船室のドアを叩く音がした。

「キャプテン・ローレンス、わたしたちの邂逅《かいこう》は、残念ながら、つねに不穏な状況のさなかと宿命づけられているようですね」フランス大使、ムッシュ・ド・ギーニュが言った。「よろしければ――」そう言って彼がグラスに注いだのは、極上のマデイラ酒だった。「この長きにわたる戦争が終わったときには、ぜひわが家を訪ねてください。歓待しますよ。もちろん、神がわれわれを生きながらえさせたとしての話ですが」

心が動いたというより儀礼として、「どうもご親切に。喜んでうかがいましょう」と返し、ローレンスはグラスを受け取った。いまは、フランスの監獄《かんごく》に放りこまれないよう祈るしかないが、そうならない理由はあまり見つからない。「テメレアたちの受け入れが、ご負担にならなければいいのですが」

ド・ギーニュがほほえんだ。「彼は、わたしのジュヌヴィエーヴほど気むずかしくはありませんよ」彼はそう言って、誇らしげに略綬《りやくじゅ》に触れた。先ごろナポレオンが華々しく制定した〝飛行部隊勲章《レジオン・ドレール》〟だった。この国家的な栄典には、竜の卵ひとつと、生まれた竜が将来にわたって最高の待遇を受ける特典もついてくるのだそうだ。ローレンスはそのような説明を、いささかの驚きをもって聞いた。ド・ギーニュが立ち去ってからだが、グランビーは吊り下げ式寝台のなかで咳きこむほど笑って言ったものだ。「やれやれ。ナポレオンは、ドラゴンを流行《はや》らせたいらしい。彼に引き立てられた新しい貴族たちが、こぞってドラゴンをほしがるでしょうね」

ド・ギーニュは話をつづけた。「マダム・リエンが、最も成果の高い竜の交配法を助言してくださったのです。ジュヌヴィエーヴはすでに五つの言語を解します。五つ目の言語は、卵から出てきたあとに獲得しました」

リエンが助言してフランス産ドラゴンの血統を向上させるとは、これまで考えてみたこともなかった。海軍省はむしろ、リエンがナポレオンのために子孫を残すとしても、雌ゆえに数に限りがあることを喜んでいた。ローレンスとしては、中国種の血統に高い誇りを持ち、西洋種を見くだしたリエン自身が、フランス種の竜との交配に応じるとは考えにくかった。

確かに、中国はドラゴンの交配技術に卓越している。しかしそれは、英国やフランスと同様、一部の専門家集団に課せられた仕事だと、ローレンスは思っていた。だが、遅まきながら気づいた。ドラゴンの交配と育成を誰よりも管理できるのはドラゴンではないか。もしリエンがこの分野を研究していたとしたら、彼女の知識は、彼女自身が交配する以上にフランスの繁殖家たちに大きな益をもたらすことだろう。

「トリオンフ号艦長は、午後直二点鐘《てんしょう》から四点鐘まで〔午後一～二時〕、あなたがたがひとりずつ後甲板に出られる自由を保証しています」ド・ギーニュが言った。「もちろん、水兵たちが快適に過ごせているかも気になさっているでしょう。あいにくながら、その数の多さゆえ、水兵たちはいまもこの艦の監獄にいます。ですが、なるべくなら——」

「よく承知しています。保証してくださったことで充分です」ローレンスはド・ギーニュに最後まで言わせずに口をはさんだ。救出された水兵たちが獄につながれ、コクゾウムシの湧いた乾パンと船倉の汚水で生き延びていようが不服はなかった。「士官と竜のクルーたちに、もう少しよい場所を与えてくださるなら、感謝します。彼らには捕虜宣誓を守らせるように努めます」

ド・ギーニュがうなずいて同意した。

先刻甲板で起きたドラゴンたちの大騒ぎをなんとかおさめたのは、ド・ギーニュだった。「もうご心配はいりません」ド・ギーニュは言った。「チボー艦長がドラゴンの性質に不慣れであるため、ちょっとした誤解が生じました。彼にとってドラゴン輸送艦の指揮ははじめてなのです。ですが、うまくおさまりました。いやいや、キャプテン・グランビー、あなたを責めようとは思いませんから、ご安心を」彼は最後だけ冗談めかして言ったが、グランビーの口もとの硬さからすれば、冗談とは受けとめていなかった。

ローレンスはド・ギーニュに言った。「遠慮なくおっしゃっていただきたいのですが、われわれの存在が、資源不足を招きはしないでしょうか？　重量級ドラゴンが三頭も新たに加わったとなると――」

「じゃっかんの不便はあるかもしれません」ド・ギーニュが答えた。「ですが、どうかご心配なく。その点について艦長や飛行士たちと話し合いました。とくに不安は感じておりません。ドラゴンたちは数時間ごとの交代制で空を飛べばよい。食糧の配給に気を配り、魚の割合を上げることで、全頭を食べさせていけます。彼らがそのやり方を気に入るかどうかはともかくとして」

「なにもかも順調だよ」翌日の昼、ローレンスが後甲板に出ていくと、テメレアが大声で英語で呼びかけてきた。キャプテンとそのドラゴンの会話を隠そうとすれば反発を招く恐れがあると、ド・ギーニュがそれとなくほのめかしたからだった。「イスキエルカが海藻に文句を言ってるけどね──」

「当たり前でしょ」イスキエルカが目をあけず、頭をもたげもせずに言った。「あれは最悪。中国じゃ珍味《ちんみ》だって言われても、ぜんぜん意味ないから。だってあたし、中国人じゃないもん。ああ、牛が食べたい」

「でも、牛の割り当てがないんだからしょうがないだろ」テメレアが言った。「文句つけてばかりで、客として礼儀がなってないな」

「海藻?」ローレンスは当惑して尋ねた。

「アルドントゥーズが網《あみ》を持って飛んでるよ。ほら、見て」テメレアが鼻先で空を示した。シャンソン・ド・ゲール種のドラゴンがトリオンフ号と平行し、長いロープを下に垂らして飛んでいた。ほどなく、ロープといっしょに漁網が引きあげられた。網のなかには、濃い緑の海藻と、躍る銀色の魚が大量にかかっていた。

「魚を獲ってくれるのはいいけど」イスキエルカがぶつぶつ言った。「あれをぜんぶぐじゃぐじゃにつぶして、混ぜて寄こすのはごめんよ。それにね、あたしたち、お客じゃなくて、捕虜だから。降伏したんだから」険悪きわまりない声で最後を締めくくった。「だったら、文句は好きに言わせてもらう」

「空に半日いるのだって、まったく苦じゃないよ」テメレアは、イスキエルカを完全に無視して言った。「空からおりたあとは、眠れるんだからね」

テメレアは威勢よく言ったが、声の底には疲れがにじんでおり、ローレンスの外気浴の時間が終わらないうちに、頭を低くして眠ってしまった。

「そりゃ、半日飛びつづけられないってわけじゃありませんよ」夕食時にグランビーが言った。ひとりの外気浴を終えたばかりで、イスキエルカのことを心配している。「でも毎日、通常の半分の食事量じゃ……。この寒さもドラゴンたちにはつらい。陸地はまだ遠いんでしょうか？」

「四週間というところか。もしこの艦がマタラニを目指しているのなら」ローレンスは、経験にもとづく憶測で言った。インカ帝国の港について知っていることは、ごくわずかだった。たとえば、インカ人が彼らの港に入ろうとする大型船に敵対的であること、そのためいかなる商船も数マイル沖の、彼らから見えない場所に停泊し、船に搭載された小型ボートで港に入って取り引きするほかないこと――。

戻ってきたボートの乗組員の半数が行方不明になっていた、という報告も珍しくなかった。消えた彼らがいかなる運命に落ちたかは、わからないだけに揣摩《しま》憶測《おくそく》と誇張を生んだ。だが、なぜあえて冒険を試みるのかと言えば、ときにそのようなボートが商品の代金として金銀を満載して戻ってくるからだった。だからと言って、インカ帝国が他国の船を歓迎しているわけではないのだが――。

いずれにせよ、たとえローレンスがイングランドの海岸を知るようにインカ帝国の海岸を知っていたとしても、フランス側は海図を見せなかったし、舷窓から見える星々だけでは、自分たちがいまどこにいるかを知りようがなかった。「少なくとも、南緯四十度台を抜けたことは確かだが、まだまだ先は長い」

「陸から近い場所までいつたどり着けるんでしょうね?」ハモンドが内緒話のように声を潜めて尋ねてきた。「つまり、陸まで飛んでいける場所という意味ですが。われわれが、この艦の場所ふさぎだとしたら――」

「それでも、捕虜宣誓をした以上、ここにとどまる義務がある。フランス側がわれわれを解放しないかぎりは」ローレンスは、この話題をつづけたくない意思を込めて、きっぱりと言った。くだらない提案には乗りたくなかった。アーサー・ハモンドは尊敬すべき非凡な人物であり、その才覚の恩恵も受けてきた。しかしときとして、この男の頭のなかはどうなっているのかと疑わざるをえないときがある。

「ええ、もちろんです」ハモンドは陰気な顔で、風が抜けていく帆のようにくったりと椅子の背に背中をあずけた。が、すぐにまたしゃべりはじめた。「そうか、連中はブラジル経由でスパイを送りこんだにちがいない。それしか説明がつかない。しかし、どうやってインカ帝国を説得したのか?」それで黙りこんだが、しばらくしてまた同じことを繰り返した。「しかし、どんな説得でインカ帝国に門戸《もんこ》を開かせたのか、考えてもわからないなあ」

　ド・ギーニュは、みずから進んで情報を与えようとはしなかった。あたりはやわらかだが、彼は明らかに英国人との接触を極力避けようとしていた。それはつまり、英国人を艦上の社交にできるかぎり近づかせないため、そして、もしいるとすればだが、インカ帝国からの客人に会わせないためだと考えられた。

　ローレンスはこれまでのところ、ドラゴン甲板にいた羽根のようなうろこに覆われたドラゴンのほかに、インカの乗客にはひとりも会っていなかった。チボー艦長は親切で気前がよかったが、彼は、三頭の重量級ドラゴン、その担い手とクルー、三百人の水兵を捕虜にしたことへの報奨金のうち、かなりの分け前を当てにできるのだろう。それなら、骨折りは充分に報われるというものだ。


「いいえ、ミスタ・ハモンド。インカのお方は見かけていません」ペンバートン夫人が言った。「許可されて、彼女が英国人の男性たちを訪ねてきたときのことだった。「でも、とてもよくしてもらっています。マダム・レカミエがこのドレスを貸してくださったのですよ。なにひとつ荷物を持ち出せなかったので」

「レカミエ？」ハモンドが首をひねった。「パリのサロンにいるのでは？」

「ええ、おうちはパリのようですね」ペンバートン夫人が言った、「でも、この艦にレカミエ夫人と、お連れの女性が何人か乗っています」

「でも――」とハモンドが返したが、途中から口のなかでぶつぶつと言うだけになった。ローレンスも困惑するしかなかった。なぜド・ギーニュは、フランスの貴婦人を何人も連れて、孤立する危険な国との交渉に向かおうとするのだろうか。

「どうしてあいつは、ぼくにあんなにツンケンするんだろう？」とクルンギルが言った。あいつとは、フランスのドラゴン、ピコロのことだった。いま、ピコロは甲板で眠る番となり、頭上を飛ぶクルンギルが見えないように、両の翼に頭をうずめている。クルンギルのほうが体が大きいとピコロが認めたときから、二頭が鉢合わせしないほうが、甲板の平和を保てるようになった。

「ぼくは、わざとやってるわけじゃないんだ」

「わざとかどうかは問題じゃないよ。きみだって、体が小さいほうがよかったな、なんて思わないだろう？」テメレアは言った。正直言って、テメレア自身も、あんなに小さな卵から生まれた、あんなに小さかったクルンギルが、なぜここまで大きく成長し、なおも成長しつづけなくてはならないのか、納得がいかない。そして、いまだそれに慣れることができずにいる。

それでも公平に見るなら、クルンギルはけんかを吹っかけはしなかった。食べ物が足りなくても、自分の分け前を増やせとは言わず、ピコロのように、誰も見ていないときに獲った魚をくすねるようなこともしなかった。

「おれは戦争捕虜じゃないからな」ピコロは、イスキエルカから魚をくすねたことを指摘されたとき、大きな声を張りあげた。「おれのキャプテンは降伏しなかった。トリオンフ号はおれたちの艦だ」

「なにを言い返してもけっこうだけど」と、そのときテメレアは仲間をなだめるために言った。「それなりの根拠は必要だよ。だいたい、こんな海の上で争っても意味ないよ。もしそれでこの艦をまるごと失ったら、つぎのドラゴン輸送艦はないと考えていいし、たとえあったとしても、食糧の分け前はもっと少なくなる」

テメレアは、この艦を見つけるまでの、最後の数時間の絶望的な飛行をもう思い出したくなかった。息が切れるたびに、塩からい霧を吸いこみ、体全体がどんどん重くなっていった……。あれは敗北も同然だった。でも、あれ以上先へは飛べなかったことも事実だ。どんなに意志の力でやり抜こうとしても、無理だった。イスキエルカも、クルンギルも無理だった。自分自身の弱さだけでなく、いかなるドラゴンにも現実的な限界があることを思い知らされた。

いつかロン・シェン・リーに、飛行術について尋ねてみたかった。長距離飛行には、おそらくなにか秘訣があるのだろう。でも彼女に〝神の風《ディヴァイン・ウィンド》〟は使えない。だから、彼女の特別な飛行能力をうらやむいわれはない。いま自分たちには輸送艦がぜったい必要で、争っているわけにはいかないのだ。とはいえ、マイラ・ユパンキの横柄な態度や、イスキエルカに取り入る恥知らずなやり方に接するたびに、あの鼻づらに一発お見舞いしてやりたいと思うのも事実だった。

「もしかすると、陸に着いたら――」テメレアは考えをめぐらしながら言った。「いや、捕虜宣誓を破るつもりじゃないんだ」ローレンスの顔色を読みとり、すぐに言い添えた。「トリオンフ号を乗っ取ろうとは思わない。だけど、艦が陸に着いたら、捕虜宣誓は無効になるんじゃない？」

だが、この考えはあっけなく否定された。

イスキエルカは彼女独自の意見を持っていた。「なにもかも茶番じゃないの。あいつらは、あたしたちをフランスの繁殖場に送るつもりでいる。グランビーとローレンスとディメーンを監獄に入れるつもりでいる。わかってる？　もう二度と戦えないし、報奨金も手にできない。それって、おかしくない？　なんで我慢しなきゃいけないわけ？　あんな連中、十分もあれば、叩きのめしてやれるのに」

テメレアは、イスキエルカが大口を叩いているとは思わなかった。繁殖場がどんなに退屈なところかは、よく知っている。

「あいつらも、それはわかってる」イスキエルカはなおも言った。それも真実にちがいない。

テメレアはある朝、海上を飛びながら〝神の風《ディヴァイン・ウィンド》〟を試し、大きな波を立ちあげた。もちろん、帆走を妨げないようにトリオンフ号の後方でやったし、すぐにその場から離れた。しかしドラゴン甲板から大波が見えたこと、咆吼も聞こえたことは、クルンギルが請け合った。やり過ぎたとは思わなかった。自慢したんじゃない。事実を知らしめるためにやったまで。イスキエルカは意味もなく日に三回も火を噴いているが、自分はたった一回で充分だった。

フランスのドラゴンたちは、あらゆる面で太刀打《たちう》ちできない相手だと認めるしかなかったろう。「まさに理由はそれさ」ピコロの無礼さについて、テメレアはクルンギルに説明した。「あいつらは、要するに、焦ってるんだ」

アルドントゥーズとジュヌヴィエーヴは、ほとんど最初からテメレアに敬意を払っていた。ただ、テメレアとしては、自分が天の使い種《セレスチャル》だと知って彼女らがそのような態度をとることが、いささか不愉快ではあった。「まあ、マダム・リエンと同じ種なのね！」アルドントゥーズが勢いこんで言った。「彼女は雪のように白くて、すばらしい宝石を身に着けてるの。二日と同じ宝石を着けることはなくて――」

いくら敬意を払われても、これではいささかおもしろくない。いや、ぜんぜんおもしろくない。「アリージャンス号に乗ったまま、トリオンフ号と出くわしていたらよかったのになあ」テメレアは言った。

「だったら、牛はぜんぶぼくらのものだったのにね」クルンギルがしょんぼりと同意した。

「でも、ぼくら、なにも計画してないよ」数日後、ローレンスから釘を刺されて、テメレアは反論した。「ローレンス、ぼくはあなたの名誉を汚すようなことをするつもりはない。約束する」でも、ローレンスを守るためなら、名誉にかまっていられないことだってあるさ――テメレアは心のなかでそっと付け加えた。

それは、ローレンスが国家反逆罪で投獄されたときに学んだことだった。英国政府はローレンスを軍艦ゴライアス号の監獄に放りこんだ。テメレアは繁殖場に送られたが、ローレンスはたぶんどこかで生かされていると信じていた。だがナポレオンが英国本土に侵攻したとき、ゴライアス号は撃沈された。結局、ローレンスの身の安全なんて誰も考えてはいなかったのだと、そのときテメレアは思い知った。ローレンスが生還できたのは、ゴライアス号の戦闘を助けたのちに艦載艇で逃れることができたからだった。

以来、誰かがローレンスの身の安全を約束したところで、信じないことにした。もしフランス人が自分からローレンスを奪おうとしたら、奪い返すために用いる戦略はすでにいくつか考えている。でも、なにもかも口に出す必要はない――フランス側が理不尽なことを仕掛けてこないかぎりは。

「だめだよ」ローレンスは言った。「なにかを秘密に計画していると勘ぐられるようなことをしてはいけない。きみたちが、たくらみや隠し事をしているつもりはないとしてもだ。イスキエルカが繁殖場に入るつもりはないと毎日大声で言うのも、きみが気晴らしに咆吼で艦を沈ませかねない大波を起こすのも――」いや、そんなに大きな波じゃなかった、とテメレアは言い返したくなったが、言葉を呑みこんだ。

「そういう行為は、文明国の戦争のルールをわれわれが軽視していると、フランス側に見なされかねない。彼らは寛大にもわれわれを受け入れてくれた。われわれ自身が招いた災禍《さいか》からの避難所を与えてくれたのだ」

テメレアは、アリージャンス号の沈没を、自分たちが招いた災禍だとは思っていなかった。あれは自分の責任でも、ローレンスの責任でもない。が、それを言うのも控えた。ローレンスの嘆きは深く、彼の心は深く傷ついている。自分だって苦しい。アリージャンス号が永遠に、ライリーとともに消えてしまうなんて、あってはならないことだった。しかしその後の長く過酷な飛行のなかで、沈没事故の記憶は霧がかかるように曖昧《あいまい》になっていった。だから、いつかどこかの港で、アリージャンス号が入港するのを出迎えられるような気がしてならないのだ。

「もちろん、キャプテン・ローレンスに、捕虜宣誓を破ってくれなんて、誰も言いやしませんよ。夢にも思っていない」ローレンスが甲板から引きあげたあと、今度はハモンドがあらわれてテメレアに言った。「でも、考えるに、きみがインカ竜と話すのはいいんじゃないかな? わたしは、ケチュア語の専門家ではないが、この言語にいささか覚えがある。なんだったら、ケチュア語をきみに教えましょう。ああ、それができたら実にうれしく――」

「マイラと話したいなんて、これっぽっちも思わないよ」テメレアは冠翼をぺたりと寝かせて空を見あげた。インカ帝国のドラゴン、マイラ・ユパンキがイスキエルカと肩を並べて飛んでいる。あの奇妙な羽根状うろこが大きく広がり、日差しを受けて燦然《さんぜん》と虹色に輝いている。

「フランスとインカの交渉がどの時点で成立したのか、それだけでも知りたいんですけどね」ハモンドが声を落として言った。「今後のために大いに役立つ」

「ぼくらはフランスの監獄に入れられるのに、なんで役立つの?」

「その前に、わたしたちはインカ帝国に連れていかれる」ハモンドがさらに声を潜めて言った。

「インカの人々は、なんらかの決断を下す前に、われわれと話したがるかもしれませんよ。わたしたちがそばにいて、彼らになにか提供できる力を持っているなら」

その意見には心が動いた。なにもインカ帝国の人々すべてが、マイラのように無礼ではないだろう。「あなたにケチュア語を教えてもらおうかな。ぼくが飛ぶ番になったとき、あなたが乗ればいい。さっそくつぎからはじめよう」

「おお、なんと」ハモンドはその提案に一も二もなく賛成した。

ケチュア語はそれほどむずかしくなかった。言語としての規則性の高さにテメレアは感心した。基礎的なルールを学んでしまうと、あとはぐんぐん上達した。

「初期植民地時代から、非常に多くの地方語の記録が残されている」と、ハモンドがメガホンを使って叫んだ。そんなにわめかなくとも聞こえるのだが、ハモンドには理解できないようだった。

「しかし、インカ帝国はもっとも望ましい彼らの言語を共通語《リンガ・フランカ》と定めた」ただし、ケチュア語の発音はかなりむずかしかった。マイラとジュヌヴィエーヴの会話をいつも聞いているわけではないが、ハモンドの発音に難があることは充分に察しがついた。

「そろそろ彼に話しかけてみてはどうかな？」ハモンドがマイラのほうを見やって言った。マイラはこのごろ、テメレアの近くをこれ見よがしに飛ぶようになった。まるで己れを見せつけているかのようだ。自分のほうが見栄えがよいとでも思っているのだろうか。つややかな漆黒《しっこく》より、けばけばしい俗悪な色合いが好みでないかぎり、誰もあっちのほうがいいとは思わないだろうに。

「その必要はないよ」テメレアは冷ややかに返した。「いずれ別のインカ帝国のドラゴンに会えるんだから。マイラよりよっぽど仲良くできると思うな」

「なにもイスキエルカと彼の会話を通訳しろと言ってるわけじゃない」ハモンドが言った。

「どういうこと？　あいつがイスキエルカに近づこうが、ぼくはいっこうにかまわないよ。だいたい、あいつ、まともな会話ができるのかな」

その日の午後、甲板でイスキエルカが言った。「彼はきのう、あたしにマグロをくれた。なんだか話しかけたそうだった。とても礼儀正しいドラゴンね」

イスキエルカは、マイラのほうを見て軽くうなずいた。実に余計だ、とテメレアは思った。敵と親しくする必要がどこにあるだろう？ 腹立たしいことに、マイラは胸を張り、うなずき返して言った。「マダム――おうつくしい」ゆっくりと慎重に。

「ははん！ 英語が話せるんだ」イスキエルカが言った。「どうして、これまで話そうとしなかったの？」

「いまは、少しだけ」マイラが言った。

テメレアは、この件についてハモンドに報告した。「どうせ、ぼくがケチュア語を習っているのを盗み聞きしてたんだ。悪びれるようすもなかった。いちばん不作法なやり方だな。まったくもって礼儀知らずだよ」

「つまり、彼は英語を学んでいる？」ハモンドがうんと声を落として言った。ただでさえ小さな声なのに、檣《マスト》の上で水兵たちが叫び合っている艦上では、いっそう聞きとりにくい。上空ではあんなに不必要に大声を出すというのに……。テメレアは苛立って、冠翼を寝かせた。「成竜になっても新しい言語を習得できるのは、きみの種だけかと思ってましたよ。それを彼がやってのけるとは、いやあ、すばらしい！　わたしと会見してくれないか申し入れてみようかな」

テメレアにはなにがすばらしいのか理解しかねたが、いずれにしても、ハモンドの申し入れをマイラは固辞しつづけた。それでもあきらめないハモンドを見て、彼には自尊心というものが欠けているのではないか、とテメレアはいぶかった。

一方、ハモンドはまたも大きな声で、テメレアに向かって、つぎのケチュア語のレッスンを主張した。空に舞いあがると、テメレアはマイラとなるべく距離をあけて飛ぼうとしたが、マイラはしつこく追いかけてきて、臆面もなく、テメレアとハモンドの会話に聞き耳を立てた。

翌朝、ムッシュ・ド・ギーニュがジュヌヴィエーヴと朝食を共にするために、ドラゴン甲板にあらわれた。彼はテメレアに声をかけた。「きょうは晴れそうですね」

テメレアは充分とは言えない眠りから覚めきらないまま、「ええ、暖かくなりそうですね」と応じた。そして、はっと気づいた。ド・ギーニュはフランス語ではなく、ケチュア語で話しかけていた。姑息《こそく》な手にまんまとはまってしまった――。テメレアは心のなかで自分を罵った。

この件についてハモンドに報告すると、「それは残念」と彼は言った。「ですが、いつまでも隠しておくことはできません。レッスンはつづけられるんじゃないかな？　たとえ向こうがきみと飛ぶことを禁じても。わたしが学習のまとめを書いてローランドに渡し、彼女がそれをきみに読んで――」

「それなら、サイフォのほうがいいな」テメレアは言った。エミリー・ローランドは勉強があまり得意ではない。「でも、フランス人が気に入らないなら、やめたほうがいいかもね。もう充分学んだし、言語能力が高ければ、新しい言語を覚えるのに、そんなにレッスンは必要としないものだよ」テメレアはドラゴン甲板の向こう端で日光浴をしているマイラを冷ややかに見つめた。

けれども、ド・ギーニュからはなんの苦情も来なかった。様子見の数時間が過ぎると、ハモンドはふたたびドラゴン甲板にあらわれ、テメレアに向かって大声でレッスンを開始し、かつてなく声を張りあげ、英語の単語を必要以上にゆっくりと、明瞭《めいりょう》に発音してみせた。

「なぜこの方角に向かうのか、どうにもわからないな」その夜、小さなテーブルにつくと、ローレンスはグランビーに言った。星空の一部を見るだけでも、トリオンフ号が北西に針路をとっていることは察しがついた。しかしそれでは、インカ帝国への航程を一週間は延ばすことになるのではないか。もっと悪ければ、風が凪《な》いで艦が動けなくなる可能性さえあるのではないか。七頭の重量級ドラゴンを乗せている輸送艦には、断じてそんな危険を冒すことなどできないはずだ。

チボー艦長の厚意により所持品の没収はなかったので、ローレンスの手もとには望遠鏡があった。三日後、テメレアと空を飛んだとき、その望遠鏡を使って艦の行く手に小さな島を発見した。

「たぶん、いい漁場なんでしょう」グランビーが言った。「一週間遅れても漁をする価値があるということですよ」

しかし、さらに近づいても、その島になにかが特別に繁殖しているようすはなかった。島の中央の峰は緑のジャングルに覆われ、分け入るのもむずかしそうだ。望遠鏡で見るかぎり、海岸は黒い岩と砂ばかりで、まばらな椰子の木と低木ぐらいしかなく、海鳥が海面すれすれに飛んでいた。アザラシがいたが、ドラゴンたちが襲いかかったあとは、ものすごい速さで逃げてしまい、上陸する価値があるほどの数は残っていなかった。いずれにせよ、フランス人たちが航程を遅らせる理由がわからなかった。彼らのドラゴンの健康を気遣うなら、もっと早い段階で、英国のドラゴンへの食糧供給を減らすこともできたはずなのだ。

翌日、舷側の手すりのそばにローレンスが立っていると、ド・ギーニュが近づいてきた。「おお、キャプテン・ローレンス。この艦は以前もこの島に来ているのですよ」ド・ギーニュは両手を後ろで組み、物思いに沈むように島を見つめた。海には黒い魚影があり、早くもドラゴンたちがその上を飛び交って獲物にありついている。

「そのようですね」ローレンスはとまどいつつも、丁重に返した。

ド・ギーニュがうなずいた。「お名残惜しいかぎりですが、あとしばらくでお別れしなければなりません」彼は、ローレンスを見つめ返してつづけた。「この島には真水があります。以前上陸した航海長のムッシュ・ヴェルシーが請け合ってくれましたよ」

6 クルンギルの怒り

さらに近づいてみても、島の海岸は居心地よさそうには見えなかった。潮だまりのある岩をかろうじて砂が覆っており、ボートから逃げていく鳥と小さな蟹《かに》のほかに、動物の姿はなかった。ド・ギーニュは無慈悲ではなかった。島を流れる小川の水量が充分でない場合に備えて数個の雨水樽、食糧として水兵たちを数か月間はぎりぎり養えるだけの塩漬け豚と乾パン、さらに塩レモンの樽まで用意した。

「あまりご不便のないように祈っております。いえ、おそらくはそうであろうと信じております。気候もまずまずですから」ド・ギーニュはほほえみを浮かべて丁重に言った。しかし、その笑顔の下には鋼《はがね》の心が隠されていた。ハモンドが口角泡《こうかく》を飛ばして抗議したが、なにも変わりそうになかった。

「いえいえ、わたしたちはいずれここに戻ってきます」ド・ギーニュは言った。「フランスへの帰路の途中で立ち寄ります。どうかお疑いになりませんように」ローレンスはみじんも疑わなかった。ド・ギーニュは喜んで戻り、痩《や》せ衰《おとろ》えて戦意を喪失した人間とドラゴンを回収するだろう。たとえ何人に減っていようが、生き延びた者すべてを戦利品としてフランスに持ち帰るのだろう。

「ねえ、これで捕虜宣誓は無効になったよね？」テメレアが希望を込めてローレンスに尋ねた。ボートがトリオンフ号に引きあげられるのを海岸から見ているときだった。「だって、ここに置いていかれる以上、ぼくたちはもう捕虜じゃないんだから」

「これまで受けてきた恩義を仇で返すわけにはいかないな」ローレンスは、テメレアに釘を刺すつもりで言った。「たとえ、それが自分たちをどんなに利するとしても」

島から一日かぎりの飛行を何度か試せば、どこかに島影を見つけられるかもしれない。その方法を繰り返していけば、いつかは陸地にたどり着ける可能性はあった――理屈のうえでは。しかし、ドラゴンたちのハーネスも装具も、防水布さえも、没収されていた。それでは青海原を渡っていこうにも、運べる水兵の数に限界があった。竜のかぎ爪で運べるのは一度にせいぜい数人だ。

「彼らは、彼らの果たすべき義務を放棄したのですよ」ハモンドが、出帆する輸送艦を見つめ、憎々しげに言った。「言語道断だ。良識のかけらもない」

ローレンスはそこまでフランス人たちを責める気にはなれなかった。たとえこちらが挑発するような行為をしていなかったとしても、彼らは彼らのドラゴンを守るために同じことをやったかもしれない。冷めた目で見れば、ド・ギーニュが英国の人間とドラゴンをインカ帝国まで同伴しないと決断したことも特段の驚きではなかった。トリオンフ号が帆をあげて去っていくとき、マイラはドラゴン甲板から名残惜しそうにイスキエルカを見つめていた。

彼らが残していった数本のなまくらな手斧は、乏しい木材資源から最低限の住みかをつくるのに役立つはずだった。塩漬け豚と獲った魚で、ぎりぎり飢えをしのいでいけるだろう。島の奥地に入ればなにか収穫はありそうだが、ローレンスの見るところ、食用植物があるかどうかはかなり疑わしかった。

水兵たちの一団を、やりきれない思いで観察した。小川の流れがつくる水たまりを泥だらけにしたあげく、彼らはいま海岸でのんべんだらりと過ごし、水や食糧の樽にちらちらと横目を使っている。もしドラゴンたちがいなければ、すぐにも反乱が起こり、愚かな行為がまかり通っていただろう。

「ミスタ・フェリス」ローレンスは険しい声で呼びかけた。「きみの監督で、ここに拠点をつくってくれたまえ」頭が他事にとらわれていて、半ば無意識のうちに命令が口を突いて出た。すぐに、フォーシング空尉の存在を忘れていたと気づいたが、あとの祭りだった。

フォーシング空尉は優秀な士官で良識ある男だ。彼がニューサウスウェールズ植民地にやってきたのは、同じ任務で派遣されたほかの飛行士たちのように、本国で望ましい地位を得られなかったからではない。孤児という出自ゆえに縁故も影響力もなく、自分の竜を担うチャンスがほかでは期待できないからだった。だが、その結果、彼の軍歴に名声を積み重ねることができたか、と言うとそうでもない。

一方、フェリスには縁故があったが、それゆえにテメレアのチームに加わったわけではなかった。彼は十六歳で第三空尉として、〝海峡艦隊〟に帯同する重戦闘竜の戦隊に加わり、以来三つの大陸、ふたつの海の戦場において軍人として真価を示してきた。

しかし、そんなことを言い訳にできないことは、ローレンスもわかっていた。フォーシングが優秀ではないとしても、勇気や分別に欠けているわけではない。そして、彼は第一空尉、つまりチームの副キャプテンだ。ローレンスが彼を副キャプテンに抜擢《ばってき》した。もちろん、フェリスにこそ、その地位にいてほしかったが、いまさらそう言ったところでどうしようもない。

以前から意に添わない士官を押しつけられることはあったし、そのような士官のなかには軍務に向かない屑《くず》もいた。だがフォーシングはそうではない。なのに、自分は部下のひとりの地位と権威を軽視した。ローレンスは自分の失態を悔やんだ。それは、あらゆる権威への軽視につながることだろう。いままでそんなことはしなかったのに、〝ミスタ・フェリス〟と呼びかけ、彼に命令を下してしまった。命令を請けたフェリスのことも責められない。フェリスもまた、その瞬間は、ローレンスと同じようになにも考えていなかったのだ。

「承知しました」とフェリスは答え、本来なら彼に割り当てられるべきではない仕事に、すぐに取りかかろうとした。すなわち、惰眠をむさぼる水兵たちを叩き起こし、茂みの伐採と整地を行わせる仕事、あるいは、沈没事故の生き残りの飛行士たち――士官はわずかだった――をとりまとめ、若い士官が指揮する小隊を何隊か組織して、島の奥地の探査に送り出す仕事。

そのすべては、フェリスが少年時代から携わり、修練してきた指揮官としての仕事――軍事法廷の誤審さえなければ、関わりつづけていたはずの仕事だった。しかし、いまはちがう。彼にこの仕事を与えるべきではなかった。だが命令を撤回すれば、よけいに混乱を招くだろう。命令の撤回は、最初の命令を発するにあたって、キャプテンの頭にとっさに浮かんだのはフェリスであり、フォーシングではなかったことを認めるも同然なのだから。

そこで、ローレンスは別の手段を取った。「ミスタ・フォーシング、テメレアに騎乗し、この島を――われらが牢獄を、上空から探査してくれたまえ」

「承知しました、キャプテン」フォーシングが答えた。ローレンスが最初の命令をフェリスに下したとき、彼の顔に浮かんだ狼狽《ろうばい》と失望は、安堵と驚きに入れ替わった。フォーシングはさっそくテメレアのもとへ行き、声を張りあげた。「テメレア、わたしときみがキャプテンから島の探査を仰《おお》せつかった」フェリスが自分の仕事に着手するよりも素早かった。

「うん、聞いてた。でも、ローレンス、あなたは来ないの?」テメレアが困惑したようすで尋ねた。

確かに、島の探査には海軍出身の自分がふさわしいと、ローレンスも考えていた。海岸を探査するのは飛行士の仕事ではない。フォーシングには、よほど顕著《けんちょ》でなければ、天然の良港や危険な浅瀬を見きわめるのはむずかしいだろう。だが、フォーシングをテメレアとともに送り出して自分が残ることは、居合わせた飛行士たちの目に、フェリスにキャンプの設営をまかせたことに勝るとも劣らない、フォーシングへの信頼の証と映るはずだった。

だが実際のところ、このような配慮が功を奏するかどうかは疑わしかった。酒を抜かれた水兵たちを引き連れ、この先どうやっていけばいいのだろう。ローレンスには、筏《いかだ》よりましな船が彼らに作れるとは思えなかった。簎《やす》で魚を突かせ、ささやかな収穫を得るのがせいぜいではないだろうか。

「フォーシングとしっかりやってくれ、愛しいテメレア」ローレンスは言った。「わたしは拠点に残ったほうがいい。もし島の反対側に良い漁場があったら、魚を獲ってくれ。少々遅く帰るのはかまわない」

拠点にはグランビーもいるのに、なぜローレンスが残らねばならないのか、テメレアにはさっぱりわからなかった。それにローレンスが来ないとしても、フェリスかローランドがいっしょに来るほうがよかった。テメレアは、ニューサウスウェールズ植民地に送りこまれた当初、フォーシングがローレンスに示した侮蔑を忘れてはいなかった。ローレンスは寛大だとしても、自分はそうではない。フォーシングがあの植民地にいる多くの飛行士ほど役立たずでないことは、しぶしぶだが認めよう。でもだからといって、彼を積極的に自分のクルーに迎え入れたいとは思わなかった。

いや、どうせなら自分ひとりで来てもよかった、とテメレアは思った。そのほうが楽だった。フォーシングをかぎ爪で包んで運ぶのは、彼を落とさないように神経を使いつづけるので、まったく快適じゃない。テメレアは、ローレンスを同じ方法で運ぶことがあるのもすっかり忘れていた。

「あなたが記録をつけるんだよね?」出発するときに、テメレアはフォーシングに念を押すように尋ねた。「あ、だめだ。ここには紙がないんだから」だとしたら、フォーシングはなんの役に立つのか、ますます怪しくなる。

「戻ってきたら、わたしが海岸線を描けばいい」フォーシングは、彼自身いささか疑わしそうな顔をしたものの、きっぱりと言った。「濡れた砂の上に描く」

そんなに大きくもない島をただ一周するだけでよかったのに、フォーシングはうるさく注文をつけた。何度も地上におりるよう頼み、テメレアの目には拠点の海岸に生えているのとさほど変わらないと思える植物をあちこちで採取した。一度は、入り江の砂地で亀の大きな卵を見つけ、ひとつひとつを木の葉で包み、シャツの腹におさめた。そのあいだ、テメレアは体の四分の三ほどを水に浸け、波に打たれ、入り江に棲む小さなサメたちにつつかれているしかなかった。もっともサメは、うろこにこびりついたアザラシの小さな肉片を取り除いてくれたのだが。

「この卵は旨いんだよ」フォーシングは、待っていたテメレアに言い訳するように言った。おそらくは、テメレアの隠しきれない不快感に気づいたのだろう。しかし、それは待たされたことではなく、フォーシングの軍服に対する不快感だった。軍服の上衣はもともと粗悪品だったのかもしれないが、端が擦り切れ、本来の暗緑色が海水と日差しでくすんだ灰色になっていた。その下からあらわれたシャツときたら、さらにひどかった。首まわりと腋《わき》に、汗と洗濯のいい加減さが招いた黄色い染みが広がっている。背中側は最悪で、色のちがう糸でずさんに修繕《しゅうぜん》が重ねられていた。

これではどんなドラゴンからも称賛は得られないだろう、とテメレアは痛感した。過酷な試練がもたらした一時的な不具合なら許せるが、そうではなかった。もっと良質な上着とシャツをあつらえたほうがいい。乱れた髪を切りそろえ、顎ひげを整えたほうがいい。大きな角張った顎から四、五色の色の異なるひげが伸び放題になっていた。

「きょう手に入れたものを、もっとたくさんほしい。また戻ってこられるといいんだが」フォーシングは、批判的なまなざしを送るテメレアに言った。

「フランス艦が戻ってきて、ぼくらを回収するのを、じっと待っているわけにはいかないよ」テメレアはやや熱くなって返した。

「だけど、いったいなにができるんだろう」フォーシングが言った。「きみがどこかへ飛んでいけるとしても、わたしたちには自分の体をきみに縛りつけるロープもない」

「ローレンスがきっとなにか考えてるよ」テメレアは答えた。自分が考えているわけではないのだが、それはまだ着いたばかりだからだ。「そういうのは海軍艦長の仕事なんだ。自分たちがどこにいて、つぎになにをするべきかを正確に把握するのに、ローレンスほど適任者はいない。ローレンスには、ぼくらみんながなにをしたらいいかがわかってるんだ」

フォーシングが、納得いかないような渋い顔になった。「海軍経験が、太平洋のどまんなかの、千マイル四方になにもない無人島から脱出するのに役立つものだろうか。マーリンなら、なんとかしてくれるかもしれないが」

「マーリンて誰？」テメレアは思わず冠翼を立ちあげた。「ローレンスより有能な人間がいるとは思えないんだけど」

「冗談だよ」と、フォーシング。「マーリンは実在しない。伝説のなかの魔術師だ。孤児院にいるとき、わたしたちを黙らせるために、魔術師マーリンの話をするやつがいたんだ。アーサー王とかが出てくる話でね」

「その話、ぼくにしてくれないかな、帰り道で」テメレアは言った。結局、フォーシングにも役に立つところがあったというわけだ。だが、フォーシングは気まずそうだった。

「ああ、なんと言うか、古い時代の話で……。ドラゴンたちにとって、厳しい時代だった」結局、話を聞いてみれば、アーサー王と配下の騎士たちは、英国じゅうで罪のないドラゴンを殺しまくるだけで、たいしてなにもしていなかった。フォーシングによればその時代には大砲もなかったそうだから、話は嘘八百にちがいない。それでも、テメレアにとっては不愉快な嘘だった。

「つぎにぼくらはどうするの、ローレンス？」その夜、テメレアはローレンスに尋ねた。フォーシングは拠点に戻ると、記憶を頼りに島の輪郭を砂に描いた。テメレアも協力したが、悪くない仕上がりだった。おそらくこの島の直径は最長で一マイル。フランス人が彼らを置き去りにした西側は、藪《やぶ》と茂みだが、東側半分にはジャングルのような樹林が広がっている。今回は調査に充分な時間がとれなかったが、小さな入り江がたくさんあった。

「あの樹林には期待できそうだ」ローレンスが疲労をにじませ、眉《まゆ》の汗をぬぐった。テメレアが留守のあいだに、拠点では多くの作業が進展した。薪《まき》を保管する差し掛け小屋と、塩漬け豚の樽をしまう地下貯蔵庫がつくられた。たったひとつ渡された大釜は、夕食をこしらえるために、休みなく煮え立っていた。

フォーシングが集めた亀の卵は、明日の朝食になるらしい。フォーシングのシャツのひどさには誰も気づいていないようだが、テメレアは身をよじりたいほど恥ずかしく、せめてイスキエルカから見えないようにと、自分の体で彼女の視界をさえぎった。

「少々の果実くらいはあるだろう。ここより良質の木材が手に入るかもしれない」ローレンスは、テメレアの前足にもたれかかり、あくびを洩らした。目はもう閉じている。「できれば、ジャングルに調査隊を送り出したい。信頼できる部下が足りないのは残念だが」

「うん、そうだね。だけど、どうやったら陸地にたどり着けるんだろう？　なんとかしてブラジルまで行く方法を考えなくちゃね。トリオンフ号が戻るまで待って、監獄に送りこまれるなんて、まっぴらだよ」

「そうだな。ここから出られたらいいな……」と言いながらローレンスは眠りに落ち、テメレアはそれ以上なにも言えなくなった。


水兵たちを乏しい配給で養っていくのは、終わりのない戦いだった。もし塩漬け豚が何時間も煮こまずに食べられるなら、この戦いにもっと早く敗北が訪れていたかもしれない。三週間目の点検で、乾パンが――コクゾウムシが湧くのはいつものことながら――盗まれているのが判明した。

「ひどいもんです、キャプテン。飢えという爪にわれわれの腹を裂かれる日も近いでしょう」クルーのオディーが惨状を報告し、さもありなんという陰気な満足感を漂わせて言った。彼の杞憂《きゆう》ならよかったのだが、むしろ控えめな表現だった。乾パンの樽が壊され、一個の樽はまるごと消え、それとほぼ同じ量の乾パンが盗まれたあげく野外に放置され腐りはじめていた。たんなる盗みよりたちが悪い。自己防衛本能を否定するような愚かな行為だった。

「全員の配給を半分にすれば、どうにかやっていけるだろう」ローレンスは、割れた樽の板切れを脇に捨てて言った。「新たな窃盗事件が起こらないとしての話だが」

「塩漬け豚と蟹だけではやっていけません」そばに立ったグランビーが言った。顔色が悪く、負傷した片腕を脇腹にしっかりと固定している。「これじゃあ、どうしようもない。ぼくらで見張ることにしましょう」

ローレンスはうなずいた。だが、数百人の共同体が生き延びるために必要なありとあらゆる仕事に対して、それを監督する飛行士の数が足りなかった。グランビーとローレンスの配下にある士官たちは、アリージャンス号が炎上したとき、下層甲板で消火活動を行っていた。グランビー配下で第二空尉のバーズリーは、マドラスから赴任したよく日焼けした無口な男で、フォーシングとともに沈みつつある艦《ふね》から救出された。幼い空尉候補生と士官見習いも何人かいた。そのなかでキャヴェンディッシュは最年長だ。グランビー配下でハーネス匠《しょう》のポールは、あの事件の数日前に足をくじいたため、混乱のさなかにドラゴン甲板にいて命拾いした。

「見張りはポールにやらせましょう。ぼくも交替します。それぐらいしかいまはできませんから」グランビーはそう言うと、悔しそうに顔をそむけた。

当然ながら、銃もロープもなかった。窃盗の犯人を突きとめたところで、鞭打ちの刑に使えそうなものがなかった。この一週間、実に多くの水兵が見張りについており、みずから罪を犯す機会や他人の罪を見逃す機会は誰にでもあった。「食糧が乏しくなっている。安易に見張りを選んではだめだな」ローレンスは言った。

懲罰に使えそうな方法は鞭打ちのほかにもうひとつあったが、ローレンスは懲らしめを目的としてドラゴンを使うつもりはなかった。たとえ罪人だろうが、裸の子どものような丸腰の脆《もろ》い人間にドラゴンを仕向ければ、見せしめとして益を生むどころか、共同体としての破滅を招くことになりかねない。現に水兵たちは、獲物を取り尽くしたら、つぎはおれたちがドラゴンに喰われる番だとささやき合っており、ドラゴンたちは過度に不安を煽らないように、水兵たちの漁場を避けて、空で過ごす時間が多くなっていた。

「もうすぐサメまで食べなきゃならなくなるのかな」テメレアが沈んだ声で言った。「なんでもサメのひれはすごくおいしいらしいけど」と、料理人のゴン・スーに向けて言い添えた。「ちゃんと料理すればいいんだろうけど、大量に持ち帰るのは無理だし、生で食べると筋っぽくて最悪だ。でも、いま以上に遠くへ行っても意味がないよ。飛んだ距離に見合うだけの収穫はないだろうからね」

このような会話が水兵に立ち聞きされれば、いっそう不安を煽り、生き延びるためなら食糧を奪ってもかまわないという考えに、ふたたび走らせるかもしれなかった。ローレンスの見るところ、水兵たちは自分の身を守るためなら、あるいは一杯のグロッグ酒のためなら、躊躇なく仲間をドラゴンのほうに押しやるのではないかと思われた。飛行士に駆り立てられて必要最低限の労働に向かう以外は、ほぼすべての時間をいかに生き延びるか、酒を得るかの検討に費やしていた。

野営の秩序を保つために必要なことはそれほど多くはないのだが、その肝心要《かんじんかなめ》ができていなかった。毎朝、海岸には新たな流木や海藻が打ちあげられた。椰子の葉が風で落ち、縄張りへの侵入者を追い払おうとわめくカモメが、糞《ふん》を撒《ま》き散らした。ローレンスは三、四日に一度は野営を清掃させるのをあきらめた。その結果、誰もがじゃまなものを蹴飛ばして進むか、運が悪ければ落ちているものに足を滑らせることになった。

「働かざる者、食うべからず」と、ローレンスは水兵たちに宣言した。どんな仕事にも使える脅しだとしても、言いつづければ効力が落ちる。十六歳の空尉候補生キャヴェンディッシュのような小柄で猫背の青年は、三十四歳の水兵リチャード・ハンズになにも命令できなかった。ハンズのこぶしはメロンほどの大きさで、ほぼすべての歯を波止場のけんかで折っていた。

ディメーンは必要なときには相手を押し切ったが、それはおそらくローレンスの見ていないところで、激しいけんかがあったからだと思われた。エミリー・ローランドなら持ち前の剛胆さで、ひとりで数人をまとめてみせたかもしれないが、ローレンスは危険を冒してまでそれを試そうとは思わなかった。日の出前からエミリーが野営から離れるような命令を出し、水兵のひとりたりとも同じ方向には行かせなかった。

大勢の水兵のなかにひとりでも掌帆長《しょうはんちょう》になれる資質の者がいれば重用するつもりだったが、たとえいたとしても、みずから前に出る者はいなかった。オディーとシプリーは水兵ではなく元囚人だが、いまはローレンスの配下にある。オディーはトリオンフ号に乗船しているあいだ、〝悪魔の水〟の恐ろしさについて陰々滅々《いんいんめつめつ》と語ることを楽しんでいた。このような語りにおいて、オディーの右に出る者はいなかった。彼は酒に溺れやすい水兵のことも槍玉にあげていたのだが、反乱の際に自分が飲酒したことには反省の色もなく、あれは勤務時間ではなかった、と偉そうに語ったという話が洩れ聞こえてきた。

かたや、シプリーは野心を温めていた。飛行士だけでは手が足りないため、少し手先が器用で意欲的なら、異例の出世もありうると考えているらしかった。元は仕立て屋だが、不運な境遇から罪を犯し、オーストラリアへ流罪になった。どうやら、武具師のフェローズ亡きあとの、地上クルーの長を狙っているらしい。いまはハーネスもないためそれらしい作業はないが、なにかと仕事を頼まれて忙しく、水兵たちとは一線を画して高慢な態度を見せるようになった。つまり、オディーもシプリーも、飛行士と水兵のあいだの溝を埋める役割は務まりそうにないということだ。

その役割を果たせる最良の候補を選ぶとしたら、年配のメイヨーかもしれない。数少ない有能な水兵のひとりで、いっときは航海士まで出世した。酒がらみの失敗で降格されたが、使える人間であるにはちがいなかった。ただし、アリージャンス号の火災で大量の煙を吸いこみ、肺病のような咳がつづいており、そうでなくとも、みずから前にしゃしゃり出て権威を得たいとは考えていないようだった。

そんなわけで、水兵のなかではアーカートとハンズに人気が集まった。実際、島に着いて一週間後、ふたりが代表としてローレンスに苦情を伝えにきた。「配給が少なすぎてきついんですよ、キャプテン」アーカートが言った。目をしばしばさせて横を見るのは、ローレンスと面と向かって話すことに気後れがあるからで、つづきはまるで横にいる仲間につぶやくように言った。「つれえのなんの、あんな災難のあとで。もうちっとおれらのことを考えてくれてもよさそうな――」

ローレンスは怒りに口を引き結んで聞いていたが、アーカートの言葉が小さくなり、ついに黙りこんでしまうと、察しのよくないハンズが、横柄な態度であとを継いだ。「まだ艦《ふね》の上にいるような気分で、全能の神みたくふんぞり返ってもらっちゃあ困るんでさ。あるものはみんなで分け合わねえと。配給は日に一度じゃなく二度にしてもらいてえ。けだものどもは、魚をろくに獲ってこねえで、自分らばっか一日じゅう食ってやがる」

とんでもない阿呆《あほう》でないかぎり、言葉遣いからして無礼だった。ましてや最後の侮辱は許せるものではなかった。ハンズは話しながら、こぶしでもう一方の手を静かに、だが意味ありげに叩きつづけた。ある種の脅しだ。このとき、テメレアは狩りに出かけていた。

だがローレンスは小柄でも猫背でもなかった。かつてまだ海尉だったとき──短くも不幸な期間──暴君のごとき艦長に仕えたことがあった。自身の艦長時代にそのような統制の必要性を感じたことはなかったが、けっして敬遠していたわけではない。身をかがめ、焚き火から一本の木の燃えさしをつかむと、ハンズの腹を突いた。ハンズが後ろへのけぞって倒れると、今度はそれを肩に押し当て、身動きを封じた。

「動くな」ハンズを上から見おろし、荒々しく言った。「おとなしくしろ、ハンズ。おまえにきいてやるような口はない。おまえらのような腐れ水兵を相手に、肺の空気の無駄遣いはしない。わたしがテメレアに命じて、おまえらをサメのいる海に追い立て、先に死んだ水兵のところに送りこむ気にならないよう神に祈るんだな。さっさと消え失せろ」

「あれも、今回の盗みの背景にあると見ていいだろうな。飢えだけじゃない」ローレンスは、ハンズとの一件を思い出し、グランビーに言った。改めて被害を計上すると、四か月間もたせようとすれば、ひとりあたり一日につき二個より多くの乾パンは配給できないとわかった。フランスの艦がそれより早く戻ってくることはないだろう。

「苦虫を噛みつぶしたような顔はやめてください、ローレンス。たぶん、疫病《えきびょう》か、変な熱病が流《は》行《や》って、半分に減りますよ」グランビーが言った。「船が通りかかることだってあるんじゃないですか？　トリオンフ号じゃなく、別の船が」

「まず考えられないな。航路としては大陸に近すぎるし、なにもない島だ。補給を急ぐのなら、時間を無駄にせず、確実な港を見つけようとするだろう。船の到来は期待できない。むしろ、ドラゴンが通りかかる可能性のほうが高い」

「そしてまた、水兵たちが泡食って大騒ぎですね」グランビーが言った。「ところで、あいつら、なにしてるんでしょうね？　ほら、あそこで」

水兵たちがそこから下におりた海岸で、今回ばかりは奮起したのか、昼《ひる》日《ひ》中《なか》から大きな焚き火を組みあげ、火を囲んでいた。よくよく見れば、半分に割った椰子の実の殻を回してなにかを飲んでいる。砂浜を渡って騒々しい笑い声が聞こえてきた。

「くそう、やってくれたな」ローレンスは言った。「どこかで蒸留器《じょうりゅうき》をこしらえたんだろう。樽が一個なくなっていたのも、これで説明がつく。もっと早く気づくべきだった」

「椰子の実から蒸留酒を？　できるんですか？」グランビーが疑わしげに言った。

「椰子の実か、あるいはもっと適した果実をどこかで見つけたか。あのまま毒をあおりつづけるわけではないだろうから、朝にはわかるだろう。ああ、ミスタ・フェリス、わたしたちもいま気づいた」焚き火のほうを手で示しながら近づいてきたフェリスに言った。

「ゲリーが、給仕係の少年にいっしょに来ないかと誘われたそうです。いまのいまです」フェリスが言った。ゲリー少年がフォーシングではなくフェリスに報告したということに、ローレンスはひそかに消沈した。

「止められそうにありませんね」グランビーは、飛行士たちの小さな集団のほうを見て言った。「少なくともドラゴンたちが戻ってくるまでは」

「いまは無理だな」ローレンスは言った。「酒を飲んで、ますます手に負えなくなっているだろう。へべれけになって倒れるのを待つか。厄介なことをしでかす前にそうなってくれればいいんだが」

「乾パンと塩漬け豚を別の場所に隠しておいたほうがよさそうですね」と、グランビー。そのあとに「フェリス、きみにまかせた」と付け加え、またもローレンスを消沈させた。

そのあとは、真昼の炎暑のなか、飛行士全員で数時間かけて食糧を貯蔵する新たな穴を掘り、椰子の樹皮や葉を敷き、あるだけの乾パンと塩漬け豚を運びこんだ。そのあいだに、砂浜のお祭り騒ぎはたけなわとなり、歌がはじまり、煙とともに貝を焼く匂いが漂ってきた。水兵たちは楽しむためなら労を厭《いと》わないようだ。

一方、飛行士たちは疲れきって砂の上にすわりこんでいた。ゴン・スーがささやかな食事を用意した。塩漬け豚と、乾パンと海藻からつくったヌードルに、豚と魚の骨の薄いスープをかけたものだった。椰子の実の殻を椀《わん》として使い、肉は小枝で口に掻き入れた。

「兄さんはどこだ？」と、ローレンスはサイフォに尋ねた。サイフォは自分の椀を脇におろしたが、その椀の横にさらにふたつ、手つかずの椀があった。ローレンスは、さらに厳しく尋ねた。

「ローランドはどこにいる？」

「ディメーンなら狩りに行きました」サイフォが口ごもりながら言った。「そのう、狩りが得意だから」

嘘ではなかったが、到底、満足できる答えではなかった。ペンバートン夫人はトリオンフ号とともに去っていった。孤島生活の危険に淑女をさらさぬよう、彼女をド・ギーニュの客として扱うように、ローレンスが頼みこんだ。しかしながら、エミリー・ローランドにお目付役《シャペロン》がもっとも必要なときに、彼女がいないことがもどかしかった。

さらに数時間たっても、ディメーンとエミリーは帰ってこなかった。水兵らの声は荒々しさを増し、言い争う声まで聞こえてきた。おそらく酒も食べ物も足りていないのだろう。ひと悶着《もんちゃく》が起こり、周囲からけしかける声があがった。砂浜に血しぶきが飛び、野卑な笑いが起こった。

「いいか、つぎの一杯はおれのもんだぞ！」ハンズが叫び、にやにや笑いを浮かべて血濡れた手で仲間を押しのけ、蒸留器のほうに向かった。

ローレンスは目をそむけた。若い士官たちに見せたい光景ではなかった。「紳士諸君《ジェントルメン》、一、二時間、島の奥の探査を――」

「失礼！」フェリスが割って入った。「全員、注意してくれ！」彼はすでに立ちあがって備えていた。何人かの水兵がこちらに向かって歩いてくるのが見えた。獲物を狙う獣《けもの》の群れのように、焚き火のそばから離れてあとにつづく者たちもいた。

ローレンスとグランビーも立ちあがったが、近づく男たちからふたりを守るように、部下たちが前をさえぎった。ローレンスの前に立ったのは、キャヴェンディッシュだった。その横には、グランビー配下の士官見習い、まだ十三歳のソーンがいた。バーズリー、フォーシング、フェリスがさらに外を囲み、全員を低木の茂みのほうへじりじりと導いた。その円のまんなかにはサイフォとゲリーもいた。自分とグランビーが子ども同様に守られていることに、ローレンスの全神経が反発した。

水兵たちがさらに近づき、ゆるい半円を描いて飛行士たちを囲んだ。目は充血し、大量の汗で肌がてらてらしている。彼らが醸造《じょうぞう》したのはまっとうな酒ではないのかもしれない。何人かの伸びたひげの先に嘔吐《おうと》のしるしが残っていた。離れていても、息にこもる酒の臭いが嗅ぎとれた。

ハンズが、フェリスの肩越しにローレンスを見つけ、歯を剝き出してにやりとした。獲物を前にした、いかにもうれしそうな笑いだった。「さあて、やり合うのはなしだぜ、みなさん」ハンズが口を開いた。「手荒なまねはしねえ。ドラゴンのキャプテンだけ寄こすんだ。そうすりゃ、戻ってきたとき、あのけだものたちの態度だって変わるだろうよ」

「ドラゴンがおまえらの臓物をえぐり出し、蟹の餌にするぞ」グランビーが言った。「おまえだけじゃないぞ。全員、同じ目に遭わせてやる。だいたい、この島のなかで、どこへ連れていくつもりだ」

「近づくな！」バーズリーが鋭い声をあげ、前に一歩踏み出した水兵のひとりを突いた。水兵がさっとまとまり、一団となってぐいぐいと押してきた。若い飛行士たちが押し返そうとしたが、ローレンスは彼らといっしょに後ろに押しやられ、背中で小枝の折れる音がした。

奇妙な組んずほぐれつが、不規則な押しと引きが繰り返された。水兵たちのこぶしは酔いで狙いが定まらず、わずかにかすめるか逸れることが多かった。それでも、熾烈《しれつ》な戦いになった。幾本もの手が人間の壁を突き破り、ローレンスの腕をつかみ、服を、ベルトを引っ張った。割れた爪とタコのある砂まみれの無数の手を、特定の顔や意思と結びつけるのは不可能だった。破滅のなかで命綱を手探りするように、やみくもな渇望が餌食《えじき》を求めて迫ってくるような気がした。

仲間の肩や頭越しに見える彼らの獣じみた目にも、同じ種類の狂おしい衝動が宿っているのに、ローレンスは気づいた。だが、そこには恐怖も宿っていた。絶望的な戦いに身を投じた敵兵士の顔に、時折り同じものを見ることがある。無益な交戦と知りつつ、集団として戦うことを強いられ、犬死にを予感する者の顔だ。

一方、戦うことに燃える者たちも何人かいて、そのひとり、ハンズの目がローレンスをとらえ、喜びに爛々と輝いた。だが残りの多くの者たちは怯えはじめ、酔いで頭も回らなくなっていた。飛行士たちは横並びになって腕を組み、まとまりを欠く敵の攻撃に応戦した。足を蹴りあげ、頭突きをくらわした。盤石《ばんじゃく》の守りとは言いがたい。だが日が傾きはじめており、ドラゴンたちが戻ってきそうな時刻になっていた。

「テメレア！」ゲリー少年が叫んだ。少年は人垣から抜け出し、砂浜に出て両手を振った。「テメレア！」

水平線に三つの黒い点が見えたかと思うと、ぐんぐん近づいてきた。数人の水兵が戦いから逃れ、焚き火のそばで不安そうに見守っている仲間たちのほうに駆け出した。さらにふたりがそれを追いかけた。飛行士たちが数で勝るのは時間の問題だった。

　ハンズが狼狽し、キャヴェンディッシュに襲いかかった。青年の頭を殴りつけ、その勢いでローレンスの頬に爪を立て、引っ掻き、唇の端を引き裂いた。血に染まった爪がさっと離れたが、ローレンスが殴り返さなくとも、ハンズのつぎの一手はなかった。

　ハンズは怒りで顔を真っ赤に染めて、逃げ出していた。仲間が彼を追いかけた。が、小枝の折れる音がして、彼らは茂みのほうを振り返った。エミリー・ローランドとディメーンが、息をあえがせ焦ったようすで砂浜に飛び出してきた。ふたりは困惑して立ち止まり、水兵の一団を見つめた。

　ハンズが叫んだ。「あのでっけぇ黄色いやつのキャプテンだ。あいつを捕まえろ、男のほうだ」

　エミリーがディメーンを茂みのほうに押しやった。「逃げて！　早く！」そう叫ぶそばから、身をかがめて両手で砂をつかみ、迫ってくる水兵の目に投げつける。

　サイフォが人間の鎖から抜け出し、ふたりのほうに走った。フェリスがあとを追って駆け出した。ハンズがエミリーの腕をつかみ、地面に投げつけた。ディメーンがそこに飛びかかった。ハンズより頭ひとつ分背が低く、針金のように細い体だ。だがローレンスは、今回ばかりは、ディメーンに紳士的な抑制が欠けているのを頼もしく感じた。ディメーンはこぶしでハンズの腹を殴り、肘で喉を突き、もう片方の腕を振りあげ二本の指で目つぶしを食らわした。大きな水兵が息を詰まらせて倒れ、ぜいぜいと荒い息をついた。顔から血が流れていた。

「逃げろったら!」エミリーがディメーンに向かって叫び、立ちあがり、また叫んだ。「こんちくしょう、おまえら近づくな! ドラゴンが来るぞ!」

だが水兵たちは、ふたりに襲いかかった。その数およそ二十人。そのなかの三人がたちまちディメーンを捕らえ、かかえあげた。エミリーが男たちの足もとに飛びこみ、足をつかんで行かせまいとした。男のひとりが靴の足で彼女の顔を蹴りあげた。エミリーはのけぞって倒れた。顔面が血で染まっていた。

フェリスがそこに駆けつけ、ディメーンを取り返そうとした。ひとりの水兵がサイフォの頭をつかんで押さえつけたが、サイフォは地面から乾いた枝をつかみ、男を打ちすえて反撃した。

「行け、急げ!」グランビーがほかの飛行士たちに叫び、ローレンスの腕をつかんだ。「さあ、ぼくらは茂みの奥へ――」

「なんだって?」と、ローレンス。

「急げ!」もう一度飛行士たちに呼びかけると、グランビーは抵抗するローレンスを引きずった。

「なんだ! なんて頑固なんだ。飛行士になって何年ですか!」

フォーシングが砂の上を懸命に走って、水兵たちにたどり着いた。しかし、さえぎるもののない開けた場所で、フォーシングとフェリスのふたりに対し、相手が多すぎた。ひとりの男がディメーンの腕をつかんで、折り重なる人間のなかから引きずり出し、別の男が手助けに入った。焚き火のまわりに集まっていた大勢の水兵が、フェリスとフォーシングのほうに向かった。「ちくしょう」グランビーが状況を見てとり、目をそむけた。水兵たちが熱狂的な勝利の雄叫《おたけ》びをあげ、ディメーンを焚き火のほうに引きずった。サイフォが追いかけようとしたが、エミリーが片手で肩をつかんで引き戻した。彼女のもう一方の手は口から流れる血を押さえている。

ハンズが立ちあがり、みなを追いかけた。片手で目を押さえ、しわがれ声で叫んだ。「待て、おれを置いてくな――これで、けだものはこっちのもんだぞ」

だがつぎの瞬間、ハンズは両腕を投げ出し、砂地に倒れこんだ。クルンギルが咆吼をあげながら、すさまじい速度で海上を飛んできた。咆吼は木々を震わせ、巨体の影が、洪水が広がるように焚き火の上を覆った。

それは、まさに一瞬の出来事だった。つぎの瞬間には、クルンギルはディメーンをかぎ爪でつかみ、砂浜をすたすたと歩いていた。「ディメーン、だいじょうぶ？　怪我《けが》してない？」クルンギルはディメーンをいったん砂地におろすと、最後まで落ちずに残っていた、ちぎれた人間の腕を払い落とした。

そしてふたたびディメーンを拾いあげ、前進した。怒りにまかせて鞭のようにしなった竜の尾があとに残したのは、飛び散った焚き火の残骸と灰、砂の上に散らばる水兵たちの骸《むくろ》だった。なかには、まだもがいている者もいて、うめきが波の音とともに運ばれてきた。

遺体は、焚き火の残骸と椰子の木を組みあげた薪の山の上で火葬された。浜を縁取《ふちど》る椰子の木も被害を受けていた。生き残った水兵の多くが、飛行士たちとともに黙りこくって働いた。負傷した者は間に合わせの草の寝床に横たえられ、端布《はぎれ》の繃帯《ほうたい》で手当てされた。

外科医はいなかった。グランビー配下の新しい外科医マローは、アリージャンス号の反乱事件で命を落とした。テメレア・チームのドーセットは、ニューサウスウェールズ植民地の基地に残っている。元は理髪師だったというデューイが多少の医術の心得があったが、薬として使えそうなものは酒の残りかすくらいしかなかった。

「これで乾パンは不足しませんね」グランビーが苦みのきいた軽口を叩いた。グランビーとローレンスは、浜に流れついた丸太に腰かけ、かなり離れた場所から作業の進行を見つめていた。ドラゴンたちは水兵に近づきたい気分ではなかったし、水兵たちもドラゴンに近づくのをますます恐れるようになっていた。

テメレアは飛行士をひとり残らず自分のそばに置くべきだと主張した。彼にとって、クルンギルの怒りも、それが招いた甚大な被害も、なにひとつ、常軌《じょうき》を逸《いっ》したものではなかった。

「だって、ローレンス。こうなる以外に考えられないよ。あんな厚かましいやつらは、見たことがない。あのヨンシン皇子《おうじ》だって、ぼくの目の届くところで、あなたを連れ去ろうとはしなかった。そんなことをしたら、ぼくが黙ってないとわかってたからだ。ぼくはクルンギルを責められない。あなたは、ぼくのこっち側にすわったほうがいいんじゃない？　あいつらから姿が見えないようにね」

テメレアはかぎ爪で乾いた地面を掻きつづけており、いつしか砂から水が滲み出していた。それは竜が強い不安に駆られたときによく見せる仕草で、そこまで心配させていることを、ローレンスは心苦しく思った。だがそれでも、テメレアの要求をすべて呑むわけにはいかず、グランビーと野営から少し離れた場所に退避したことが、せめてもの譲歩だった。そして手持ち無沙汰《ぶさた》のまま、フリゲート艦なみの大きさのドラゴン二頭によって、疲れ果て希望を失った水兵の一団から厳重に守られているというわけだ。

クルンギルは、ドラゴンの仲間にも近づこうとしなかった。岸からかなり離れた小さな岩礁まで飛んでいき、かぎ爪のなかにディメーンを閉じこめたまま、尻ずわりになっていた。ときどき、抗議するディメーンの声が聞こえてきた。ディメーンは一度ならず助けを求めるように海岸に向かって手を振ったが、テメレアは彼を迎えにいくのを頑《かたく》なに拒んだ。

「ローレンス、あなたに逆らいたくはないけど……」テメレアは言った。「いまは刺激しないほうがいいよ。クルンギルと戦えないわけじゃない。でも戦いたいとは思わない」そう言いながら、テメレアの体はローレンスを守るように地面に弧を描いた。イスキエルカもテメレアに体をからませ、尾を引きよせた。こうして、ローレンスとグランビーは、からみ合う二頭の竜の壁にすっぽりと包まれた。

「やれやれ、フェリス。しけた顔はやめてくれ」浜辺を重い足取りで進み、ふたたび報告にやってきたフェリスに、グランビーが言った。「哀れなばかどもには申し訳ないが、最後はどうせ縛り首なら、竜の爪にかかるほうがましだった。あいつらは反逆者なんだから。こうやってぼくらも見張ってる。もう悪いことは起こらないさ」

「はぁ？　だといいんですがね」と、フェリスが返した。飛行士には礼儀作法を軽く見る傾向はあるものの、いまのフェリスは苛立ちのあまり礼儀を忘れていた。「乾パンがだめになりました——底を突く前に。あの二本の椰子の木が小川に倒れたせいです。新しい地下貯蔵庫にちょろちょろと、四時間のあいだ、川の水が流れこんでいました」

貯蔵庫は、腐敗しはじめた塩漬け豚の臭いがする泥水に浸かり、最下層の樽は泥に埋まっていた。フェリスがすでに水兵たちを使って、樽をこじあけ、水の滲みていない乾パンを選り分け、椰子の葉で編んだ容《い》れ物に移す作業をすませていた。ただでさえ質の落ちていた蓄えの半分近くがだめになってしまった。

「クルンギルが頭数《あたまかず》を減らさなければ、飢えるところだったな」状況を見てきたグランビーが、疲れたようすで砂に尻を落とし、「いやどのみち、飢えるのかな」と、ゴン・スーに話しかけた。「二か月後には、らょっとお腹がすいてるかもね」ゴン・スーは遠回しな言い方で答えた。ローレンスは、そのころには、毎日の配給時のくじ引きがはじまっているだろうと想像した。

だが、全員のくじ引きではない。自分は飢えない、とローレンスにはわかっている。グランビーも、ディメーンもだ。竜を担うキャプテンが飢えることは許されない。自分の竜に飢えていると悟られることさえ許されない。ローレンスは遠くを見やりながら、ベルトに指をかけ、そこに下がる丸い金具をこつこつと叩いた。そのリングに装着する搭乗ハーネスも、島におろされるときフランス人に奪われてしまった。

「ドラゴンたちならクジラを獲れるかもしれません」グランビーが言った。「クジラ一頭で、ひと月はもたせられるんじゃないかな。すぐに食べ飽きるでしょうけどね」

「ナガスクジラしか見つけられそうにないな」ローレンスは言った。「重量級ドラゴンでも、一頭のクジラを岸まで運ぶのはむずかしい。それにクジラはすぐに潜って逃げる」

「キャプテン！」走ってきたゲリー少年が言った。「ローランドが来てほしいって言ってます。意識が戻りました」

エミリー・ローランドは、ほかの負傷者たちとは離れたところに寝かされていた。動揺を見せないように、ローレンスは心のなかで自分を叱咤《しった》した。エミリーの顔は紫色になり、もとの輪郭がわからないほど腫《は》れていた。鼻が折れ、不自然に曲がっている。水兵の靴は、彼女の頬と口の端を裂いていた。痕が残らなければいいが、とローレンスは思った。「よくやったな、ローランド。そんなにひどくない。希望が持てる」

「いいえ、キャプテン……」エミリーはもつれる舌でゆっくりとしゃべった。「それより……ディメーンは……ゲリーはだいじょうぶだって言うけど、でも、ディメーンはここには……」

「クルンギルが鬱《ふさ》ぎこんでるんだ。海の岩の上ですわりこんで、ディメーンを放さない」グランビーが言った。「心配ないよ、ローランド。きみが歩けるようになったら、ディメーンとは遠くたって大声で話ができる」

「ほかのみんなは、ここに?」と、エミリー。「ディメーンは船のことを話しましたか?」

「船?」ローレンスの声が思わず熱を帯びた。が、すぐに失望が訪れた。エミリーとディメーンが今朝《けさ》船を目撃したのなら、とうに何処《いずこ》ともなく去っているだろう。「どの方角かわかるか?」そう尋ねたときには、頭のなかで計算をはじめていた。いますぐ自分とグランビーが、テメレアとイスキエルカに騎乗して船を捜索するとしたら、どの針路をとるのがいちばん距離を稼げるだろう?

「島の反対側です。長い入り江……」エミリーが言った。以前フォーシングが空から視察したとき、内陸に食いこむように入り組んだ細長い湾があったという報告を受けていた。樹木が密生した湾の奥までドラゴンが入っていくのは無理だろうということだった。

「なんたる幸運！」グランビーが言った。「船が錨をおろしてるんだな？」

「いいえ」とエミリーが答えた。「難破船です」


探検に出るには、一夜明けるのを待つほかなかった。翌朝、エミリーがもうよくなったから道案内できると主張した。ローレンスはもう一日、彼女の傷の回復を待ちたかったが、「善は急げですよ、キャプテン」とエミリーが言った。それに関してみなが共有できる一点があるとすれば、この陰鬱な海岸の野営地から一刻も早く遠ざかりたいということだった。野営には、死者を火葬した灰と煙が、海風によって絶え間なく運ばれてきた。

これほど負傷者が多くなければ、残っている物資をほかの海岸に移す現実的な苦労も、計画を阻む理由にはならなかっただろう。夜のうちにさらに三人が死に、発熱も増えていた。みなが空腹で、ひどく喉が渇いていた。小川の流れが細くなっていた。ドラゴンも水を飲めるように川のそばに最初に掘った穴にも、なかなか水がたまらなかった。

クルンギルがディメーンを乗せて夜間に一度だけ、こっそりと――と言っても、二十六トンのドラゴンにできる精いっぱいの忍び足で――野営に戻ってきた。ディメーンがサイフォから水筒を受け取るためだった。

「ぜんぜん言うことを聞いてくれません」クルンギルの巨体が落とす影のなかで、ディメーンはごくごくと水をあおってから言った。せわしなく振りまわす尾の動きとともに竜の巨体も揺れていた。肩に並ぶ角《つの》のような突起がことごとく逆立っている。

「喉がからからで、咳が止まらなくなって、やっと戻るのを許してくれました。海岸まで泳いでくるときも、ぼくを見張ってないと気がすまないから、もうたいへんで。そうだ、ぼくたち、船を見つけ——」

「ローランドから聞いた」グランビーが言った。「クルンギルが思い悩んで逃亡しないようにしてくれよ。これ以上悪いことは勘弁《かんべん》してほしい。だいたい、きみはなんで茂みに逃げなかった？　ローランドが叫んだろう？　まったくきみも、ローレンスも」グランビーは憤慨して最後に付け加えた。「でもまあ、早いうちに学べてよかった。今回のことを教訓にするんだな」

「彼女は——」ディメーンが言った。

「空尉候補生のローランドならまったく問題ない」ローレンスは冷ややかに返した。「きみの逸脱行為については、状況が許すときに話し合うつもりだ」

ディメーンがつらそうに視線を伏せた。

グランビーが竜に呼びかけた。「だいじょうぶだ、クルンギル。ディメーンの用はすんだ。つぎに水を取りにくるときには護衛を付ける。こっちに向かって叫ぶだけでいい」

答える代わりに、クルンギルはディメーンをひったくった。だが、岩礁に戻ると前よりはくつろいだようすを見せた。一時間後には、ディメーンをかぎ爪のなかではなく、自分の背中に乗せた。ディメーンはさほど喜んでいるようには見えなかったが、竜の体に当たる冷たい波のしぶきを丸めた背中に浴びながら、しょんぼりと岸のほうを見つめていた。

「クルンギルを留守番に残すのは、気が進まないなあ。ディメーンのことで頭がいっぱいだから」テメレアが言った。「責めてるわけじゃないよ。でも、いまのクルンギルはぼくのクルーのことまで気が回らないと思うんだ」

「わたしのことは心配しないでくれ」ローレンスは言った。いま残っている水兵たちほどやる気のない集団を思いつけなかった。危険があるとは思えない。

「あんなことになるまで、ぼくはあなたに危険が迫ってるとは考えていなかった」テメレアが言った。「でも、とんだ勘違いだった。クルンギルが三十人以上もの水兵を殺すようなことが起きるなんて……。あなたは酒のせいだと言ったけど、彼らはすぐに新しい蒸留器をこしらえるかもしれないよ。酔っぱらった水兵は前にも見たけど、誰も艦《ふね》に火を付けようとはしなかった。あなたをさらおうとしなかった。つまり、この集団には、なにか悪い芽があるにちがいないんだ」

確かにそうだ。しかし、もしそうなら、その悪い芽を育てたのは、彼らに対する蔑みではなかったか。ローレンスは、はじめてそこに思い至った。彼らのなかに尊重すべきものがあったとしても、自分は尊重することを望まなかった。

「でも、誰かが狩りに行かなければならない。きみたちは充分に食べていない。きみとイスキエルカは二日間食べないでいることもできるが、クルンギルはそうじゃない」

「じゃあ、イスキエルカが行けばいいよ」テメレアが言った。

「あたしも、いや」イスキエルカが頭をさっともたげて言った。ここでひと悶着があり、結局、くじで決めることになった。グランビーが砂の地面に一本の長い線を引いた。そこにテメレアが小石を、と言ってもテメレアにとっての〝小石〟で、海から拾いあげた人間の頭ほどの何個かの丸石を落とした。線をはさんでイスキエルカの側に落ちた石が、テメレアの側より三個多かった。

「もう一回やったら、ちがう結果になるんだけどなあ」テメレアが不満そうに言った。

「ははん、ローレンスのこともちゃんと見といてあげるわよ」イスキエルカが言った。「あいつらがかかってきたら、火を噴いてやる。だから、きみはさっさと行って。みんな、きみよりあたしのほうが怖いんだから」

「その理由がわからない」テメレアは出発前、しょぼくれてローレンスに言った。「でも、実際そうなんだ。どうすりゃいいの？」

「なにもしなくていい。つまりそれは――」と言いかけて、ローレンスは口をつぐんだ。グランビーが聞いているかもしれない場所で、彼を傷つけるようなことを言いたくなかった。ローレンスはこう言おうとした。イスキエルカが恐れられるのは、みずからの破壊力を制御できない、手に負えない荒々しい気性のせいなのだ——。

「これを褒め言葉と思って聞いてほしい。〝真の尊敬は、恐怖よりも尊い。真の尊敬を得ることは、残忍さによってたやすく恐怖を生むよりも、偉大な達成である〟」

テメレアは狩りに行くことを承諾した。かたやローレンスは、自分の言ったことがほかにも当てはまるのではないかと考えた。水兵たちの〝反乱〟のことだ。酒を飲んでばか騒ぎするという最初の罪は、水兵にはけっして珍しいことではなく、罪と呼べるほどのものではない。だが一方、自分とグランビーとディメーンを拘束するという意図的な行動は、〝反乱〟と呼ぶよりほかはなかった。そしてとにかく、現実的に〝反乱〟が起きたとき、その根っこには出来の悪い指揮官がいる、かねてからローレンスはそう考えてきた。

「いやいや、ローレンス。あの連中はどうにもできませんでした」グランビーはいともたやすく責任論を退けた。「ぼくらはじっとしているしかなかったんじゃないですか？　働かされるほうは腹がすき、喉が渇く。だから分け前以上を要求する」

「だとしても、高い犠牲を払ってでも、なんらかの規律をもうけるべきだった。自棄《じき》に走り恐怖に駆られた人間が最悪の手段に出ることは、わかっていたというのに。彼らはいまの境遇をみずから望んだわけではなく、強いられているんだ」

〝反乱の徒〟と呼ぶべき水兵は十五人だけだとローレンスは考えていた。死んだ者は勘定《かんじょう》に入れない十五人だ。ハンズは、真っ先に死体となるべき人間だったが、無傷で生き残っていた。彼が罪から逃れることはできない。ローレンスとしても許すわけにはいかない。彼とともに先頭に立っていた男たちも同様だ。だが、多くの水兵は罪に問わず、最後にみなで飛行士たちに襲いかかったことに関しても大目に見ることにした。

「ミスタ・フォーシング」ローレンスは手招きして言った。「水兵から十人を選んでくれ。堅実で、年かさで、あの争いにさほど深く関わらなかった者を。奥地探索にその十人を連れていく」

「キャプテン――」フォーシングが疑わしげな顔になったが、ローレンスは命令に関して議論するつもりはなかった。それがまなざしにあらわれていたのだろう。フォーシングは承諾とともに立ち去った。

同じように容赦なく、ローレンスはフェリスを拠点に残すことを決め、島の奥地行きのために、まず信頼できる三人を選んだ。歩くのがまだ痛そうだったが、エミリー・ローランド。サイフォは十一歳手前だが、もしものときに遭難の知らせを拠点まで運ぶ役割を担う。グランビー配下の空尉、バーズリーは、「フェリスを置いていくなら、補佐する者が必要です」というグランビーの強い勧めで入れた。

水兵からは真っ先に、メイヨーが選ばれた。彼はあのばか騒ぎから身を引いていた。自家製グロッグ酒を椰子の実の椀で受け取ったが、木陰《こかげ》で数人の仲間と話していたので、反乱の罪からもクルンギルの怒りからも逃れていた。ローレンスはこの男を心から信用しているわけではなかったが、なにか良い資質を持っているのではないかと感じていた。

フォーシングは明らかに、若手よりは年配者を、切れ者よりはおだやかな頓馬《とんま》を選ぼうとした。バギーは給仕係のひとり。その呼び名は、赤道越えの儀式のとき、海神ネプチューンの補佐役としてあらわれるバジャー・バッグにちなんでいた。彼が六歳のとき、乗り組んだ艦の〝赤道祭〟で、恒例のバジャー・バッグが登場すると、艦が乗っ取られると勘違いした彼は、帆桁からバジャー・バッグに飛びかかった。バジャー・バッグに扮していた厨房のコックには災難だったが、それによって乗組員たちは大いに沸いたのだった。

いまバギーは十四歳になったが、島に来てからの七週間で、丸々とした腕白小僧の面影が消え、頬のこけた長身の青年となり、自分の長い脚につまずきそうになりながら歩いている。そして、エミリーを見るたびに頬を染めた。顔の半分が繃帯で覆われていても赤くなるのだから、彼が関心を寄せるのは顔ではないのかもしれない。たまたま気づいたローレンスがにらみつけると、やはり頬を赤らめた。

また、アーサー・ハモンドがおずおずと「わたしで役に立つなら」と言って、奥地行きに名乗りをあげた。五年前、中国で暴徒に包囲された長く苦しい夜の彼の奮闘を思い出し、ローレンスはハモンドの同行を決めた。

その入り江には空路を使えなかった。入り江の奥は樹木が密生して着陸できる平地がなく、着地の衝撃によって難破船の残骸が海に沈んでしまう恐れもあった。そのため探査隊は島の内陸を通って、前日にディメーンとエミリーが枝を払いながら進んだ道をたどった。まっすぐではない、記憶にたよるしかない、前日にはふたりにさえどこに行き着くかわからなかった道だ。

「わたしたちはただ、ロープの材料になりそうなものを、さがしていただけなんです」と歩きながらエミリーが言い、どう受けとめられたかさぐるように、腫れて細くなった目でローレンスをのぞきこんだ。

「もしきみがそのような発言を通して、紳士として果たすべき責任をディメーンに求めるように、それとなくわたしに促しているのだとしたら——」ローレンスは険しい口調で言った。「それでもいっこうにかまわない。ミスター——いや、ミス・ローランド」

「果たすべき責任って?」面食らったようすで、エミリーが尋ねた。もどかしくなったローレンスが、つまり結婚の申し込みだと明言すると、エミリーは言った。「ディメーンに関することで、キャプテンにはなにも求めてません。結婚の申し込みなら、もうされてます。十回以上。でも、無理なんです。そのくらいキャプテンだってわかって——」

エミリーがぷつりと黙ったのは、とびきり厄介な棘だらけの茂みに行き着いたからだった。前日、彼女とディメーンは地面を這ってここを通り抜けた。水兵たちが枝を払っているあいだ、エミリーは一本の木にもたれ、声を落とし悲しげに語った。

「いま彼には彼の竜がいます。母が退役し、わたしがエクシディウムを引き継ぐとき、彼はわたしの部下にはなれません。いまさら、エクシディウムにカンデオリスを編隊からはずすようにとは頼めないでしょう？」リーガル・コッパー種のカンデオリスは、ロングウィング種のエクシディウムが率いるドラゴン編隊の後衛として、エクシディウムの強力な護衛を務めていた。「たとえ海軍省がクルンギルに護衛の役割を求めたとしても……」

エミリーはさらに言い添えた。「あなたと母の場合とはちがうんです」彼女は意識していなかったが、その言葉はすでに発火しているローレンスの良心の呵責に燃料を投下した。「母にとって、いちばん大切なものは軍務です。つぎがエクシディウム。だから母は思い悩まない。ほかにはなにも求めないから――」エミリーは、詳しく語る代わりに肩をすくめてみせた。その仕草さえ、ローレンスを悶絶《もんぜつ》させそうなほど雄弁だった。「でも、わたしは自分が求める人を求めません――年に一週間しか会えなくて、嫉妬する権利だけ持ってて、なんになるんですか？」

ローレンスは返す言葉が見つからず、その場から離れた。海軍士官も家族と長く離れて暮らすものだが、それと同じだと自分を納得させられなかった。海軍では海外に出るとしても、家族はいつも祖国の家にいる。手紙のやりとりができるし、妻は、夫が何年か留守にしたあと、その後の長い休暇を期待できる。

　飛行士には、たとえ望んだとしても、そのような休暇はなかった。ドラゴンは、軍艦のように修理のために船渠《ドック》に入ることはない。そして、エミリーはよくわかっていた。ローレンス自身も、クルンギルにふさわしいのは護衛の役割ではないと考えていた。クルンギルは、超重量級という特徴のほかに、パルナシアン種の父から受け継いだ凶暴なかぎ爪、チェッカード・ネトル種の母から受け継いだ破壊力抜群の棘のあるしっぽを持っている。海軍省がディメーンを担い手として認めれば、いずれはクルンギルが率いる編隊が組織されるだろう。ただし、その編隊がイギリス海峡に配備される可能性は、ローレンスの見るところ低かった。

「無理でしょう」エミリーが消沈して言った。「クルンギルはきっとジブラルタル基地に配属される。ジブラルタル基地のレティフィカトが竜疫《りゅうえき》に感染して以来、体重を回復できないそうです。だから彼女はまもなく繁殖場に行くはず。そのうち二十トン以上のリーガル・コッパー種が新たに誕生することになりますね」

　棘のある茂みの枝払いが終わり、エミリーは立ちあがって、その先の道筋を示した。垂れ下がる蔓植物のカーテンのなかを、彼女は肩を丸めて通り抜けていった。

　ほどなくたどり着いた平地にくくり罠があり、太ったリスのようなネズミが一匹ぶらさがっていた。前日にディメーンが仕掛けた罠だが、その後の発見の緊急性ゆえに、罠のことは忘れられていた。食用にするのを厭う者はいなかったので、罠から切り離し、持ち帰ることにした。

ジャングルの木々の厚みにさえぎられていた波の音が、ふたたび聞こえるようになり、進むほどに大きくなった。やがて鬱蒼《うっそう》とした蔓植物の茂みの先に、岩だらけの海岸があらわれた。海岸と言っても、まず日の前にあるのはごつごつした急勾配の斜面で、エミリーとディメーンがどうしてここを探索しようと考えたのか、ローレンスには想像もつかなかった。

「あそこに」と言ってエミリーが指さした砂地の小さなくぼみに、日差しに輝く白いものがあった。その洗いあげたような白さは骨にちがいなかった。一行は斜面の下までどうにかおりて、散らばった骸骨《がいこつ》を見おろした。ぼろをわずかにまとい、おそらくは鳥に乱され、手足の指の骨はほとんど残っていなかった。頭蓋骨《ずがい》と大腿骨《だいたい》は、浅く文字が刻まれた石の上に置かれていた。〝ふなのりなかま　バッシーとジョージ　ここにねむる　かみのおじひを〟

「まさにそれよ」と、フォーシングが選んだ年配水兵のジャーゲンズがつぶやいた。水兵たちから絶えず洩れていた不平のつぶやきがやんだ。彼らは骸骨の墓から離れ、はびこった蔓植物を掻き分け、腐った船の一部を見つけていた。船にはふちがぎざぎざの穴があいていた。

どうやら海賊船らしかった。蔓を断ち切って剝ぎ取ると、船倉に日光が差しこんだ。ローレンスは足首まで水に浸かり、略奪品が残された船倉のなかを進んだ。古い樽のあいだに鯨油の大きなかたまりが浮いていた。東インド会社の貿易船から奪ったとおぼしき絹地が、チェストからあふれていた。あとからついてきた水兵たちが、こそこそと肘を小突き合っていたが、ローレンスは取り合わなかった。

「キャプテン、外でお待ちになっても――」フォーシングが声をかけ、なにかが腐敗して緑の燐光を放つ船梁《ビーム》を見つめた。ローレンスは呼びかけには応えず、先に進んだ。狭い船のなかを進むときの、身をかがめた歩き方を体が覚えていた。船倉の奥に備品の保管場所があるはずだ。立ち止まり、なにかを覆っている油布をつかんで引いた。

「やはりな」そこには、縒《よ》り直した、太さが男の手首ほどもある太綱《ふとづな》がひと巻き、乾いたきれいな状態で置かれていた。

船倉から物資を運び出すのは楽な仕事ではなかった。木材が腐っているので巻きあげ機も滑車も使いものにならない。おまけに潮が満ち、立っているだけで足をすくわれそうになった。何人かが転び、尖った木片で怪我をして血を流し、ひとつの荷につき四人がかりで最初のひとまとまりを引きあげたときには、人間の奮闘ぶりを見物するかのように、数十匹のサメがあたりを周回していた。

「まあ、せっかくここにいるんだからね」テメレアはそう言うと、首をくねらせ二匹を同時に顎で捕らえ、頭を持ちあげて、びくびくと暴れる灰色の尾まで一気に呑みこんだ。サイフォが伝令として拠点まで駆け戻り、テメレアをここに呼びよせたのだった。

脆い難破船にテメレアが触れるわけにはいかない。海岸の平地は、竜が着陸できるほど広くはない。だが、浅瀬の水のなかにいて、新たに発見された宝物が運び出されるのを待つことはできた。ロープに帆布、錆《さび》に完全にやられていない何本かの短刀まであった。

日が沈みはじめるころには、持ち帰る価値のある物資の運び出しはすべて終わった。水兵たちがロープをほどいて切断し、テメレアに自分たちを運ばせるネットを編む作業に取りかかった。時間も手間もかかる仕事だ。水兵たちがナイフを交替で使ってネットを編むあいだ、ローレンスは蔓植物のあいだからかろうじてのぞく、折れた檣《マスト》の根もとを見あげ、その下に板ガラスがあるのに気づいた。ガラスは割れておらず、夕日を反射していた。

十二歳のときから軍艦の索具を扱ってきた男にとって、からみついた蔓を押しのけるのはむずかしい仕事ではなかった。苔《こけ》の絨緞《じゅうたん》の下に甲板があった。足を踏み出すと、船の甲板がぎしぎしと音をたてたが、壊れはしなかった。船の舵輪の先にある小さな船室に向かった。船尾窓からの眺めはさながら緑の庭園のようだった。鳥のさえずりが聞こえ、割れたガラス窓から薄緑色の巻き蔓が忍びこんでいた。

走錨《そうびょう》と座礁をまねいた嵐は、船長に所持品を船倉に避難させる間《ま》も与えなかったようだ。吊り下げ式寝台が腐って床に落ちていた。船室の一角には書き物机が鍵を掛けられてそのままある。

その上に罪深き『ファニー・ヒル——ある娼婦の手記』〔十八世紀半ばにジョン・クレランドが著した性愛文学〕が一冊。ローレンスも海尉時代に寝床で読んでいたため、ひどく色褪せてはいたが、その表紙に見覚えがあった。

さらにその横に油布にくるまれて、ひと束の海図があった。古めかしい書体の文字でなにやら書きこまれていたが、いまはただの汚れにすぎない。だがローレンスはそれを必要としなかった。必要なのは地図に点々と記された、いびつなかたちをした島だけだ。どの島も海賊たちの避難所になっていたのだろう。まるで草木の茂る庭園の広い道のところどころに敷かれた石のように、それらは点々と連なって大陸への航路を示していた。最後の島は大陸から百マイルも離れていない。

その先にあるのは南米大陸、インカ帝国の海岸だった。

第二部

7 瘴気《しょうき》漂う土地

　ローレンスは、空を飛ぶテメレアの背で目覚めた。まだ朝早い時刻だ。目が覚めきっていないうちから、これまでとはちがうなにかを感じていた。頭をもたげて、前方を見た。水平線のはるか先にかすかに見えるのは、空に切り立つアンデス山脈だった。峰々の向こうに、朝日がのぼりはじめていた。

　一行は、小さな島からまた小さな島へと飛び、数百マイルの海を渡ってきた。ローレンスとハモンドは、テメレアの胸飾りの金具に体を縛りつけ、水兵たちは間に合わせの腹側ネットにおさまっていた。テメレアにはそれが不満だった。クルンギルは、ディメーン以外の人間を乗せることを頑《がん》として受けつけない。イスキエルカは輸送には不向きなので、残りの飛行士だけを引き受けている。

「起きたの、ローレンス?」テメレアが飛びながら、首だけ振り返った。「あの山脈まではとても遠いね。どこに着陸すればいいかな。魚以外の食べ物はあるだろうか」

しだいに見えてきた海岸線は、荒々しい褐色《かっしょく》の断崖だった。ローレンスが望遠鏡で見るかぎり、その先に広がるのは砂漠だが、緑の線がひと筋、北に向かって延びている。「あれは川だろう。山々から流れてきているんだな」と言い、テメレアにその方角を示した。「せめて真水があればいいんだが」

近づくにつれて、新たなことがわかった。川が海に注ぎこむところで断崖が削れ、海に出やすい河口周辺に栄えていそうな漁村があった。頃合いな大きさの家が建ち並んでおり、ほとんどの屋根が急傾斜をつけた高い草葺き屋根だった。なめらかな石で建てられた大きな建造物もひとつだけあった。夜明け時だが、広い石敷きの道は閑散としていた。クリーム色や茶色のおぼろな点に見えるのは、自由に移動し、草を食《は》んでいる羊かもしれない。

「インカの人たちが歓迎してくれるといいなあ」テメレアはぐんぐんと岸に近づきながら、期待のまなざしを羊たちに注いだ。

「どうか覚えておいてください、キャプテン──そして、テメレア」ハモンドが不安そうに言った。「十六世紀、ピサロと彼の率いる探検隊は、この海岸に上陸しました。もしかしたら、あの集落も訪れた。彼らもまた、みずからを使節団だと名乗り、土地の人々のもてなしを受けました。そして──そう、あのような結果に。要するに、ここは西洋人にとって未踏の地ではなく、最も深い疑念をいだかれる土地なのだということを忘れてはなりません。最大限の注意を払う必要があります」

スペインの南米大陸侵攻――征服者《コンキスタドール》の歴史は、ローレンスにとって学校で習ったという程度のぼんやりした知識でしかなかった。ただし、ピサロの悲惨な最期に関する物語は、教え子の注意を逸らしたくない家庭教師によく使われ、一種の道徳訓話として、父親たちのお墨付きも得ていたものだった。

「お約束しよう」ローレンスは冷ややかにハモンドに返した。「わたしたちはこぎれいな集団ではないが、盗みや略奪はしない。ましてや、現在のインカ帝国の君主を――その人物に会うことがあるとしてだが――拉致して殺害するようなことはぜったいにしない」

「冗談でも口にしないでください」ハモンドは言った。彼の不安が解消されたようすはない。「もしインカ帝国に他国との交渉を受け入れ、相互の大使の交換に応じる用意があるなら、もしいまようやく協議のテーブルにつく気になり、そこにフランスがすでに食いこんでいるのだとしたら――」

この問題については、ハモンドから詳しく説明を聞くまでもなかった。十六世紀半ば、スペインの南米遠征隊を率いるピサロは、この地に隆盛をきわめた帝国があると知り、詳細な報告を本国に送った。整備された道、金銀の富、穀物の豊かな実り。ピサロは、なんの憂慮《ゆうりょ》もなく、みずから発見した土地の価値を認めた。彼の唯一の失敗は、この国にいるおびただしい数のドラゴンを、銃も大砲もないために広く拡散した野生種だと勘違いしたことだ。

ピサロの唯一の失敗が、すさまじい速さと獰猛《どうもう》さで具体化するのは、彼が最後の罪を犯したとき——その生存こそがインカ帝国の臣民に報復を思いとどまらせていた、ひとりの人質の命を奪ったときだった。

だが、ピサロの失敗は、インカ帝国の興隆に貢献した。以来二百年以上にわたって、インカ帝国は、国力と軍事力の増強に努めた。もしそんな国がフランスと同盟関係を結んだとしたら、ナポレオン戦争の流れが変わるのは間違いない。

「ブラジルでの任務が先に延びるのはあまり好ましくないとしても」ハモンドが言った。「インカ帝国とフランスとの交渉に割って入る機会を得られたのは、天の采配と言うほかありません。この降って湧いた幸運がなければ、この不穏な事態をわたしたちは知ることもなく、対処することもできなかった」

ローレンスとしては、アリージャンス号を失い、敵国の捕虜となり、孤島に置き去りにされたことを〝降って湧いた幸運〟などとは呼べなかった。だが、ハモンドが出した結論に異存はなかった。すなわち、ブラジル行きが遅れたとしても、この地において英国とインカ帝国が友好関係を築けるように、最大限の努力を払わなければならない——。ただし、意見に相違はないが、ハモンドがほのめかした隠密行動には気乗りがしなかった。

「海岸づたいにこそこそ移動し、客として招待されてもいないのに、彼らの水源を使ったり獲物を狩ったりすれば、怪しまれるのは避けようがない」ローレンスは言った。「水も食糧も早急に必要だ。だとしたら、まず頼んでみて、親切に迎えられるのを期待してはどうだろう」

「ドラゴンを三頭も連れてあらわれ、頼むもなにもないでしょう」ハモンドが呆《あき》れたように言った。

だが、選択の余地はなかった。海賊船から見つけた海図のおかげで迷わなかったが、そこに描かれた島のほとんどは名もなき島で、安全な港は記されていなかった。島から島へと飛行する二週間の旅のあいだは、紐で編んだ袋に入れたわずかな塩漬け豚と椰子の実だけが飲食物だった。とても客にしてくれと言える風体《ふうてい》ではないが、そうせざるをえない緊急性が高まっていた。伸びっぱなしのひげ、頬がこけて薄汚れた顔、服も靴もぼろぼろ――まさに物乞いのようなありさまなのだが、空腹も喉の渇きも、その見てくれに見合うものだった。

「なにも盗むつもりはないよ。クルンギルとイスキエルカにも注意しておくから」テメレアは言った。「でも、あの羊たちは肥《ふと》っててうまそうだなあ。二、三頭分けてくれないかな。あの建物の壁を修理してはどう？　海に落っこちちゃったみたいだけど、ぼくなら直してあげられるかも。インカの人たちもみんな感謝して、親切にしてくれるかもしれないよ」

ローレンスは上空から損傷を調べてみた。石造りの大きな建造物を囲う擁壁《ようへき》と、階段状になった、さほど高くはないピラミッド。その一部が崩れ、海岸まで転がり落ちて、波に洗われていた。望遠鏡をのぞいていたハモンドが言った。「え、どこ、どこですか？　ははあ、あれか？　いや、ちがう、あれは家だ」結局、望遠鏡を使いこなせないままローレンスに返して言った。「われわれが来たことを彼らに納得してもらえるような方法を、考えなければなりませんね。わたしが思うに――」

イスキエルカとクルンギルに信号を送り、着陸地点を村のわずかに南とし、大挙して押しかけたと受け取られないよう配慮することが決まった。先に着陸するのはテメレアだった。「あの海岸に、舟を壊さないように着地できるかい？」ローレンスは尋ねた。すでに海岸に近づいている。浜には引きあげられた小さな舟が並んでいた。もっと大きな漁船は海に出ているのだろうか……。

「うまくいくといいね」テメレアが言った。「ぼくらが友好的だってこと、わかってくれるといいな。ぼくらはコンキスタドールとはちがうって。よし、注意しておりるよ」

テメレアは慎重に浜に舞いおりた。ほぼすべての舟は無傷だったが、一艘の舟が翼の生む風にあおられ、持ちあがって水に突っこんだ。テメレアはあわててそれをかぎ爪でつかみ、もとの場所に戻したが、舟にはじゃっかん爪痕が残った。

しかし、誰も浜におりてこなかった。出迎えもなく、警告の叫びもなかった。水兵たちが早くネットからおろしてくれと叫ぶ声ばかりが大きかった。

「静かにしろ。狼《おおかみ》の群れを放つと思われる。これでは歓迎されるどころじゃない」ローレンスは言った。「これから挨拶に行く。きみたちのなかで同行を希望する勇気ある者がいるなら連れていく。あとはここで待機だ」

ローレンスは、テメレアの胸飾りに結んだロープから身をほどき、片手にロープを、もう片方の手でハモンドの肘を支えて地面におりた。

「行かしてください」バギーが風にやられたがらがら声で叫んだ。ローレンスは、メイヨーも連れていくことにした。メイヨーが不服そうになにかつぶやくのは無視した。メイヨーが望むと望まざるとにかかわらず、ローレンスはこの男を昇進させたいと考えていた。バギーのほかにも、好奇心から、あるいは脚を伸ばして動かしたいという欲求から、何人かが名乗りをあげた。

「なんかいやだな。あなたが行って、ぼくがここで待ってるのは」テメレアが悲しげに言った。「ぼくはあなたより、いや、ハモンドを除く誰よりもケチュア語が話せるわけだし、発音ならハモンドよりもいいしね。あ、気を悪くしないで」

テメレアの体は、丘の上の儀式用とおぼしき建物を除けば、村のどの家よりも大きかった。村の通りも竜が歩くには狭すぎるだろう。ローレンスはテメレアの同行を認めるわけにはいかなかった。「どのみち、村のどこからでもきみの姿が見えるんだ」ローレンスは言った。「きみの存在が警告となる。やみくもに危険に突っこんでいくわけではないよ」

「わたしの発音のどこがまずいのですか？」村への出発間際、ハモンドが声を潜めて言った。

人の住む場所に足を踏み入れる感じがまったくしなかった。低い砂の丘をのぼって村に入った。テメレアの大きな体が背後の砂浜からぬっと突き出している。最初の家にたどり着いたが、人はいそうになかった。

「誰かいますか？」ローレンスが呼びかけてみたが、返事はなく、小型犬とネズミを掛け合わせたような、まるまるとした動物が一匹、人慣れしたようすでドアから鼻を突き出し、よたよたと歩いてきた。

「テンジクネズミですね」ハモンドが言い、その動物を抱きあげると、抵抗するようすもなく、くんくんと匂いを嗅いだ。

「旨そうだな」バギーが、テメレアが羊を見るまなざしでそれを見つめ、「いや、そのつまり、こちらの方がくださるなら、断らないってことです」とあわてて付け加えた。

「こんなに早く逃げられるものですかね？　われわれは、なにも見ていませんよ」ハモンドが言った。「もしかすると、海岸に近づくのが見えていたのかな。たとえばランタンが？」

「いや、それはありえない」ローレンスは言った。炊事の煙もなく、通りには雑草がはびこっていた。「ここには誰もいないんだ」

「こんな豊かな土地を捨てて出ていくなんて、ちょっと考えられませんね」と、ハモンド。「家畜も……浜辺の舟も残して」

ローレンスはテンジクネズミが出てきた家の戸口から内部に足を踏み入れ、なかをのぞいた。床に置かれた藁《わら》ぶとんがひとつ。人はいない。毛布が一枚。料理用の土鍋がいくつか。水差しに身をかがめると、酒の匂いがした。住み慣れた家が一時的に放棄されたような、そこそこの乱雑さがあった。家の外には木の棚があり、トウモロコシが紙のような包葉で束ねて日に干してあった。鳥がついばんだようだが、まだ実はたくさん残っている。

一行は坂道をのぼり、階段状のピラミッドにたどり着いた。ピラミッドのまわりで、とくに道の両脇で土が掘り返されていた。いくつもの土の山は剝き出しになり、平らに慣らされてもいなかった。大半の山から雑草がわずかに伸びている。

ピラミッドの入口は、ぽっかりとあいた黒い口のようだった。ローレンスは日差しのなかから内部へと足を踏み入れ、目が暗さに慣れるのを待った。

つぎの瞬間、はっと後ろにさがり、袖で口をふさいだ。「浜辺に戻れ」と呼びかけた。「その動物をおろせ、ハモンド。テメレアのところに戻ろう。道から逸れてはいけない。家に入ってもいけない」

「どうしました？」ハモンドが言った。水兵たちは後退しはじめていた。「なんなんですか、キャプテン？」

「疫病だ」ローレンスは言った。「疫病で村人はみんな死んだんだ」

テメレアは亡くなった人々を気の毒に思ったが、結局は持ち主がいない羊たちを――いや、羊より大きくて首が長くて獣らしくない肉質を持つまったく別の、ハモンドによればリャマという家畜だそうだが、とにかくそのリャマを遠慮なくいただいた。魚も悪くはないが、ずっと食べつづけると飽きが来る。料理できずに生で食べつづける場合は余計に。ここへ来るまでの最後の島にはアシカがいたが、満足できるほど味に変化はなかった。

「明日は煮こんでみたらどうかな」テメレアは、リャマの最後の骨をかじりながらゴン・スーに言った。あのトウモロコシってやつもいいね。そんな名前だったよね、ミスタ・ハモンド？　すごくいい匂いだ」焚き火のまわりで、大量のトウモロコシが焼かれていた。焼トウモロコシと丸々とした十数匹のテンジクネズミが人間の食事になった。

そのほかにイモもあった。どぎつい紫色をした変わったイモで、集落のはずれに建つ倉庫から見つかった。倉庫のなかには食べ物以外にも、さまざまなものがあった。毛布、サンダル、用途のよくわからない青銅製の道具。青銅の刃には木製の柄《え》が付いているのだが、武器ではなさそうだ。「畑で使う道具じゃないですかね」と、グランビーがそれを手のなかで返しながら言った。

しかしながら、倉庫の大部分を占めるのは魚だった。干した魚、塩漬けにした魚。魚、魚、魚、魚。そして、リャマはそう多くはおらず、供給という点から見ると、早晩底を突きそうだった。

「ほかの村をさがしたほうがいいんじゃない？」食事を終えたイスキエルカが、まだ残っているリャマの群れを見ながら言った。「そう長くはもたないでしょ。もう魚を食べるのにはうんざり」

水兵たちは、ほかに行く当てがあるならすぐにもここから移動したいと訴えた。「まずはドラゴン三頭を探索に送り出しましょう」グランビーが言った。「疫病が蔓延《まんえん》した集落にやってくる人はまずいない。たとえここに残された物資をぼくらが使うのを喜ばない人が来たとしても、そう多くはないはずだ。ぼくらはここに残ってもだいじょうぶでしょう。三頭は探索ついでにこの土地の獣を狩ることもできますよ」

「ディメーンを水兵たちとここに残して、ぼくだけ探索に行くのはいやだ」クルンギルがきっぱりと言った。

「ぼくは近場で狩りをしてくる」ディメーンが言った。「キャンプでまた会えばいいだろう。ぼくをいつも見てなきゃいけない子どもみたいに扱うんじゃない」

ディメーンは大股で歩み去った。テメレアは、クルンギルにはさぞかしこたえたろうな、と思った。グランビーが、しょんぼりとうなだれるクルンギルに言った。「探索で危ないドラゴンに出くわすかもしれないぞ。きみはそんなとこにディメーンを連れていきたくないだろう？」

クルンギルは少し慰められたようだったが、テメレアにしてみれば、ローレンスにはいつもそばにいてほしかった。アフリカで奥地に遠征したとき、ローレンスは安全だと信じてテメレアだけケープタウンに戻ったことがあった。そのあいだに、ローレンスはツワナ人にさらわれてしまったのだ。

「ぼくらも、ここからそう遠くないところにキャンプを張る」と、グランビーが言い添えた。

地上をくまなく調べてまわる必要はなかった。一本の川があり、川沿いに野や林があり、細長い緑の帯がどこまでもつづいていた。緑の帯からはずれると、あとは砂漠が広がるばかりなので、川に沿って飛ぶことにした。

川沿いに進むうちに、道らしきものを発見した。道として見分けにくいし、ドラゴンが使うことを考えてつくられた道でもない。それでも自然ではありえない等間隔の木の並びが、川をまたいで南北に延びていた。三頭で議論になり、イスキエルカが川から逸れて道沿いに探索しようと主張した。

「人間がつくった道でしょ。だったら、人間がここを通るはず。リャマだって、もしかしたらほかの獣だって見つけやすくなる」

「旅人がいたとしても、長い距離を行くんだから、馬以外の家畜はまずいない。馬は乗るもので、食べるものじゃないよ」テメレアが言った。「遠くまで行きたくないなら、砂漠に出るのは考えものだね。川沿いに進むほうが、そこに住む人に出会える確率が高い」

「でも川沿いの住民は、魚を食べてる」イスキエルカがぼそりと言った。

三頭は上流に向かって飛んだ。進むにつれて両岸の緑の幅が広がった。クルンギルは太陽の傾きを気にして翼の影ばかり見つめていた。帰りたがっているのを察して、テメレアは、きみだけ先に帰ってはどうかと提案した。すると、クルンギルは低い声で言い返した。「いやだ。ぼくだけ帰ったら、ディメーンは自分のためにぼくが引き返してきたんだって考える。いやがるに決まってるよ」

「そうか」テメレアは少しがっかりした。「それなら、ここから分かれて飛んではどうかな？そのほうが、もっと広い範囲を探索できる。早くなにかを見つけて、みんなで早く帰れる」クルンギルの顔がぱっと明るくなった。イスキエルカも文句を言わなかった。三頭はそれぞれ別の方角を一時間ほどさがし、また川まで戻ってお互いをさがそうと約束した。

テメレアは一時間ほど探索したところで、それ以上さがすのをあきらめ、川に向かった。その途中で偶然、川から北方向に流れる水路を発見した。なぜここに水路があるのかはわからないが、人間がつくったものであることは間違いない。水路の流れに沿って飛んでみると、わずか数分で広い畑があらわれた。畑のなかでは、黄と緑の羽根状うろこを持つ小型ドラゴンが一頭、風変わりな装置を引きずって懸命に働いていた。

その装置は、テメレアの見るところ、漁村にあった青銅製の奇妙な道具をいくぶん不規則に六つ並べてつくられていた。ドラゴンは肩から吊した何本かのロープで装置を引いていた。数人の男女が、装置の刃が鋤《す》いた土をさらに掘り返しながらあとをついていく。

テメレアは林の上で空中停止《ホバリング》したが、竜も人間も土しか見ておらず、顔をあげることはなかった。そこで、自分から名乗ることにして、彼らのそばに舞いおりた。とたんに、黄と緑の小型ドラゴンが悲鳴をあげ、青銅製の鋤《すき》をまるごと、テメレアの頭に投げつけた。

「あ痛っ！」驚いて後ろに引いたが、鋤はテメレアの頭と胸飾りに当たって、カンカンカンと派手な音を響かせた。「きみ、ぼくの八分の一もないじゃないか。なのになんで――」ドラゴンは聞く耳を持たず、人間たちをかぎ爪でつかんでさっと舞いあがった。

「ふふん！」テメレアは腹が立ち、ひと吼えして追いかけた。だが、黄と緑のドラゴンは速力を増した。ようやくテメレアが追いつこうとしたとき、日差しに黄金色に輝くクルンギルが木々の上空にあらわれた。

「あなたのことを、スーパイか、そのしもべではないかと思ったのです」その黄と緑の小さなドラゴンは、自分はパルタだと名乗ってから言った。だが彼は気もそぞろで、ひたすらクルンギルを感じ入ったように見つめていた。それにしても、〝スーパイ〟とは誰なのか。テメレアが尋ねると、地の底に棲む恐ろしい生きものらしいとわかった〔スーパイは、インカ神話に登場する死の神〕。

「なぜ、ぼくをそんなものと勘違いするのかな?」テメレアは言った。「まるでバニャップと間違えられたみたいな気分だよ。ぼくはドラゴンなのに。まったくばかげてる」

「失礼を言うつもりはありませんが」小さなドラゴンがそう言って、羽根状うろこをぶわっと開くと、体が倍にふくらんだように見えた。「あなたは黒くてしぼんでいる。まるで焼け縮んだみたいに見える。だから、そんなにばかげてもいませんよ」

やっぱり失礼だ、とテメレアは思い、それを口に出そうとしたとき、イスキエルカが舞いおりてきた。「そこでなにやってるの? もう別の村を見つけた?」そう言うと、うさん臭そうにパルタを見つめて尋ねた。「この近くになにか食べ物はあるかしら」

言葉を解したとは思えないのだが、パルタは、イスキエルカが突き出した頭とそこにまとわりついた蒸気からさっと身を引いた。テメレアが質問を通訳すると、パルタはおずおずと口を開いた。「わたしの漁師たちが大漁で帰ってきたばかりで――」

「それはおめでとう」イスキエルカがかりかりして言った。「もうキャンプに戻ろう。戻って、この人から聞けばいいわよ」

「この人だって?」テメレアははっと気づいた。イスキエルカのかぎ爪がつくるかごのなかに白髪の老人が入っていた。老人の肌は日に焼けてしわが寄り、顔にたくさんのあばたがあった。どこかからさらってきたとしか思えなかった。イスキエルカはおそらく、この老人の意思など確かめもせず、ここまで連れてきてしまったのだろう。

「だって、言葉が通じないのに、どうやって確かめるわけ?」イスキエルカは、テメレアの抗議を鼻であしらった。いいや、ぜったいに確かめるべきだった。そもそも、連れてこようとするのが間違っている。「痛い目に遭わせようなんて思わないもん。どこへ行けばおいしい食べ物があるかを訊きたいだけ。そうしたら、戻してあげるわよ、元の場所——ははん、まあそのあたりにね」

「どこで見つけたかちゃんと憶えてないんだな」テメレアはぶつぶつと小声で言ってから、パルタに尋ねた。「このご老人のこと、知りませんよね?」

「知りません。彼はわたしのものではない。そして、あなたがたはわたしのものを奪ってはならない」パルタは心配そうに、テメレアと恐怖に目を見開く人間たちとのあいだに立ちはだかっていた。「もし、そんなまねをしたら——」

「いや待った。どうしてぼくらが彼らを奪うなんて考えるの?」テメレアは言った。「ぼくらは、きみたちを捕虜にするつもりはない。ただ、自分たちがどこにいるのか、どうやったらブラジルにたどり着けるのかを知りたいだけさ。ぼくらは泥棒じゃないよ」ここでふと、イスキエルカのせいで嘘をつくことになったと気づいた。「いや、イスキエルカは別だけど……でも彼女も、こちらの紳士をちゃんと家に帰そうと思ってる。彼にいくつか質問したあとで」最後は歯切れが悪くなった。

パルタはまだ疑わしそうだったが、テメレアが説得をつづけると、最後は海辺の野営までついていくことを承諾した。畑で働いていた人間だけをまず家に帰すというのが、パルタからの交換条件だった。

こうして数人の男女がそこから立ち去ることになったが、パルタはテメレアの前に立ち、彼らが林のなかのどの道を行くかをテメレアが見ていないことを確認し、足音がすっかり聞こえなくなるまで待つことを、さらには、飛ぶときには四頭が横並びになることを要求した。クルンギルは遅れやすいし、テメレアは先に行きやすいしで、この飛び方を維持するのはなかなか苦労がいった。

漁村に戻ってみると、水兵たちが倉庫から出してきた物資を利用して、急場の宿営をつくっていた。村から川を少し遡《さかのぼ》った場所に、数個のテントと差し掛け小屋が建ち、炊事の火が燃えるのを見つけて、テメレアはうれしくなった。三頭が着陸するときには、水兵たちが『スペインの淑女たち』〔英国の伝統的な船乗りの歌〕を歌っていた。

「ほほう」パルタがキャンプを眺めわたして言った。「ほほう。こんなにたくさんいるとは！ぜんぶ、あなたのものですか？」

尋ねた相手はクルンギルだったが、彼の言語が理解できないクルンギルは答えなかった。

テメレアはフンと鼻を鳴らしてから答えた。「みんな、ぼ、く、ら、のものだよ。厳密に言うなら、彼らはもう水兵じゃないけど、海で溺れさせるわけにはいかないから、連れてきたんだ。だから、もっと感謝してくれてもいいんだけどね。あ、ローレンス！」テメレアはローレンスのほうを振り向いて言った。「こちらの竜はパルタ。こちらの人は、タルーカ――イスキエルカが連れてきたんだけど。どうも本人の了解をとっていないらしいんだ」


村からかなり隔たっていても、キャンプには丘の上の寺院の長い影が落ちていた。水兵たちは、低い声で話しながらうろついていたが、あえて村まで物色に行こうとはしなかった。ローレンスは、ピラミッド型の寺院の納骨堂のなかで遺体のほかに見たものについて――すなわち壁に張りめぐらされた黄金や、物言わぬ骸《むくろ》が囲んでいた銀の舟については他言せず、グランビーに小声で打ち明けることさえ控えた。

一方、倉庫は納骨堂のように贅《ぜい》を尽くした造りではなかった。ローレンスはためらうことなく、倉庫にあった土地のビールの壺をあけて配給するようフォーシングに命じた。水兵たちにはあちこち嗅ぎまわるより酔って早く寝てほしかった。あれほどの宝の山を前にして人の自制心がどれほど脆いものかはよくわかっているつもりだ。

　幸いなことにドラゴンたちは早めに戻ってきたが、新たな心配の種もいっしょに連れてきた。タルーカという名の老人だ。イスキエルカは彼をどこからさらったのかも正確に言えず、それについて反省の色もなかった。

「あの人、ひとりきりだったもん」イスキエルカは言った。「古い空き家の近くにすわって、日向《ひなた》ぼっこをしてた。あたしが捕まえても、ぜんぜん抵抗しなかった」

「なんてことだ」グランビーが新たにわかった事実に嘆きの声をあげた。「もちろんそうだろうよ、このイカれドラゴンめ。彼は目が見えないんだ」

　タルーカの顔にはあばたがあり、とくに目のまわりがひどかった。彼は誘拐《ゆうかい》されて動揺しているというより、むしろあきらめているように見えた。英国人たちの謝罪を受け入れ、いっしょに夕食をとり、ビールを飲んだ。

「ありがたい、生き返る」と老人は言った。彼の同胞の倉庫から英国人が盗んだビールだとわかっていたのかもしれないが、口には出さなかった。「だが、波の音が聞こえる。ここはキタレン村か？　長くとどまってはならぬぞ。首長らは瘴気《しょうき》漂う土地に民がとどまることを禁じている」

「正しく理解できているならですが」ハモンドが、タルーカの言葉を通訳したあと、さらに付け加えた。「ペストは一か月前に終わったそうです。そしてええと、〝赤い熱〟は――一か月前に終わったと。そっちのほうがひどかったらしい」

「麻疹《はしか》のことですね」フェリスが口をはさんだ。

「麻疹ならペストほどひどくはないだろうけど」と、グランビー。「でも、〝瘴気漂う土地〟にちがいありませんね。麻疹とペスト、どちらの流行についても知っている人が近くにいるんですから。そして、もしかしたら、天然痘《てんねんとう》も。このご老人の顔のあばたは、天然痘の痕じゃないかな。このご老人に、帰る家はどこかを訊いてくれませんか?」

ハモンドはケチュア語を完璧に使いこなすわけではなかったので、老人との対話にもおのずと限界があった。タルーカは質問に困惑しているように見えた。話を聞いていた竜パルタが、警戒の眼でテメレアをちらりと見てから言った。「きみたちがいらないなら、この人をわたしにくれないかな。死者の弔《とむら》いのような軽い仕事をさせよう。手厚く面倒を見ると約束する」

パルタの発言が通訳されると、ローレンスは言った。「このご老人を勝手に見知らぬ竜の召使いにするわけにはいかない。ミスタ・ハモンド、もしできるならこのご老人に、わたしたちで家族を見つけるよう努力すると伝えてくれたまえ。イスキエルカも、おおよその方角なら言えるだろう。それでうまくいかなければ——」ここで押し黙った。

この老人をどうすべきか見当もつかなかった。運にまかせて放り出すわけにもいかない。かといって彼の家や生まれ故郷から引き剝がして連れていくのも残酷なことに思われる。「われわれにどうしてほしいかを、彼に訊いてくれないか」ローレンスはとうとう力なく言った。

こうしてローレンスからの申し出が伝えられると、タルーカ老人はいぶかしげに尋ねた。「あんたがたは――わたしを故郷に連れていってくれると言うのか？　子どもたちのところへ？　わたしの子どもたちは、チチカカにあるクリクラーの**アイリュ**にいる。わたしをそこに戻してくれるのか？」

「残念ながら、言葉の意味がよくわかりません」通訳したあとで、ハモンドが言った。「〝**アイリュ**〟とはケチュア語で〝家族〟という意味だと理解していますが、彼の用い方は少しちがうようですね」

「ともかく、わたしたちは喜んであなたをそこへお連れすると伝えてくれ」ローレンスは言った。

「それがどこか教えてもらえるのなら」

「チチカカ湖。クスコに近い高地です」竜のパルタが言った。「瘴気のなかを二週間飛んでいくことになる。ならばいっそ、彼をわたしにくれたほうがいい。きみたちは、そんなに彼を求めていないようだから」

テメレアがそれを通訳すると、「二週間飛ぶだって？」グランビーから困惑の声があがった。

「もっとも近い親戚がこの国の反対側にいる？　きみはそんな男をさらってきてしまったのか？」と、最後はイスキエルカに言った。「しかし、彼はここでいったいなにをしていたんだろう？」

一方、任務のためならどこまでも非情になれる男、ハモンドがいきなり立ちあがって、意見をまくしたてた。「われわれは、たとえこの地方だけだとしても、許可なく自由に飛びまわることはできません。このような侵害行為が敵意を生むとはかぎらないとしても――いいですか、キャプテン――哀れなご老人を助けたいのなら、このままではどうにもならないということです」

「わたしを説得してくださらなくてもけっこう、ミスタ・ハモンド。まずは地元の権力者と話をつけなければならない。それが喫緊《きっきん》の課題だな。だがそのあとには――」

「チチカカに旅する誰かを見つければいいんじゃないですか？　この紳士を故郷まで連れていってくれる誰かがきっといますよ」ハモンドが言った。距離の遠さなど考慮に入れない楽観論だった。

ローレンスには確信できた。もしそんな好都合な〝誰か〟が見つからなければ、ハモンドは一も二もなく任務を優先させようと言い出すだろう。寄り道する時間はないという理屈でねじ伏せようとしてくるだろう。そのときこそ、距離の遠さが問題になるのだ。

「ともかく」と、小さな竜のパルタに質問を重ねていたテメレアが振り向いて言った。「ぼくらは首長にどうすればいいか尋ねなくちゃならないね。パルタから教えてもらったよ、この地域の首長の名はワルパ・ウトゥルンク。タルカワノって街に住んでるんだって」

8　タルカワノの街で

「距離の遠さは問題ではない」首長ワルパ・ウトゥルンクは、事情を訴えたテメレアに対して言った。「しかし、泥棒は重大な問題だ」

一行全員が、タルカワノの街の神殿にいた。海辺で見たピラミッドと同じ様式ながら、比較にならないほど壮大な建造物だ。無数の大きな石塊《せっかい》によって巨大な階段が築かれており、大きな石が、よほど近くまで行かなければ継ぎ目がわからないほど、精巧に組みあげられていた。

そして内部は……！　ふふん、内部はなんと！　壁という壁が黄金の板で——本物の金を叩いて延ばしたパネルで覆われ、そのひとつひとつに彫りこまれた精緻な模様が、無数のランプの明かりに照らされていた。太陽が高くのぼったいまは、天窓からも光の矢が降りそそいでいる。

水兵のひとりが近くまで行って、壁をこすった。すぐにフォーシング空尉から叱責が飛んで戻ってきたが、「ありゃぜんぶ本物だな」というつぶやきを、テメレアは聞き逃さなかった。そうか、ただの真鍮《しんちゅう》じゃないんだ。いや、真鍮だってものすごくすてきだ。ドラゴン舎の壁をこんなふうに真鍮の板で飾ってあげようと誰かが言ってくれたら、ぜったいに断らないだろう。

　建物が豪華であるだけにいっそう、自分たちの身なりのみすぼらしさ、むさ苦しさがきわだった。ローレンスは街に入り首長ワルパに挨拶する前に、全員が川で沐浴《もくよく》し、衣類を修繕するための一日をもうけたが、冷たい水と数本の曲がった裁縫針にできることには限界があった。テメレアは、首長との会見のときには、エミリーが大切に保管していた中国式の豪華な長衣をローレンスに着てほしかった。だが、あえなく却下された。

　ほかの者は着替えなど持っていなかったので、自分だけ正装にしたくないというローレンスの気持ちは、テメレアにも理解できた。だが、神殿の大広間のまぐさ石を頂く巨大な入口を首をすくめて通過し、眼が慣れて壮麗な内部が見えてきたとき、後悔の念が込みあげた。一行と会うため首長ワルパが出てきたときはなおさらだった。ワルパの体長はテメレアほど長くはないが、かといってうんと短いわけでもなかった。羽根状うろこがとくに首まわりで大きく立ちあがり、肩はテメレアより大きく見えた。

　いずれにしても、彼の地位を示す装身具の数々は、下位の竜たちにとって強烈な威圧感を与えてきたにちがいなかった。喉もとには黄金の首輪。そこから襟のように広がる毛織りの首飾りは、房飾りまで含めて緑一色で、うろこの深い紫色によく映えていた。耳には何個もの大きな金の環《わ》が嵌《は》められ、耳飾りとなって顎まで垂れている。金の環は翼の低い位置にも連なっていた。こんなふうに翼を飾る装身具を見るのは、テメレアにとってはじめてだった。すごくいいじゃないか、と心のなかでつぶやいた。

「もちろん、土地の習慣を知らない旅人であり客人であることは考慮しなければならない」首長ワルパが言った。「だが、実におかしなことだな。きみたちのしたことを、わたしが認めるとでも思っているのか？」

ワルパが腰を落とした。翼をゆっくりとたたんで背に添わせるとき、金の環が石の床に当たる音がした。房飾りのエメラルドが巨大な空間に射しこむ光の矢をとらえ、一瞬、緑の炎となって燃えあがった。「海からやってくるのがつねに嘘つきと泥棒であることを、知らぬ者はいない」ワルパはいまいましげに言った。「聞いたところでは、ここにいるのは**アイリュ**を持たぬ者たちだという。そのような集団が、みずからの罪を隠そうともせず、厚かましくもわたしに会いにやってきたというわけか」

「でも村の人たちはみんな死んでいた」テメレアは反論した。「リャマたちは、つながれてるわけじゃなく、勝手に歩きまわって――」

「問題はリャマではない」ワルパが言った。「きみたちが空腹で、それらが放牧されたリャマでないかぎり、きみたちは好きにしてよろしい。問題は、その男だ」

「この国に奴隷制があるとは知りませんでした」ハモンドが不安そうに、首長との対話がテメレアによって通訳されたあと、ローレンスに言った。「でも、もしそれが慣例だとすると、もしそれが法律だとすると……」

ハモンドが不安になるのも無理はない、とローレンスは思った。まったくいまいましい。人を奴隷として束縛することほど、ローレンスにとっていやなものはなかった。奴隷を所有するのが、人間であろうとドラゴンであろうと変わりはない。

タルーカ老人が無理やり連れ去られた故郷までの遠さ、ふたたび誘拐されたときのあきらめについて、テメレアが説明をつづけていた。以前にもさらわれて奴隷にされたタルーカにとって、所有者が変わることなどさしたる問題ではなかったのかもしれない。新しく彼を捕らえた者が、誠実に慈悲深く対処することなど、はなから信じられなかったのかもしれない。

「彼に尋ねてみてくれないか」ローレンスは、ハモンドがまだぶつぶつとつづけるのをさえぎって言った。「なぜ故郷から遠くへ連れ去られることになったのか。なんらかの罪を犯したのだろうか？」

「断っておきますが、キャプテン、われわれの国の慣例を他国に当てはめることはできませんよ」ハモンドはそう言うと、今度はタルーカ老人に話しかけた。ハモンドの質問を理解したときの老人の憤慨は通訳を介さずとも伝わってきた。

「道に迷ってさまよい、**アイリュ**の保護から離れすぎてしまった、そして捕まった——それ以外に理由などあるものか。こんなことをみずから望むわけがない。よくもわたしが罪人だなどと……」ここでタルーカはいったん言葉を切り、胸を張って言い足した。「もっと聞きたければ言ってやろう。わたしはキプカマヨクの生まれ。三人の息子と七人の娘の父親だ。最後に会ったとき、子どもたちはみんな生きていた。そして、見てのとおり、わたしにはしるしがある」

語り終えると、老人は肩を丸め、あきらめを漂わせ、ほとんどひとり言のように言った。「わたしを故郷へ戻す気などないのだろうな」ローレンスは、できるものなら、もっときっぱりとした物言いで老人を安心させたかった。

老人の話に耳を傾けていた首長ワルパが、頭を落とし、赤い眼をすがめ、タルーカをじっと見つめて言った。「しるしがあるだと？」ふたたび持ちあげた頭を振ったので、装飾品の金環が鈴のように鳴った。

ワルパはテメレアに言った。「つまり、この男は痘《とう》そうから生き延びたということだな？　問題がますますこじれてきた。きみたちは〝海より来た者〟。この男とともに働くことを許可する**キープ**を持っていない。この男の年齢にふさわしい仕事を用意しているわけでもない。いったいどうするつもりだ？　聞いているかぎり、きみたちは正規の裁判さえしていない」

「やりたかったとしても、ぼくらにはできなかったよ」テメレアは言った。「もう説明したと思うけど、イスキエルカは、タルーカをどこから連れてきたのかよく憶えていないんだ。彼の目が見えてなくて、帰り道を教えられないってことにも気づかなかった。でもとにかく、ぼくらはタルーカを彼の子どもたちのところに連れていくつもりだ。彼を働かせるようなことはしない。そもそも、家族から引き離されるなんてひどい話だよ。彼を所有者から奪ったとぼくらを責めるなら、彼を家族から奪ったやつらは、もっとひどいんじゃ——」

テメレアがまだ話を通訳しないうちから、ハモンドが自分に注意を引きつけようと——自分と話者を交替させようと——身ぶり手ぶりをどんどん大きくしていくことにローレンスは気づいていた。しかたないので、テメレアの脇腹に手を添えて話を押しとどめ、ハモンドとの交替を促した。

「国の代表みたいな口をきいてくれちゃ困る！」ハモンドはテメレアに厳しい言葉を放ってから、「首長閣下」と呼びかけ、顔をあげワルパ見あげ、大声を張りあげた。「首長閣下、あなたにお伝えしなければなりません。これはけっして英国王陛下の代理として申しあげることではなく——」

それまで一行のなかの人間にはさほど注意を払ってこなかった首長ワルパが、頭をさげて大きな赤い眼でハモンドをじろりと見おろした。ハモンドははっと口をつぐんだ。

「なぜ、わたしに向かって叫ぶ？」ワルパが言った。「人間の首長は、きみたちを受け入れないだろう。なぜなら、きみの同国人が信用ならないことはすでに証明済みだからだ。きみたちが黄金ほしさに、この老人を捕らえようとした可能性も考えられる。きみたちには、きみたちのほかに責めるべき相手はいない。それでも、この黒いドラゴンがきみたち一行の代表として語る資格はないと言うのか？」

この問いかけにハモンドは絶句したが、一行の代表の役割をテメレアに譲り渡すことには抵抗を示した。だがローレンスにしてみれば、深刻な事態に至らず、タルーカ老人を解放するよう首長を説得できる望みが少しでもあるなら、なんであろうと対話の手段は残しておきたかった。

ローレンスは、ハモンドの腕を引いた。

「きみは以前、フランスがこの国と交渉をはじめるためにどんな策を練ったか、それがわからないと言っていた」ローレンスはハモンドに言った。「インカ帝国が、人間ではなく、ドラゴンなら大使として受け入れるとすれば、その謎は解けるのではないだろうか。この国と友好関係を築きたいのなら、テメレアの権限を否定するのはまずい」

「はいはい、お説ごもっとも」しぶしぶではあったが、ハモンドは引きさがることを決め、首長ワルパにもそれを説明した。ただし最後の粘りを見せて、テメレアが話していいのはハモンドが承認したことだけ、という制約をローレンスとテメレアに課した。

「きみならわたしの気持ちをわかってくれると思うが」ローレンスは、ハモンドがワルパに話しかけているあいだ、テメレアに言った。「ほんとうに……ほんとうに残念に思うよ……この国に奴隷制があることを知って。だが、ハモンドに公平を期して言うが、敵対関係からはじめて、彼らの社会に変化をもたらすことはできない。そのうえ、わが英国もこの野蛮な制度を共有し、責められかねない弱い立場にある」

「わかってる。もちろん、礼儀は守るよ」テメレアが答えた。「でも、泥棒呼ばわりはあんまりだ。ぼくらは奴隷を所有していない。人間を鎖でつないだり、家族から引き離して売り飛ばそうとしていない。そんなことをするやつらに、あなたがたは奴隷商人じゃありませんよ、なんて言えないよ。それを言ったら、ただのおべっかだ。恥知らずなやつらに——」

「恥知らずだと⁉」背後から声が聞こえた。テメレアが首長ワルパに向かって、まさに同じことを言ったときだった。振り返ると、新たなドラゴンが大広間に入ってくるのが見えた。畑で出会ったパルタよりわずかに大きい程度で、羽根状うろこは緑一色だった。「恥知らずだと⁉まるで、わたしが彼のことをリャマのように扱ったみたいな言い草ではないか。鎖でつなぐ？売り飛ばす？　はっ！」

新しく登場したドラゴンは首長ワルパに頭をさげると、自分はクアラだと名乗り、いま侮辱を受けたばかりの、タルーカの所有者だと説明した。「我慢ならん。この黒焦げドラゴンが、タルーカを連れ去った。おまえこそ、どうせ鎖につなぐつもりなんだろう」

「ぼくは誰かを鎖でつないだりしない！」テメレアは言った。「タルーカをさらってもいない。あれは、イスキエルカがやったことだ」

「あたしのことなにか話してる？」黄金の壁の前で、うっとりと瞑想するように佇《たたず》んでいたイスキエルカが、自分の名前に反応した。言葉が理解できない議論にあきあきし、神殿のなかを歩いて黄金の壁に近づいたようだ。数人の水兵が彼女の脇腹の陰に隠れて壁を砕こうと試みているところを、フェリスに見つかって引き戻されていた。フェリスはそんなことを数分ごとに繰り返している。

「真実を言ったまでだよ」テメレアはイスキエルカに言った。「きみがタルーカをさらった。このドラゴンがきみに文句を言いにきた。そしてぼくらまで厄介事に巻きこまれようとしてる。ぜんぶ、きみのせいだ」

イスキエルカはクアラを上から下まで品定めするように見ると、フンッと鼻を鳴らした。「このちっこいやつなら、一日じゅうでも、ぎゃーぎゃー言ってそう。痛くも痒《かゆ》くもないけどね。で、いったいどうしたいわけ？」

「やれやれ」と、ハセンドがつぶやいた。「テメレア、けっして――」

「通訳するわけないよ」テメレアは冠翼をぴんと立てた。イスキエルカの見立ては、意地悪だが、的《まと》を射ている。だがそれを相手に通訳するほどばかじゃない。ただし、彼女がフンッと鼻を鳴らしたのは通訳するまでもない明瞭な意思表明だったので、クアラがうろこを逆立て体を倍近くにふくらませた。が、それでもイスキエルカの四分の一にもならなかった。

「許せん」と、クアラは怒りに身を震わせて言った。「ぜったいに許せん！　彼女がタルーカを返さないなら、〝決闘裁判〟を申し出る。タルーカを返し、謝罪し、さらに彼女の所有する人間からひとりを寄こす。それがこちらの要求だ。こんなにたくさんの人間を所有するとは、なんたる強欲か」クアラは眼を細め、イスキエルカを憤然とにらんだ。

テメレアはいささか困惑してクアラを見つめた。かなり思慮に欠けるドラゴンのように思われる。「彼がきみと戦いたいって言ってる」とテメレアが伝えると、イスキエルカはもっとしっかり通訳しろと要求した。「いや、間違ってないよ。クアラが戦いたい相手は、ほかのドラゴンじゃない。目の前にいるきみだ。きみが言葉を解さないことなど問題にしていない」

「おそらく」と、ハモンドがそわそわして言った。「おそらく、やめておいたほうがよさそうですね、キャプテン・ローレンス。このドラゴンはたんにタルーカに執着しているだけなのでは？　ひどい虐待を加えるようには――」

その話を聞いていたイスキエルカが、怒りの形相で振り返った。「あたし、こいつに負けるつもりはないから」

「土地のドラゴンを半死半生にして、あるいは殺してしまって、われわれの目的が果たせるとは思えませんね。そもそも、きみがさらおうしたのは、このドラゴンの――」ハモンドが言葉をさがすように片手を回した。〝奴隷〟より聞こえのよい表現をさがしているんだな、とテメレアは思った。

「そこまで！」と、ローレンスが言った。グランビーが切羽詰まって、まだ蒸気を噴いているイスキエルカに話しかけていた。「テメレア」と、ローレンスは呼びかけた。「こちらの――むむ、紳士たちに伝えてくれ。タルーカが望まない以上、あなたがたに引き渡すわけにはいかないと。しかし、決闘はぜったいにありえない。首長もわかっておられると思うが、クアラに勝ち目はない。こんな公平を欠く戦いを認めるわけにはいかない」

しかしテメレアがそれを伝えようとすると、ワルパが首を横に振り、金の環が鳴った。「もちろん、クアラが彼女と直接戦うわけではない。それが唯一の解決策だとしたら、法律はいったいなんのためにある？　それでは文明を持たずに生きるのも同然だ。もしきみたちがこの老人をクアラに返すのを拒むなら、それに見合う補償が――」

「ええっ、ぼくらのクルーを引き渡すのはごめんだよ――たとえぼくらが犯した過ちを償うのだとしても。ばかげてるよ」テメレアが途中から割りこんだ。こんなのは当たり前すぎて、ハモンドと事前に打ち合わせる必要を感じなかった。

「――それなら、彼女は、彼女が侮辱したドラゴンではなく、この州の代表と戦わなければならない」ワルパが言った。

「ふふん」とテメレア。

「いいじゃない」イスキエルカが言った。「相手が誰だろうと戦ってやる。目にもの見せてやるわよ」

イスキエルカのけんかっ早《ぱや》さは、いまにはじまったことではないが、ローレンスはハモンド以上に事態の展開を憂《うれ》いていた。決闘に負ける危険もあるが、たとえ勝ったとしても恨みや敵意を残しやすいという点においては同じくらいに危険だ。テメレアを通訳として使い、タルーカ老人に話しかけた。「どうか気を悪くしないで聞いてください。イスキエルカがあなたを自由の身にするために、命を賭《と》して戦おうとしています。でも、わたしがまず知りたいのは、決闘裁判よりもっとましな選択肢はないのかということです」

タルーカは答えた。「これよりましな選択肢？ そんなものがどこにある？ 気の毒なクアラ……彼はけっして悪くない。彼はわたしをこそこそと盗んだわけではなかった。彼は、わたしが最後にいた**アイリュ**にひとりの若者を託し、替わりにわたしを譲り受けたのだ。その**アイリュ**にわたしの親族はいなかったし、若者はその**アイリュ**の若い娘と結婚したがっていた。だから、わたしはクアラのもとに行ってもいいと言った。だから、クアラには戦いを挑むだけの権利がある」

「テメレア、タルーカはほんとうに、みずから望んでクアラのもとに行ったと言っているのかい？」ローレンスはとまどって尋ねた。「不法に連れ去られたというのが、彼の言い分だったと思うが……」

「間違いない」とタルーカは答えた。「それはいくつも前の**アイリュ**のことだ」老人のなかで、自分が自由を得る権利とクアラが満足する権利はなんら矛盾するものではないらしかった。そこに困惑してローレンスが尋ね直すと、老人は言った。「あんたは**アイリュ**の一員ではない。つまり、州の戦士があんたの代わりに戦うことを求める資格はないということだ」

「あなた自身に、首長に訴える権利はないのですか？」ローレンスは尋ねた。

「彼はドラゴンだ」タルーカが質問にとまどって答えた。

「では——人間の首長に訴えては？」ローレンスは、漠然とした想像で尋ねてみた。だが、タルーカはもどかしげに両手を振りあげ、また落とした。

「わたしから首長に求めろと？ばかな。クアラにはなんの不満もない。別の**アイリュ**に移してほしいわけでもない。ただ、**アイリュ**なしには生きられない。わたしは目が見えないし、このように老いているからな。最初に連れ去られたときは、**コヤ・スウユ**にいた。こことは異なる、はるかに遠い州だ。まだ若かったが、ひとりで道を歩こうとすれば、さらわれる危険はいくらもあった。

だいたい、なぜあんたらはわたしをさらった？　決闘裁判を望まないなら、なぜわたしを、故郷に連れていこうなどと言った？　そうやって年寄りのわたしに期待を持たせた。かつて一度はクアラに頼んだが、断られた。当然だな。小さなドラゴンの小さな**アイリュ**にとって、わたしを手放すことなどありえない話だ。

だが、あんたらは故郷に帰してやると言った。だから、わたしはこう思ったのだ。なるほど、あんたらには三頭の強いドラゴンがいる。あんたらの**アイリュ**は大きくて、大勢の若者がいると聞いた。だから恩情を示す余裕もあり、わたしを故郷に連れていってくれるのかもしれないと。

だが、そうではなかった。あんたらは、わたしを**アイリュ**から奪っただけだった。法律のこともまったくわかっていなかった」

ローレンスは言葉を失った。タルーカの告発は筋が通っていた。召使いにするつもりはなかったと言っても、それは言い訳にならないだろう。イスキエルカは身勝手な理由から彼をさらった。そして、もし所有者のもとに戻ったとしても、タルーカが報復を受けないという保証はない。以前は穏当な扱いだったとしても、彼がほかの土地へ行きたいと明言した以上、前と同じというわけにはいかないかもしれない。

「テメレア」と呼びかけ、ローレンスはついに結論を下した。「首長に伝えてくれ。あいにくながら、われわれは引きさがるつもりはない。名誉に賭けて、タルーカを彼の故郷に連れていく。もし決闘裁判によって、貴国との関係を悪化させることなく、タルーカの自由が保証されるのなら、われわれは受けて立つ。もちろん、イスキエルカに戦う意思があるならば」

「ぼくが戦うほうがよかったかな」テメレアは遅まきながら、イスキエルカの落ち度をきつく責めたことを後悔した。ワルパが、イスキエルカは盛装で闘技場に入らなければならないと説明し、彼が**ママコナ**と呼んだ十二人の娘が控えの間から、黄金の首輪をみなでかかえて出てきたところだった。ワルパが着けているのと同種の首輪で、黒の毛で編んだみごとな房がさがっていた。

「だって、結局のところ、ぼくらは仲間なんだから」

「彼女は、罪を問われた者として、この裁きを受けなければならない」ワルパが言った。「きみもこちらに。彼女の隣にいてよろしい」

通訳をまかされたテメレアはため息をつき、「あれは、きみのものだって」とイスキエルカに伝えた。**ママコナ**たちが黄金の首輪を持って近づいてきた。イスキエルカは欲深さを隠そうともせず、じろじろと見入った。わざわざ訴えるまでもなく、その目つきが一行の窮状を代弁している。「ねえ、ローレンス。ぼくらはみんな広場に出なくちゃいけないらしいよ」

むしろ広場のほうが神殿よりも壮大だった。大きな空間が広がり、両端にそれぞれ噴水池があった。イスキエルカの対戦相手となるドラゴンが、もう一方の端の石の上で日を浴びていた。先端だけ緑色をした長い銀色のうろこを持つドラゴンで、全身が光沢を放ち、下顎から巨大な牙《きば》が伸びている。

「どんなドラゴンなんだろう?」グランビーがテメレアの背で言った。そこを観戦席とするためにローレンスとともに這いのぼってきたのだ。テメレアは、かつてグランビーが正規のクルーとして、同じ位置にいたことを恨みがましく思い出した。いまそこは、フォーシングの定位置になっている。考えるとつらくなるので長く考えないようにしているのだが、あのころと比べると、状況はずいぶん変わってしまった。

「対戦相手のドラゴンは、マンカ・コパカティィという名前だそうだよ」テメレアは、ワルパに尋ねてからグランビーに伝え、広場をすみずみまで見わたせるピラミッドの階段のひとつに落ちついた。

「コパカティィ? 毒噴きかな?」とグランビーが言った。

広場の向こう端で、銀色のドラゴンは大きなあくびをして頭を振り、老いた水兵が咳きこむように、緑がかったなにかを地面に吐き出した。日差しのなかに蒸気が細く立ちのぼった。

イスキエルカが通路から出てきて、広場のもう一方の端に身を落ちつけた。テメレアの見るところ、上機嫌としか言いようのない歩き方だった。「ははん！ やってやろうじゃないの。グランビー、見てる？ そこからちゃんと見える？ テメレア、体をちょっと斜めにして。グランビーにあたしが勝つところがよく見えるように」

「自信満々だな。あっちに外科医の用意はあるんだろうな？」グランビーが言った。

「い、い、ぼくも勝てる自信はある」テメレアは声を落として言った。たいして盛りあがらない戦いだとしても、そこにローレンスも認めた大義名分があることが妬《ねた》ましかった。

「ぼくだって勝てるよ」クルンギルが負けじとディメーンに訴えた。「ぼくはあいつよりうんと大きいんだから」

「あれを」とワルパが前足をあげると、数人の青年がワゴンを押してあらわれた。ワゴンには温かい料理を盛ったかごが並んでおり、旨そうな匂いが漂ってきた。皮を剝いで腹に木の実のような豆を詰めたテンジクネズミの丸焼きだった。かごがトウモロコシの包葉で編まれているので、かごごとつまんで、まるごと食べられた。テメレアは気休めに五個を口に放りこんだ。

グランビーはこの土地の濁ったビールをあおりつづけていた。ローレンスはこのような状況で彼をたしなめる気にはなれなかった。えんえんと待たされるあいだ、娯楽を見にくる見物客のように、ドラゴンたちが集まってきた。広場の向こう端では対戦相手のコパカティが、これまでの勝利の物語を大声で楽しげに取り巻きたちに披露していた。イスキエルカがなにを話しているのかとうるさいので、テメレアはしぶしぶコパカティの話を通訳してやった。どれもこれも惨殺か半殺しかで終わる物語で、十倍に脚色してあったとしても、心をざわつかせるものだった。

グランビーの動揺を見てとり、ワルパがテメレアになにか言った。テメレアが冠翼を逆立て憤然と返した。「そんなこと、ぼくが許すわけないじゃないか」

「なんだって?」グランビーが尋ねた。酔いでとろんとして、怪我をしていないほうの腕にひたいを押しつけ、テメレアの首にもたれかかっている。太陽が天頂にさしかかろうとしていた。

「ワルパはこう言ったんだ。マンカ・コパカティはすばらしい**アイリュ**を持っているから、その……イスキエルカが死んだときには、あなたもそこに入ればいいって。でも、心配いらないよ。あなたのことはぼくが引き受ける。ワルパにもそう言ってやった。それでも、あの銀色のドラゴンがあなたをさらおうとしたら、ぼくがあいつと戦うよ」

「キャプテン、正午です」フォーシングが言うのとほぼ同時に、首長ワルパが身を起こし、深くうなずいた。それが合図だった。コパカティが会話を切りあげ、広い空間をはさんでイスキエルカに向き合った。羽根に覆われたような翼が地面をこすり、大きく開いた。

イスキエルカもコパカティに倣《なら》って、とぐろをほどいて体を伸ばし、翼を広げた。翼の薄膜がまぶしい日差しを透過する。インカ竜のきらめく長いうろこに比べると、イスキエルカの色合いは沈んで見えた。「どう思います？　あの全身を覆う羽根、戦闘に有利だったりするのかな」ハモンドがこの場の空気を感知せず、興味しんしんでフォーシングに尋ねた。

「ええまあ」と、フォーシング。「あれは、うろこのようですが、戦いの場面であの翼を後ろから追ったとき、なにか威力を発揮するのでは——」

「イスキエルカが後ろからあいつを追うわけないですよ」フェリスの横合いからの発言は、いささか不作法だった。「彼女はそこまで愚かじゃない。あのドラゴンの首と肩関節の角度からして、首はほぼ全方位に曲がる。もし彼女が背後から迫れば、あいつは首を返して、彼女の胸に牙を突き立てるでしょう。同じ毒噴きでもロングウィング種にはできない戦法だ」

フォーシングが応戦した。「なんでそんな接近戦など。彼女が追い抜きざまに引っ搔く戦法を使ったと聞いたことはこれまで一度も——」

「諸君《ジェントルメン》！」ローレンスは強いひと言で、ふたりを黙らせた。グランビーは、イスキエルカを持ちあげられても、うれしそうには見えなかった。

新たに四十頭ほどのドラゴンが舞いおり、ピラミッドの階段に落ちついた。もっとも大きな重量級の四頭は、ほぼ同等の大きさで、公爵夫人も色を失うほど黄金と銀で全身を飾り立てていた。だがその四頭でさえ同伴している人間はごくわずかだった。竜たちは油断なくとぐろのなかに人間を囲いこんでいた。彼らは一行のほうに視線を向けたが、その羨望《せんぼう》のまなざしの先にあるのは、テメレアでもクルンギルでもなく、ローレンスやグランビーやその他大勢の人間たちだった。

「ワルパに訊いてくれないか。この街には相当数のドラゴンがいるのかどうか」ローレンスが声を潜めてテメレアに言った。

「そのとおり」と、ワルパ。「ここは**チリ・スウユ**でもっとも大きな街。**プサンチン・スウユ**全体ではおそらく十一番目に大きな街だ」彼はインカ帝国を**プサンチン・スウユ**と呼び、帝国には八つの州があること、**チリ・スウユ**は最南端にあり、ドラゴンの数では二番目に多い州だと説明した。その場で地面に略図が描かれ、インカ帝国の境界が、先代の**サパ・インカ**〔インカの王〕の治世以来、マゼラン海峡近辺までおよんでいることも明かされた。

「この地のドラゴンの半数が来ていると見ても、とんでもない数になりますね」ハモンドが言った。「ほかの七州にもこのような街があるとしたら——いや、街から離れた場所にもドラゴンはいるでしょうし——」

ハモンドの計算は、ドラゴンたちの雄叫びによって中断された。クルンギルとテメレアもやや遅れて咆吼をあげた。それが静まると、コパカティが宙に舞いあがり、イスキエルカもすぐにつづいた。

戦いの序盤はみずからを誇示する威嚇行動からはじまった。コパカティは挑発するように突っこんでは退く動きを繰り返した。イスキエルカは相手に向かって、上下の顎を驚くべき速さで打ち合わせたが、近づきすぎるのは避けて、顎を鳴らす音にコパカティを追わせた。

地面に落ちる影が二頭の空の位置を示していた。テメレアが聞いたところでは、広場そのものが決闘場の境界で、そこから影が出れば試合放棄と見なされた。イスキエルカが地表の自分の影を一瞬で確認し、慎重に攻撃を仕掛けていることにローレンスは気づいた。

イスキエルカは宙返りをすると、太陽に向かって高度をぐんぐん上げ、かぎ爪を伸ばし、大きく開いた。コパカティはすぐには反応しなかった。「くそう。あれは引っかけだぞ」グランビーがイスキエルカに向かって叫んだ、「乗っちゃいけ――」

だが遅かった。イスキエルカはさらけ出されたコパカティの背中に突っこんでいった。コパカティがいきなり体を半転させ、急降下するイスキエルカを真正面から迎え討つ体勢をとった。剝き出しになった牙が濡れてぎらりと光る。観客から感嘆の声があがり、ドラゴンたちは期待するように身を起こした。

だが、イスキエルカはすでに突進の直線コースからはずれていた。彼女の初動は、背にした太陽を利用した騙《だま》し手であったのだ。イスキエルカは背中をくねらせ、自身の重みで軌道修正し、コパカティの攻撃範囲から――望遠鏡をのぞいていたローレンスの見立てではそれほど遠くではなく、わずかに――はずれた。だが、あれで充分だ。イスキエルカは旋回し、ふたたび広場の端ぎりぎりまで飛んだ。

観客のドラゴンたちは公正に戦いを見ており、イスキエルカにも声援を、ともすればコパカティに送るより盛大な声援を送った。ワルパがテメレアに何事かを話しかけ、ハモンドがそれを通訳した。「ワルパが言うには、これは神に誇るべきすばらしい戦いになるだろうと。そしておそらく最後は――」ここで言葉を濁し、言いにくそうに締めくくった。「最後は死に至るかもしれないと。ですが、キャプテン・グランビー、それはきわめて稀《まれ》なことだそうですよ」

「あれはうまい作戦だったな」テメレアが称えるというより妬むように言った。「相手のドラゴンもなかなかだ。でも、ぼくにはあいつがとんでもなく危険なドラゴンには見えない。だよね、ローレンス？　あいつはイスキエルカに毒を噴こうともしない。きっと毒の供給量に限界があるんだ。でなきゃとっくに噴いてたよ。あるいは、咬みついて牙を立てていたか」

コパカティは、ほぼ真正面からイスキエルカに襲いかかろうとし、体を揺すって腹を見せつけた。その挑発行為に、彼女は嬉々《きき》として応えた。広場の空間を突っ切ってコパカティに迫り、顎をかっと開いた。ローレンスはいよいよ炎を噴くのかと思った。が、またも微妙にコースを逸らし、わずかに角度を下げて、コパカティの腹の下ぎりぎりを通過した。彼女の背と尾の棘が、熊《くま》手《で》のようにコパカティの腹を裂いた。

コパカティは、痛みよりも悔しさに身を震わせた。彼自身の一撃はかすった程度に過ぎない。見物のドラゴンたちが、拍手するように、かぎ爪を足もとの石にカチカチと打ちつけた。「彼女が先手を取ったな」というワルパの言葉をテメレアが通訳した。

「やれ、やっちまえー」水兵のひとりが叫んだ。ほかの水兵もいっしょに叫んだ。何人かがシャツを脱いで、旗代わりに振りはじめた。

「そこまでやる必要ないよ、まだ序盤戦なんだから」テメレアがむっとして言ったが、水兵たちは聞く耳を持たず、さらに熱い声援を送った。「行け行けっ！　じゃじゃ馬娘！」と、特別によく響く声の水兵が叫んだ。「あいつにお仕置きしてやれ！」

イスキエルカはうれしげにちらりと下を見やると、戦いの途中にもかかわらず、くるりと体を返し、観客席の声援に応えるように低空を、翼端が地面に触れそうになるぎりぎりのところを、長い体を見せつけるように滑空した。テメレアが鼻を鳴らし、片翼を差し出して、風が巻きあげる土ぼこりや小石から人間たちを守った。けっして水兵たちの興《きょう》を削《そ》ぐためにやっているのではないという顔をして。

「相手から目を離すんじゃない！　うぬぼれ屋め！」グランビーの叫ぶ声は、声援に掻き消された。イスキエルカが気を散らしているあいだに、コパカティが戦いに有利な高度を確保していた。彼はいま、旋回をつづけながら、全方位に攻撃可能な高みからイスキエルカを見おろしている。広場に落ちる彼の影は小さな点に過ぎないが、イスキエルカのそれは彼女の実寸に近い。

ワルパが舌打ちのような音を喉から発した。イスキエルカの飛び方はいささかぎこちなかった。

旋回しながら頭を傾け、上空のコパカティをちらちらとうかがった。維持するのがむずかしい体勢だった。イスキエルカはすぐに耐えきれなくなって、勢いよく頭を振り、上昇を開始した。

コパカティも即座にイスキエルカに向かって下降を開始した。かぎ爪を開き、息を大きく吐くと、羽根状うろこが閉じて、体表がつるりとなめらかになった。コパカティはそのまま体の重みで加速しながら、矢のようにイスキエルカに突っこんだ。

「うわわぁ」クルンギルが声をあげた。テメレアでさえ思わず立ちあがり、冠翼を逆立てた。間に合わせの竜ハーネスのロープを握りしめたグランビーの両手から血の気が失せている。

激突の衝撃によってイスキエルカの体は石の地面に叩きつけられるかもしれない。そこで呆然としたまま、とどめを刺されるかもしれない。それを避けるためには、広場の境界からはみ出すほど外に向かって大きく身を投げ出すほかはない、とローレンスは思った。だが、コパカティが接近すると、イスキエルカは全身の棘状の突起から激しく蒸気を噴き出し、コパカティの激突をかわして、いっしょに降下をはじめた。

コパカティが速度を上げ、イスキエルカに体を寄せ、口からシュッと息を放った。イスキエルカは頭をひねってそれを避け、かぎ爪を猛烈に振りまわしてコパカティを寄せつけなかった。突然、二頭がまたも分かれた。それぞれが息をあえがせ、地面を打つすれすれのところでこらえて、大きな輪を描いた。

二頭が蒸気の残り雲のなかを突き抜け、陽光に輝く霧を散らして舞いあがった。それぞれが霧の尾をなびかせながら、広場の端と端に行き着き、旋回しながら息を整え、つぎの有利な一手をさぐった。ここまでのあいだに互いを見きわめる時間は充分にあった。

コパカティは明らかに、イスキエルカの動きを読んでいた。悠然《ゆうぜん》と旋回しながら、気怠《けだる》げに尾を揺らし、このままずっと飛びつづけてもかまわないという態度を見せた。イスキエルカを見つめ、顎を開いてみせたが、近づこうとはしなかった。「こんちくしょうめ、あいつ……」グランビーがつぶやいた。

今回、コパカティは、イスキエルカを誘いこむのに、腹を見せて挑発する必要はなかった。イスキエルカは旋回を何度も繰り返し、なんの動きもないことに退屈しはじめていた。苛立って鼻を鳴らし、自分から見切りをつけるように優位を譲り渡し、ふたたびコパカティに向かって一直線に突き進んだ。

コパカティは旋回の一巡を終えて、また新たな一巡に入ろうとしていた。そのまま旋回すれば、イスキエルカの接近のタイミングに合わせて旋回の円弧から抜け出すことになるはずだ。ところがイスキエルカが近づくや、コパカティは翼を二度力強く羽ばたかせ、驚異の素早さで飛びだし、上下の顎を開ききった。

コパカティは、コブラが襲いかかるように頭を後ろに深く引き、毒を噴射した。が、イスキエルカもその瞬間を狙い定めたように、かっと顎を開き、喉の奥から火焔を放った。炎は彼女とコパカティとの空隙《くうげき》を焼き払った。

黒く細い筋となって飛び出した毒が、炎に焼かれ、強烈な臭気を放って地表に落ちた。強酸性の黒い雲が立ちのぼり、二頭のドラゴンは別々の方向に飛びすさった。コパカティがふらつき、憤怒《ふんぬ》の小さな声をあげた。顔と上半身の銀色のうろこに、黒い焦げ痕が広がっている。イスキエルカはそこに容赦なく追い討ちをかけた。旋回して戻ってくると、コパカティの退路を断つように上からのしかかり、ふたたび火焔を浴びせた。ひるんで逃れようとするところにもう一回、さらにもう一回。

見ていたドラゴンたちからふたたび咆吼があがった。コパカティの影はもはや広場からはみ出し、そばを流れる川に落ちていた。

9　「あなたはぼくのものだ」

「実にみごとであった」ワルパが称賛の言葉を口にし、身づくろいをしているイスキエルカのほうに深くうなずいた。マンカ・コパカティは広場の向こう端で、むっつりとうずくまり、数人の従者が噴水池の水で傷を洗い流し、軟膏《なんこう》らしきものを塗っている。

「結局、コパカティはイスキエルカが火噴きだってことを知らなかったんだね。それはちょっと……ちょっとずるいやり方じゃないかな。彼がそれを知ってたら、イスキエルカにとってあんな華々しい展開にはならなかったよ」と、テメレアは言った——いや、言ってみたかった。しかし胸を張れない卑怯な言い草だとわかっていたし、なによりローレンスにそういうやつだと思われるのがいやだった。

そこでしぶしぶではあったが、彼女の勝利を称え、「いい戦いだったね」と言った。そして、もしもう一度こんな決闘のチャンスがめぐってきたら、今度こそ自分の力を見せつけてやろうと心に誓った。

「まあね」と、イスキエルカが悦《えっ》に入って返した。「これでもう二度と、あたしに挑戦しようなんてばかなことは考えないと思う。ワルパに訊いてくれる？　タルーカを彼の故郷まで連れていく方法を」

折りしも、大きな焼き物料理が運ばれてきて、質問への答えはおあずけになった。リャマの串焼きから脂《あぶら》がしたたり落ち、料理をかついできた青年たちは、あまりの重さにふらついていた。特別に良い部位がイスキエルカに届けられ、彼女はすぐに食らいついた。

「ううむ、なるほど」と、ワルパが物思わしげに串をかじりながら言った。串には不思議な香りのする木が使われており、肉をかじりとったあとの舌触りもよかった。「つまり、きみたちはほんとうに彼を手放すつもりなのか？　言い訳にしているだけなのかと思っていた」

「どうして、ぼくらにそんな言い訳が必要なんですか？」テメレアが言った。「それじゃあイスキエルカが——いや、ぼくたちの誰であろうと——戦うのを渋ってたみたいじゃありませんか」

ワルパがたくましい肩をすくめてみせた。「きみたちヨーロッパから来る者は息を吐くように嘘をつくからな」その告発が正しいとテメレアには思えなかった。それに、自分の出自はヨーロッパではなく中国にある。「しかし、きみたちが彼を手もとに置きたくないのなら、ここに残したほうがいいのではないかな。わたしの**アイリュ**に喜んで引き取ろう。あんな老人に帝国の半分もの距離を移動する旅をさせ、別の土地に連れていく意味などあるのだろうか」

「おお、そのとおりです、キャプテン」ワルパからの提案を聞きおよんだハモンドが言った。「ワルパの発言には一理も二理もある。この国に、西洋世界で言うところの奴隷制など存在しないのです。残酷な待遇も虐待もなく――」

「いや待った」ローレンスはハモンドの発言をさえぎった。「あのご老人にここに残りたいか、それとも最初に彼と約束した土地へ連れていってほしいか、きみが直接尋ねてみてはいかがなものか」

タルーカ老人に尋ねるまでもなく、ハモンドはため息をついた。老人は迷うことなく、故郷に帰りたいという望みを口にしていた。それが実現する可能性が高まったいま、彼の主張にはいっそう熱がこもっている。

テメレアが自分たちの意志は固いと伝えると、首長ワルパまでため息をついた。「きみたちが決闘裁判を受け入れた理由がそれであるなら、法律はきみたちに味方する。チチカカまでの通行許可証を与えよう。そこまで行くなら、ついでにクスコに行って、**サパ・インカ**〔インカの王〕を訪ねるとよい。宮廷ではヨーロッパ人が厚くもてなされていると聞いた。もしかしたら、きみたちも歓迎されるかもしれない」

「クスコがこの国の都なの?」テメレアは尋ねた。「チチカカから遠いんですか?」

「飛んで二日、おそらくは」とワルパ。

「ほほう」とハモンドが言った。彼は首都クスコと聞くや、これまでのローレンスへの反対意見をあっさりと引っこめた。

「ぼくらはタルーカのために全力を尽くしてきた。なのに、なんで疑われなきゃならないんでしょうね」グランビーが、いくぶん恨みを込めて言った。彼は自分の手でイスキエルカの頭を撫でまわし、毒が一滴でも落ちて鼻腔《びこう》や眼や顎に入りこんでいないかを確認した。「もういいかげん信じてくれたと思いたいですね」

それについて尋ねたところ、タルーカ老人は「わたしはきみらに感謝しておる。だが、十四歳のときから何度もさらわれてきたものだからな」と、あばたのある顔に触れながら言った。「それがお天道様《インティ》の望みなら、わたしは喜んで故郷に戻ろう。もちろん、きみたちが連れていってくれるなら」

タルーカ老人にとって最後まで残った疑問は、実際的な事柄だった。すなわち、ロープと帆布でつくった間に合わせの装具が長旅に耐えられるのかどうか――。シプリーはじめ針仕事を得意とする水兵たちが毎日修繕していたが、いまでは継《つ》ぎ接《は》ぎだらけになり、不慣れな高地を飛ぶ三週間の旅で――のこぎり刃のようなアンデス山脈に激突しなかったとしても――耐久力が尽きてしまうかもしれなかった。しかし、装具の素材不足は深刻だった。

首長ワルパが親切にも、街の郊外なら自由に狩りをしてもいいと言ってくれた。そのおかげで、ドラゴンたちは野生のリャマを狩って腹を満たすことができた。だが、皮の加工はけっして簡単ではなかった。地上クルーのなかに、もはや革細工師はひとりもいなかった。水兵のなかでその仕事に向いていそうな腹の出た老人は、少年時代に数か月間だけ皮なめし職人に弟子入りしたことがあり、当時の記憶をうっすらと残していた。

料理人のゴン・スーは、できるだけ多くの食べ物を貯蔵しようとしたが、肝心な塩が不足していた。そこでテメレアが、洞《うろ》のある巨木を倒し、それを燃やす煙で燻製《くんせい》をつくることになった。ゴン・スーは観察と身ぶり手ぶりの会話で、この土地独特の肉を乾燥させる保存法を仕入れてきた。また、乾燥肉の一部を干したトウモロコシと交換することも忘れなかった。「おいしく食べられるかどうかは約束できない。でも飢えることはない」彼はローレンスに請け合い、数人の水兵を指揮して、一行が街はずれに設営したみすぼらしいキャンプまでトウモロコシの袋を運ばせた。

こうして日々リャマの皮が積みあがっていったが、そこから加工できた革は、半分腐ったような、表面がうろこ状になったしろもので、妙な臭いを放っていた。きわめておだやかな飛行だろうが、これでつくった搭乗ハーネスに身をゆだねたいと思う者はひとりもいなかった。

そんな折り、「キャプテン、実は――」と、副キャプテンのフォーシングが話しかけてきた。

「早急にここを発たないかぎり、水兵たちの行動に責任が持てません。彼らはチャンスさえあれば、すぐに神殿に行こうとします。今週は十回以上追いかけました。バターシーのやつ、うまく逃げて、わたしが追いついたときにはポケットナイフで大広間の壁を削りとっていました」

水兵に関する心配事はこれだけではなかった。旅の準備をはじめて三週間目、水兵二名が四日前から行方不明になっていると、フォーシングが報告した。それから四日後に、今度は水兵のハンズも消えた。「ハンズひとりなら、脱走も考えられます。ですが、グリッグズは、ハンズとちがって裁判になっても縛り首の刑はまぬがれるはずですし、ヤードリーに至っては、黄金をさがすのも誰かに尻を叩かれなければ行かないような怠け者です。いったい彼らになにが起きたんでしょう。まさか、あのバニャップのように――」フォーシングはオーストラリアの奥地へ遠征したとき、同じような失踪の原因であった妖獣《ようじゅう》の話を持ち出した。

「ここは居住者のいる土地だ」ローレンスは言った。「もし怪物がいたとしても、ワルパがなんの警告もなく、そんな危険な土地にわたしたちを送り出すとは思えない。土地の人々が戸外を歩くのに用心する理由はそれじゃない。そう、彼らはおそらく人さらいに遭ったんだ、この土地独特のやり方で」

「どうやったら彼らを見つけられますかね」グランビーが言った。

テメレアが憤慨して調査をはじめたものの収穫はなかった。数日後、フェリスが失踪していたグリッグズを伴ってキャンプに戻ってきた。フェリスは蓋つきのかごを持った五、六人の男も後ろに従えており、気まずそうな顔で、かごを地面におろすようにと指示した。かごの蓋をあけると、なかにはみごとな革がぎっしりと詰まっていた。よくなめされた厚い革だった。フェリスが言った。「キャプテン、自分のしたことがよかったのかどうか、わかりかねますが……」

「ミスタ・フェリス、ここにあるものはいったいどこから？」ローレンスは、かごの蓋を閉めて尋ねた。

「これはハンズの分と」と、フェリスが答える。「ヤードリーの分の支払いと言うか——まあ、そんなものです。森の向こうの土地を一頭のドラゴンが所有し、どうやらそのドラゴンが人間の集団を率いています。そのなかに、伝道師に付き添ったことがあるとかで、スペイン語と、英語も少し話せる者がいます。その男が夜間にこっそりキャンプにやってきて、ここから出ていくように説得したそうなのです」

「説得した？」ローレンスは信じられない思いで聞き返し、立ちあがった。フェリスが頬を紅潮させた。

「そうです」とフェリス。「彼らを見ました。グリッグズもそこにいました。ヤードリーは建物の陰からこっちをうかがい、ハンズはわたしがいるかぎり姿を見せるつもりはないようでした。グリッグズは考え直したんですが、あとのふたりに戻る気はないようです」

グリッグズはそわそわとして、恥じ入っているように見えた。ローレンスがじろりとにらむと、彼は小さな声で言った。「働かなくていいと言われました。たくさんの黄金がある、女もいると。でも、年取った母ちゃんのことを考えたら、やっぱり——」

「では、ミスタ・グリッグズ」と、ローレンスは厳しい顔つきで言いわたした。「考え直したきみを脱走兵とは見なさない。だが、わたしたちがここにいるあいだは、一歩もキャンプから出てはならない。ミスタ・フェリス、あとはきみから説明してくれたまえ」

「わたしは三人をまとめて連れ帰るつもりで、その男と——本人の言うところでは、宣教師の案内役をしたことがあるという男と言葉を交わし、いったいどういうつもりなのか、こっちのドラゴンたちがどう受けとめると思うのか、と問い詰めました。すると、男はこう言ったんです。彼らが戻ることを望んでいないのだから、引きずって連れ戻すのはむずかしい。贈り物を渡すので、それと交換に彼らをここに残してはどうか。そして、この革の提供を申し出たのです。そして——」フェリスは口をつぐみ、小さく肩をすくめてつづけた。「キャプテン、ふたりを連れ戻すことに意味があるのでしょうか。それくらいなら——」

「彼らを売り、これらを取れと？」とローレンスが返すと、フェリスは唇を噛んだ。

「ローレンス」と、グランビーが呼びかけた。彼は別のかごの蓋をあけ、革を手に取って調べていた。「水兵たちの扱いについて、あなたと議論するつもりはありません。ですが、この六個のかごに入った革の価値は、どう考えてもハンズ以上ですよ。この値でハンズを引き取ってくれるなんて、ぼくらは幸運じゃないですか。ハンズとおさらばして、ヤードリーだけ取り戻すというのはどうでしょう？」

「ハンズは戻ってこなくてもいいと思うよ」テメレアが、値踏みするようにかごの臭いを嗅ぎながら言った。「軍法会議にかけられたら、彼は縛り首になるんじゃないの？　でもローレンス、もちろんあなたの考えはわかるよ。変なドラゴンたちがぼくらの水兵を誘い出すのを許すわけにはいかない。そんなことが簡単にできたら、いずれぼくのクルーにまで手を出そうとするだろう。もしかしたら、ぼくがそのドラゴンのところへ行って、話したほうがいいのかな。もし、そいつに戦う気があるのなら、受けて立つよ」

ローレンスは頭に手をやり、その日の作業ですでに乱れていた髪をさらに乱し、グリッグズを見つめた。たとえ甘美な誘惑があったとしても、みずから進んで軽々しく奴隷になろうという男の行動は、理解の範疇《はんちゅう》を超えていた。やりきれない。それは、誘惑に呑まれてみずからの身を、みずからの国家を、ナポレオンの支配にゆだねていく精神と同じではないのか。むろん、ハンズに関しては、愚かな欲に負けたと非難することはできないかもしれない。彼には命がかかっていた。ローレンスは縛り首を好まず、なにがなんでも遂行しようとは思わなかったが、ハンズはその罰に値する罪を犯していた。

「大罪を犯した男を逃がそうと言ってるんじゃありません」グランビーが言った。「でも、ハンズはまだ裁判を受けてないし、ぼくらは正式な彼の上官でもない。軍法会議にかけられて、鞭打ちの刑ですむこともありえなくはないですよ。飛行士がからむと、海軍がやりそうなことです。すみません、あなたの古巣だとは承知してますが」

「海軍はいかなる状況でも反逆者にそれほど寛大ではない」ローレンスは言った。「だが寛大だったとしても、命が助かれば、生きて他人の役に立つこともできるだろう。人間を売って代金を受け取ることと同列には語れない。それではいずれ自分の身も売り渡すことになる」

「持参金のようなものと考えてはどうでしょうね」自分でも疑わしいと思ったのか、グランビーは口もとを引きつらせた。

「もうやめておけ、ジョン」ローレンスは冷ややかに返した。

その後ローレンスは、テメレアとともに森の向こうの地所を訪ねた。広く豊かな農場で、見わたすかぎり畑がつづき、石造りの倉庫が何棟も建っていた。大きな屋敷のまわりには、広い中庭をはさんで草葺き屋根の小屋が丸く囲むように建っている。十トンそこその中型の雌ドラゴンが、新たな小屋の建材にする丸太を十数人の男たちのもとまで運んでいた。テメレアが着地すると、彼女は荷をおろし、男たちを守るようにテメレアとのあいだに立ちはだかった。

テメレアとローレンスが訪問の理由を伝えると、マガヤと名乗るドラゴンは憤慨して言った。

「彼から聞いたわ。あなたがたは彼を殺すつもりだったそうね。特別な理由もないのに、生け贄《いけにえ》かなにかのように。いまはもう、誰も生け贄など捧げない。最悪な命の浪費だもの。首長はなにも知らないのね。知っていたら、許すはずがないわ。いいえ、首長が知っていたとしても、彼を返すつもりはない！」

マガヤは挑みかかるように首を起こしたが、テメレアが冠翼を大きく開いて喉の奥から低いうなりを発すると、ひるんで後ろに退いた。

「この国でドラゴンがこんなひどいことをするのをはじめて見たよ」テメレアが言った。「ほかとは桁違《けたちが》いにひどい。最初に会ったパルタは、ぼくをバニャップみたいな怪物呼ばわりした。首長ワルパはぼくらを泥棒だと言った。だけど、きみは、ほんとにぼくらの仲間を盗んで――」

「いいえ！」マガヤが言い返した。「彼らのほうから、わたしのもとへ来たの！　泥棒じゃない」

「盗みだよ」とテメレアが言った。「おまけに、ぼくに食ってかかってる。まるでぼくより体がでかいみたいな態度で。たぶんそれはきみの代わりにチャンピオンが戦ってくれるから、自分にはその権利があると思ってるからだろう。でも、どんなチャンピオンだろうが、ぶちのめしてやるぞ」

テメレアがこのやりとりを通訳すると、ローレンスは片手をテメレアの首に添えて、なだめようとした。「愛しいテメレア、言っておくが、これは盗みじゃない。水兵たちは国王陛下の臣民だが、国王陛下の所有物ではない。任務と法が定める義務を守れば、好きなように生きる権利を保証される」

「うん、まあそうかもね」と、テメレアが言った。だがローレンスは、テメレアが自分のクルーのこととなると独特な考えに傾くことを思い出さずにいられなかった。「でもね、ローレンス、彼女のしたことは盗みだよ。だって、彼らがぼくのものじゃないってことを確かめようともせず、さらっていったんだから。彼らがほんとうはぼくのものじゃないとしても、それは言い訳にはならないんだ」

「わたしの言うことはちっともおかしくない」マガヤが自己弁護をはじめた。「あなたがたは彼らをしっかり面倒見ていなかった。もしわたしが人間を木から吊したり、殴ったり、重労働に四六時中駆り立てたりしたら、当然、彼らはそれを首長に訴えるでしょうし、彼らをちゃんと世話できる竜をほかに見つけようとするでしょう。もちろん、それはこの国の法が認めていること」

「こっちだって、ちゃんと面倒見てるし――」テメレアが言おうとするのを、マガヤがさえぎった。

「面倒見ていなかった。どうして、彼らの服はぼろぼろなの？　あなたたちの誰ひとり、まともな恰好をしていない」

テメレアが冠翼をぺたりと寝かせた。ローレンスが催促しないと通訳もしたくないようだった。

「でもそれは、ぼくらが苦しい旅をつづけてきたからだよ」と言い訳した。「ローレンスのとっておきの服はちゃんと保管してるし。だいたい、なんでそんなことを知ってるの？　誘い出そうとして、こっそり見てた証拠じゃないか」

マガヤは首を起こして肩を囲む羽根状うろこを逆立て、そのなかにふたたび頭をうずめた。明らかにとまどっており、ちぢこまった雛鳥《ひなどり》のようだった。

テメレアが勝ち誇ったようにつづけた。「そうだよ。こっちの水兵がきみのところに逃げこんだなんて、ありえない。もしかしたらハンズはそうだったかもしれないけど、それは彼がひどい悪事を働いて、その罰から逃げようとしたからなんだ。でもグリッグズとヤードリーは、きみがこそこそと裏で手を回して卑劣な引き抜きをした。我慢ならないな。法律だって、そんなことは認めてない」

「よくも言えたわね」マガヤがふたたび攻勢に出た。「わたしが誘惑したとしても、待遇に満足していたら、彼らは聞く耳など持たなかったはず」さらにたたみかけるように言った。「こんなにあわてて来たところを見ると、あなたがたも彼らの価値を認めているようね。とすると、もっと贈り物をすればよいのかしら？」

「彼らをここに残しておくなんてありえない、とくにヤードリーは」と、テメレアが言った。「彼らは国王陛下の臣民で、ぼくらのクルーで――」

「そう。そういうことなら、せめてハンズだけは置いていってもらうわ」とマガヤ。「あなたがたは彼を必要としていない。そうでなきゃ、殺していいなんて考えるはずがない。服をあげましょう。あなたのところの人間たちがぼろを着なくてもすむように――」

「ふふん、なるほど」テメレアはそう言ったかと思うと、熱心に交渉をはじめてしまった。残念ながら、通訳されるまでもなく、ローレンスにはそれが値切り交渉以外のなにものでもないことがわかった。

やがて、テメレアは満足そうに尻ずわりになった。マガヤもうれしげに、逆立っていた首のうろこを寝かした。彼女が見物していた働き手たちに声をかけると、そのうちの数人が一団となって倉庫に向かい、いくつものかごをかかえてすぐに戻ってきた。中身は土地の人々が身に着ける服や革のサンダル、干したトウモロコシで、小さなかごには塩があふれるほど入っていた。

ヤードリーが小屋のひとつから呼び出され、不機嫌と後ろめたさを漂わせながら、おずおずと近づいた。「どうせみんな病気になるんだ。この国の人たちを殺した疫病にやられちまうんだ。だったら、死ぬまでここにいたほうがましだ。ここでは誰だろうとよくしてもらえる――」

「けっこう、ミスタ・ヤードリー」ローレンスは、ヤードリーの弁解をさえぎって言った。「ミスタ・フェリスに見つかって、きみは幸運だった。わたしたちがここから去っても、のらくらと暮らしていけると思っているのか？　あのドラゴンはもうきみをここへ引きとめるために、あの手この手で誘惑する必要はない。この農場に怠け癖のある働き手はいないと見たが――」

「なら働きますよ」ヤードリーがふてぶてしく言い返し、さらにつづけた。「それに、彼女はとてもやさしくて、愛らしくて」ローレンスは驚いてマガヤを、のこぎり刃のような凶暴な歯を持つ、体重十トンほどのドラゴンを見つめた。だがすぐに、ヤードリーが出てきた小屋の入口に若い娘が立っているのに気づいた。娘は別れの挨拶をするように元気よく手を振っていた。裸に毛布を巻きつけただけの姿で、片方の肩があらわになっている。

　ローレンスは首を振った。「テメレア、マガヤに尋ねてくれないか。あの若い女性とは結婚の約束が交わされているのかどうか」

「どういうこと？」マガヤがいぶかしげに尋ね返した。「彼女は渡さない！　それとも考え直して、ここにヤードリーを残していく気になったの？」

「ちがう、ちがう」テメレアが言った。「つまり――ねえ、ローレンス、どういうことなの？」テメレアも理解しかねるように、疑わしげに尋ねた。

「もし子どもが生まれたら誰が面倒を見るかも、考えなければならないだろう」ローレンスは言った。

　それをテメレアが通訳すると、マガヤは「もちろん、わたしたちが面倒を見る」と答えた。

「母親がわたしたちの**アイリュ**にいるなら、当然、生まれた赤ん坊も同じ**アイリュ**の一員」

「だとしても」と、ローレンスは言った。「彼女の結婚のチャンスを著しく損なうことになりはしないだろうか。その、すでに別の男性と……」

「結婚のチャンスを損なう？　なぜ？」マガヤが尋ねた。

「ぼくにもわからないな」テメレアが問いかけるようにローレンスを見つめた。

「つまり、彼女はもう乙女《おとめ》ではないからだ」ローレンスは観念して、その言葉を絞り出した。

「ドラゴンは気にしなくても、人間の男は気にするかもしれない。あの若い女性にも尋ねてみてくれないか」

「了解。ぼくには、ばかばかしいことに思えるけどね」テメレアが言った。テメレアがローレンスの質問を通訳すると、若い娘は目をぱちくりさせてテメレアを見あげ、マガヤと同じように当惑の表情になった。ローレンスは首を振って、引きさがった。若い娘は寂しそうではないし、別れを深く嘆いているようにも見えなかった。ヤードリーを連れ去ることが、彼女に大きな不利益をもたらすこともなさそうだ。

そしてハンズはと言えば、ほとんど姿を見せなかった。だが一棟の倉庫に後方から日が差し、小さくうずくまった人影が地面に落ちていた。おそらくはハンズが、倉庫の壁と地面近くまで傾斜した屋根とのあいだに隠れているのだろう。ローレンスは、どう対応すべきか迷いながらその影を見た。道徳家ぶるつもりはなかったが、彼らの切迫した要求も、ハンズだけここに残そうという恩情も、すべてが性急で衝動的に感じられた。このような行動は、実利的であったとしても、けっして好みではなかった。

「ぼくはぜんぜん悪い結果じゃないと思うけど」テメレアが言った。「マガヤはしっかり者だし、態度も改めてくれたし、きっとハンズのこともよく面倒見てくれるよ。ハンズがそれに値するかどうかはともかくね。それにね、ローレンス」と言って、付け加えた。「あなたは言ったよね。国王の臣民は、臣民としての義務を果たすかぎり、自由に生きる権利があるって。ハンズはここに残ることを選んだ。でも、ぼくにはそうすることが彼の意思でなくても、彼の義務じゃないかって思えるんだ。だって、その結果として、ぼくらはこんなにたくさん役に立つものをもらえるんだから」

「外国の地で奴隷として売られることが、臣民の義務だとは思えないな。たとえどんなに高い値がついたとしても」

「でも、奴隷と言ってしまうのはどうかな」テメレアが言った。「ローレンス、あなたはぼくのものだ。でもだからって、あなたは自分のことを奴隷だとは言わないよね」

ローレンスは、いつしか自分がテメレアに忠誠を求める立場にあると見なすようになっていたことに気づき、愕然《がくぜん》とした。そうでなければ、テメレアの発言にこれほど動揺するはずがなかった。キャプテンと竜との関係が、道理上、所有という性質を帯びることがあったとしても、所有するのは自分のほうであり、相手ではないと考えていた。

「思いきって打ち明けますが」と、その夜、グランビーが言った。ローレンスが自分の忸怩《じくじ》たる思いについて語ったあとだった。キャンプには活気があふれ、シプリーのきびきびとした監督のもと、新たなハーネスの縫製が進められていた。「その問題に関して言うなら、イスキエルカもぼくを所有していると考えているようですよ――ここだけの話ですけどね。この国はドラゴンたちに良い影響を与えそうにありませんね。テメレアが帰国するまでに、ドラゴンは投票権どころか人間の所有権まで持つべきだなんて言いはじめないように祈ります」

10　チチカカ湖の老ドラゴン

故郷イングランドがはるか遠くに思われた。その朝、一行はアンデス山脈ふもとの丘陵《きゅうりょう》地帯までたどり着いた。天に切り立つのこぎり刃のような峰々が、雪の長い帯に青い影を落としていた。高度が上がるにつれて、一本の川は無数の源流へと枝分かれしていった。夕暮れ時、三頭のドラゴンは息を切らして高地の草地に舞いおりた。地図で見る進捗《しんちょく》はわずか十マイル、この先にさらに百マイルの道のりが待っていた。

テメレアの背からおりたローレンスは、足がもつれて転びそうになった。一行の全員が息切れし、立ちこめるガスのせいで気分が悪くなっていた。何人かの水兵はぜいぜいと荒い息をつき、その場にぐったりと倒れこんだ。

ローレンスは草地の端の断崖まで歩き、そのへりに立って、着陸した場所よりましな空気を深々と吸いこんだ。下を見おろすと、段々畑がつづいていた。だが、手入れはされていない。トウモロコシが雑草や丈の高い草と競い合っており、いくつかの農具が緑のなかで半ば土に埋もれていた。

この旅で目にする光景は、その後もほとんど変わりなかった。まるで放置された他人の家のなかを歩きまわるようなものだった。主人もいなければ、召使いもいない。たまに見かけるドラゴンは、畑仕事をしているか、木材の荷を運んでいた。最初の数日間で、人間を見たのは一度きりだった。ふたりの若い娘が野原で、膝を抱いてすわり、高地の谷間に放牧したリャマの群れを見守っていた。

娘ふたりは空を見あげ、奇妙なドラゴンたちの飛来に驚いて、近くの洞窟に逃げこんだ。どんなドラゴンも入れない、岩の裂け目と言ってもよいほどの狭い洞窟だった。娘たちは騒がしく警告用のベルを鳴らした。「もう行きましょう」と、ハモンドが不安そうにローレンスの耳もとで声を張りあげた。「できるだけ早く。挑発行為と見なされると困ります」

その夕方、イスキエルカが「あそこでリャマを何頭か食べておけばよかった」と言った。一行が野営を張ったのは、今回も打ち捨てられた畑のなかだった。そこには一棟の貯蔵庫もあった。イスキエルカが食べているのは、ゴン・スーが調理した、リャマ肉の燻製入りトウモロコシ粥《がゆ》だった。

「まったくすばらしい。この国の街道沿いの蓄えの豊かさには驚かされます」ハモンドが貯蔵庫を調べながら言った。「きょう一日で六棟以上はこんな倉庫を見ましたよね、みなさん?」

ゴン・スーは貯蔵庫の構造に興味を示し、ローレンスもその設計に関心を寄せているのに気づいて、声をかけてきた。「雨水をうまく逃がすようにつくられてます。このなかの食糧、最近のものじゃないけど、腐ってるのはほんの少し」

消費する人間が減るほどに、蓄えはたやすく増えていったことだろう。ドラゴンが大きな畑を耕し、食べる人がいない作物を育てているのは、うら哀しい光景だった。道すがらにテメレアが話しかけた何頭かのドラゴンは、三頭に二百人以上の人間が乗り組んでいるのを妬ましげに見つめ、交渉を持ちかけてきた。

「昔はたくさんの人間がいた」と、タルーカ老人がローレンスの質問に答えて言った。「いまよりもっとたくさんいたと、祖父が教えてくれた。あまりにも人間が多いため、ドラゴンを**クラカ**とする**アイリュ**は全体の半分もなかったそうだ」**クラカ**とは、長《おさ》を意味する言葉らしかった。「ドラゴンを説得して**アイリュ**に引き入れるのは偉大なる栄誉だった。腕の立つ機織《はたお》り職人を引き入れるのと同じくらいに」

それを聞いていたハモンドが口をはさんだ。「とすると、キャプテン、わたしの見解もあながち間違っていませんでしたね。この地に、通常の意味での〝奴隷制〟は存在しないということです」

「あのころは、そうではなかった」とタルーカ老人が言った。「なぜ、ドラゴンは人の暮らしにまで口を出すようになったのか。昔とて**アイリュ**の誉れはドラゴンの誉れ、ドラゴンの強さが**アイリュ**の強さだった。しかし、ドラゴンが人間を支配することはなかった。変わったのは、疫病がやってきてからだ。人間が死に、ほとんどの**アイリュ**の長がドラゴンになった。長たちは不安に駆られ、人間たちを勝手に出歩かせないようにした。そしてすぐに、人間たちを奪い合うようになった」

もちろん、まだ人間はいた。この国から人間が死に絶えたわけではなかった。さらに北上すると、人口の多い地域になり、荷を背負ったリャマを連ねて街道を行く人々の姿も見られるようになった。先端が青いうろこを持つドラゴンたちも同じ道の上を飛んでいた。「人間がさらわれないように街道を見張ってるんだって」と、テメレアが言った。そのようなドラゴンの一頭に呼びとめられ、近くの人けのない谷におりるように求められたときだった。その雌ドラゴンは通行証を見せるように要求した。

テメレアもイスキエルカもクルンギルも、その小さな雌ドラゴンの高飛車な態度に気分を害していた。二トンにも満たなそうな、伝令竜《でんれいりゅう》のヴォリーよりも小さなドラゴンだった。だが、彼女は自分が体格的に劣ることなどまったく気にしていなかった。一行の人間の多くがこの土地の服――マガヤからの贈り物だった――を着ているのに気づくと、ひとり残らず彼女の前を行進して、ヨーロッパ人であることを確認させるように要求した。

これはかなりむずかしい要求だった。なぜなら乗組員はヨーロッパ人だけではなかったからだ。水兵のなかにはマレー人や中国人もいて、雌ドラゴンは疑わしげに彼らを見た。英国人でも濃く日焼けした者は、服を脱いで生来の肌の色を見せるよう求められた。ディメーンとサイフォのほかにも、水兵のなかに三人の黒人がいたが、彼らは化粧をしているのではないかと疑われた。

「ディメーンはぼくのものだ」雌ドラゴンの取り調べにうんざりしたクルンギルが言った。彼女は首のまわりの羽根状うろこを逆立てて後ろにさがったが、返事もせず、まだじろじろと人間を見つめていた。ついに我慢の限界に達したクルンギルが腰をあげ、翼を大きく開いて、胸を突き出した。クルンギルはもともとおだやかで、めったに自己主張することはなかったが、食糧不足のときにも成長は止まらず、体の大きさだけは特別だった。警邏《けいら》ドラゴンはさっと跳びのき、驚いてクルンギルを見あげた。クルンギルは頭をもたげて吼えた。

クルンギルの話し声はいまも笛のように甲高いが、咆吼はそれとは異なる音質を持っていた。テメレアの〝神の風《ディヴァイン・ウィンド》〟のような不穏で独特な響きではないものの、大きな左右の肺から生まれる音はすさまじく、多くの水兵が両手で耳を覆った。クルンギルがぐっと前に乗り出すと、警邏ドラゴンはさらに後ろに跳びのき、もういいと早口に伝えて、あわただしく空に飛び立った。

「あんなにすごまなくてもいいのに」テメレアが、冠翼を後ろに寝かせて言った。「もちろん、彼女だってもっと礼儀を守るべきだった。だけど、あんなに小さな体じゃ、脅しにもなってなかったよ」

「小さくないよ。ディメーンよりも大きかった」と、クルンギルが言った。それは間違っていない。「それに、ああいうドラゴンは敏捷《びんしょう》だよ。ディメーンをひったくられて、取り返せなかったらどうするの?」不安そうに喉の奥からうなった。「ぼく、侮辱されて我慢するのはやめることにしたんだ」

「あんなふうにすぐに怒らないほうがいいんだが」その夕方、野営を張ったあと、ローレンスはクルンギルのことを心配してテメレアに言った。クルンギルは仲間とは距離をおき、三頭分のリャマの肉を鬱々《うつうつ》とむさぼっている。「以前はあんなふうじゃなかったんだがな」

「まだ不安なんだよ」テメレアが答えた。「実は、ぼくもなんだ、ローレンス。水兵たちの反乱を思い出すと、いまも心がざわつく。クルンギルは彼らがディメーンに手を掛けるところを見たんだ。どんなにつらかったかと思うよ。言わせてもらえば、ディメーンはクルンギルにもっとやさしくしたほうがいいね」

ローレンスは、ディメーンに意見するのをエミリー・ローランドにまかせてはどうかと、まずは考えた。だが、ふたりが以前のように行動を共にしないことに気づいた。エミリーは、ディメーンとバギーに数学を教える役割をゲリーにまかせていた。思い返せば、エミリーが、上から押しつけられた勉強に熱心だったことは一度もなかった。水兵の反乱のときの彼女の顔の傷はまずまず回復したが、片頬には十字に走る幾筋もの細い傷痕が残り、折れた鼻のゆがみはかなり目立っていた。しかし彼女はそれを隠そうともせず、むしろ前以上にきっちりと髪を後ろにまとめて一本のおさげに結っていた。

ディメーンはつねに彼女から少し距離をおいて、すなわちテリトリーの侵害と見なされないぎりぎりのところにいて、物思わしげに彼女を見つめていた。そして時折り、水兵たちに、とりわけゲリーに疑わしげな視線を送り、ゲリーもまた彼に冷ややかな視線を返していた。エミリーは、ディメーンのまなざしをけっして受けとめようとしなかった。

そんなわけで、ローレンスは彼女にくだんの役目をまかせるのをやめた。もし彼女が自分の忠告を真摯に受けとめ、この特殊な状況で不都合があろうにもかかわらず、ディメーンと距離を取ろうとしているのなら、その沈黙は評価すべきものであり、あえて破れとは言えなかった。

それにたとえ彼女がなにか言ったとしても、ディメーンの気性がそう簡単に変わるとは思えなかった。「いつも行動を制限されて、見張られていたくありません」ローレンスがクルンギルの不安について直接伝えると、ディメーンは短く答えた。その視線はエミリーに向けられたままだった。「あなただって、戦いとなると、ためらわず前へ出ようとします。グランビーがいくらさがるように言っても」

ディメーンの指摘は鋭かった。竜の担い手という重責を持つ飛行士は過度な危険に身をさらすことを許されていない。だがローレンスはたびたびその原則から逸脱して非難されてきた。だがどうしても、この航空隊独自の軍規による、海軍なら臆病者のそしりをまぬがれないやり方にはなじむことができなかった。

「いや、任務の解釈のちがいと、任務の怠慢はけっして同じではないだろう」とローレンスは言った。「さしたる理由もなく、過度な自立を押しつけて、きみの担うドラゴンを不幸せにしてはいけない。それでは任務を怠ることになる」

「ディメーンにお説教しないでよ」話を聞いていたクルンギルが、突然頭をもたげて怒りだした。「ディメーンだってキャプテンなんだよ。そしてぼくは、テメレアより大きい。だから、あなたはディメーンより下っぱなんだ」

「ふふん！」テメレアも頭をもたげて怒りだした。「よくも言えたな。きみがまだ飛べないとき、オーストラリア大陸の半分を、ぼくがきみを背中に乗せて運んでやった。ぼくが狩ったカンガルーを食べさせてやった。そうでなきゃ、ここまで大きくなれなかった。だいたい、ローレンスとディメーンのどっちもキャプテンだとしても、ローレンスのほうが先任なんだぞ」

「ううん、ちがうよ」と、クルンギル。「だって、ローレンスは、前はキャプテンじゃなかった。ディメーンが卵から孵ったぼくにはじめてハーネスをつけたとき、ローレンスは軍人でもなんでもなかった」

「あれは」と、テメレアが言った。「あれは、ちょっとのあいだだけ。ちっぽけなことさ」

「ちっぽけじゃないよ」と、クルンギル。「シドニーにいるとき、カエサルが教えてくれたんだ。キャプテンの一覧名簿があって、上の位から順番に名前が載っていくんだって。ディメーンの名前はローレンスより先にあるんだ」

「そして、ディメーンよりローレンスより、グランビーのほうが先なの」と、イスキエルカが燃えている火に燃料をくべるようなことを言い出した。それを聞いて、テメレアが冠翼を激しく逆立てた。すぐにも三《み》つ巴《どもえ》のけんかがはじまってもおかしくなかった。

「キャプテン・ローレンスが、先任権を持って復帰したんですよ！」焚き火のそばにいたハモンドが立ちあがって、一触即発《いっしょくそくはつ》のところに割って入った。ドラゴンたちの視線が集まると、彼はあわてて付け加えた。「わたしの記憶が正しければ、キャプテン、軍歴は海軍で勅任艦長となった日まで遡るのでしたね？」

「ほら、ローレンスがいちばん。大差をつけてね」テメレアが大いに満足して言った。クルンギルはふてくされて黙りこんでしまった。ささいなことから事態はますます悪くなった。ローレンスは海軍省の軍人名簿のどこに自分の名前があろうが、気にしなかった。軍務復帰ですら表向きの作り事なのだから、どちらが先任かなど、それ以上にどうでもよいことだった。

「とにかく」と、ローレンスは切り出した。「キャプテン・ディメーン、きみに謝罪したい。わたしが同僚キャプテンに対して言うべきではないことを言ったのは、まぎれもない真実だ。航空隊において、キャプテンとその竜の関係に干渉することは許されない。それは正当な理由があってのことだ。謹んで心からきみに許しを請いたい」

「はあ……」ディメーンはぽかんとしていた。ふくらんだ帆から風が抜けていくかのようだった。

「ぼくはその……キャプテン、もちろん、そんなことは」言葉尻は曖昧なまま、彼はエミリーのほうをちらりと見た。エミリーがさっと視線を逸らした。そのときゴン・スーから夕食に呼ぶ声があがり、話はそれきりになった。

だが夕食を終えると、ディメーンはなに食わぬ顔でクルンギルのところまで歩いていき、隣にすわった。そしてその夜は、いつものように投石器を持って狩りに行くことはなく、竜の前足のあいだに身をうずめて眠ったのだった。

チチカカ湖まで行けば、それなりに大きな街があるのではないかとローレンスは期待した。そこに向かう街道は途切れることなく整備されており、ときどき見かける建造物の多くが立派なものだった。しかし、期待を満たしたのは外観のみだった。ついに青い湖面が行く手にうっすらとあらわれ、岸から少し離れたところに、大きな街も見えてきた。街の中央に一段高い大きな広場があり、何体もの巨大な石像が立っていた。街の周辺には幾筋もの溝に水を流した、珍しい形状の畑があった。

「あれがあなたの故郷だろうか」街に近づくと、ローレンスはタルーカ老人に尋ねた。「赤い石で築かれた街で――」

老人は首を横に振った。「それはティワナクの街だ。いまはもう誰も住んではおらぬ」

一行は街の上空を通り過ぎた。大通りにも、ローレンスの目には寺院と見える建物にも、人けはなかった。畑は作付けされておらず、土が乾いていた。

湖を目指して、さらに飛びつづけた。それは湖よりも内海と呼ぶほうがふさわしいように思われた。山々に抱《いだ》かれて広い湖面がどこまでもつづいていた。水の色は冴《さ》えわたった青で、いくつもの島が点在している。いちばん大きな島には複数の集落があり、そのまわりには耕やされた段々畑もあった。

タルーカ老人が、いちばん大きな島の南端に行くようにと指示した。そこは広い丘陵で、段々畑があり、ふもとに倉庫が並んでいた。丘陵の頂上部に大きな広場があり、そこに巨大なドラゴンが眠っていた。クルンギルよりも体長があり、重さはわずかに劣る程度だろうか。上空からは見えづらかったが、羽根状うろこの色は濃いオレンジと紫であるようだった。ただし、長さも色も衰えており、うろこの先端はほとんど灰色に近かった。一行が着陸したとき、彼女は眼を開いたが、その眼は老化によって白濁していた。

着陸とほぼ同時に、湖のあちこちから四頭のドラゴンが飛び立ち集まってきた。体にあらわれた特徴から、おそらく四頭とも彼女の子や孫であろうと思われた。「ぼくらはここに物や人を盗みにきたんじゃないよ」警戒心いっぱいの彼らに対して、テメレアが苛立って言った。「それどころか、ある人をここに届けに来た。こちらのタルーカ、彼があなたたちのところへ連れていくように、ぼくらに頼んだから」

「タルーカは、十一年と三月《みつき》前に盗まれた」老いた雌ドラゴンが言った。「わたしの子や孫たちがさがしたが、見つけられなかった。そのタルーカをここへ連れてきただと？」

タルーカがテメレアの背で腕を振り、叫んだ。「ここだ、長《クラカ》よ。ここにいる」

巨大な頭が老人のほうを振り向いた。雌ドラゴンは苦労して立ちあがり、身を乗り出して鼻をひくひくさせた。「タルーカだ。なぜタルーカを連れている？　彼を返さないなら、すぐに裁判に訴えてやる」

「返すよ！」テメレアが言った。「それがここへ来た理由だから。それはもう説明したはずだよ」

そのあともやりとりが数分つづき、ようやく老いた雌ドラゴン、その名もクリクラーは疑いを解いて、一行がタルーカを返しに来たこと、どんな見返りも求めていないことを信用した。最後の決め手は、タルーカを竜の背から助けおろし、彼女のほうに導いたことだった。クリクラーはタルーカを鼻づらで撫でまわし、タルーカ本人に間違いないことを念入りに確かめた。

「なんとまあ、〝海から来た者たち〟は酷《むご》いことばかりしてきたというのに」クリクラーは大儀そうに石の寝床に体を横たえた。「老いた竜の迷い言を許しておくれ。だが、〝海から来た者たち〟からこのような寛大な心遣いを示されたことは、生涯一度たりともなかった。タルーカが戻ってきた。かくも長い月日のあとに。すっかりあきらめていたというのに。あなたがたを称え、馳走《ちそう》でもてなし、太陽《インティ》に感謝を捧げたい」

テメレアがその申し出を通訳すると、イスキエルカが嬉々として「いいじゃない!」と言った。この三日間というもの、はぐれた家畜の群れも見つけられず、干し肉の分配でしのぐほかなかったのだ。

急ごしらえにもかかわらず、晩餐は実にすばらしいものだった。やわらかく、獣の良い匂いがするリャマ肉を炙ったもの、五種類の魚。焼いて塩をふった大量のイモとトウモロコシには、熱い脂《あぶら》がかかっていた。スープの大釜を一頭のドラゴンが運んできた。中には無数の肉塊が浮かんでおり、あとでカエルとわかったが、美味だった。テメレアたちドラゴンは、テンジクネズミの丸焼きも堪能した。

最初に飛来した四頭のドラゴンのほかに、新たに三頭がそれぞれの親族を伴ってやってきた。そのあと単独であらわれた二頭は、明らかにほかのドラゴンより若かった。

「そう、わたしたちは栄えてきた」クリクラーが自慢するのも無理はなく、彼女は衰えた眼で、みずから生み出した一族を眺めわたした。「わが子が成長し、**アイリュ**を営むだけの賢さを身に付けると、わたしは人間のふた家族を譲った」ため息をつき、楽な姿勢を見つけるようにすわり直すとき、うろこが石の地面をこする音がした。「そしてまた同じことを繰り返していく。わたしは、人を盗む欲深い竜とはちがう。これからはそう多くの人間の世話をしようとは思わない。あの世に人間は持っていけないのだから」

クリクラーはそうは言ったが、心の底に不本意だと思う気持ちもあるのではないかとローレンスは疑った。彼女の前足は、独占するようにタルーカをしっかり守っていた。老人は逆らうことなく、ひ孫のひとりを膝にのせ、満足げな表情を浮かべている。幼くて言葉をまだしゃべらないひ孫は、黄金のガラガラを手に持って口で吸っていた。赤ん坊の歯形が付いていたとしても、あれだけの黄金なら千ポンドの価値はあろうかと思われた。

「キャプテン、あんたにはどれだけ感謝しても足りない」とタルーカが言った。クリクラーの前足越しではあったが、ローレンスとハモンドは機会を見つけて老人に話しかけることができた。「子どもたちの声を聞くまでは、これが現実とは思えなかった。だが、いまこうして故郷にいる。あんたらのおかげだ。わたしの娘、チョケ・オクリョを紹介しよう」彼が手さぐりで示したのは、彼のかたわらにすわった品のよい女性だった。「娘には、あんたらが**サパ・インカ**〔インカの王〕

に会いたがっていると伝えてある」

　チョケ・オクリョがおだやかにうなずいて言った。「不可能なことではないと思いますよ。皇帝アタワルパの時代から月日が流れました。あのとき〝海から来た者たち〟は、とんでもない無法の輩《やから》でした。彼らの王はこのインカに、王の代理として大量の**アイリュ**を送りこんできたのです。でも、あなたたちは彼らとは異なる性質のようですね。**サパ・インカ**があなたがたを迎え入れないはずがありません。ですが、惜しむらくは、あなたがたのなかに女性がいないこと。あのお方はまだ子をもうけておられないのですよ」

　ハモンドが困惑の表情をローレンスに向けた。が、彼は一礼したのち、チョケ・オクリョに言った。「マダム、過酷な航海と長旅にご婦人を同行させるわけにはいかなかったのです。どうか女性がいないことにお気を悪くなされませんように。もてなしてくださる方々への敬意が欠けているからではありません」

「気を悪くする？」と、彼女が返した。「いいえ、滅相《めっそう》もない。ただ、女性の存在の有無が、**サパ・インカ**に会えるかどうかにいささか関わります。ですが、あなたがたに、わたしたちからのメッセージを託しましょう。ほら、あそこで、わたしの息子ロンパがすでに編みはじめています。そこに父が個人的な証言を加えます。もし、**サパ・インカ**に直接会えなくても、この州**コジャ・スウユ**の首長には会えるはずですよ。首長は**サパ・インカ**の評議会の高い地位に就いています」

メッセージとは、特別な結び目が連なった紐だった。タルーカはそれを**キープ**と呼んだ。一本の太い紐から、何本もの色とりどりの紐が長い房のようにさがっている。ひとりの青年が、山をなす紐から一本を繰り出し、巧みにそれを編んでおり、不規則な間隔で紐に結び目がつくられていった。

作業を終えると、青年はそれをタルーカに手渡した。老人は指を紐に沿わせ、さまざまな房の色を一度か二度尋ねると、あとは器用な手つきで新たな房に結び目を加えていった。

「どうだ。ここに言葉があるのがわかるかな」老人はそう言うと、ローレンスの手を取り、結び目に触れさせた。「最近の若者のなかには、ヨーロッパ人のように紙の上に印を付ける者もいる。そのほうが早いのだろうが、大事な知らせのときには、この昔ながらのやり方がいちばんだ。大事な知らせが濡れたり、破れたり、虫に食われたりしたらどうする？　そんなものに頼ることはできん」

席に戻ったところで、ハモンドが小声でローレンスに尋ねた。「このようなメッセージを送る彼の娘はどんな地位にあるのでしょう？　気を悪くさせずに尋ねる方法があればいいのですが」方針を決めかねるように、結び目のある紐のかたまりを両手で持って、ためつすがめつしている。「わたしたちが持っていくのは、高貴なる女性からの手紙なのか、それとも――」ハモンドは力なく肩をすくめた。

「どんな紹介状だろうと、あるに越したことはない」ローレンスは言った。「ところで、まわりを見まわしてくれ。ここはひと家族の土地ではなく、一族の広大な地所のようだ。この土地にどれくらいの人間が暮らしているのか、訊いてもらえないか」

ハモンドがそれをチョケ・オクリョに尋ねると、彼女が答える前に、数頭のドラゴンが一斉に頭をもたげて答えた。だが、その数は少しずつちがい、それをめぐって議論がはじまった。まだ言い争いがつづいていたが、チョケ・オクリョが言った。「子どもが歩けるようになるまで勘定に入れたくない者もいるのです。赤ん坊を亡くしたときの悲しみがあまりにも深いので。それでも、クリクラーを長とする家系がつくるこの**アイリュ**には、四千を少し超える人間がいます。そのために、外のドラゴンたちが人間を盗みにくることがあります。身内の安全には目を光らせていなければなりません」

「そんなにしょっちゅう盗みにくるんですか?」テメレアは、ローレンスたちの会話の頭越しに、クリクラーのほうを振り向いて尋ねた。自分のクルーと水兵らをちらりと見やり、もっと組織的に警備し、どんな脅威に直面しているかを知っておいたほうがいいかもしれないと心のなかで思った。

「いまは、少しはましになった。ひどいときには警邏隊を組織していたものだ。それでも、わたしが卵から孵ったころとは変わってしまった」クリクラーは悲しげに言った。「あのころは、盗みなどなかった。別の**アイリュ**の男がわたしの**アイリュ**の女と結婚したければ、彼がこちらへやってきた。わたしは彼を引き取る替わりに、贈り物を返した。特別に好意を寄せる人がいれば、こちらの**アイリュ**に移らないかと説得することもあった。
ああそうだ、すばらしい歌声を持つ少女を山で見つけたことがあった。ドラゴンのいない、人間だけの**アイリュ**の娘だったので、彼女といっしょに**アイリュ**をまるごと引き受けることにした。みんな喜んでここにやってきたものだった……でも、その娘も麻疹《はしか》で死んでしまった。百年前の話だがな」

二世紀にわたってつづいた人間の大量死は、社会の状況を一変させた。人間が死に絶えた**アイリュ**のドラゴンは、ほかの**アイリュ**の人間を盗むようになった。「タルーカのような者はとりわけ狙われた」クリクラーは老人を鼻でやさしく突いた。「一度痘《とう》そうに罹《かか》れば、二度とかかることはない。痘そうに罹ったことは、見ればわかるので」

クリクラーはつづけた。「いまでは、それを取り締まる法がある。それでも、こそこそと盗みをはたらくドラゴンがいるのだ。遠い土地から人間をさらいに来るので、追い切れず、さがし当てることもできない。つまり裁判もできないし、盗まれた人間は戻ってこない」

「そして、**サパ・インカ**はときどき人間を連れ去って、ほかに移すことがあるの。あるドラゴンがたくさんの人間をかかえ、別のドラゴンが**アイリュ**の人間をすべて失ったときなどにね」チュルキという名の、クリクラーの若い娘がかすかな怒りをにじませて言った。「拒むことなどできない。それがなければ、ここにはさらに多くの人間がいたでしょうね」

「まあ、そうだが」と、クリクラーが尾の位置を整え、もう一度身を落ちつけてつづける。「**アイリュ**の人間をすべて亡くしたドラゴンは、前とは同じではいられない。荒野をさまよう獰猛な獣のようなものだ。彼らは当然のごとく襲いかかる——なんらかの対策を講じないかぎりは」

すばらしい晩餐が終わると、テメレアは、今後のことをクリクラーに尋ねてほしいとローレンスから頼まれた。「クスコはここだ」と、クリクラーは彼女の屋敷の庭にある豪華な地図を示していった。黄金と宝石でこの地方一帯をかたどった、立体模型のような地図だった。「あなたに新しい通行許可証を渡そう。それを胸にかけておくとよろしい。首都に近づいたとき、護衛を求める助けになるだろう——たとえいまのその姿でも」

テメレアの冠翼がへたりとしおれた。いまの見てくれでどこにも問題はないと、自分では思っていたのだ。

「あなたさえよければ」と、クリクラーは思惑ありげにテメレアに言った。「クスコで仕事を終えたあと、ここに戻ってきなさい。いや、いっそクスコへ行くのをやめてはどうか。わたしには、外国の戦争にまつわるすべてが、ばかばかしく思えるのでね。戦いに熱くなるのはたやすいが、それは大のおとながすることではない。必要な戦いにこそ備えるべきだ。みずからのアイリュを守るためや、領地を広げて繁栄させるために。だが、そのために騒ぎ立ててはならない。あなたは二百人近い男たちといっしょにいる。みな子をつくれる年齢だ。いや、若すぎる子はたったふたりだけ。女性を伴っていないのだから無理もないが」

「ふふん」テメレアは落ちつかない気分になった。心の動揺を無視するのは無理だった。中国から大海を隔てたこの地にいながら、この賢明な老ドラゴンは——いささか呑みこみの悪いところはあるとしても——戦うことに関してテメレアの実母チエンとほぼ同じ考えを持っている。テメレアはこれまで、この一点において、中国の慣習は西洋社会より劣るかもしれないと勝手に思いこんでいた。しかし地球の裏側で、その主張はなんと力強く、なんと独立精神にあふれて響き、自分の考えを揺るがせていることか。

「女性がいないのを残念には思いません」テメレアは言った。「それって〝妻〟のことでしょう？ぼくはエミリー・ローランドのような女性がもっとたくさんいたら、ものすごく幸せだな。でも、ローレンスが結婚するなんて、ぼくは考えたこともなかった」なぜ結婚するのが望ましいのかもわからなかった。

「結婚しなければ、どうやって子をなす？」クリクラーがかすかに苛立ちをにじませて言った。「あなたは、ひとりの人間に心を傾けすぎないほうがいい。あなたが彼の関心を独占するあまり、彼が子をなすこともなく死んでしまったらどうする？　それでは、あなたがひとり残される。将来を見越さなかったことへの当然の報いとも言えよう」

テメレアにはローレンスが死ななければならない理由が見つからなかった。しかし、ふと不安に駆られた。人は突然死んでしまうことがある。ライリー艦長のことを思い出し、なにも言えなくなった。

「あなたはまだとても若い」クリクラーがため息とともに言った。「お国ではどうなっているか知らないが、ここではあなたの若さでもすでに自分の**アイリュ**を持っている。**アイリュ**のために戦う年齢であるのに、あなたは軍隊のなかにいる。誰かに責任を負っているわけでもない。あなたの仲間から奇妙な話はたくさん聞いたから、それも驚くことではないのだがね」

クリクラーはゆっくりと身を起こし、岸辺まで歩いた。テメレアが追いつくと、彼女は湖の向こう岸へと首を向けた。そこには森の緑に美しく映える白い砂浜があった。「あと何人か赤ん坊が生まれたら、わたしはあの土地でチュルキに新しい**アイリュ**を営ませるつもりだった」クリクラーが言った。「そうすれば、湖のこちら側すべてを、わたしたちが支配することになる。よほど厚かましい泥棒でないかぎり、おいそれと近づいてはこられないだろう。だが、あなたの決断ひとつで、その日を待ちわびる必要もなくなる。あなたがたの戦争について考えを改めてはくれないものか。あなたも、あなたの仲間も、ここに残ってはくれないものか。わたしはあなたと交換に応じよう。たくさんの若い人間の女を得て、あなたは新しい家族を持てる。わたしたちは、血族のなかに新しい血を得る。それはお互いにとって良いことだ」

「ここの人たちは、いろんなことをうまくやるんだなあ」クルンギルが感心しきりに言った。三頭のドラゴンは湖のほとりから丘の作業を眺めていた。丘の中腹で、一頭の若いドラゴンが十数人の若い男女といっしょに土を掘り返し、新しい段々畑をつくっていた。男女の一団が石や砂利と土を交互に敷きつめる役割を担い、新しい層となる土や砂利をドラゴンが運んでいる。最後の層を敷き終えたところで、ふたりの娘が朝から磨きあげた大きな銀の環《わ》をかごに入れ、それを持って竜の背にのぼり、銀環《ぎんかん》を翼端に留め付けていった。

「あたしは、十人の人間より、グランビーひとりがいい。その十人がどんなに宝石を磨くのがうまくても」イスキエルカが言った。「でも、ここには金銀財宝が山ほどあるみたい。グランビーがここで何人か子どもを持つのは悪くないかもね」

テメレアは黙っていたが、ローレンスの関心が子どもにばかり向くのはいやだなと思った。

「でも、ここにずっといるわけにはいかない」イスキエルカがつづけた。「ヨーロッパではいまも戦争がつづいていて、あたしたちはそこに戻れるんだから。でも、水兵の何人かを女性と交換するっていうのはいい考えね。どうしてクルーにもっと女性を増やさないのか、理由がわからない」

「うん、ぼくにもわからない。エミリー・ローランドはすごく賢くて、なんでも信頼してまかせられる。宝物の管理もね」テメレアは言った。「でも、水兵にはぼくらといて戦闘を助けるという任務があるし、ぼくらの所有物じゃないんだから、勝手に交換することはできないよ」

「どうして?」と、イスキエルカ。「彼らがここにとどまりたいなら、そうすればいいじゃない。グランビーがローレンスに言ってたわ。水兵たちが、彼らに熱をあげる娘といっしょに食卓の銀器を持って脱走しないように見張るのはひと仕事だって」

「だけど、その場合、女性はこっちに来ないだろうね。来るとしても、クリクラーとしては女性たちを連れ去ってほしくないだろう。ぼくらがここに残るなら交換してもいいと言ってるだけでさ。それならいつでも彼女らに会えるからね。手放していいなんて、これっぽっちも思ってやしない」

「ははん、そうか」イスキエルカは、あっさりと計画を引っこめた。「英国に帰るまで待つしかないってことか。でもそのときには、若い女性をあたしのクルーに入れて、グランビーのために子どもを産ませるの」

その夜、テメレアはローレンスに尋ねた。「あなたはいつも子どもがそばにいるのはいやだよね、ローレンス?」

「失礼、なんと?」ローレンスが言った。テメレアがイスキエルカの計画について説明すると、即座にそんなやり方で子どもはほしくないという答えが返ってきた。「願わくは――」と彼はつづけて言った。「イスキエルカがジョンの意思を確かめもせず、そんな計画を推し進めないでほしいものだ。彼女なりにいかなる理由があるにせよ」

翌朝、一行が出発の準備をはじめるころ、テメレアはクリクラーに別れの挨拶をするために野営地から飛び立った。クリクラーは彼女の屋敷の中庭でうたた寝をしていた。周囲では女性たちが熱心に機織《はたお》りをしている。テメレアはその鮮やかな赤と黄色の美しい織物に思わず目をみはった。絹ではないけれど、引けをとらないほど質がよい。

「あなたの歳に、おとなの分別を求めるのは無理だったのか」クリクラーは、残らないというテメレアの返事を聞くと、いかにも残念そうに言った。「しかし、あなたはとてもやさしくしてくれた。野蛮な国から来た若者とは思えぬほど、わきまえがあった。宮廷への紹介役として、あなたがたにチュルキを同伴させよう。チョケ・オクリョが託した**キープ**もある。ただし、あなたのお仲間まで**サパ・インカ**に会えるかどうかは保証できないが」

クリクラーはさらにつづけた。「人間の命と記憶は儚《はかな》い。しかしわれらドラゴンは、皇帝アタワルパが惨殺されたことを忘れはしない。わたしの母はその時代に生きていた。三部屋を埋める金銀を差し出して命乞いをしても、邪悪なる男たちは皇帝をカハマルカの広場に引き出し、その首に鉄環《てっかん》をはめた。なにが起きているかみなが理解できぬうちに、皇帝は絞め殺された。一部始終を見ていた皇帝の竜パウアックは、その後、山の頂《いただき》から翼を閉じて身を投げた。もちろん、邪悪なるやつらを皆殺しにしたあとで」

テメレアは恐ろしさに身をすくめた。かつて一度だけドーヴァー基地で絞首刑を見たことがあった。敵国の密偵ショワズールがキャプテン・ハーコートをたぶらかし、英国の機密情報をナポレオンに流そうとした罪を暴かれたときだった。処刑はそのときも、彼の竜プレクルソリスの見ている前で行われた。しかし、あれはショワズール自身が招いた運命だった。宝の山を差し出したあげくに惨殺されたわけではない。

「パウアックはまさかそんなことが起きるとは思ってもいなかったんでしょうね。誰だって、そんなひどいことになるなんて予想できない」テメレアは言った。「そいつら、頭がまともじゃない。ローレンスは、ぜったい、そんなことはしません」

「そうだろう。しかし、すべてのドラゴンに**サパ・インカ**を守る責任があるわけではない」クリクラーが言った。「パウアックは、やつらの頭がまともではないことをもっと早く見抜き、手を打つべきだった。だが、彼は恐れすぎていた。疫病が海を越えてやってきて間もないころで、多くの人間が病で死んだ。パウアックには皇帝アタワルパを守るためならすべてを投げ出す覚悟があった。言っておくが、邪悪なるやつらは、ドラゴンさえ伴っていなかった。自国ではドラゴンの**アイリュ**に加わる価値もない輩《やから》だったのだろう。極貧の農民か、泥棒か人殺しか、おそらくそんなところだ」

「ヨーロッパでは、ほとんどの人間がドラゴンを担っていません」テメレアは言った。「人間はぼくらを恐れます。それに、人間が多すぎて、とてもぼくらの数じゃ足りません。英国には一千万人の人間がいるということです。ローレンスによれば、ずいぶん昔の統計調査らしいけれど」

そのときまで、クリクラーはくつろいだようすで横たわり、目を半ば閉じ、眠たげにしゃべっていた。だが突然、目をぱちりと開き、首をもたげた。そばで仕事に精を出していた女性たちでさえ、手を止めてテメレアを見つめた。

「一千万人……」と、クリクラーが繰り返す。「一千万人だと？　英国はとてつもなく大きな国なのか？」テメレアの記憶をもとにした話からおおよその大きさを把握すると、クリクラーは尻ずわりになった。「そのような狭い土地に、一千万人とは！　この**プサンチン・スウユ**全体でも、このごろでは三百万人に満たないというのに」

クリクラーは深くうなだれ、意気消沈して黙りこんだ。首まわりの羽根状うろこも、すっかりしおれてしまった。やがてテメレアのほうを向いて言った。「そのことは、クスコの人々にも伝えるといい。**サパ・インカ**にも会見しやすくなるだろう。一千万人！　ああ、わたしたちのもとに、それだけ多くの人間がいてくれたら！」

クリクラーから手厚いもてなしを受けたにもかかわらず、ローレンスは立ち去っていくことに心残りを感じなかった。彼女がテメレアや他のドラゴンに与えた影響は、あまり良いものではなかった。クリクラーは、この土地独特の考えに若いドラゴンたちを染めようとしていた。それは別としても、滞在を延長すれば、一行の士気はどんどん低下していくばかりだろう。

夜のうちに三名の水兵が逃げ出していた。ドラゴンへの荷積みが終わったところで、フォーシングの最大限の努力にもかかわらず、新たに二名が脱走しているとわかった。だが、さがすのはあきらめた。脱走兵をさがしているうちに、また新たな脱走が生じて、永遠に出発できなくなるからだ。

「ローレンス」と、テメレアが顔をしかめて呼びかけた。出発から数時間後、水の補給のために地上におりたときだった。「なにかまずいことが起きたかな。水兵がふたり足りない」

つまりそれは、テメレアが二百人近い水兵から二名が欠けたことに気づいたということだった。以前なら、乗組員に対してここまで目ざとくはなかった。もちろんお気に入りのクルーは別だが、水兵に関しては、つい最近まで価値を置くよりむしろ疎《うと》んじていたはずだ。

「いや、そんなに気にしてるわけじゃないんだ」ローレンスが引き返して脱走兵を捜索するわけにはいかないと説明すると、テメレアは言った。「厳密にはぼくのクルーじゃないし、どのみち英国に戻ったら、彼らを手放さなきゃいけないわけだし……だよね？」テメレアはあえて問いかけにして、ローレンスを見つめた。きっぱりとそうだと答えると、ため息をついた。

「ねえ、ローレンス。帰国したら、またクルーをたくさんそろえられるかな。定期的にしっかりとこすり洗いをしてもらえるのって、すごく快適なんだ。ぼくのハーネスもちゃんと調整して面倒見てくれたら……」

ローレンスは、テメレアのこのような変化を甘んじて受け入れようとした。クリクラーは大量の物資を提供してくれたのだから、少々の失点は致し方ない。おまけに、テメレアは大きな銀環まで贈られていた。翼端にそれを着けるのはやめろとは言えず、「戦闘のとき、敵につかまれやしないかな」と言うにとどめた。

「だいじょうぶ、かわしてみせるよ」テメレアが言った。「でも、左右に一個ずつじゃ、ぱっとしないね。報奨金を手にしたら、銀環を数十個は買えるんじゃない？　すごくいい感じになると思うよ」

「コヴェント・ガーデンの踊り子みたいになるぞ」ローレンスはあとでグランビーにそう言って、ため息を洩らした。

「それ、ぼくに言ってもしょうがないです」グランビーが言った。そのとおりだった。

春とはいえまだ肌寒いが、さわやかな気候だった。その日の残りは、波打つように起伏する草原の上を飛びつづけた。いくつもの野生のビクーニャの群れがさまよっており、五つ六つの村もあった。チュルキが先頭を飛んでいたおかげで、警邏ドラゴンから呼びとめられることもなかった。

チュルキの首まわりには、母親と同じようなオレンジと紫色の、飾り羽のような長いうろこがあった。体の大きさは母親ほどではないものの、英国のリーガル・コッパー種に匹敵した。彼女がハモンドに伝えたところでは、年齢は二十歳だった。「去年まで、わたしは軍隊にいたの」彼女は、落ちつかない気分にさせるとしか言いようのない眼でハモンドをひたと見すえて言った。「そこで数々の栄誉を得た。そのあとは、母が向こうの世界に行く前に、すぐれた管理と運営を受け継ぐために故郷に戻ってきたの。わたしには自分の**アイリュ**を持つ準備がある。すぐに、自分の所帯を営むことになるわ」

彼女はそこで一拍置いて、つづけた。「ハモンド、あなたはテメレアの**アイリュ**に正式に属してはいないと理解していいかしら。イスキエルカやクルンギルの**アイリュ**にも？」

「きっと、わたしはたぶらかされたんです」ハモンドはローレンスに言った。「彼女の申し出に応じなかったとしても、祖国を利する任務を怠ったと見なされないよう祈ります。そもそも疑わしいのは、わたしが申し出に応じたら、彼女にはわたしの帰国に付き添う気があるのかということです」

「ぼくから彼女に言おうか」と、テメレアが申し出た。「クリクラーは、英国の人口の多さにすごく驚いてた。だから、チュルキもそれを考えに入れてのことだと思うよ」

「はっ、そうか」ハモンドが警戒心をにじませた。たった一日の飛行でも気分が悪くなり、蒼ざめた顔をしている彼が、一頭のドラゴンと連れ添うことなど望むはずもなかった。

翌朝、チュルキが、自分の背に乗らないかとハモンドに申し出た。彼が力のこもらない声で断ると、彼女は鼻先で、緑の葉を茂らす一本の低木を示した。「あなたたちが持ってる奇妙な乾いた葉の代わりに、この緑の葉を生のまま煮出すといい。気分がよくなる。このまま口に入れて噛んでもいいわ」

「わたしに毒を飲ませようとしているんじゃないでしょうね」ハモンドは疑わしげに言い、摘んだ葉を料理人のゴン・スーのところに持ちこんだ。ゴン・スーは少しかじってペッと吐き出し、肩をすくめた。

「まずは煮るのが安全」と言って彼が淹れたお茶は、独特だが悪くない味だった。結局、ハモンドはそのお茶を一日で七杯も飲んだ。その葉に少しでも毒性があったとしたら、間違いなく死んでいただろう。

「まったく奇跡ですよ」その夜、ハモンドは言った。「なんと、キャプテン、わたしはきょう一日、一度たりとも気分が悪くならなかった。ニューサウスウェールズ植民地を出て以来、毎日艦《ふね》かドラゴンの上だった。ですが、こんなことははじめてです。いやあ、気分爽快。頭も冴えわたっている。味わいも健康効果も、英国のお茶を超えていると断言しておきましょう」

翌日、一行は大きな渓谷の上空に達した。谷底に川が流れており、チュルキはその渓谷を〝聖なる谷《ウルバンバ》〟と呼んだ。そこからは谷に沿って川の上流に進んだ。高い山々は背後に去り、眼下の景色に、道も村も増えた。さらに上流に進むと、山道があらわれ、渓谷をまたぐ大きな吊り橋が見えてきた。渓谷の両側の峰をロープで編まれた橋がつないでいる。

その時点で、橋には相当な過重がかかっていた。三人の馬飼《うまか》いが三頭の馬を引き、そのあとに数十頭のリャマがついていた。男たちの一団も歩いていた――いや、手すりにしがみついていたと言ったほうが正しい。橋の揺れは尋常ではなく、災禍を予感させるものだった。太いロープが擦り切れ、一行が近づいたときには橋の床の一部が崩れ、それを構成していた何本もの枝に戻ってばらばらと川に落ちていた。

馬たちは、おとなしく橋を渡るように目隠しをされていたのだが、危険を察知して騒ぎはじめ、さらにはドラゴンの匂いまで風に運ばれてきたものだから、恐慌状態に陥って後ろ脚立ちになり、馬飼いたちがなだめようとするのに激しく抗った。橋が崩壊する前に渡りきってしまえればよかったのだが、いまやその望みも薄く、大惨事が目前に迫っていた。

テメレアが急降下した。橋の上の男たちが指さして叫んだが、彼らの横をかすめ、橋の下にまわり、空中停止《ホバリング》しながら橋桁を精いっぱい支えた。「体をもう少し左に」とローレンスは指示を叫び、自分の搭乗ハーネスのストラップをはずしにかかった。「後ろを低くするといい。下半身に重さがかかる。ローランド、下から予備の搭乗ハーネスを持ってきてくれ。馬たちが身を投げる前に、脚かせをつけたい」

ローレンスはテメレアの背から橋の上に這いあがり、隊列の前に出た。フォーシングとフェリスもすぐにあとを追ってきた。三人がかりで、先頭の馬をどうにかなだめ、馬の歩幅を縮めるように左右の前脚を結わえると、怯えて荒い鼻息をつく生きものを力ずくで引っぱった。その拍子に鞍《くら》の腹帯がちぎれた。鞍、毛布、馬具が落ち、テメレアの腰骨で跳ねてさらに落ち、渓谷の斜面を滑り、転がり、鐙《あぶみ》はカランカランと音をたて、最後は谷底の川の流れに消えた。

テメレアの体が橋のほぼ全長を支えても、危うい状態はつづいていた。風の強い日の艦の檣楼《しょうろう》のようなものだ。ただ、ここには檣楼を支える堅牢《けんろう》な樫《かし》の檣《マスト》もなければ、手を伸ばせば届く三つ縒《よ》りの太綱もない。

ローレンスが馬を引っぱり、フェリスが容赦なく尻を叩いた。馬が雄の種馬であると気づき、焦りながらも、扱いにくいのも無理はないと納得した。ようやく渓谷のもう一方の峰までたどり着くと、馬を近くの木につなぎとめる役割をフォーシングにまかせた。

ローレンスは跳ねるように揺れる橋の上に戻り、慎重な足さばきで進み、蒼白な顔で橋桁にしがみついている男に手を差し出した。橋桁にどんなにしがみついても、橋が壊れてしまえば、元も子もない。「いっしょに、あそこまで」と男を促し、向こう端まで導くと、また引き返して二頭目の馬に近づいた。哀れなことに、その馬は完全に錯乱していた。激しい蹴りを繰り返すうちに、前脚で橋床を踏み抜き、深い怪我を負っていた。前脚の下半分が裂け、白い骨が飛びだし、血がとめどなく流れ出している。一目《いちもく》するだけで助からないとわかった。

馬の手綱を手にした男も同じことを考えていたようだ。男は腰からピストルを抜き、悲嘆に暮れた目でローレンスを見つめた。ローレンスが無言でうなずき返すと、男はそれを一刻の猶予《ゆうよ》もなしの返事と受けとめ、馬の頭に銃口をあてがい、悲惨な状態にとどめを刺した。ローレンスは「テメレア」と呼びかけた。「この死骸を片づけられるか？」

「お茶の子さいさいとは言えないね、残念ながら」テメレアが首を長く伸ばして言った。「ぼくは、今朝リャマを一頭食べたからいいや。クルンギル、きみはどう？」ほかの二頭のドラゴンは渓谷の向こう端の峰にいて、剝き出しの石の上で待機していた。

「やめろ《アレテ》！　やめろ《アレテ》！」馬飼いが叫び、倒れた馬の、大きくふくらんだ腹を指さした。妊娠しているのだ。運命に抗うように内側から突きあげる小さなひづめのかたちが見えた。

フェリスが言った。「彼はいったいどうしろと言うんです。万事休すのときに、宙吊りになったまま馬の腹を裂《さ》けと？」ローレンスのそばまで這ってきたフェリスが言った。橋が足もとで、風に吹かれるヴェールのようにうねっている。

クルンギルが渓谷の斜面から飛び立ち、巨大なかぎ爪一本で橋の上に横たわる馬の死骸を引っかけ、また元の峰に戻った。ディメーンがクルンギルの肩から滑りおり、一瞬にして馬の死骸に近づき、ナイフを取り出し、腹を裂いた。馬飼いは離れてそれを見ていたが、ディメーンがこの仕事をわかった人間だと判断したようだ。最後に残った馬のほうへ行き、彼の助手と三頭目の馬飼いの助手と協力し、馬を落ちつかせた。そのあいだにリャマと牧童たちは、渓谷の峰まで橋を引き返すことができた。

小さな仔馬が母親の腹から取り出され、棒のような細い脚でよろよろと歩いた。馬飼いがやさしく体の汚れを拭いた。「この子が飲む乳は？」ディメーンが顔をしかめて言ったが、三番目の雌馬が出産直後だったので、仔馬をあてがうと、最初こそまごついていたが、いやがりはしなかった。そのうち小さな仔馬が勢いよく乳を吸いはじめた。どうにかここを生き延びられる程度には乳が出ているようだ。

「ほんとうにありがとう《ミル・フォア・メルシ》」馬飼いが仔馬から離れ、ローレンスの手をきつく握りしめた。

「ドゥ・リエン《どういたしまして》」ローレンスは丁重に頭をさげたあと、遅まきながらフランス語を話していることに、そして片手が血まみれであることに気づいた。馬飼いもほとんど同時に気づき、きまり悪そうに手を引っこめた。

一行は、助けた男たちと少し離れたところで、野営の準備をはじめた。「つまり、こういうことですか?」イスキエルカからおりてきたグランビーが言った。「ぼくらはフランスの物資輸送隊を助け、己れの首を締めることになるかもしれないと」

「そうだ」ローレンスは答えた。「クスコに向かったド・ギーニュの一行を陸路で追いかけていたようだな。ド・ギーニュと使節団は、もう着いているかもしれない」

「貢《みつ》ぎ物の隊列ですね、間違いありません」と、ハモンド。「**サパ・インカ**に取り入るつもりなんでしょう。あの馬たちは種畜《しゅちく》です」ローレンスがフランス人と彼らの物資を救ったことを咎《とが》めているように聞こえなくもなかった。「そして、われわれの見てくれときたら、物乞い同然で」

「わたしたちには贈り物ひとつないが」ローレンスは言った。「強国の統治者が、ちゃちな贈り物などにやすやすとなびかないよう祈ろうじゃないか」

「贈り物がなくても、彼がわれわれに会ってくれることをまずは祈りますよ」ハモンドが言った。

11　黄金郷

クスコの街は、山頂をえぐるボウルのようなへこみのなかにあった。周囲をのこぎり刃のような低い峰々に囲まれ、緑が茂り、薄い雲に覆われていた。上空から見ると、街は興味深い独特のかたちをしていた。明らかに計画性をもって、横を向いたライオンの輪郭にかたちづくられている。頭部は丘の上に巨石で築かれた要塞《ようさい》、川辺に横たわる胴体が、立派な家々の建ち並ぶ市街地。多くの家は中庭を囲むように建ち、急傾斜がついて先端が高く突き出した草葺き屋根を頂いている。

中庭のいくつかに、ドラゴンが眠っていた。番をするように起きているドラゴンもいた。どのドラゴンにも飾り羽のような輝くうろこがあり、金や銀の装身具を着けていた。上空にいても、それらの金属が触れ合う音がかすかに聞こえてきた。

ローレンスの見るかぎり、みすぼらしい家は一軒もなかった。小さな家すらなかった。市街地に市場《いちば》らしきものはなく、生活の実務は街の壁を囲む集落にゆだねられているらしかった。街とそんな集落を使いこまれた短い道がつないでいる。

一行が街の外壁に達するより早く、警備隊の旗を掲げた何頭かのドラゴンが飛んできた。彼らは旋回しながらテメレアが胸に吊した通行証をのぞきこみ、チュルキと大声で会話したのち、一行を——客人としてなのか囚人としてなのかは定かでないが——高い土台に築かれた巨大な広場へと導いた。そこは川の真北にあり、祭祀《さいし》を行う場所であるらしく、小さなドラゴン軍団もおさまるほどの広さがあった。

「わたしたちは、こちらの**カランカ**に泊まることになるわ」チュルキがハモンドに言い、広場に隣接する屋根付きの大きな宿舎を示した。「ほかの外国人たちが、あちらの**カランカ**にいるらしいから——」

「ほかの外国人?」ハモンドが尋ねた。「では、ド・ギーニュたちのフランス使節団も近くにいるということですね」

ローレンスは広場におりるとき、ド・ギーニュのドラゴン、ジュヌヴィエーヴが別の屋根付きの宿舎で眠っているのを、フルール・ド・ニュイ〔夜の花〕種特有の大きな淡く光る眼が半眼になっているのをちらりと見た。

警備隊のドラゴンもまわりにおり立ち、そこに居すわりそうな気配を見せた。チュルキが彼らと話をつづけたが、ふいにハモンドのほうを振り向き、声を落として話しかけた。ハモンドがはっとした表情になり、ローレンスのほうを向いて言った。「キャプテン、水兵たちを早く地上におろしませんか。チュルキが言うには、平和的な訪問の目的を示すためにも、全員が地上におりたほうがいいということで――」

ハモンドのそわそわしたようすからすれば、チュルキの言ったことが正確に訳されているかどうかは疑わしかった。だがそのときテメレアは、南東に見える神殿の装飾についてイスキエルカと低い声で話しこんでいた。

「ローレンス」と頭を振り向けて、テメレアが言った。「あれがほんものの黄金だなんて信じられる？　建物の外側なのに。雨ざらしで土ぼこりをかぶるような場所に、黄金を使おうなんて誰も考えないよね」

「そういうことは、チュルキに訊くのが確実だな。金箔《きんぱく》を張っているだけかもしれない」ローレンスは言った。たしかに屋根のすぐ下の装飾は黄金に見えるが、ローレンス自身にもあれがまるごと黄金だとは信じがたかった。「ミスタ・フェ――ミスタ・フォーシング、水兵たちをおろしてくれたまえ」

二百人近い男たちを解放したことには、確かに効果があった。竜の腹側ネットがおろされ、そこから水兵たちがうれしげに出てきて、脚を伸ばし、ビールを求めて騒ぎはじめると、警備ドラゴンたちは首を伸ばして彼らをしげしげと見つめ、低い声でささやき合った。ローレンスはそこに羨望を感じとった。彼らは一方、テメレアやイスキエルカやクルンギルには、たいして関心を示さなかった。

「よかった」とチュルキが言った。「やっと彼らは信用してくれた。最初に、あなたがたが、わたしの母から盗まれた人間を送り届けてくれたことを話したときは、誤解しているんだろうと言って、信じてくれなかった。もちろん、彼らはいま、とても心を動かされている。ほらね、フランスが馬だの宝石だのを持ってきたって悩む必要はなかった――あなたたちが持ってきたものさえあれば」

テメレアはチュルキの言葉を通訳したあとで付け加えた。「彼女、なんのことを言ってるんだろう？　ぼくらのこと、ものすごく貧乏だって思ってるはずなのに」そこでチュルキに尋ねた。

チュルキは翼をばさばさと振って、翼端に並んだ金環を鳴らした。「決まってるじゃない。人間たちよ」

「ミスタ・フォーシング」と、ローレンスは呼びかけた。山岳地帯の冷気を防ぐテントを宿舎のなかに張って、寝支度《ねじたく》を整えたところだった。「信用のおける見張りをつけてくれたまえ。見張りを監督する士官も、つねに一名確保するように」見張りはすべての方面を警戒する必要があった。フランスを出し抜いてインカ帝国と外交関係を築くためなら、ハモンドは躊躇なく二百人の水兵を差し出すにちがいない。ローレンスはそう確信していた。

紹介状となる**キープ**は、すでに警備隊を通して上の者に渡った。チュルキも一行を残し、より高位の者と話すために立ち去った。しかしその日は、なんの返答もなく過ぎた。そのあいだも、フランスのドラゴン、グラン・シュヴァリエ〔大騎士〕種のピコロが、かぎ爪でリャマをつかんだ数頭のインカ竜を伴って広場におり立ち、ジュヌヴィエーヴもまじえて食事する光景が見られた。

「リャマ一頭でもいいいんだけどなあ」クルンギルが食事のようすを食い入るように見つめて言った。「狩りに行かないの？　どんどん時間が過ぎていくのに」

しかしハモンドが、滞在の承認がおりるまではドラゴンたちの外出を禁じた。インカ帝国の中心を英国のドラゴンが勝手に飛びまわり、この国のドラゴンを刺激してはならないというわけだ。やがてチュルキが戻り、伝言がしかるべき権威に届き、宮廷の使者がまもなく会いにくると伝えると、ハモンドはいっそう強固に、この場から離れてはならないと言いきった。「どんな状態だろうが、会見を失敗させるわけにはいきません」彼はドラゴンたちを一列に並べ、兵士たちをそのまわりに、数が少しでも多く見えるように配置した。

「ローレンス、いまこそ、あの長衣を着るときだよ」テメレアがハモンドの意気込みを笠《かさ》に着て言った。ローレンスにできることは、テメレアの関心を彼自身の見てくれのほうに振り向けさせることだけだった。そういうわけで、かぎ爪飾りが持ち出され、胸飾りが磨かれ、エミリー・ローランドの監督のもと、広場の噴水池の水が、一列に並んだ水兵たちによってバケツで受け渡され、最後は竜を洗うために使われた。

「できるだけ見栄えのする恰好で、というミスタ・ハモンドの主張には同意するしかないね」テメレアは、作業に駆り出されることに不平を洩らした水兵に軽くうなってから、いくぶん自己弁護するように言った。「こう言っちゃなんだけど、その点に関して頼みの綱は、クルンギルとイスキエルカとぼくだけだね。みんな、クリクラーが親切で分けてくれた服を着てるし、全体としてはへんてこな集団だよ。インカ帝国の高貴な人々に見くだされちゃ困るんじゃないの、ローレンス？　だから、ぜひあれを――」

　幸いなことに、テメレアがあの中国式の長衣を着ろとまた言いはじめる前に、チュルキが言った。「ほら、見て。**サパ・インカ**〔インカの王〕ご自身の**アイリュ**の大公がお出ましだわ。わたしの言ったとおりでしょ、ハモンド？」

　テメレアがきちんとすわり直し、翼をびしっと背中に添わせた。みなが広場のほうを見たがそこには誰もおらず、はっとして空を見あげた。「ふふん、またあいつか」そう言って、テメレアが翼から力を抜いた。インカ竜、マイラ・ユパンキが一行の前に舞いおりてきた。

「きみはなんでそんなに無愛想な態度をとるかな」イスキエルカはそう言って、テメレアに見せつけるようにマイラ・ユパンキに会釈してみせた。マイラは、ハモンドの大声の質問に答えながら、ここぞとばかりに笑みを返してきた。

「お望みなら、あなたがたにしかるべき役人をご紹介しましょう」と、マイラは言った。「ここから東の**アンティ・スウユ**の政治担当官がいいですね。もしや、ジャングルを抜けて、ブラジルに入りたいと思っていらっしゃるのではありませんか？」

「ええ――ええ、もちろん」ハモンドが、ここはまかせてくれという視線をローレンスに送ってから言った。「ですが、わたしは英国政府の使者という責を負ってここにいるわけですから、**サパ・インカ**に拝謁《はいえつ》しないわけにはいきません。国王陛下の親愛の念をお伝えし、大国の統治者からもうひとつの大国の統治者へとご挨拶を伝え、目下のヨーロッパにおける戦況を報告し――」

「だが、あなたは人間だ」と、マイラはにべもなく返した。「そのような謁見《えっけん》が必要かどうかはわかりません。しかし」と、マイラはイスキエルカのほうを向いてつづけた。「あなたが宮廷を訪ね、贈り物を受けない理由はありません。**サパ・インカ**は、タルカワノの決闘裁判におけるあなたの勝利についてお聞きおよびです。そして、あなたに会いたがっておられる。マンカ・コパカティはこの二十三年間、負け知らずの戦闘ドラゴンでした。なにが起きたかをみなが知りたがっています」

テメレアは憤慨のあまり冠翼をぴたりと寝かした。これではまるで、自分がコパカティを倒せないみたいではないか。自分がこの隊のドラゴンのなかでは、いちばん先輩だというのに……。

「ええ、もちろん」イスキエルカがご満悦の体《てい》で言った。「**サパ・インカ**にお会いしましょう。喜んで、戦いの勝利についてお話しさせていただくわ。それはすごい戦いだったの。確かに、コパカティは危険な敵。でも、あたしにはちょろいもんだった。さっ、いますぐ行く？」

「しかし――」と、ハモンド。「いやしかし――」

「ぐずぐずする理由はありません」と、マイラ。「いまなら宮廷で謁見できます。**サパ・インカ**は喜んで、あなたとお会いになるでしょう」

「どうするつもり？」と、テメレアは尋ねた。「ミスタ・ハモンド、彼女を英国代表として皇帝の前でべらべらしゃべらせちゃっていいの？」

「どこが悪いの!?」イスキエルカが言った。「**サパ・インカ**がきみたちに会いたがらないとしたら、それは貿易とか政治とかつまんない話しかしないからでしょ。だったら、あたしが代わりに行く。ずうっとここにいて、フランスのドラゴンたちが宮廷に行っては戻ってくるのをただ見てるのにはうんざり」

　この主張がハモンドには強く訴えたことに、テメレアは愕然とした。ハモンドはイスキエルカに言った。「きみには、よくよく理解しておいてもらいたい。わたしとのすり合わせなく、きみの独特な言い回しで英国政府の代弁者とならないように。きみがなすべきことは、英国王の大使であるこのわたしが、**サパ・インカ**に拝謁できるように全力で説得し――」

「はいはい、わかりました」イスキエルカがしっぽで地面をぴしりと打った。「では、案内をお願いするわ」首をかしげてマイラに呼びかける。マイラとイスキエルカはすぐに飛び立った。テメレアは、世界の秩序がひっくり返ったような、裏切られた思いでふたりを見送った。

「彼女に**サパ・インカ**を説得できるわけないよ」テメレアは、荒々しくハモンドに言った。「そうする努力さえしないよ。戻ってきたら、自分ひとり宮廷に行けたことを自慢するだけさ。そんなことわかりきってるのに。ふふん！　イスキエルカを外交使節に立てる？　そんなことを考えるのは、イスキエルカに会ったこともないか、会って十分間しかたってない人間だよ。きっと彼女は癇癪《かんしゃく》を起こす。それで、また新たな戦争がはじまるんだ」

「わたしがまるで熟慮の末に選択したかのように言ってくれますね」ハモンドも、いささか熱くなって返した。「ほかに手段があるなら、大喜びでそっちを選びましたよ。誰の意見にも耳を貸さない癇癪持ちのドラゴンしか仲介者がいなかった。だが、かくも早々と相手から申し出があった。だったら、訪れたチャンスをすぐにつかむのが、わたしの流儀《りゅうぎ》です。もう信用してくれてもいいでしょうに」

グランビーが、テメレアに輪をかけて不穏なことを言い出した。「ああ、ローレンス。ぼくのイカれ娘がキレちらかして、皇帝を侮辱して、宮殿に火を放ったらと考えると――」

ローレンスは、空疎な言葉ではなく正直な言葉で、グランビーを安心させたかった。しかし、イスキエルカの善意に希望を託すような任務には、ローレンス自身も不安を煽られずにいられなかった。「せめてもの慰めは――」と、ついに口を開いて言った。「不敗で鳴らしたチャンピオンを打ち負かしたという評判を取ったうえで、イスキエルカが宮廷に行くことだ。誰もおいそれと彼女を侮辱できないだろう」

「だからこそ、挑戦してやろうというドラゴンだっているかもしれませんよ」と、グランビー。「復讐心か、あるいは功名心から。誰か見張りをつけてもらえませんか？　彼女が戻ってくるまで、気が気じゃありません。もし、ほかの誰かが先に帰ってきたら、知らせてください。彼女が戦争をはじめてないとわかるまで、ぼくはどこかにこもってます」

クルンギルだけが上機嫌だった。マイラから近隣の獣を狩ってもよいという許可がおりたので、ディメーンと狩りに出かけ、七頭ものリャマを仕留めてきた。獲物はいま、ゴン・スーの監督下で串焼きにされている。宿舎の裏手に、焼き物ができる巨大な炉があった。宿舎に集う者たちに料理をふるまうためにつくられたものらしい。燃料として、リャマの糞も大量に用意されていた。

この狩り三昧《ざんまい》が非難されなければいいがとローレンスが思っていた矢先、シプリーが声をかけてきた。「キャプテン、あちらに人が。わたしたちに会いに来たようです」見れば、人々の一団が向こうの宿営から、広場を通って、こちらにやってくる。不安の種が多すぎて、ローレンスにはなぜ彼らがここに来たのか見当もつかなかった。

だが、顔の見分けがつくほど一団が近づくと、先頭にいるのはフランス大使ド・ギーニュだとわかった。彼は、ペンバートン夫人に腕を貸して歩いていた。こうして彼女を英国側の宿営まで送り届けると、ド・ギーニュは、完璧な礼儀正しさはあいかわらずだが、妙につくりこんだ笑みを浮かべた。「お元気そうでなによりです！」と言って、軽く頭をさげた。「驚いていないふりなどしてはいけませんね。しかし、ここまで来られたあなたがたの才覚に感服するばかりです。お時間があれば、とっくりとうかがいたいほどだ。あなたがたの島での逗留が、わたしたちのあいだに消えない遺恨《いこん》を残すほど不快なものではなかったことを信じております」

しかし言葉にするまでもなく、ハモンドの表情が、遺恨がなおも存続することを告げていた。ローレンスは一行を代表して丁重に挨拶を返し、さらに付け加えて言った。「ペンバートン夫人を保護してくださったことに感謝します。ペンバートン夫人、できればあなたのために、あなたの保護をもう少し延長してもらえないか、彼に尋ねてみたいのですが、いかがでしょうか。しかし、ご無理を申すつもりは――」

「むろん、お引き受けいたしますとも」

「いや、キャプテン。わたしとしては――」

「いいえ、けっこうです」ペンバートン夫人が、ローレンスの問いかけとド・ギーニュの即答とハモンドの介入をさえぎって、毅然《きぜん》と言い放った。「わたしにとって、みずからの職務の放棄は、痛恨の極《きわ》みでした。ミス・ローランドをこんなに長く放置してしまったことを、彼女が許してくださるよう願うばかりです」そのときのミス・ローランドの表情からは、ペンバートン夫人の職務の遂行よりも放棄のほうを強く望んでいるのがうかがえた。「ですから、こんなことがつづいてはなりません。ムッシュ・ド・ギーニュ、あなたの寛容なおもてなしに心からお礼申しあげます。マダム・レカミエのご親切とドレスの贈り物にも感謝をお伝えください」

ペンバートン夫人は、ド・ギーニュの腕から手を放し、広場のまんなかを歩き、ぼろ服の兵士の一団に囲まれるところまで来た。その姿には、実際より三十歳も年上の、セント・ジェームズ宮殿〔十八世紀初頭から十九世紀前半まで英国王室が公式の居住地としていた王宮〕の中心で叱責を飛ばしてきた、お目付役《シャペロン》の親玉のような風格があった。

ド・ギーニュは、エミリー・ローランドの見るからに不機嫌そうなようすに負けないくらい、しぶしぶの体《てい》でお役御免を受け入れた。それでも、ローレンスとその部下が丁重に礼を述べると、ようやく広場の反対側にある彼らの宿営に戻っていった。ペンバートン夫人は、その美しいドレスや手袋や静かな物腰には不釣り合いな場所に残された。ローレンスは、竜の腹に装着するネットを丸め、その上に土地の布をかけて椅子を代わりとし、彼女に勧めた。

ペンバートン夫人は、ド・ギーニュがフランス使節団とともに彼女をクスコまで連れてきたことを説明した。「いまはとても後悔しています」間に合わせの椅子に腰かけて、彼女は言った。「ド・ギーニュは、わたしがあなたがたと合流するのに、まったく乗り気ではありませんでした。あなたがた一行が飛来するのをわたしが目撃しなければ、彼はそれをできるだけ長く隠そうとしたにちがいありません」

「ド・ギーニュが、そのような紳士らしからぬふるまいをするとは残念なことです」ローレンスは、彼女の安全を保証しようと努めた人への非難に驚きつつ言った。

「ああ、彼を悪く言ったつもりはありません、キャプテン。それは信じてください」ペンバートン夫人が言った。「結局のところ、彼はわたしを解放してくれました。この状況で彼が悔いるのはしかたないことです。わたしをあてにしてはなりません」

「まったくです」と、ハモンドが熱を込めて言った。「おっしゃるとおり。英国王の臣民が、国家の問題を超えてフランス大使に信頼を寄せると期待するのが間違っているのです。ところで、マダム、教えていただきたいのですが、フランス人は**サパ・インカ**に受け入れられたのでしょうか。それとも、フランスの竜だけですか?」

「彼ら全員ではありませんが」ペンバートン夫人が言った。「受け入れられています。毎日のように宮廷に通っていますから――」

「毎日！」ハモンドが落胆の声をあげた。「なんてことだ。わたしたちもなんとか入りこむ手段を見つけなければ。ミスタ・グランビー、イスキエルカを使うことに全力を注いでください。英国使節団が宮廷に招待されるようにイスキエルカを説得し――」

「それなら」と、ペンバートン夫人が言った。「わたしは明日、また宮廷に招かれています、喜んでうかがうと――」

「えっ、もう彼に会っているのですか？」と、ハモンド。「いったいどのようないきさつで」

「彼女、です、ミスタ・ハモンド」と、ペンバートン夫人が言った。

「なんですって？」

「**サパ・インカ**は女性なのです」

ペンバートン夫人の説明によれば、先帝が逝去したあと、その妻であり先々帝の娘である現女王が、インカ帝国を統治するようになったということだった。「わたしが知るかぎり」と、彼女は話をつづけた。「先帝は天然痘で亡くなっています。妃《きさき》も同じ病にかかり、生還しました。先帝は病床から、彼女を介して廷臣たちに意向を伝え、政《まつりごと》を行っていたそうです。病に臥《ふ》していた月日は途方もなく長かったとか。この土地には死者を埋葬せず、独特の方法で保存する風習があるのですが、皇帝の亡骸《なきがら》は見るに忍びないものであったため、死装束《しにしょうぞく》を着せて隔離したということです」

「なんとも恐ろしい」グランビーが言った。「そして、もはや病の皇帝を支えなくてもよくなった彼女は——」

「そのころには」と、ペンバートン夫人がつづける。「彼女は、宮廷にいるドラゴンの長官たちへの説得をすませていました。国を統《す》べるには女王のほうが向いていると、彼女はそう主張したのです。国の外へ出て軍隊を指揮するのが男の役割、しかし女はこの国にいて民を守ると。彼女の主張は、彼らにとって非常に納得できるものでした」

ローレンスは尋ねた。「その情報をどれほど信じておられますか？」

「完璧に」と、ペンバートン夫人。「ほとんどは女王から直接うかがったことです。あるいは彼女の侍女《じじょ》から。女王はすでにフランス語が話せますし、わたしは彼女の英語教師になるよう求められました」

つまり、トリオンフ号に乗っていたフランス女性たちは、ド・ギーニュに代わってインカ帝国と交渉するという任務を負っていたのだ。それがようやく明らかになった「彼女らは、ド・ギーニュの謁見が実現するよう女王を説得したいらしいのですが、いまのところ、成功していません。わたしは彼女らの一員となり、宮廷に通うようになりました。ですが——」とペンバートン夫人はつづけた。「彼女らと**サパ・インカ**の話をすべて聞いたわけではありません。貴婦人たちには隙がなく、手の内を簡単にさらすようなことはしません。むしろ、あなたがたのほうが、彼女らがなにを差し出し、なにを求めているのか、想像できるのではありませんか」

「交換か……」と、ハモンドが考えをめぐらすように言った。「人間とドラゴンの交換が提案されても、わたしは少しも驚きません。ナポレオンは多くのドラゴンを得られるのなら、たとえば――国の監獄にいる大量の囚人を喜んで差し出すでしょう。だが、それと同時に、ナポレオンは、漠然とした不戦の合意のようなものも望んでいるにちがいない。彼にはそれで充分だ。すでに輸送艦で大量のツワナ軍をこの大陸に送りこんでいるのだから、同盟国は必要としない。もしかしたら、フランス使節団は、ただわれわれの目的を阻止するためだけに来たのだろうか……」

ハモンドは口をつぐみ、考えごとにふけりながら親指をかじった。「それだけ？　そんな二次的な任務のために、ド・ギーニュがわざわざここまで？　一頭のドラゴンに縛りつけられてまで？　ありえない！　ああ、くそう」

ペンバートン夫人はハモンドのつぶやきを黙って聞いていた。彼はついに立ちあがって駆けていき、チュルキから勧められた緑の葉を煮だしたお茶――コカ茶のティーポットを持って戻ってきた。ペンバートン夫人がおだやかに言った。「わたしも精いっぱい調べてみますわ。ところで明日、ミス・ローランドを女王陛下のもとに同伴することを許していただけますか？」

ハモンドは、手のなかの湯気を立てるカップのことをしばし忘れ、疑わしそうにペンバートン夫人を、つぎにエミリー・ローランドを見やった。エミリーも同じように疑わしげにハモンドを見返した。

「**サパ・インカ**を訪問する人がひとり増えても、困ることはありません」それから、ペンバートン夫人はきっぱりと言った。「女王陛下に求めることがあるなら、ミス・ローランドとわたしとで、なんとかいたしましょう。あなたのご要望を満たすために、喜んで力を尽くします」

それから数日後、あらゆる努力にもかかわらず女王への謁見がいまだかなわないハモンドが、髪を掻きむしりながらローレンスに言った。「わたしがほしいのは、仲介者に——ど素人《しろうと》の仲介者に頼らず自分で交渉する自由です！　けんかっ早いドラゴン、女家庭教師、十五歳の娘！　彼女らを頼るしかないとは。英国の誰の耳にも入れたくない話です」

「フランスは、わたしたちよりほんのちょっと準備がよかっただけですよ」ローレンスは慰めのつもりで言った。

「ちょっとだけ？」と、ハモンド。「少なくとも、彼らはなにをなすべきかわかっていた。この二年間、ブラジル経由で密偵を送りこみ、**サパ・インカ**について調べていたらしい。だからマダム・レカミエがここにいるんです。マダム・レカミエはナポレオンを毛嫌いしていたはずだが、それを補って余りあるほど国家がらみの陰謀に加わるチャンスに魅了されたのでしょう。それに少なくとも、ド・ギーニュのドラゴンは、インカ帝国の重鎮ドラゴンに敵対してはならないと理解しています」

この最後の不満については抗弁の余地がなかった。テメレアとマイラ・ユパンキは、いつどちらから飛びかかってもおかしくない険悪な状態だった。もしマイラにほかの者たちを、とりわけイスキエルカを喜ばせたいという気持ちがなかったら、事態の進展をあきらめるしかなかったかもしれない。マイラは英語の習得をつづけたいという理由で、定期的にイスキエルカと会話の時間を持っていた。

「ぼくには、イスキエルカがなんであんないやな野郎に我慢するのかわからない」テメレアが言った。

「わたしには、それが頼みの綱です」と、ハモンドが返した。「とにかく、きみはじゃましないでもらいたい」

そんなわけでテメレアの怒りはおさまらず、ほどなくイスキエルカが戻ってきて話したことが怒りにさらに燃料をくべた。「マイラといっしょに飛んできたの。彼、金を地面から直《じか》に掘ってるところに案内してくれた。そりゃもうたくさんの黄金があったわ。いま以上に掘り出すこともできるらしいけど、人手が足りない。人間にしかできない仕事なんですって」

それから少しあと、テメレアが声を潜めてローレンスに尋ねた。「ねえ、ローレンス、イングランドにもそんな金鉱があるだろうか」テメレアがイスキエルカの報告を鼻で嗤《わら》って否定したことから口げんかになり、二頭はいま、宿舎の端と端に離れてすわっている。「ニューサウスウェールズのぼくらの緑の谷間には？」

「たぶん、ないだろうな」ローレンスは言った。「金鉱というのはめったにないんだ。オーストラリア大陸の旅で見たかぎりでは、オパールの鉱脈のほうが多そうだな」

「ふふん！　あれか。あなたの長衣に縫いつけたやつだね？　うん、オパールの鉱脈か。ぼくは、同じ量の黄金よりオパールのほうがいいや。ところで、ローレンス、あの長衣を着たら？　たとえば広場を歩くときとか、見られることも多いわけだし」

ローレンスは、それはとくに重要な場ではないからと苦しい言い訳をした。ところが、その日の午後、イスキエルカが舞いおりてきて、誇らしげに宣言した。「みなさんのお望みどおりにしたわよ。インカ女王と会えることになったわ、グランビー！　ははん、なんなら、きみとローレンスもついてきていいわよ、テメレア」

テメレアは、この突然の誘いにいまにも怒りをぶちまけそうになった。が、突然、顔がぱっと輝き、ローレンスのほうを見て言った。「いよいよ、あの長衣を着るときが来たね。あれを着れば、インカ女王にはぼくらの隊で誰が指揮官なのかすぐにわかるよ」

「いいですか。招かれないかぎり、女王とは距離を詰めないでください」ハモンドがくどくどと言った。「きわめて明瞭な招きがないかぎり。できれば、いっさい近づかないほうがいい。ただし、そのような距離をおくことが怒りを買うかもしれない場合は別です、当然ながら」

「ぼくは行かずに、あなたが行けばいいんです。どうしてそれじゃだめなんだろう」グランビーが言った。「外交関係は苦手です。三世紀近く前のスペイン人とのいざこざにまだ怒りがくすぶってるなら、軍人じゃなくて外交官が行ったほうがいいんじゃないですか」

「もちろん、行かなきゃだめ」と、イスキエルカがあらゆる反対意見をはねつけて言った。「だって、あなたはあたしのキャプテンだもの。当然、彼女はあなたに会いたがってる」

「軍人が行ってはならないわけがありません」ハモンドもグランビーの意見を一蹴した。「むしろ、この国の社会では、特別な好意や栄誉が軍人に与えられています。現に多くの首長が将軍や戦士です。ただし、失敗は許されません。特別な好意から招待されていることは確か。ペンバートン夫人の知るかぎり、ド・ギーニュは招待されていません。あいつ、これを知ったら、さぞや荒れるでしょうね。キャプテン・ローレンス、覚えておいてくださいよ。きわめて明瞭な招きがないかぎり、けっして近づいては――」

「承知した」ローレンスは鬱々と長衣の袖を折り返しながら言った。「覚えておきましょう」

謁見は、クシパタと呼ばれる別の広場に臨む会堂で行われた。イスキエルカが意気揚々《いきようよう》と先導し、登場するときに見栄えがするからと――ハモンドの助言は無視して――大きな広場のほとんど会堂に近い場所におり立った。

広場に隣接して屋根のある建物があり、そのなかに階段状になった大きな高座が置かれていた。四方に黄金の板を張りつけた高座の上に、背もたれはなく座面の低い玉座がある。

マイラ・ユパンキと三頭の大きなドラゴンが、高座のまわりに陣どっていた。ドラゴンたちが警戒するように体の向きを変えたり首をくねらせたりするたびに、体のあちこちを飾る黄金が燃え立つように輝いた。ローレンスはいささかばかばかしい気分にとらわれた。巨大な四頭のドラゴンが冷ややかな警戒の眼で見つめているのは自分とグランビーであり、イスキエルカとテメレアにはその半分の注意も払っていない。しかし、暴力を招きかねない緊張は、どんな笑いにも入りこむ隙を与えなかった。

剣とマスケット銃で武装した護衛兵も、高座の両脇に二列に並んでいた。ローレンスの見るところ、銃はスペイン製かポルトガル製で、おそらくは海岸で取り引きされたか、ブラジルから持ちこまれたものだった。護衛兵は厚い毛織りの鎧《よろい》をまとっていたが、帝国の威信を高めることを意図した装いだとしても、その雰囲気は式典よりも戦いの陣営にふさわしく、彼らの険しいまなざしも、名誉ある客人ではなく刺客《しかく》に向けられるものだった。

女王はすでに玉座にすわっていた。ほっそりして背の高い、だが肩幅だけ不釣り合いに広い女性だ。羽根飾りを付けた濃い緋色《ひいろ》のターバンを黄金の頭飾りでおさえ、黒髪を長い二本の三つ編みにして金やエメラルドで飾っていた。ドレスは、鮮やかな色彩の細かな四角の模様を織りこんだ、この上なく上質な毛織物で仕立てられており、その上に宝石の装身具を着けていた。

かなり近づいたところで、ローレンスは女王の片頰にあばたが残っているのに気づいた。金の粉をはたいた頰が、天井からこぼれる光の矢を受けてきらめいている。

「ローレンス、あの噴水を見て」と、テメレアがささやいた。巨大な黄金の器に日が差し、火が付いたように水が躍っていた。黄金の器には彫刻がほどこされ、宝石が嵌めこまれている。会堂の壁も黄金の板張りだった。

テメレアとイスキエルカは、スフィンクスのようにすわった。一方、マイラとほかのインカ竜たち――ぜんぶで六頭――は、尻だけおろしたすわり方で、四肢に力をためて、いつでも飛びかかれるように構えているのが見てとれた。

「彼らが不作法だからって、ぼくらはけんかをふっかけやしないよ」テメレアがローレンスに言った。テメレア自身はひそひそ話をしているつもりのようだ。「すごくピリピリしてるね。でも、心配しないで、ローレンス。彼らが襲ってきても、あなたに危害を加えるようなことは、ぼくが許さない。それに確信が持てないなら、ここには来るべきじゃないんだ」

ローレンスはため息をついた。最後のきっぱりとした主張を、テメレアはけっして変えないだろう。その頑固さが、いつかローレンスがほんとうに危険な任務に身を投じなければならないとき、良いほうに働くかどうかは疑問が残る。

ローレンスは居ずまいを正して、インカ女王に一礼した。女王が思慮深げなまなざしを一同に向けた。ことさらに美しい顔だちではなく、あばたもその一因となっている。しかしその瞳はまたとない漆黒で、理知と抜け目のなさがうかがえた。

「わたしはアナワルク・インカ。ようこそ**プサンチン・スウユ**へ」女王が、少しなまりのある英語で言った。だがそこからは驚くほどみごとなフランス語に切り替え、どうかくつろぐようにと告げた。みながすわるためのクッションのような厚い敷物が運ばれてきた。

「これで、どこまで近づいてよいかはわかりましたね」グランビーが声を落としてローレンスに言った。こうして敷物のひとつに慎重に腰をおろそうとして、はっとした。なんと女王が玉座から立ちあがり、高座からおりてきた。女王の行動には彼女の護衛兵も竜も驚いて、心配そうに身じろぎした。

女王は近づいてくると、五歩と離れていない敷物のひとつにすわり、「快適ですか?」と、興味深そうにグランビーを見つめて尋ねた。「話すときにはすわるのが、あなた方の習慣だそうですね」

「あ、その」グランビーが言った。「ええと、ありがとうございます。はい、とても快適です」

「旅はいかがでしたか？　街道はよく修復され、倉庫は満杯だったのでは？」

グランビーは助けを求めるようにローレンスを見たが、女王は明らかに彼に話しかけていた。

「はい、奥さま。あ、いえ陛下……？」

彼はそれきり口をつぐんだが、イスキエルカが首をおろして焚きつけた。「もっとしゃべって、グランビー。なんでおたおたするの？　賢くないって思われちゃうわよ」

「ぼくには賢い会話なんて無理だよ。そのうえフランス語の会話なんて！」グランビーはいささか熱くなって言い返し、言葉をさがすように力なく片手を回した。「倉庫はすばらしいものでした、陛下」さらに付け加えて、「ほとんど狩りをする必要がありませんでした。あ、しまった」

最後は英語になって、ローレンスにささやいた。「道々、倉庫で食いつなぎましたって認めたようなものですね」

だがアナワルクは、「それを聞いて、うれしく思います」と言った。略奪を咎めるようすはみじんもない。「南ではずっと豊作がつづいていたと聞いています。ニナン、あなたがそう言ったのよね？」

彼女はこの質問を、控えている戦士のひとりにケチュア語で繰り返した。眼光鋭い長身の青年で、その片手は腰の帯のピストルにかかっていた。青年ははっとして、一拍置いたのち、女王の質問に答えた。女王はふたたびフランス語に切り替え、宿舎に満足しているかとグランビーに尋ねた。そのあとは気候や季節の変わり目の話をつづけ、話題ごとにお付きの男たちを会話に引き入れた。

ローレンスは幼いころ、母親の政治的な晩餐会を階段の手すりから頭を突き出してのぞき見ることがよくあった。そのおかげで、同席を許される年齢に達する以前から、一見平凡に見える会話が実は偶然ではなく、みごとに管理されたものであることを知るようになった。その経験がなければ、アナワルクの独特の会話の進め方は、彼女が母語ではない不慣れな言語を使っているせいだと思っていたかもしれない。しかし、不慣れなら当然多くなるはずの、つかえやどもりがいっさいなかった。

会話はさらにつづき、哀れなグランビーはその矢面《やおもて》に立たされていた。ローレンスは近くで観察するうちに、玉座の周囲にいる男たちが、たんなる護衛兵ではなく、戦士であることに気づいた。そのうちの数人は年配者、ほかの者は見るからに屈強だった。そして全員が、耳たぶに大きな黄金の円盤を嵌め、房付きのターバンを巻いていた。それがおそらく軍隊における階級を示しているのだろう。彼らが猜疑心《さいぎしん》に満ちたまなざしを向けるのは、グランビーとローレンスだけではなかった。彼らは顔をしかめ、お互いを同じような険悪な目つきでにらみ合っていた。

「彼女は〝ペネロペごっこ〟をやっているのかもしれないな」ようやく女王から退去を許され、

宿舎に戻ったところで、ローレンスはグランビーに言った。「ギリシア神話に出てくるペネロペのように、配偶者を決めることを強要されているのかもしれない。配偶者となって実質的に権力を行使したい男たちが大勢いる。だから、彼女はライバルどうしを戦わせて減らそうとしているのではないだろうか」

「ぼくらは、お慰み用のサーカス団というところですかね」と、グランビー。「彼女にぼくらと話す意味があるんでしょうか。イングランドの天気なんか尋ねてどうなるんでしょう？　ぼくにはここがいま春か秋かさえわかりませんよ。ローレンス、彼女はぼくらをここに囲って、お付きの者たちと、永遠にダンスを踊らせつづけるつもりなんでしょうか」

「そうかもしれない」ローレンスはそう言うと、会見が終わるのを待ちかまえていたハモンドのほうを向いた。「でも、これだけは言える。**サパ・インカ**には、フランスと本格的な同盟を――少なくとも、彼女の軍隊を投入することになるような同盟を結ぶつもりはないでしょう。いまは、ひとりの男を抜きん出た存在にするわけにはいかない。偉大な将軍をつくれば、ひとりの男がこの王国で最強の戦士だという評判をとれば、彼女は即座にその男の権威に彼女自身をゆだねることになってしまうのだから」

「もちろん、彼女が対抗手段を講じた場合は別として」ハモンドは苦々しげにそう言って、ローレンスとグランビーを小部屋に招き入れた。

「どういうことだ?」ローレンスは言った。「なにか新しい情報が?」

部屋のなかには、ドレス姿のエミリー・ローランドがいた。そのドレスは、女王訪問のためにペンバートン夫人から強引に着せられたものだった。どうやら宮廷から帰ってきたばかりのようだ。そうでなければ、エミリーはすぐにドレスを脱ぎ捨て、着替えていただろう。

ペンバートン夫人が部屋の隅に置かれた火鉢の上で、しきりと両手をこすり合わせていた。彼女にしては珍しく、落ちつきのない手の動きに内心の不安があらわれている。

「イエッサー」エミリーが、ローレンスの問いかけに先に答えた。「きょうの午後、女王は宮廷におられませんでした。キャプテンたちが謁見していたからです。だから、わたしたちはすることがなくて、ほかの貴婦人たちが機《はた》を織るのをただすわって見ていました。そうしたらフランス人のマダム・レカミエが、貴婦人のひとりとの会話のなかで、こんなふうに言ったんです。〝かわいそうなジョゼフィーヌ。ああ、だけれど、あの方の代わりにフォンテーヌブローのお城が手に入るなら、そんなにかわいそうでもないかしらね〟」

「えっ、どういうことです?」と、グランビー。

「つまり、キャプテン、ナポレオンはいよいよジョゼフィーヌと離婚するのです」ペンバートン夫人が言った。「これで、彼は自由に結婚する権利を得ました」

12　グランビーの告白

「どう考えてもわからない」テメレアはイスキエルカに言った。「なんでナポレオンがインカ帝国の皇帝になりたがるんだろう。フランスの皇帝になって、イタリアもプロイセンもスペインも、ほかのたくさんの国も征服して、まだ満足できないんだろうか。ありえないよ。どうせマイラのやつが焚きつけたんだ。でなきゃ、やつといっしょにフランス使節団がここまでやってくるわけがない。マイラにはよくよく気をつけたほうがいいよ」

しかし、イスキエルカはこの切迫した現状を鼻であしらった。「インカ女王がナポレオンと結婚するわけないでしょ。これからあたしたちが打ち倒そうとしてる男と、誰が結婚するの？　心配いらないわ。でも――」とつづけた。「きみは交渉のじゃまをしてる。あたしがいなきゃ、女王はこの一行の誰とも話してくれなかったわよ」

そのあと、テメレアはローレンスに言った。「イスキエルカのマイラ贔屓《びいき》は話にならないよ。決闘に勝ったことや火噴きだってことを褒められたくらいで。変だよ、この国にも火噴きはいるのに」

「だが、わたしの見たかぎりでは小型ドラゴンだったし、火焔の射程も長くなかったよ、愛しいテメレア」ローレンスが言った。テメレアは鼻を鳴らした。そんなことはたいしたちがいには思えない。

「イスキエルカは、インカ女王がナポレオンと結婚しないという確たる情報を持っているのでしょうか」ハモンドが言った。「もしマイラが内々に彼女になにか伝えているなら――」ローレンスをちらりと見やり、あわてて付け加えた。「いいえ、ドラゴンどうしの真《まこと》の絆《きずな》を裏切れと言うつもりはありません。ですがなにか――なにか信じる根拠があれば、ほんの少しヒントのようなものでも」

「彼女はそんなもの、ぜったい持っちゃいないよ」テメレアはそう言って広場のほうに行き、空に飛び立った。そして夕食用のビクーニャを二頭狩って戻ってきた。だが、それを調理してくれるはずのゴン・スーの手がふさがっていた。マイラ・ユパンキが二頭の豚――植民地との交易で得た本物の豚――を贈り物として持ってきたからだ。イスキエルカが広場にすわって、ゴン・スーが豚を串焼きにするのを、得意満面で眺めていた。

「いいや、いらない」テメレアは、差し出された分け前を冷ややかに拒絶した。

「いらないいなら、ぼくがもらうよ」と、クルンギル。

「ほしいなら食べなよ」テメレアは言った。「ゴン・スー、ぼくの獲物も焼いてもらえないかな。あの豚は、ぼくにはあまり新鮮には見えないんだ」

「すっごくおいしいよ」クルンギルが、豚のあばら骨をバリバリ噛みくだきながら言った。テメレアは匂いが漂ってこないように風上に行き、全員の食事から目をそむけた。

「とにかく」と、ハモンドが言った。「キャプテン・ローレンス、とにかく、われわれの目的に悪影響をおよぼすような大っぴらなけんかは避けたいのです。チュルキが請け合ったのですが、もし決闘になって――もちろん、そんな事態になったら、われわれはテメレアの勝利を望みますが――それでテメレアが勝ったとしても、得にはなりません。不名誉な敗北を避ければ、われわれが有利になるというわけでもないのです。マイラは王家の守護者と見なされる重鎮のドラゴンです。マイラのプライドを傷つければ、広く反感を買うことになるでしょう」

ローレンスは広場に目を向けた。マイラがまた来て、イスキエルカと話しこんでいた。広場の遠い端にいるので、しゃべっている内容まではわからない。二頭の頭が近くに寄り、なにやら謀《はかりごと》をめぐらしているように見えなくもない。

テメレアが宿舎の近くにすわり、頭をぐっともたげて、サイフォの詩の朗読に聞き入っていた――少なくとも、そのように見せかけていた。テメレアの頭が、離れている二頭の会話が耳に入ってきそうな角度にわずかに傾いている。サイフォが質問をしたときも、テメレアが彼を見おろして答えるまでに、しばらく間があいた。

「どう答えたものか悩みます、ミスタ・ハモンド」ローレンスは言った。「テメレアがイスキエルカのことで胸を痛めるほど彼女に愛情を注いでいるかというと、けっしてそうではない。傷ついているのは、彼の心ではなく、プライドではないかと」

「同じ結果を招くなら、原因はたいして問題じゃないですよ」ハモンドが言った。「要は、あなたにテメレアが抑制できるかどうかです。ドラゴンの制御の可否が、ますます重要になっています」

ローレンスは、そんなふうに自分の力を使いたくなかった。ましてや、この問題をハモンドと論じ合いたくなかった。そこで席を立ち、外に出て、夕暮れ近くにいつもグランビーと過ごす宿舎の屋根にのぼり、彼の隣にすわってくつろいだ。ここからは街の見晴らしがよく、さまざまなドラゴンの行き来を観察することもできた。

グランビーはこの土地のドラゴンをスケッチし、その精緻な線描とはまったく対照的な判読しがたい悪筆で要点を書きこんでいた。彼の左腕の怪我は、ようやく腕吊りをはずせるまでに回復したが、まだ少し痛みが残っているらしい。スケッチするあいだ、左手はスケッチブックの上に置かれていた。

「きょうは、また新たな二種を見つけました」グランビーがスケッチを見せながら言った。緑の眼、黄色の体色を持つ中型と、翼長が通常の二倍はある、輝く眼を持つ小型。グランビーの書きこみによれば、〝フルートを吹く〔play the flute〕〟とある。

ローレンスがどういうことかと尋ねると、「えっ、ちがいますよ。〝背面飛行をする〔fly backwards〕〟です」とグランビーは答えた。「あんな飛び方ははじめて見ました。宙で体を引き起こしてくるっと、まばたきするくらい簡単に宙返りしたんです。スケッチは、これまでのところ二十六種。まだいくつか新しい種類が出入りするのを見ています」

ふたりは広場に目をやった。イスキエルカとマイラのひそひそ話はまだつづいていた。テメレアは離れたところにむっつりとすわっている。「なあ、ジョン、きみはどう思う？　イスキエルカは本気でマイラに思いを寄せているんだろうか？」ローレンスはグランビーに尋ねた。

「いいえ、はなはだ疑わしいですね。なんだろうと日がな一日自慢する彼女が、なんにも話さない」グランビーが言った。「なんなら、直接尋ねてみましょうか？　ハモンドになにか言われてくさくさするのは、やめてください。彼女をめぐってけんかなど起きるわけがない——本人がそれを望んでいたとしてもです。だって、ほぼ一年間、何千マイルもテメレアを追いかけてきたんですよ。それでも、うまくいってない。たんにテメレアを悩ませたいだけじゃないですかね。あのインカ竜が手頃な道具にされているだけで」

グランビーはさらにつづけた。「むしろ、あなたからテメレアを説得してみてはどうでしょう。二頭から卵が生まれるなら、英国航空隊にとってすごいことじゃないですか」

ローレンスは、そんなことはしないと断言した。二頭の交配が望ましいものだとしても、そこまで立ち入ったお節介はしたくない。テメレアは、英国の繁殖家たちの提案に最初から乗り気ではなく、やがてはたび重なる懇願にもそっぽを向くようになった。

「テメレアからイスキエルカに申し込んだとしても――マイラのためだろうが彼女の策略だろうが――彼女が拒絶したら、事態は改善しないだろう。それどころか、テメレアはマイラへの敵対心をいっそうつのらせることになる」

「ううむ、イスキエルカが拒絶するとは思えないんだけどなあ」と、グランビー。「テメレアがちょっとでも彼女に希望を持たせてくれたらと思いますよ。でもまあ――」と、あきらめをにじませてつづけた。「イスキエルカとちょっと話をしてみます。そして、彼女の出方を見ましょう。あ、いえ、説得できるとは思ってません。彼女が鳩の群れに飛びこむ猫になろうとしているなら、どうにもできないです。でも、いまの話、テメレアに少しだけ耳打ちしてもらえませんか。彼もそれで落ちつくかもしれないし」

グランビーがイスキエルカに声をかけようと立ちあがった。が、声をかける前に、イスキエルカはマイラとともにふたたび飛び立った。テメレアは無関心のふりをやめて、冠翼を逆立て、空に消えゆく二頭のドラゴンを見つめていた。

「キャプテン、わたしの見立てでは、いまは涼しい風が必要」料理人のゴン・スーがローレンスに言った。テメレアの気晴らしのために特別なおやつを用意したいと申し出てきたのだ。「この土地の胡椒《こしょう》はすばらしい。でもいまのテメレアには勧められない。イスキエルカは〝陽〟が強すぎるから、テメレアとうまくいかない。ま、ときどきね」最後は、気遣いを入れて付け加えた。

「テメレアがどう取り繕おうが、まわりはすっかりお見通しだな」ローレンスは言った。

「よろしければ」と、ゴン・スー。「彼の気持ちをもっと静かなほうに向かわせたい」彼はそのために、街を見おろす峰から大きな氷塊を取ってきてほしい、また鉄板も用意してほしいと言った。

こうしてテメレアとクルンギルが大きな氷のかたまりを運んでくると、今度はその表面を鉄板で削るようにという指示が出た。削られた氷が下に用意されたたらいにこんもりと山をなしていくあいだ、ゴン・スーは大鍋でシロップを準備した。氷が充分な量になり、シロップも冷えたところで、彼はその緑色の液体を大量のかき氷の上に流しかけた。

「ふふん！」テメレアが、鼻先を氷の山からあげて言った。「ふふん。これはとびきりすばらしいよ、ゴン・スー。これを永遠に食べつづけていたい」

クルンギルは、「旨い！」と声をあげたあとは、黙々と食べつづけた。食べきると、どさりと尻ずわりになり、言葉もなく陶酔《とうすい》のため息をついた。

「お気の毒さま。まったく残っていないんだ」その午後、遠出から帰ってきたイスキエルカに、テメレアは鼻持ちならない態度で言った。「なにしろ氷だから。食べられなくて残念だったね」

「ま、そのうちにね」イスキエルカがそっけなく返した。

「なにかありますね、これは」グランビーがローレンスに言った。「イスキエルカと話してみます。彼女がゴン・スーをさらって新しい氷菓子をつくらせたって、ぼくは驚かなかった。もし、テメレアを悩ませたいだけなら、あんな態度はとらなかったはずだ。かんかんになっても、おかしくありませんでした」

グランビーが問いただすと、イスキエルカは言った。「氷菓子のことなんか、どうだっていい。あたしは、もっと大事なことで頭がいっぱいなの。だけど――」と、テメレアにちらっと目をやった。「ほかはそうでもないみたい。あたしは任務をさぼったりしない。みんなが、ただやきもきするか、自分本位にご馳走をつくるか、そんなことしかしていないときでもね」

「ふふん！」テメレアが言った。「まるで、自分が交渉事をやってるみたいな言い草だな。マイラに取り入ってるだけなのに」

「あたしは任務をずっとやってきた！」イスキエルカが言った。「女王がグランビーと会うことになったのも、あたしのおかげ。きみにまかせてたら、彼女はナポレオンと結婚しちゃうわ。マイラがあたしに言ったの。女王にはその気があるって。フランスは彼女に、それはたくさんの約束をしたらしい」

「えっ？　きみはそんなこと、これまでひと言も——！」ハモンドが言った。「いったい、フランスはどんな申し出を？　ふたりが結婚すれば、ナポレオンはこの国の軍隊を動かせるようになるってことですか？　もしや、空軍を？　しかし、結婚すれば、彼女はフランスに行くことになる？　とすると、彼女はこの国に別の統治者を据えるつもりか——」

「ちがう、ちがう！　そんなことなら、ちゃんと伝えてたわよ。心配しないで。インカ女王は、ナポレオンとは結婚しない」イスキエルカは誇らしげに全身から蒸気を噴き出した。「グランビーと結婚するの」

「なんだって？」と、ハモンド。

「なんだって？」グランビーも声をあげた。

　この状況を喜んでいるのは、イスキエルカとハモンドしかいなかった。ハモンドは最初の衝撃から立ち直ると、ここは焦ってはいけないとみなに呼びかけた。「最終的には、われわれの側からなんらかの選択肢を提示しなければなりません。もしほんとうに、**サパ・インカ**〔インカの王〕

がそれを考えておられるならば――」

「ちょっと待った、ハモンド」と、グランビーが言った。「わからないのか？　イスキエルカが出まかせを言ってるって。インカ女王が一介の軍人と結婚したがる？　それを知って、彼女の臣民が許すとでも？　この件は、中国であなたが画策した、書類のインクも乾かないうちに誰もが忘れてしまうような、ちゃちな作り事とはちがいますよ」

「この件についてはまだなにもわかっていません。それによって、われわれがどんな義務を負うのかも」ハモンドはグランビーの腕に手を添え、なだめるように言った。「だからこそ、全体を把握するまで慎重でいなければ。相手方を怒らせてはなりません」彼はさらに付け加えて言った。「キャプテン・グランビー。わたしは、あなたという人を見誤ってはいない。あなたは、国家のためなら、いかなる任務も拒まない人だ。あなたにその任務が遂行できるなら――」

「ローレンス」と、グランビーが声を発した。ハモンドがなにかの用を言い訳に立ち去ったあと、彼はしばらく恐怖のあまり口もきけずにいた。「あのくそ外交官と、ぼくのくそったれドラゴンが、ぼくをインカ女王に婿入《むこい》りさせようとしてるんですよ。どっちも頭がおかしい」

ローレンスには言葉が見つからなかった。イスキエルカがどんなに請け合ったところで、そんなことができるとは思えない。するとテメレアが広場におり立ち、新たな憤慨をぶちまけた。

「チュルキに話したら、ほかの廷臣にも訊いてくれたよ。彼女が言ってた。みんな、きょとんとしてたって。つまりインカ女王は、グランビーと結婚する約束はしてないってこと」

「ああ、助かった」と、グランビー。

「考えてるだけだって」テメレアがつづけた。「それで――」

「くそう、あの悪魔のようなイカれドラゴンめ!」グランビーが声を張りあげた。「いったいぼくのことを彼らになんて言ったんだ? 女王はぼくがニューカッスル・アポン・タインの石炭屋の三男だってこと、ご存じなのか? それを知ったら彼女は――」

「ふふん! インカ女王はそんなこと、ぜんぜん気にしないよ、グランビー」テメレアが言った。「彼女が考えてるのは、あなたと結婚すれば、イスキエルカの卵が手に入るってこと。要するに、つぎの**サパ・インカ**のために火噴きの大型ドラゴンがほしいんだ。それをイスキエルカが約束したんだよ」

グランビーの狼狽ぶりこそ、この縁組話がこれまでよりはるかに現実味を帯びた証拠だった。英国は法外な資金を投じてイスキエルカを卵で購入した。隙あらば襲いかかろうとする周囲の国々への防衛手段として空軍戦力に頼らざるをえない国家なら、火噴きで、しかも大型のドラゴンは、喉から手が出るほどほしいものなのだ。インカ帝国にも火噴き種はいるが、体が小さく火焔の種類もちがう。一瞬、火力の弱い赤い炎が噴き出すだけで、すぐに消えてしまう。よほどの接近戦でないかぎり、軍隊よりは労働向きだろう。

「いまさら、きみにじゃまされたくない」みなから問い詰められて、イスキエルカはテメレアに言った。「あたし、言ったでしょ、きみの卵を産んであげてもいいって。これからだって同じ。でも、マイラの卵を先に産むことにしたの。きみには嫉妬する権利なんてこれっぽっちもないわ。この数か月間ずっと意気地がなかった。できないいんじゃないかって不安だったから」

「ぼくは嫉妬してない。不安でもない。きみの卵をほしいとも思ってない」テメレアは言った。

「これっぽっちも」

「聞いてられない」と、イスキエルカ。「嫉妬してるくせに。だって、グランビーが皇帝になるんだから」そう言うと、誇らしげにシュッと蒸気を噴いた。黄金の板壁が反射する日光を受けて、まとわりついた蒸気が彼女には似つかわしくない後光のように輝いた。

「これでずいぶん状況が変わりました」情報を得たハモンドが算段をめぐらすように言った。

「実を言えば、われわれがどんな義務を負うのか、イスキエルカがどんな取り決めを交わしたのか、心配だったんです。しかし、それが彼女自身の、彼女のみが背負う義務だとわかり――」

「いや、イスキエルカとぼくだ」グランビーが鋭く言った。

「ええ、もちろん」と、ハモンドは言ったが、明らかに人間のほうはどうでもいいと思っていることがうかがえた。

問い詰めていくうちに、イスキエルカの約束は卵だけではないことがわかってきた。英国が喜んで多くのインカ竜の**アイリュ**に一万人の移住者を送りこむと軽々しくマイラに請け合い、おまけに毎日広場に出ていく水兵たちを宮廷のドラゴンに差し出してもいいとほのめかしていた。だが彼女のしたことに、ハモンドは異議を唱えなかった。それどころか、ローレンスには、ハモンドが喜んで水兵たちをお立ち台に乗せ、競《せ》りをはじめるのではないかとさえ思えてきた。

「もちろん、彼らの気持ちも考えるべきです、キャプテン・ローレンス。しかしもし、彼らのなかに、この贅沢な環境で暮らしたい者がいるなら――」と、ハモンド。「あるいは、それによって祖国に貢献したい者がいるなら、わたしはまったく反対しません。とはいえ」と、早口で言い添えた。「イスキエルカの提案の旨みは、そこではありませんね。キャプテン・ローレンス、あなたは正しかった。いずれにせよ、女王は結婚しなければならない。そしてもし、その結婚相手がナポレオンなら、女王はフランスに行かなければならない。革命によって引き裂かれ、戦乱のさなかにある国へ。宮廷のドラゴンたちは、それを重く受けとめるにちがいありません」

グランビーが言った。「だから、女王がぼくと結婚すると？　相手がぼくなら、彼女はどこへも行かずにすむ。そしてぼくは一生をインカ帝国の宮廷で過ごす。それでもいいのかと、ぼくに尋ねてはどうですか、ハモンド？　せめて尋ねるそぶりぐらいしてもいいでしょう」

「キャプテン・グランビー、まだ決まったわけでもない薄い可能性について、細かなことを言いはじめたらきりがありませんよ」ハモンドはそう言うと、あからさまに宿舎から出ていきたそうなそぶりを見せ、「ちょっとイスキエルカと話したいので失礼」と言って出ていってしまった。

「きみには幸せな人生を送ってもらいたいと思っている」ローレンスは、怒り心頭のグランビーに、皮肉めかして言った。「かくも熱心な仲人《なこうど》がついているのだから」

「あのう、ミスタ・グランビー」焚き火のそばでラム酒を飲んでいた、乗組員のオディーが、慰めの声をかけてきた。「結婚は悪いもんじゃありませんよ。行き着くところがつねに涙の谷だとしても、このつらい浮世《うきよ》で結婚よりましなものはそうありません」

「勝手に言うなよ、オディー」グランビーは言った。「きみになにがわかる?」

「わたしは人生で四人の妻を持ちました」オディーが、グラスを宙に掲げて言った。「キャサリン、フェリディア、ウィリス、ケイト。わたしのようなみじめに老いた男のために、この地上を美しく飾ってくれた四人の女たち。現世に救いはなくとも、神様が聖人たちの集う大理石の神殿で彼女らを見守っていてくださいますように」

オディーは酒を飲みほすと、焚き火を囲む男たちに酒をねだった。「お若い連中、余裕があるなら、一杯分けてくれないか。過ぎ去った愛を思う男に心づくしを」

「きみには、他人の不幸に対する心づくしはないようだな」グランビーはそう言うと、大股に歩き去った。

その夜、グランビーがローレンスの部屋を訪ねてきた。彼は扉を静かに叩き、散歩に誘った。ローレンスは彼とともに広場を抜け、丘をのぼっていちばん上のテラスまで行った。お互いに無言だった。丘の頂上から、青いガス灯に囲まれた大きな広場と、宿舎から洩れるオレンジ色の明かりが見えた。

「ばかですね、ぼくは。最初は現実だとは思えなかったし、ましてやハモンドが乗り気になるなんて夢にも思わなかった。だから、いまこうして――」グランビーはそこで口をつぐんだ。

「きみにどんな助言すればいいのか……」ローレンスは思い悩みながら言った。中国におけるハモンドの交渉で、自分はひとつの駒《こま》として使われた。結果はうまくいったが、自分のなかに抵抗がなかったわけではない。今回の一件は、そのときの比ではなくグランビーを混乱させている。

「さらにまずいことに」と、グランビーが言う。「ローレンス、ぼくは彼女とは結婚できません。それをすぐに言うべきでした。でも、イスキエルカが計画を最初から隠してたんだから、しょうがありませんね。とにかく、ぼくは……言えません……ハモンドには言えません。あいつは信用ならない。もし彼に言ったら、どうなるか……なにをどう……」こんなふうに言いよどむのはグランビーらしくなかった。彼は片手を顎にあてがい、こすりつづけながら、なにかをためらっていた。

ローレンスは彼を見つめて尋ねた。「きみはすでに結婚しているのか?」

「いいえ、ちがいます! それならよかったんですけどね」グランビーは言った。「姉さんが前に友だちのひとりをどうかと言ってくれて……ああ、それができていたら! いくらハモンドでも、重婚まで強いることはないでしょうから。ちがうんですよ、ローレンス。ぼくは……ぼくは……いわゆる倒錯者なんです」

「えっ?」ローレンスは思わず声をあげた。海軍出身なので、そういうことがあるのを知らないわけではなかった。その罪に溺れた何人かの良き士官を知っているが、彼らの過ちは静かに無視されるのが常だった。だがそれは、女性と出会う機会が少ないことに起因する習慣だとずっと思っていた。つまり、航空隊の飛行士には当てはまらないものだと……。

「どうしてなのかはわかりません。でも、これは出会いのチャンスがどうのという問題じゃないんです。少なくとも、ぼくの場合は」グランビーはそれだけ言うと、また黙りこんだ。

ローレンスには言葉が見つからなかった。これまで、グランビーが女にだらしないと思ったことは一度もなかった。しかしそれこそが事実の証明だといまさらながらに気づく。「気の毒に思う」しばらく沈黙したあと言った。「――気の毒に思う、実に」彼の告白に対して不適切な返し方かもしれないと感じながらも、そうとしか言えなかった。

「はあ――」グランビーが片方の肩だけすくめた。「通常なら、たいしたちがいはないんですよ。

ぼくは考えたこともないですが、ドラゴンを怖がるようなふつうの娘と結婚し、一年のうち十一か月、妻を家にひとり残して、自分は基地でドラゴンと暮らす。そして、ほかの士官のように基地の外の手頃な娼館に出かけていく。そんな人生を送るくらいなら、ぼくは仲間の士官と静かな時間を過ごすほうがいいんです」ふつうの人生を押しのけるように、彼は片手を振った。「でもいまは――このとち狂った状況では――」

「うむ」ローレンスは心を強くして尋ねた。「まったく無理なのか？」このぶしつけな質問を投げかけるには覚悟が要《い》った。しかし、自分は海軍の事情しか与《あずか》り知らないが、ファラウェイ艦長には十一人の子どもがいた。そう、帰省休暇のたびにひとりずつ。良妻賢母を地でいく彼の妻がまさか道を誤るとは思えなかった。つまり、できないわけではないということだ。

「無理をすればなんとか、たぶん」グランビーが言った。「イスキエルカのせいで、無理やり種馬にされるのだとしても、結婚すれば、一回や二回のことじゃすみません。女王を怒らせてしまうでしょうね。〝こやつの首を刎《は》ねろ〟と言われてしまいますよ、きっと」

「彼女が知らなければいいのでは？」ローレンスは言った。「いや、きみに不誠実を勧めるわけじゃない。しかし、それできみの任務に支障が出ないなら――」

「無理です」グランビーはにべもなく返した。「笑い者にはなりたくないですよ、これまでもいまもこれからも。でも、残りの人生をずっと修行僧のように過ごすのもいやだ。どんなに慎重になっても、誰かが見つけて彼女に告げ口しないとはかぎりません。誰の目にもとまらないただの飛行士ではなく、女王の夫ともなれば」

ローレンスはゆっくりと言葉を選んでいった。「しかし――彼女はふつうの結婚に期待するような愛情を求めてはいないだろう。ナポレオンが、情熱のままに結婚した女性と、彼女のために別れたことを、女王はまだ知らないかもしれないが、まもなく知ることになる。そして、彼女は夫を亡くしたばかり。彼女にとって結婚は、個人的なものではなく、国家と国家の結びつきにちがいない。その点では、ふつうの女性が婚姻関係の不履行《ふりこう》に傷つくのとは、少しちがうように思えるのだが……」

「ローレンス！」グランビーが声を張りあげ、非難の目を向けた。「火に炙られ暴れ馬に引きずられるような状況でなけりゃ、あなたには話さなかった。でも、自分ひとりでは、どうしたらこの状況から抜け出せるか見当もつかなくて、告白したんです。ところが、あなたときたら、まるでぼくにこれをやり遂げろと言っているみたいだ」

ローレンスは肩身の狭い思いで言った。「いや、むしろ、どう助言すればいいのかわからない」

しかし実のところ、グランビーの告白によって、彼の立場がいっそうつらいものだとはよく理解したが、気が咎めつつも、この縁組がもたらす国益や、取って代わる打開策の乏しさを打ち消すことは不可能だった。本音を言えば、遂行できる可能性がある以上、この縁組を進めることがグランビーの責務ではないかという思いも心の底にある。

「それだけが、この縁談の大きな障害ではないだろう。ほかにもたとえば、ふたりの立場のちがい、地方政治の危うさ、これがきみのキャリアをだいなしにするかもしれず……」

ローレンスは言葉を濁した。自分自身が責務だと信じて行動し、キャリアをだいなしにしたことを思い出したからだった。目を逸らしたグランビーもそれをわかっていた——ローレンスのあのときの行動こそが、同じ状況に立ったときになにを選ぶべきかを雄弁に語っていることを。

「ああ、それはきみの責務じゃないとも」ローレンスは心ならずも言った。

「当然ですよ。どうか、あなたの責務だとは考えないでください」と、ハモンドまで言った。ふたりが宿舎に戻ると、彼はすぐに近づいてきた。おそらく扉の近くで待ちかまえていたのだろう。「もちろん、あなたが望まない縁組を押しつけるようなことはしません。ええ、まったくそんなことは」

ハモンドが本気で言ったかどうかは怪しいとしても、イスキエルカは彼とは異なる意見を持っていた。彼女はグランビーの抵抗にいっさい取り合わなかった。最後の手段として、グランビーはイスキエルカと一対一になり、ローレンスにしか話し声が聞こえない場所で、同じ告白をした。「もちろん、あなたが女性を好きにならないことは知ってた」と、イスキエルカは言った。「あたし、ばかじゃないもの。わかってたわよ、あなたとキャプテン・リトルが──」

「おい、それを言うな」グランビーが真っ赤になって叫び、狼狽えてローレンスをちらりと見た。

「あら、じゃあ、なぜ話したの?」イスキエルカが訳知り顔で尋ねた。「あたしがその話題を持ち出したとき、イモルタリスは黙ってたほうがいいって言ったわ。あたしには理由がわからなかった。なんの罪かは知らないけど、話したら、あなたが逮捕されるみたいな言い方だった。でもね、そんなのはたいしたことじゃないの。女王アナワルクはあなたに愛を求めてない。卵がほしいだけ。そして、皇帝になってほしいだけ。なんならマイラに尋ねてみるわ。それが障害になるかどうか。でも、聞くまでもないと思うわよ」

グランビーは、この結婚をまったく望んでいないとイスキエルカにはっきり告げた。しかし、彼女の揺るぎない決意とハモンドの猫なで声の焚きつけのはざまで、同意するような方向へしだいに駆り立てられていくのがはた目にもわかった。さながら狼の群れに追われる鹿のようだった。そしてとうとう、マイラとイスキエルカが企画する式典において、ひとりの求婚者として公式にインカ女王に謁見することを受け入れてしまった。

ハモンドが言った。「キャプテン・グランビー。なにはともあれ、わたしの出番が回ってきました。わたしも女王に謁見できるように、マイラが計らってくれたのです。これでようやく、わたしの交渉力を発揮し、事を有利な方向に──」

「それは、ぼくにとっての不利ですよ」と、グランビーはあとからローレンスに言った。もはや本気の抵抗ではなく、苦い諦念《ていねん》が漂っていた。「正装しようにも、ぼくらの誰も、まともなクラヴァットを持っていそうにありませんね。せめて案山子《かかし》と間違えられないように努めましょう」

テメレアには、ローレンスがこの状況を正しく理解しているとはとても思えなかった。**サパ・インカ**とナポレオンが結婚してほしくないのは当然としても、それを避けるために哀れなグランビーを犠牲にするなんて、どう考えてもおかしい。そもそも、グランビーが望んでいないことなのだ。ほかの誰かがインカ女王と結婚すればいいじゃないか。結局、女王は相手が誰だろうと気にしないし、イスキエルカから火噴きの卵がほしいだけなのだ。

良識ある者なら、そんなことが正しくないとわかるはずなのに……。イスキエルカはマイラといっしょになればいい――それが彼女の望みなら。マイラ以外に誰も彼女を求めていない。そして、グランビーは、ぼくのクルーに戻ればいいんだ。

グランビーにはその考えをそれとなく伝えてみた。大っぴらに言えば、どうせイスキエルカが反論するだろう。強引なこともしたくなかった――要するに、グランビーを奪おうと画策するようなことは。そもそも、イスキエルカがグランビーを自分から引き離し、苦しい目に遭わせ、いまは祖国から遠く離れたこの国に閉じこめようとしている。ここがどんなに黄金あふれる国だろうと、そんなことが許されていいわけがない。

黄金などまるで眼中にないグランビーは、陰々滅々として言った。「副キャプテンのころはよかったなあ。自分もいつか卵の孵化に立ち合って竜と絆を結べるだろうか、それしか心配することがなかった。今回の件を母さんが聞いたらなんと言うか。ああ、考えたくもない」

それを聞いて、テメレアにはますます、身代わりを立てるという自分の代案が正しいように思えてきた。「ねえ、ここにとどまって、**サパ・インカ**と結婚して、皇帝になってみたいなんて思わない？」試しにフォーシングに尋ねてみた。

「いやです」フォーシングは鼻を鳴らした。

テメレアはため息をついた。フォーシングなら喜んでここに置いていくのに……。だが、やはり彼は、こんな重大な任務には向いていないと思い直した。その週はフォーシングをかなり厳しく二度もたしなめた。例のばかばかしくも不必要なお披露目《ひろめ》の式典に備えるために、彼は行きすぎた行動をとっていた。

「女王は、グランビーの服がみすぼらしくても、ぜんぜん気にしてなかったよ」テメレアは言った。「ブーツが擦り切れてようが、サンダル履きだろうがかまわないんだ。そんなことのために、貴重な革をたくさん使う必要はないよ」テメレアは言った。

「そして、あなたもだよ、フェリス」と、今度は街の外の市場から戻ってきたフェリスに厳しく言った。彼が連れている二頭のアルパカの背には、美しい暗緑色の布が積まれていた。その布を使って、式典に参加する飛行士全員に軍服の上衣を新調するらしい。「この資金はどこから出たの？　ぼくたち一文無しじゃなかったっけ」

「うむ、それは――」フェリスは言葉を濁した。「――その、マイラがイスキエルカに贈った宝石があったので」

「イスキエルカが、あなたたちにまともな服を着せるために、自分の宝石を差し出すとは思えないな」テメレアはますます疑いを深めて、首をめぐらし、広場でうたた寝をしている水兵を数えた。こう言うのは残念だが、フォーシングなら、そしてフェリスでさえも、賄賂を積まれたら、水兵が別のドラゴンのところにこっそり連れ去られていくのに目をつぶりかねないと思った。もちろん、こんなことがつづくのを許すわけにはいかない。ローレンスはこういうことに反対している。水兵たちの態度はよくないし自分のクルーだとも思っていないが、それでも自分は彼らを守る責任を負っているのだ。

テメレアはいつからか、ひとりの人間にしか関心が向かないドラゴンを哀れだと思うようになっていた。もちろん、ローレンスのことが誰よりも大切だ。そのつぎがチームの士官や乗組員たち。いずれまた地上クルーを持てるようになったら、彼らのことも。しかし、そこで区切る必要があるのだろうか。これまでは一度に自分が運べる人間の数が上限だと思いこんでいた。けれど、もっと多くの人間を引き受けられるのではないだろうか。たとえば、クリクラーと彼女の子や孫たちが多くの人間を養っていたように。それどころか、自分の伯父は、皇帝のドラゴンとして中国全土の民をかかえていたではないか。

いずれにせよ、ローレンスは隊の一行の規律を保とうと努力してきたし、荒くれ者のハンズが抜けてから、水兵たちは前よりずいぶんましになった。いささか不平が多いが、仕事をちゃんとやっている。現に、フェリスから新しい布地を受け取ると、ぼろぼろの一着を犠牲にして型紙をつくり、実用的な新しい上衣を何着もみごとに仕立ててみせた。たいした働きぶりだ。だからこそテメレアは、式典の準備などという目的のために、彼らを勝手に交換させるつもりはなかった。今後は彼ら全員に何事もないように、近くから目を光らせていようと思った。

ところが翌朝、テメレアは怒りに震えて叫んだ。「またひとり消えてる！　クリクトンがいない。すぐに調べて！」こうして、クリクトンが東の州を治める首長の邸宅に暮らす給仕係の娘にぞっこんになっていたことが突きとめられた。

フェリスを呼んで説明を求めたところ、彼はローレンスにこう言った。「出ていったわけじゃないんです。しばらく、娘さんを訪ねているだけです。とくに問題はないと見なしまして——」

「はあ？」ローレンスが苦々しげに返した。

「その、いろいろと困った事情があるのです」フェリスが言った。「街には女性がいません。いわゆる遊べる女性が。そして、このあたりの女性にも困った事情があります。彼女らは自身の**アイリュ**以外の男性とは結婚できないのです。よほどの事情があって、交渉が成立しないかぎりは――」

クリクトンはその娘を訪ねようと何度か逃亡を試みた。大きな屋敷の戸口から、ほほえむ程度のささやかな誘惑を受けたことに奮起して。そして逃げようとするところをフェリスに見つかった。「任務を放棄して脱走するのは許されないと厳しく言ったところ、彼女のところへ行くが、かならず戻ってくるから認めてほしいと懇願されました。なんでもその屋敷の執事から、わたしたちに謝礼があるということで――」

「種馬サービスの提供にか」ローレンスは冷ややかに返した。

フェリスは、最初はとまどい赤面したが、すぐに大きく肩をすくめて言った。「いや、種馬にされるのはわたしたちだけではありませんよ。ドラゴンを担う方もでは？」

ローレンスはとまどうようすを見せた。その後、彼はテメレアに言った。「愛しいテメレア、きみがいるからわたしが自分に結婚を禁じているとは思わないでほしい。わたしはただ覚悟がつかないだけで――」

「そんなことは考えないで、ローレンス」テメレアはすぐに返した。ローレンスの心配はよくわかるが、彼を安心させたかった。「ぼくは、あなたが望まない結婚を、ただ皇帝になることだけが目的の結婚を、けっしてあなたに求めたりしない。子どもに関しては、むしろきちんと訓練されたクルーのほうがほしい。でも」と付け加える。「ローランド空将があなたのために産んでくれるかもしれないよ。エミリーがキャプテンとしてエクシディウムを引き継いだときには。そのとき、ぼくがエミリーを手放さなければならないのは、かなり不公平に感じるけどね。彼女はすごく鍛えられているし、この先すばらしい士官になるとわかってるのに」

ローレンスは、語ることで心が安らいだようには見えなかった。クリクトンは彼の恋人のところにとどまることを簡単に許された。テメレアなら、喜んで布を返し、クリクトンを取り戻していただろう。執事が反対しようが、自分の権利を守りたかった。ローレンスは、二度とクリクトンのような過ちは許されないと言い渡したが、その贈り物を突き返すことはできなかった。布はすでに裁断され、新しい上衣に仕立てられてしまっていたからだ。

フォーシングも、フェリスには負けたくなかったらしい。副キャプテンの座にいてなぜそこまでむきになるのかテメレアにはわからないのだが、彼は裁縫のうまいシプリーに水兵たちの監督をまかせ、はぎれから新たな服を何着もつくらせた。テメレアは教師役を引き受けたことを後悔したが、フォーシングはケチュア語の習得にも励んでおり、できあがった服を街の外の市場に持っていくと、どうにか交渉を成立させて、適度な長さの赤い毛織りの布を手に入れ、グランビーのマントを仕立てさせた。そのうえ、ローレンスの長衣に縫いつけたオパールのいくつかを、マントの縁飾りに使ってはどうかとまで言い出した。

「いいですね。飾りがあったほうが華やかで――」と言い出しかけたハモンドを、テメレアは氷のようなまなざしで黙らせた。ローレンスの長衣を犠牲にするのは断じて許せなかった。

「もういい。ぼくはもう充分な男ぶりだ」ついにグランビーが我慢の限界に達して言った。「きみたちも彼女と似たり寄ったりでひどい」彼女というのはイスキエルカのことで、そのイスキエルカはいま、テメレアには耐えがたいご満悦の表情で広場を歩き、マイラのほうをちらちらとうかがっている。テメレアにとっては、たとえ黄金のためだろうが、イスキエルカがグランビーを結婚させる――つまり誰かに引き渡すことなど言語道断だった。しかも、グランビー本人が**サパ・インカ**との結婚を望んでいないのだ。

「せめて、気候がよくなるのを待ってはどうかな」最後の手段として、テメレアはそう提案してみたが、グランビーの同意すら得られなかった。

「早く終わらせてしまいましょう。ぼくは、女王が考え直してくれることを神に祈ります」グランビーが言った。それから二日後の朝、英国側の一団がクシパタ広場に集合した。飛行士二十名は、新しい暗緑色の軍服に、洗ってレモンで漂白した修繕済みの白いズボンをはいていた。ハモンドは、長旅のあいだも染みひとつなく保たれた、上質な茶色の上着をまとい、大使の資格を示すサッシュを肩から斜めに掛けた。ペンバートン夫人は黒のドレス。そしてグランビーは、華麗と言うほかない赤いマントをはおっていた。テメレアはローレンスの端正な装いを見ても、気が晴れなかった。中国式の長衣は箱にしまわれたままだ。ローレンスは新しい軍服を着て、継ぎをあてたブーツを履いていた。

「こんなときに、グランビーより立派に見えてはいけないからね」とローレンスは言った。テメレアもその点については同意した。もしアナワルク女王がローレンスのほうがいいと考えはじめたら、たいへんだ。もちろん、ローレンスならすばらしい皇帝になるだろうが、ぼくはイスキエルカとはちがう。出世のために、こんなやり方で、まるで身売りするようにローレンスを結婚させるようなことは、ぜったいにしない。

「地位だけじゃなくて、富もね。これがみんな、グランビーのものになるの」イスキエルカは、強欲な眼つきで女王の大公堂を眺めわたしながら、声を潜めてテメレアに言った。この日のために、黄金の壁は特別に磨かれ、銀も明るい輝きを放っている。まだ日は高いが、天井から大きなランタンがいくつも下がっているのは、金銀と宝石をいっそうまばゆく輝かせるためだろう。

インカ女王はことのほかみごとなドレスをまとっていた。その優雅さと豪華さは、ローレンスの長衣にも匹敵するとテメレアも認めざるをえなかった。黄、赤、金の糸で織りあげたドレスの布地が、光にきらめいている。女王の頭には、豪華な羽根飾りのついた金と銀の王冠がのっていた。

「あの王冠はわたしが勧めたの」イスキエルカのささやきに、テメレアはははからずも耳を傾けた。

「この国には王冠をかぶる習慣がなかった。でも、あたしが、ヨーロッパの王室では王冠をかぶるんだってマイラに言ったら、すごく賛成してくれて、あの王冠をインカ女王のためにつくらせた。グランビーも、いずれ王冠をかぶることになるわ。ふたりが結婚したら。玉座も必要になるだろうけど、つくるのに時間がかかるらしいわ」

「まだ結婚したわけじゃないよ。なにも決まってない」テメレアはそっけなく返したが、決め手に欠ける反論で、イスキエルカから無視された。サパ・インカのグランビーを見る目は貪欲そうに、延臣たちのそれは不愉快そうに見えた。ただマイラだけがイスキエルカににたにたと笑いかけ、肩まわりの羽根のような長いうろこをこれ見よがしに立てている。

「わたしから彼女に伝えます、キャプテン・グランビー」女王に近づいていくとき、ハモンドが声を落として言った。「あなたは政治に興味はない。政治に干渉するつもりはないと――いいですね？」

「どうぞ」グランビーが力なく答えた。「彼女の愛玩犬になると伝えてくれ。なんでも好きにやってくれていいと。隣にすわった彼女がぼくをつつくとき以外はなにもしないと。できるなら、こうも伝えてくれないか。こいつはこの国の言葉を十語も知らず、今後一年は一文さえまとめられないだろうと」

「キャプテン・グランビーから女王陛下にお許しを願います」ハモンドが言った。「ご招待を受けた栄誉と、お心遣いへの感謝をこのお国の言葉でお伝えできないことを、彼はたいへん申し訳なく思っています。そこで、わたしが彼に代わって女王陛下に――」

ハモンドははなはだ不誠実な言葉を並べたてたが、アナワルク女王は満足しているように見えた。テメレアは目を逸らし、階段状の広いテラスと街の建物の高い屋根を行き来するドラゴンたちを眺めた。そこからは街の広がりがよく見えた。絶景というわけではないが、すぐ目の前で進行する惨事を見ているよりはずっとましだった。

ふと、南から近づいてくる三頭のドラゴンに眼がとまった。三頭のうちの二頭が、長い旗を、きわめて大きくて立派な旗をたなびかせていた。

テメレアは、はっとして立ちあがった。旗は三色旗《トリコロール》。そして、中央のドラゴンは白い。「ローレンス！」ハモンドの話をさえぎって叫んだ。「ローレンス、リエンが来た！　両脇に、フラム・ド・グロワール〔栄光の炎〕を従えて」

13　卵をめぐる駆け引き

もちろん、すべての責任をかぶせるわけにはいかないが、この式典を修復できないほどに壊したきっかけはテメレアにあった。テメレアが叫ぶのと同時に、インカのドラゴンたちが腰をあげ、近づいてくる三頭のドラゴンを怪しんで見あげた。話をなんとか再開しようとするハモンドには誰も関心を払わなかった。マイラ・ユパンキが後ろ足立ちになり、片方の前足をインカ女王がいる高座に置き、いつでも彼女をつかんで飛び去れる体勢をとった。

テメレアは、フランス使節団の宿舎あたりからジュヌヴィエーヴが飛び立つのに気づいた。ピコロとアルドントゥーズもつづき、南から来た一団に合流する。こうして六頭のフランスのドラゴンが頭上で旋回し、一頭また一頭と宮廷の広場におりてきた。先におりたピコロがクルンギルの肩を押して、リエンが舞いおりる場所をあけさせた。

リエンの容姿がひときわすばらしいことを、テメレアはしぶしぶながらも認めるしかなかった。胸もとを飾る巨大なダイヤモンドがランプの光に燦然と輝き、両の前足には籠手《ガントレット》のような装身具を着けていた。ルビーをちりばめたかぎ爪飾りの上部は繊細な銀鎖のレース。肘部分にはサファイアがあしらわれている。つまり、全身で青・白・赤《トリコロール》が完成するというわけだ。通常の竜ハーネスをつけておらず、たったひとりの人間が騎乗していた。

フランスのドラゴンたちが深く頭を垂れ、フランス人たちも帽子をとり、ド・ギーニュがジュヌヴィエーヴからおりてひざまずいた。こうして、ナポレオンがリエンの背をおり、差し出された前足に軽々と移った。リエンはその前足を地面までそっとおろした。

ナポレオンは、ド・ギーニュの肩に両手を添えて彼を立たせると、両頬にキスを与え、フランス語で言った。「大使のなかの大使よ！　ひとりで来たことを責めるな。わたしを送り出した元《げん》帥《すい》たちのことも責めてはならない。ときに、ひとりで戦わねばならない戦いもあるのだからな。さて、こちらがインカ女王だろうか？」ド・ギーニュがうなずくと、彼はつづけて言った。「彼女に伝えてくれ。ナポレオンがここに参上したと！　あなたに栄誉を捧げるために、みずからの危険を顧みずにここまで来たと。あなたがフランスを訪れ、われらが玉座に栄を与えてくださることを、ナポレオンが望んでいると」

もしインカ帝国のドラゴンたちが、この式典へのフランスの闖入《ちんにゅう》と外交儀礼の無視に激怒していたら、ナポレオンはその機を逃さず無謀な行為に走っていただろう。しかし、ド・ギーニュの通訳によって、白い竜からおり立った男がナポレオンであるとわかり、その華々しい宣言が伝わると、インカ竜たちの逆立っていた長いうろこがゆっくりと倒れていった。異国の統治者とその権力の前にひとりで出ていくことには相当な度胸が必要だ。それは間違いないとしても、二頭のフラム・ド・グロワールの背には通常より大勢の射撃手《ライフルマン》が乗り組み、いつでも銃撃できる構えをとっていることをローレンスは見逃さなかった。

インカ竜のあいだにささやきが走った。マイラすら不安げな表情を浮かべていたが、アナワルク女王がさっと片手をあげ、廷臣たちに静粛を促した。「皇帝陛下にはわれらが宮廷に歓迎しますと伝えなさい」女王は言った。「長旅でお疲れにちがいありません。どうぞ休憩をおとりください。そしてそのあとは、わたしたちの友情の幕開けを祝うために、晩餐をごいっしょしましょうと」

ハモンドが、このきわめて楽観的とも思える女王の対応をローレンスに通訳した。一方、女王はマイラの鼻に片手を置いて低い声でささやきかけ、一歩前に踏み出し、竜が差し出すかぎ爪のなかにすっぽりとおさまった。マイラは、イスキエルカのほうを一瞥《いちべつ》したのち飛び立った。ほかのインカ竜たちもマイラを追い、あとには異国から来た客人とドラゴンだけが残された。

ナポレオンもまだその場にいて、ド・ギーニュの代理を務めてきたフランスの貴婦人たちに笑顔で向きなおり、彼女らの手に接吻《せっぷん》した。だがそれで終わりではなかった。つぎは英国の一団に近づき、声を張りあげた。「キャプテン・ローレンス！　元気そうでなによりだ」ド・ギーニュの紹介によって、ナポレオンはハモンドとグランビーにも同じように親しみを込めて挨拶した。英国人が彼を恨むしかない理由など――彼の飽くなき野望も、〈トラファルガーの海戦〉から生き延びたネルソン提督の命を奪い、十四隻の戦列艦と二万人以上の兵士を海に沈めた、わずか二年前の許すまじき〝英国本土侵攻〟も――完全に無視されていた。

ローレンスは、ナポレオンが繰り出す質問に、努めて控えめに答えようとした。ナポレオンは、英国本土侵攻は無視しつづけ、飽くなき関心をひたすら満たそうとした。こうして矢継ぎ早に質問が繰り出されるうちに、ローレンスは自分が意図した以上に、オーストラリア大陸の内陸部の特殊性や、中国が大海蛇《だいかいじゃ》を使って行う交易について話しているのに気づいた。聞いていたリエンが、冠翼を首もとにぴたりと寄せて不興を示した。

「彼女は、中国は他国と交易するべきじゃないって考えてる」テメレアが宿舎に戻ってから言った。「天の使い種《セレスチャル》が戦闘に加わるべきではないと考えるように」

ハモンドは、無礼にならないぎりぎりの言い訳を使って、ナポレオンが率いるフランスの一団から英国の人々を引き離した。そしていまは神経を高ぶらせて部屋のなかを歩きまわり、ひとり言をつぶやき、彼専用のティーポットからコカ茶を飲んでいる。「正装のままでいてください。服を汚さないように」と付け加え、頭をぐっともたげた。「晩餐に招かれた場合に、いまから備えておかなければ。インカ側にはきっとなにか計画があり、われわれに提案を——おお！　まさかもうマイラがイスキエルカに会いに来たということはありませんよね？」

グランビーが言った。「ここへ戻ってきて五分とたってませんよ。会いに来ていません」それから、ため息をつき、赤いマントが汚れるのもしわになるのも気にせず床にしゃがみこんで、ローレンスに言った。「ナポレオンの活躍を期待し、彼が誰よりも勝っていることを願わなければならないなんて、情けない話です。でも、ナポレオンが空から舞いおりてきたあのときほど、人生で救われたと思った瞬間はありません」

テメレアはナポレオンとの再会をまったく喜べなかったし、リエンとなればなおさらだった。それでも、式典をだいなしにされたことは少しも不愉快に感じなかった。イスキエルカがどんなに落胆しようが、彼女には当然の報いだ。折りしもマイラが広場におり立つのに気づき、冠翼を寝かせた。どうせイスキエルカに会いに来たのだ。

テメレアは険しい眼で彼女のほうを見つめ、大きな声で言った。「自尊心のあるドラゴンなら、期待をはぐらかされたからって、他国のやつに懇願するような、みずからを貶《おとし》めるようなまねはしないでほしいものだね」

「はっ！　あたしは誰にも懇願しない」イスキエルカが言った。テメレアも、言われてみれば、確かにそのとおりだと思った。

イスキエルカはきわめて冷ややかにマイラに対応した。マイラがナポレオンの劇的な登場によってインカ側の計画がどれほど変更を迫られたかについて話しはじめると、なおいっそう冷ややかになった。要するに、彼が言うには、その午後フラム・ド・グロワール〔栄光の炎〕種の火焔の長さが実際に披露される一方、リエンがその色からしても神に祝福された、いかに卓越したドラゴンであるかが語られたということだった。

「運試しのつもりで、白いやつと励んでみれば?」テメレアは、聞き耳を立てていたことを隠そうともせずマイラに言った。「もしかしたら、きみの卵を産んでくれるかもしれない。まあ、無理だろうけど」

マイラが首まわりの羽根状うろこを逆立てて言い返した。「リエンは、自分には卵はつくれないと言った。互いの祖先が遠い相手では無理なのだと。天の使い種《セレスチャル》には他種との交わりが許されないため、われわれの時間を無駄にしないために、護衛役も兼ねて二頭のフラム・ド・グロワールを連れてきたということだった。もし、われわれが望むなら、二頭はインカにとどまり、われらが民と絆を結ぶことになる。それがフランスからの提案だ」

テメレアは愕然とし、とぐろを巻いて黙りこんだ。イスキエルカが鼻で嗤《わら》ってマイラに言った。

「もし、あのちゃちな火しか噴けない、フランスのドラゴン二頭があたしの代わりになると思ってるなら、あいつらとよろしくやるがいいわ。あんなぱっとしないやつらといっしょにされるくらいなら、あたしは自分の時間をもっと有意義なことに使うから」

「いや、ちがうんだ！」マイラが抗議した。「彼女らがあなたと同じだとはまったく思っていない。だからここに来た。どうかアナワルクと話し合ってくれ。グランビーと結婚するよう彼女を説得してくれ。あの異国の皇帝を追い払ってくれ。アナワルクをあいつと結婚させて、海を渡らせるわけにはいかない」

「ぼくに言わせれば」テメレアがしっぽをバンッと地面に打ちつけて、イスキエルカに言った。マイラが来て以来テメレアはひどく神経を高ぶらせているのだが、その理由がローレンスにはまだはっきりとつかめていない。「あいつは、きみにも、きみの卵にも興味なんかないんだ。ただ女王をこの山のなかに安全に閉じこめて、なにもさせないようにしたいだけさ。グランビーにもきっと同じことを求めようとする」

「マイラは、あたしの卵にも興味を持ってるわ」イスキエルカがかっとなって言った。

そばでは、ハモンドが早くインカとの協議に行かなければと焦っていた。マイラが、英国側の事情を述べられるように、ただちに非公式の謁見を認めると約束したからだ。

「一刻の猶予もありません。今夜の晩餐ですべてが決まってしまう。おそらく、ド・ギーニュはすでに別の筋から、インカ側に提案をしているでしょう」ハモンドが、グランビーを無理やりドアから押し出して言った。さらには、いやがる彼を無視して、マントのしわを伸ばそうとする。「とにかく、早く行かなければ。いますぐに」

ハモンドは一方的に語りつづけた。最初に挨拶を述べただけでグランビーは後ろに引っこみ、あとはハモンドが懸命に英国側の突破口を開こうとした。だが、アナワルクは、彼があの手この手で説き伏せようとするのを、平然と聞いているだけだった。

ハモンドは、海を渡る危険をほのめかし、フランス革命と王と王妃の処刑について語り、ナポレオンに敵対する国々を列挙していった。ただし、敵対するスペインがほぼ敗北し、プロイセン王国が完敗し、オーストリアが停戦を受諾し、ロシアが遠方から傍観するのみであることには触れなかった。

そしてとうとうハモンドの弁舌に勢いが失せても、アナワルクはまだなにも言わず、物思わしげな黒い瞳で英国人たちを見つめていた。その沈黙は、ハモンドに意図せぬところまで情報を吐き出させるためだったようにも、ローレンスには思われた。

ローレンスは立ちあがって、静かに言った。「女王陛下、あなたのご決断を変えられるかどうかはわかりません。ただ、わたしたちはこれで立ち去りますから、しばらく考えていただきたいのです。こんな言い方が許されるなら、確かに、フランス皇帝は卓越した才能の持ち主です」あわてて袖を引っ張るハモンドを無視してつづけた。「卓越した才能の持ち主ですが、彼はその才能を邪悪な野心を満たすために使っています。彼の征服欲はとどまるところを知らず、あなたがどんな助けを与えようが、結局はそのような邪悪な目的に行き着くことでしょう。目的の遂行が、この世界にどんな悲惨と窮乏をもたらそうが、彼は頓着しません」それだけ言うと一礼し、背に乗せようと前足を差し出しているテメレアのほうを振り向いた。

こうして、イスキエルカらとともに広場に戻ると、テメレアが言った。「すごくいいこと言ったよ、ローレンス。きっと女王は考え直してくれる。ナポレオンが戦争するのを助けたいなんて誰も思わないよ。もうこれ以上戦争はいやだ。もちろん、戦うことにはわくわくするけど、戦争はすごく理不尽なものだ」

ローレンスは首を振った。少なくとも自分は真実を語ったつもりだが、この先どうなるかはわからない。折りしもあらわれたペンバートン夫人のほうを振り向くと、彼女はしばし間を置いてから言った。「彼女自身が帝位に就いていなければ、もっと楽観していられましたのに。でも……」とつづけた。「彼女は、誰とも、帝位を分け合いたいとは考えていないようですよ」

晩餐はきわめて独特なものだった。フランスと英国の軍人たちが向かい合って、しかめっ面を交わすほかに意思の疎通はできなかったし、望んでもいなかった。インカの将官たちは、それに比べればおだやかに、宴席の上座と下座に分かれてすわっていた。ドラゴンたちは人間の後ろで、低い声で会話しながら、彼らのために焼かれたリャマの肉を食べていた。

ハモンドとド・ギーニュさえ、緊張と沈黙が同居するこの状況においては、本来の調子が狂うようだった。そしてひとりだけこの席でくつろいでいるのが、ナポレオンだった。

彼はこの日のためにケチュア語を学んだらしく、ごくわずかな語彙《ごい》を用いて果敢に会話を試みた。テメレアが顔をしかめて言うには、発音はひどいものだし、文法もなっていないということだったが、ナポレオンは臆することなくケチュア語とフランス語で、数席離れたインカ女王のご機嫌をとろうとした。彼女の隣に座したインカ帝国の戦士が発した、かなりぶしつけな質問さえ逆手に取り、〈アウステルリッツの戦い〉の勝利を――ジャガイモのかけらを陸軍大隊に見立てて――語りはじめた。

ローレンスでさえ、身を乗り出して聞き入らずにはいられなかった。それをあとから悔いたが、どんな恨みをかかえていようが、ナポレオンの語りに魅了されない軍人はいないだろうと自己弁護した。たとえそのあと、彼の野心によって奪われた命とヨーロッパの荒廃に思い至らずにはいられないとしても。

アナワルクはほとんど話さず、ナポレオンに話のつづきを促すように、かすかにほほえみかけるだけだった。戦士たちに話しつづけるナポレオンを見つめる彼女のまなざしの冷ややかさと、頭のなかで算段をめぐらすような表情に、ローレンスははっとした。女王は、彼女の椅子のかたわらに物憂げに頭を置いているマイラ・ユパンキを振り返り、何事かをささやいた。異国の者たちが集う宴席にいる竜を安心させようとしたのだろう。マイラの逆立っていた羽根状うろこが喉もとに添うように寝かされていった。

晩餐が終わり、席を立つときにグランビーが陰気な調子で言った。「もし女王がうるさくない男をご所望なら、ぼくで決まりですね。そしてたぶん、数年で追い払われるでしょう」

「ですが、子どもが二、三人生まれていれば、話は別ですよ。そうだといいんですけどね。あなたの血筋は多産系ですか？」ハモンドがグランビーにすり寄って尋ねた。うつむいて歩いているので、自分の発言がどんな苦々しい表情を引き出したかについては気づいていない。

「あれは誰もが辟易《へきえき》する質問じゃありませんか」と、あとでグランビーが言ったが、ローレンスにはそれでもかなり控えめな言い方だと思われた。「いずれにしても、人間の召使いに加えて十トン級の子守り係がいくらでもいる環境で、誰も子育ての心配なんかしませんよ。ですがハモンドに、ぼくの種付けの資質を問われる筋合いはありませんね。馬じゃあるまいし」

「ぼくは、リエンの言い訳だと思うな」テメレアは言った。「それに真実でもない。天の使い種《セレスチャル》が他種とは交配できないなんて、そう簡単には信じられないよ」

「きみがそう言うならそうかもね」クルンギルがおだやかに言った。「ぼくは、そんなことがたいして重要だとは思わないけどね」テメレアはその意見には同意できなかったが、クルンギルはまだ幼く、卵をつくりたいなんて思ってみたこともないのだろうと考えた。そのうえ、テメレアの卵がどんなに価値が高いかも、よくわかっていないようだった。

ローレンスは、まだ卵のなかにいたテメレアをフランスから奪取したとき、艦長として報奨金全体の四分の一を得て、プラチナにサファイアをあしらったすばらしい胸飾りを買ってくれた。その胸飾りをテメレアはいまも身に着けている。一方、イスキエルカの卵には金貨十万ポンドの値がついていた。もちろん、その卵からこんなやつが出てくるとは誰も想像していなかったけれど……。

テメレアは、最初は天の使い《セレスチャル》種ではなく、インペリアル種だと思われていた。セレスチャル種だと判明したことは、さらにテメレアの卵の価値を引きあげたことになる。だが、いまのイスキエルカに金貨十万ポンドの価値があると言いきれる者が、はたして英国にいるだろうか。ハモンドぐらいのものではないか……。

「ほんとうに、たまたまなんだよ」テメレアは落ちつかない気分で言った。「ぼくの卵がまだ生まれていないのは――」

イスキエルカが目を鋭く細めて大きな広場の向こう端を見ていた。フランス人の宿舎のそばにマイラ・ユパンキがいて、フラム・ド・グロワール種の雌ドラゴンと話しこんでいる。イスキエルカはフンッと鼻を鳴らし、肩越しにテメレアのほうを見て言った。「きみは繁殖場で何頭ものドラゴンと試してみたんでしょ？　それも何年も前に。一個でも卵が生まれてたら、とっくに知らせが届いてるわよ」

「ううむ、リエンの言ったことが多少は真実なら、ぼくはこれまで自分にふさわしい相手と試してこなかったのかもしれないな」テメレアは言った。「繁殖場でぼくの相手として選ばれたのは、とにもかくにも従順な、おとなしいドラゴンばかりだった。けっして悪い感じはしなかったけど、彼女らは特別な戦功をあげたドラゴンじゃなかったし、みんな中型だったし――」

「遠回しに誘うのはやめてくれない？」イスキエルカが、ハッと息を吐いて言った。「まあね、あたしが望まなかったら、きみはそれでよかったのかもしれないけれど……。でも、あたしは試してみたいの、きみとね。きみさえよければ。マイラは後回しでいいわよ」いささか意地の悪い口調で付け加えた。「あいつは仏竜《カエル》どもに色目を使っていたいようだから」

「ぼくは誘ってなんか――」そう言いかけたとたん、冠翼が派手に開いてしまい、テメレアは早口に言いきった。「ふふん、なんでもない。いいじゃないか、とても」

イスキエルカが頭をつんと持ちあげた。その眼に戦いに向かうときのような光が宿っていた。テメレアは、〝神の風《ディヴァイン・ウィンド》〟と火噴きの卵が生まれるとしたら、すごいことじゃないかと心ひそかに認めた。頭をおろし、こっそり胸飾りを磨いた。式典にかぎ爪飾りも着けていけばよかったと遅まきながら悔やんだ。あのときは暗い気分だったので、自分をよく見せたいなどとは思わなかったのだ。

「じゃ、行こう」イスキエルカが言った。「まずはちょっとおなかを満たしたい。きのう、南の平原にリャマの群れがいるのを見たわ。きっと群れはまだそこにいる。そこから少し山をのぼったところに、誰も来ない小さな谷があるの」


「ああ、おいしかった」イスキエルカが、顎についた肉片を舐めとりながら言った。狩りをしたあと、テメレアは、イスキエルカに彼女の火焔で数個の岩石を熱するように頼んだ。石は掘った穴の底に積みあげてあった。焼けた石の上に狩ったリャマをつぎつぎに置いて、良い香りのする灌木で蓋をし、塩泉《えんせん》の水を少々かけた。こうして、しかるべきことをすませたころには、リャマがいい具合に焼きあがっていた。

「さてと、どうなるかな——」イスキエルカが言った。「卵のことだけど。あとは待つしかないのね。少なくとも、あたしに関しては卵が産める準備はできてるし、なにもかもうまくいくはずよ。きみさえ、これまでみたいに失敗していなきゃ」

「失敗したら、ぜんぶぼくのせいみたいな言い方だな」テメレアは言い返したが、そんなに腹は立たなかった。リャマの肉は美味だった。ひとりではじめて料理に挑み、大成功をおさめた。そして結局のところ、イスキエルカが比類なき無双《むそう》の竜であることは否定できない。彼女の背中の棘は思っていたほどじゃまではなかった——もちろん、ちょっとした工夫は必要だったけれど。

夜明けが近づいていた。そびえる山々の向こうが少しずつ白《しら》みはじめるころ、二頭はクスコの街に戻るために飛び立った。テメレアは、料理人のゴン・スーに自慢したくて、残った調理済みの二頭のリャマを持っていた。「あれはなんだろう？」街に近づくと、突然、イスキエルカが言った。街の要塞の壁のなかに、大勢のドラゴンが集まり、毛織りの鎧を着た兵士たちが剣とマスケット銃を持って整列していた。

「ちょっと待った。ぼくらが見つけたことを気づかれないようにしないと」テメレアはイスキエルカの翼を軽く嚙んで注意を促すと、山の中腹の湾曲した陰に退避し、リャマを地面に置いた。「ここで待ってて。ふふん、ぶつくさ文句を言わないでくれよ。きみが噴き出す蒸気で隠れてることがばれてしまうから」

「見つかっても、ちっともかまわないわ」イスキエルカが言った。「インカの連中、どうするつもりだろう。もちろん、奇襲をかけるんだろうけど——」じれったそうに言った。「あたしたちに？　それともフランスに？」首を伸ばし、要塞に結集した竜と兵士をじっと見つめている。

テメレアは空に飛び立った。空の明るくなった部分が背景となって自分のシルエットが浮かびあがらないように注意しながら、状況を観察した。英国の宿舎は集結した兵団の東、フランスの宿舎は西に位置しており、どちらも攻撃できる距離にある。インカ兵たちはみごとな銀の盾を持っていた。そのとき、同じ盾とおぼしきものが朝日を受けて一瞬きらりと光った。英国の宿舎に近いテラスの上だった。

テメレアはイスキエルカのもとに引き返した。「ぼくらだった」食糧が必要になるかもしれないと思い、二頭のリャマをつかんだ。「インカ軍団が攻撃しようとしているのは、英国の宿舎のほうだ。すぐに知らせなきゃ」

第三部

14　アンデス山脈の向こう側

その滝は幅こそなかったが相当な高度があり、崩れた断崖の壁を流れ落ちる水のとどろきが、短い眠りをむさぼるドラゴンたちの苦しげな寝息を搔き消してくれた。ジャングルの高木も隠れみのになった。金色のクルンギルの体には泥が塗りたくられた。テメレアとイスキエルカにはそこまでする必要はなかったが、それでも竜ハーネスの革帯のいたるところに切り枝が差しこまれ、大量の蔓植物がかぶせられた。それもこれも執拗な追跡者たちから身を隠すためだった。

小さなドラゴンの一群が、速力をあげて、一行を追っていた。一昼夜が過ぎ、昼、そしてまた夜――。距離にして三百マイル近くを飛んだ。が、つねにジグザグや迂回の飛行を強いられたので、直線距離にすれば、それほど遠くまで来ていなかった。もし一行が立ち止まれば、あるいは追っ手と交戦しようとすれば、小型ドラゴンたちはすぐに引き返し、後方で戦闘に備えて体力を温存する大型ドラゴンたちに、彼らの居場所を知らせることになるのだろう。

インカ空軍との接近戦を、すでに何度かぎりぎりのところでかわしていた。あるときは、六頭の重量級、十三頭の中量級から成る軍団に巧妙に取り囲まれてしまった。巨体のクルンギルが初動で逃げ遅れたせいだった。クルンギルは頭を低くして、どれも二十トン以上はあると思われるドラゴン軍団のへりに突っこんだ。テメレアとイスキエルカもすぐにあとを追ったが、みごとな旋回で敵に向き直り、かぎ爪を振りかざして応戦した。そしてクルンギルが雲のなかに逃げきるのを見とどけると、ただちに敵を振りきって逃走した。インカのドラゴンたちは深追いせず、慎重に追跡をつづけていた。彼らには時間的余裕と土地勘があった。テメレアとイスキエルカとクルンギルは一瞬たりとも気が抜けず、体力を削られていった。

食糧確保や作戦会議に費やせる時間はほとんどなく、クスコから脱出した。テメレアが持ち帰った二頭のリャマは、すぐにクルンギルの腹におさまり、そのあいだに水兵たちが搭乗ハーネスをつける余裕すらなく腹側ネットに追い立てられた。少なくとも四人が取り残された。こっそりと夜遊びに出かけていたのだろう。ローレンスは、取り残された者たちにそれほど過酷な運命は待ってはいないだろうと自分を納得させた。まず間違いなく、いずれかの竜の**アイリュ**に迎え入れられるはずだ。暮らす土地は変わっても、牢獄に放りこまれるよりはずっとましだ。

一方、この一行を追うために集められた敵の部隊は、ヨーロッパへの知らせを少しでも遅らせ、なおかつ英国のドラゴンたちを捕虜にすること、あわよくば繁殖させることを目的としていると、ローレンスは確信していた。

そしてついに追っ手が、日の出とともに姿をあらわした。テメレアとイスキエルカがいち早く気づいて警告を発したおかげで、一行はどうにかぎりぎりで、追っ手の最初の咆吼が聞こえるのと同時に舞いあがり、霧の立ちこめる渓谷に飛びこむことができた。そのまま山間《やまあい》を東へ突き進み、身を隠せる場所をさがした。

昼がじりじりと過ぎていき、また夜が訪れた。しかしまだ気を抜くことは許されなかった。氷に覆われた山の上に、半月が煌々《こうこう》と輝いていた。追っ手のなかの何頭かのドラゴンには、闇のなかでも一行の姿が見えているようだった。だがとうとう、先頭を飛ぶテメレアが、アンデス山脈の東側に抜け出した。一行はこうして山々の裾野をくだるように飛び、鬱蒼とした緑に覆われた、果てしなくつづくジャングルのなかに逃げこんだのだった。

このジャングルのなかなら、まずまず安全にひと息ついたり仮眠をとったりできた。木々のなめらかな樹皮をしたたり落ちる水をすくって、数口飲むこともできた。身を隠している半日のあいだに、霧雨が二度降った。だが三頭の大型ドラゴンの水まではまかなえず、ずっとここに隠れているわけにもいかなかった。ローレンスはまだらになった葉を透かし、ゆっくりと昇る太陽を見つめた。せめて今夜まで、ここに身を潜めていることはできないものだろうか。

ハモンドが、飛行の揺れとスピードにやられ、真っ青な顔になって体を震わせていた。彼は、逃げるときにポケットに突っこんだ数枚のコカの葉を震える手で折りたたみ、コカ茶にする湯もないので葉を直接口に入れ、噛んで液を吸っていた。「暴挙と言うほかありません――これは、大使の神聖性という外交原則を裏切るものであり――」あわただしい出発以来、彼は同じ主題を変奏するように、えんえんと語りつづけていた。

「もしインカ帝国の人々が、スペインが彼らにしたことを範《はん》として外交原則を考えているのなら、今回の件もまったく意外ではないな」ローレンスは苛立ちを抑えながら言った。一杯の茶が、いや願わくは一杯の濃いコーヒーがあったらどんなによかったか。しかしここでは、蔓植物の大皿のような葉に水滴を受けとめて口へ運ぶしかなかった。

「とにかく、逃げる道筋を考えなければ。どの方角に向かうかを」ローレンスはそう言うと、腰をかがめて南米大陸の略図を地面に描いた。

「リオです。当然では?」ハモンドが、すでに目的地の検討に入っているかのように言った。「もうこれ以上遅れるわけにはいかない。全速力でリオに向かうべきです」

「いやあ、無理でしょう。水の供給もなくジャングルを行くなんて、災いを求めているとしか思えない」グランビーが言った。「ローレンス、この件に関して選択の余地はありません。ぼくら人間は木の幹をしたたる水でしのげても、ドラゴンには無理だ。樹木の下には小川が流れているかもしれないが、空から見つけることはできません。でも山際を行くなら、毎日でも水流は見つかりますよ」

「引き返せば、追っ手に見つかる可能性が高くなる」ローレンスは言った。「だが、きみの意見にも一理ある。昼はジャングルに潜み、夜に北へ向かえばベネズエラに――」

「だめだ、だめだ！」ハモンドが叫んだ。「みなさん、リオに行くしかありません。任務の緊急性が増したことを、みなさんはわかっておられないようですね。**サパ・インカ**がナポレオンと運命を共にすると決め、ブラジルはいまや窮地に陥った。摂政皇太子をはじめとするポルトガルの王族たちがリオに避難していることを忘れないでください。彼らに警告しなければならない。もしかしたら、助けなければならない。彼らは危険が迫っていることをまだ知らされていない。大使の権限をもって主張します。この決定が充分な正当性を持つものであることをご承知おきください！」

「結婚できないとなったら、今度はぼくらを殺すつもりか」グランビーが声を潜めて、ローレンスに言った。「まずはベネズエラに行って、海岸沿いにリオを目指してはどうでしょう？」

「それでは六千マイルも余計に飛ぶことになる」ローレンスは言った。「その長旅のあいだ、水や食糧が確保できるという保証はない」

みなが地面の上で頭を突き合わせ、望みは薄いながらもジャングルをできるかぎり直進するコースを検討した。そもそも現在地さえ特定できず、最初から話し合いは難航した。グランビーは、日々の飛行の半分は水場を見つけるために費やすべきだと主張した。「それでも危険が伴いますよ。とにかく、一日以内にまともな水場に戻れない距離まで飛んじゃだめだ」

長い議論がつづき、ついにローレンスが「まあ、こうするしかないだろう」と言って、全員が同意し、地面の上に寝心地の悪い湿った寝床をつくり、闇が落ちるまで短い仮眠をとることになった。だが、黄昏時が来る前に、ローレンスはディメーンに揺り起こされた。

「猿たちが静かになりました」ディメーンは小声で言った。ローレンスは体を起こし、耳をそばだてた。が、翼の音があったとしても、滝の音に掻き消されていた。しばらくディメーンとともに空に目を凝らしていると、突然、枝がバキバキッと折れる音が聞こえ、オレンジ色の羽根状うろこを持つ巨大なドラゴンの頭がぬっとおりてきて、ケチュア語でささやきかけた。「ハモンド？あなた、ここにいるの？」

「ええっ？」ハモンドが驚いて樹上を見あげた。チチカカ湖からクスコまで案内してくれたドラゴン、チュルキが一行の前におり立った。彼女は首まわりの長いうろこを開いて、隙間にはさまった葉や小枝を振り落としてから言った。「すぐにここから離れなさい。〝トゥミ保安隊〟があなたたちを追って、近くのジャングルを捜索している。将官に賄賂を渡して、あなたがたを救出する時間を稼いだけど、そんなに長くは待たせておけない」

みなが唖然《あぜん》とし、なぜ英国人のために反逆者と呼ばれかねない行動に走るのかと説明を求めると、チュルキは「なぜ反逆者と呼ばれるの？」と反論した。「これはわたしの義務なの。ハモンドをわたしの**アイリュ**に誘ったとき、まさか**サパ・インカ**があなたがたの敵と結婚することになるなんて思ってもみなかった。だけどこうなったいま、自分のことは抜きにしてハモンドを全力で守らなければ、ドラゴンの名折れになるわ」

当然ながら、チュルキにとって〝守る〟とは、ハモンドを連れて彼女の母竜の領土に帰ることを意味していた。「**サパ・インカ**は、まったく気になさらないわ。それは保証する。母はわたしの**アイリュ**にもっと人を分けてくれる。だからハモンド、あなたは三人の妻を持つことだってできるのよ」

「因果応報《いんがおうほう》ってやつですね」グランビーがローレンスに言った。急な出発を強いられる事態とはいえ、狼狽《うろた》えるハモンドを見て、グランビーは大いに溜飲《りゅういん》をさげた。一行は、大急ぎでドラゴンたちに荷を積み、竜ハーネスに体をくくりつけ、フォーシングとフェリスがぐずぐずしている水兵たちを腹側ネットに押しやった。

そのあいだもハモンドはチュルキの提案から必死に逃れようとし、話しながらテメレアのほうににじりじりと体を寄せてきた。彼女の眼の不穏な輝きは、一行が考えを変えないなら、ハモンドの意思を無視して彼を連れ去ってしまいかねない結末を予感させた。とうとうハモンドがやぶれかぶれで言った。「親族を放り出すわけにはいかないんですよ。わたしには八人の弟と妹がいて、それぞれに子どもがいる。すべて合わせると三十人以上になり——」

「おやまあ！」と、チュルキが甲高い声をあげた。「なぜもっと早く言わなかったの？　何十人もの人間……。あなたがたの国のような非文明国には、その人たちの面倒を見るドラゴンもいないのでしょうね。もちろん、彼らのもとへ、あなたといっしょに行ってあげる」彼女は羽根状うろこを大きく立ちあげた。「**トゥミ**保安隊にはぜったいじゃまさせないから。母にはちょっと迷惑かもしれないけど、手紙を書けば、わかってくれるわ」

チュルキの警告から二十分もかからず、一行は飛び立った。すでに闇が落ちていたが、飛び立つと同時にインカ竜の小隊が暗闇から襲いかかってきた。矢尻のような形状の頭に、濃緑色の短い羽根状うろこを持つ五頭のドラゴンだった。ほとんどが中量級でテメレアの四分の一もない大きさだが、数で勝り、夜目《よめ》がきいた。体色が暗闇では保護色となるうえ、雲間からこぼれるかすかな月光だけで充分な視力を保っていた。

緑のドラゴンたちは、鳥がさえずるように甲高い声で呼びかけ合った。「吼えるな！」とローレンスがとっさに叫んだとき、前方から新たなドラゴンの一団があらわれ、テメレアの脇をすり抜けざまにかぎ爪で腹を引っ掻いた。一団は先の五頭に合流し、ただちに陣形の両翼《りょうよく》についた。

「テメレア、聞こえるか？　ジャングルにはこんなやつらがうようよいる。吼えたが最後、大群となって押し寄せてくるぞ。吼えるなら連中の戦列の前に出てからだ」

テメレアが了解のしるしに、冠翼《かんよく》をくいっと動かした。テメレアは戦いながら、敵を引き離そうとした。こんなときに、自分も乗組員もなんの加勢もできないことが、ローレンスにはいまいましかった。銃も焼夷弾《しょういだん》もなく、閃光粉《せんこうふん》すら持っていない。なんの手出しもできず、テメレアの戦いのじゃまにならないように、祈りながらしがみついているしかなかった。

「ミスタ・フェリス！」ローレンスは身を乗り出して叫んだ。「ロープと帆布でつくったネットはまだ下にあるだろうか？　取ってきてくれないか」

「アイ・サー！」フェリスが叫び、しばらくすると、腰に一本のロープを巻きつけてテメレアの脇腹をよじのぼってきた。ロープの先は腹側にある重い荷につながっていた。フォーシングとエミリーが――そこにハモンドまで加わって――ロープを引いた。引きあげられたのは、海水の臭いを放つ帆布とロープで編まれた、半ば腐りかけたネットのかたまりだった。ローレンスが剣を振りおろし、エミリーが帆布をナイフで裂いて、その一部を切り分けた。

エミリーもフェリスもフォーシングも、幼少期から竜に乗り組んできた飛行士だけに、両足でバランスをとって持ちこたえ、敵の一頭がテメレアの尻に近づいた機を逃さず、ネットのかたまりを放り投げた。ネットはぶわりと開いて降下し、ドラゴンの頭に落ちた。

敵ドラゴンは予期せぬ攻撃に驚き、くぐもった叫びをあげ、視界を失ったまま、もがきながら別のドラゴンにぶつかった。が、ぶつかられた雌ドラゴンは一瞬ひるんだものの、身をよじってぼろぼろのネットを振りほどき、かぎ爪でつかんで、ジャングルに投げ捨てた。闇のなかに帆布が一瞬青白く浮かびあがり、樹木のあいだに消え去った。

この攻撃のおかげで、テメレアには束の間の小休止がもたらされた。ローレンスは顔をゆがめて鈍い刃でふたたびネットを断ち分け、どうにか二回目、三回目の攻撃を仕掛けることができた。だが、緑のドラゴンたちもそのころには知恵をつけ、三頭が一度に襲いかかってくるようになった。ローレンスは、空にぼんやりと浮かぶ月を見た。緑のドラゴンたちがふたたび西の方角に集まり、さえずるような声がさらに騒がしくなっている。

炎もまた新たな敵を呼びよせるため、イスキエルカは火焔を使っていなかった。それでも敵は彼女が火噴きであることを見抜き、警戒を怠らなかった。イスキエルカはつぎつぎに繰り出される攻撃から身をかわし、敵の大攻勢に耐えていたが、体の十か所以上にかぎ爪による小さな傷を負い、流血していた。新たな一頭がかすめ飛びながら肩を攻撃した。イスキエルカはシュッと怒りの息を吐き、自分より小さなドラゴンにやり返そうとした。緑のドラゴンは逃れようとして斜めから殴打され、羽根状うろこを散らした。

しかし、このときイスキエルカに生まれた隙を、敵ドラゴンは見逃さなかった。二頭がイスキエルカの頭のそばまで来て猛烈に羽ばたき、視界をさえぎった。そして三頭目の、敵のなかでもっとも大きなドラゴンが、パンチを放った勢いで大きく曲がったイスキエルカの横腹に突っこんだ。そこは本来なら鎖かたびらで守られているはずだったが、いまは無防備な横腹に敵ドラゴンが咬みつき、かぎ爪を立て、肉を深く切り裂いた。

イスキエルカが苦悶《くもん》の叫びをあげ、上空に逃れたそのドラゴンに火焔を噴いた。が、すでに深い痛手を負ったあとだった。イスキエルカは痛みに耐えかねて激しく首を振った。ひと筋の血が勢いよく宙に噴き出した。

グランビーの叫ぶ声が聞こえた。「傷を焼け！　止血すれば問題ない。イスキエルカ、傷を焼いて血を止めろ。やらないと、名誉にかけて誓うが、ぼくはここから飛びおりる！　いますぐ、焼け、焼くんだ――」

グランビーはイスキエルカの背で、搭乗ハーネスのストラップをつぎつぎにほどき、竜ハーネスにつながる最後の一本のストラップだけを握って立っていた。イスキエルカは抵抗の叫びをあげた。だがとうとう首を曲げ、自分の脇腹に向かって火を噴いた。火は輝きを放って竜の表皮を炙り、体側を尾まで舐めていった。

一瞬、赤と黄の三角旗のような炎にグランビーとバーズリーの黒いシルエットが浮かびあがるのをローレンスは見た。が、またすぐに漆黒の闇がおりた。まぶしい光を見たせいでよけいに闇が濃く、彼らになにが起きたかもよくわからなかった。

視力を取り戻そうと、何度もまばたきした。クルンギルがイスキエルカの横につき、その巨体で彼女の傷ついた脇腹を敵から守ろうとしているのが見えた。テメレアも急ぎ反対側についた。

しかし、イスキエルカに狙いを定めて、敵が三頭の背後に集結していた。もう一度同じ攻撃をくらったら、イスキエルカはひとたまりもないだろう。敵は、その姿には似つかわしくない澄んだ声を不気味に響かせながら、矢尻のような陣形で襲いかかってきた。

ローレンスは、テメレアが体に力をためていくのを察知した。息を吸いこみ、また吸いこみ、竜の肺がどんどんふくらんでいく。だがいつもとはなにかがちがう。素手で触れると、太鼓を連打するような圧が表皮の張りとなって伝わってきた。敵のドラゴンたちが加速した。テメレアはさっと振り返って咆吼した。一度だけではなかった。低くうなるようにふたたび吼え、さらに吼え、四度目で、〝神の風《ディヴァイン・ウィンド》〟の強烈な衝撃波が走り抜けた。

空気が震え、うなり、すさまじい勢いで離れていった。霧雨が沸き立ち、渦巻く雲がほうぼうで立ちあがった。衝撃波の襲来と同時に、敵の前衛にいるドラゴンが動きを止めた。竜の鼻と耳から血が噴きあがるのを、ローレンスは見た。

前衛の三頭が、叫びすらなく落下しはじめた。即死だった。竜の体が樹木の枝を折る音が聞こえた。後続のドラゴンたちも宙を掻きながら、血にむせながら、落ちていった。仲間を盾として生き延びた後衛の何頭かは、あわてて旋回し、恐怖の叫びをあげながら、闇のなかに失せた。

15　いちばんの宝物は

もはや追っ手はいなかった。その夜、一行はジャングルの木々の根もとに、疲れ果てて横たわった。そこは奇妙に薄暗く、生えているのはシダ類ばかりで、あとは腐敗し分解されていく大きな倒木があるだけだった。猿たちの恨みがましい叫びと鳥の鳴き声が響き渡る。鳥たちは、ローレンスが自然はもちろん人工物にさえ見たことのない、驚くべき鮮やかな羽根をまとっていた。

翌朝、バーズリー空尉の遺体を埋葬した。テメレアがかぎ爪でひと掻きして墓穴を掘った。ここに葬《ほうむ》ることになったのは、湿気と暑さと繁茂《はんも》する植物によって腐敗が早く進むことが予想されたからだった。ペンバートン夫人が提供した、彼女とエミリーのペティコートが、遺体を包む布になった。朝日に照らされ、遺体にコオロギほども大きなアリがたかっていた。手で払うと、猛々しく食らいついた顎だけが残った。布を開いて顔をのぞきこむことはなく、そのまま墓穴におろした。

イスキエルカの傷は、みずからの炎で焼灼《しょうしゃく》したおかげで壊疽《えそ》はまぬがれたが、その日の夕方に発熱がはじまり、棘から噴く蒸気が干上がった。眼が潤み、充血してほとんど黒一色になった。そばにいるのも耐えがたいほど体が高熱を発していた。

「彼女に水を飲ませなさい、なるべく早く」チュルキが、傷の臭いを嗅いで調べ、きっぱりと言った。ローレンスは彼女より年長のドラゴンを、たとえば同じ戦隊にいたメッソリアや、ジェーン・ローランドが騎乗するエクシディウムを知っていたが、そのような竜たちも、命令を発するのではなく命令に従うように、要するに英国式に育てられていた。それとは対照的に、チュルキは——もちろん、一行のドラゴンのなかでは年長にちがいないのだが——つねに上位の立場から発言している印象があった。「ハモンド、あなたの家族はどこに住んでいるの？　そこにたどり着くまでに最善の道を選ばなければね」

ハモンドは、その場しのぎと思えなくもない態度で、まずはリオへ行き、そののち艦《ふね》で英国に向かうという旅程を説明した。チュルキは、ローレンスが地面に描いた地図と予定のルートをじっと見つめたのち、首を横に振った。「感心しないわね。水場が見つかることを当てにしてはいけない。まずはウカヤリ川を目指し、そこから海に向かいなさい」

もはや追っ手はおらず、痕跡を隠す必要もなかった。チュルキを先頭に三日間飛びつづけ、彼女が目指すと言っていた川にぶつかった。ウカヤリ川は、アンデス山脈の氷雪が溶けて流れこむ、くすんだ褐色の大きな川だった。

「これがアマゾン川でないとしても、いずれは海にたどり着くにちがいない」ローレンスは片手で日差しをさえぎりながら川を見おろした。イスキエルカが這って川に入り、水に体を浸していた。長い吻《ふん》を持つクロコダイルとおぼしき生きものが、苛立ったように泳ぎ去っていく。イスキエルカは顎を岸辺において眼を閉じた。水がピチャピチャとうろこを打ち、背中から蒸気が立ちのぼった。

川は北へ向かうほどに水嵩を増した。そしてとうとう新たな川に合流し、さらに大きな川となって東に流れていた。アンデス山脈はすでに遠く、川とともに蛇行しながら、ゆっくりと海に向かう旅がはじまった。人はほとんど住んでいなかった。ときどき先住民が対岸にあらわれたが、ローレンスが挨拶しても、テメレアがケチュア語で呼びかけても、なにも応えず、さっと姿を消した。

ドラゴンに関しては、土地の小型竜をたまに見かけるだけだった。イスキエルカは空を飛ぶより、川のなかを水を掻いて進むほうが体への負担が少なかった。そこで、彼女が水路を選んでいるあいだに、テメレアとクルンギルが狩りに出かけることにした。あるときイスキエルカは川の湾曲部までたどり着き、ウィンチェスター種ほどの大きさの、三頭の土地の小型竜に遭遇した。三頭は長い吻を持つ豚に似た生きものを岸辺で食べていた。

川面《かわも》から頭だけ出したイスキエルカを、三頭は興味しんしんで見つめ返した。イスキエルカが水から体を出し、小さなドラゴンたちに尋ねた。「それ、どこで見つけてきたの？　おいしい？」

彼女の体はまだ全体の四分の三ぐらいしか水から出ていなかったが、おそらくその三頭をすべて足した分より重いドラゴンを見て、小さなドラゴンたちは砲撃を受けたかのように驚いて飛び去った。あとには彼らのご馳走だけが残された。たまに遠くを飛ぶ姿を見ることはあったが、土地のドラゴンに間近で出会うのはこれがはじめてだった。

「ははん、しかたないわね」イスキエルカはふてぶてしく言い放ち、彼らが残していったものに躊躇なく食らいつき、川の水といっしょに飲みくだした。

「なにを食べたの？」狩りから戻ってきたクルンギルが尋ねた。狩りの収獲は、小さめの鹿が一頭きりだった。料理人のゴン・スーがいくら嵩を増そうと努力しても、これだけで三頭の空腹を満たすのはむずかしかった。ましてやそのうち一頭は傷の回復期にあり、栄養を必要としている。

「わかんない。あいつら、教えずに飛んでいっちゃったから」イスキエルカが眠たげな声で言った。岸辺ですでにうとうとしはじめており、きょうはもうこれ以上進みたくないと言い出した。

その日の真夜中、大きなうめき声と酸っぱい臭いがしてローレンスが目覚めると、イスキエルカが川に向かって激しく嘔吐していた。彼女はそのあとよろよろと歩き、岸辺にぐったりと横たわった。

一行は、夜が明けてもそこにとどまった。テメレアが二頭の鹿を狩って戻ると、ゴン・スーがかたちをとどめなくなるまで徹底的に煮こむべきだと主張した。イスキエルカの腹具合がなおもひどかったので、誰も反対できなかった。こうして出来上がった料理はドラゴンにも水兵にも旨いものではなかったが、旅をつづけるうちに、腹を満たせればいいと誰もが思うようになっていた。

ジャングルの瘴気《しょうき》が一行にまとわりついていた。ハモンドも原因不明の熱を出し、妙に怒りっぽくなった。何人かの水兵やフェリスも同じで、ローレンスは熱病の流行がはじまるのではないかと懸念した。ローレンス自身も汗が止まらなかった。インカ帝国の高山に適していた毛織りの服は、肉体を閉じこめる牢獄になった。しかし、凶暴で大きな虫がいるため、よほど鈍感な者は別として、みなが肌をさらすのを極力避けていた。

「ううむ、どうやら悪魔の棲む土地に来てしまったようですね、キャプテン」数日後、オディーが一行の思いを代弁するように言った。テメレアが空気を震わせる咆吼でみなを起こしてしまったあとだった。

テメレアは地面に払い落とした三匹のコウモリを示して、「こいつらに咬まれた」と言った。半信半疑で調べてみると、テメレアの脇腹に血のにじんだ小さな傷が見つかった。コウモリがしがみつき、血を吸っていたらしい。同じような傷痕が、ほかのドラゴンにも見つかった。

吸血動物の餌食にされるのはことさら不快なものだが、蚊と同じようにコウモリからも逃れるのは無理だった。グランビーはイスキエルカの背で眠り、夜中に何度か気配で目覚め、怪我を負っていないほうの腕を振りまわしてコウモリを払った。コウモリに咬まれた傷は、蚊と同じように不快な痒みを伴い、一日でしこりになり、熱を持って腫れあがった。

アリージャンス号の沈没のときにグランビーが負った腕の怪我は、半ば治りかけたものの、イスキエルカの背で炎から逃れようとしてストラップの限界まで宙に放り出されたことでふたたび悪化し、これまでの回復が帳消しになった。ローレンスは明るいなかでその傷を調べ、顔をしかめた。肘がひどく腫れ、皮膚がどす黒い紫になっている。手首の先がだらりと垂れて、使いものにならないことがうかがえた。

一行のなかに外科医はいなかった。波止場で大酒を食らっていたところを無理やりアリージャンス号に乗せられたという、元理髪師のデューイには多少の医術の心得があり、親切心を発揮してこう申し出た。「まかしてください。あのお嬢さんがナイフを貸してくれるんなら、簡単に切り落としてみせますよ。わたしの手が震えないように、一杯いただけるとありがたいんですがね」〝お嬢さん〟と呼ばれたエミリー・ローランドが、デューイをじろりとにらんだ。

「腕をくるんで、ぼくの体にくくりつけてください。ローレンス、頼みます」グランビーがあわてて言った。「あと数週間ようすを見ましょう。たいして痛くはないですから」と、青ざめた苦悶の表情で付け加えた。ローレンスは腕の切断が賢明な治療法かどうか確信できず、切断の痛みに耐えるように勧めることもできなかった。それに、この腫れと麻痺の原因は肩にあると思われるのだが、肩を体から取りはずすことはできない。

四日後、グランビーの腕の状態がさらに悪化した。青い痣《あざ》が肘から指まで広がり、指を閉じられなくなった。肩のほうはいくぶん回復したように見えたが、触れてみると、まだ上腕に熱が残っていた。だが、午前のうちに肘から上が異様な熱を持ち、血管の腫れが上腕まで広がった。

「切り落としたほうがいいんでしょうかね」グランビーが、ローレンスをじっと見つめて言った。

「そうしなければならない、たぶん」ローレンスは暗澹《あんたん》たる気持ちで答えた。グランビーの傷のようすを調べにきていたデューイが、彼の肩をそっと叩いた。

「心配いりませんぜ、キャプテン。まかせてください。あなたの倍はある大男の腕を三分で切り落としたことがあります。そのときも、のこぎりがなかったんです」彼は、エミリーが黙って差し出したナイフを受け取った。彼女にとって〝お嬢さん〟と呼ばれる不快感より、いまは不安のほうが勝っているようだ。デューイはナイフを受け取ると、川へおりていき、岸辺の石を使って刃を研《と》ぎはじめた。

「ねえ、ローレンス」テメレアが上からのぞきこんで言った。「どうするつもり？　まさか、グランビーの腕を切り落とすんじゃないだろうね？　イスキエルカは眠ってるよ。彼女に相談したほうがいいんじゃない？」

「いや、いいんだ」グランビーが声を潜めて言った。「彼女は眠らせておいてくれ。それからローレンス、口にくわえられるものがあるとありがたい」

ローレンスはうなずいて立ちあがり、グランビーを押さえつけておく役割としてフォーシングとメイヨーを呼んだ。そのとき突然、川岸から悲鳴があがった。振り返ると、デューイが頭から川に引きずりこまれていた。クロコダイルの大きな顎が、彼の頭部をがっちりとはさんでいる。

みなが戦慄《せんりつ》するなか、さらに三匹が水から飛び出し、ばたばた動く足や腕に食らいつき、すさまじい勢いで胴体を奪い合った。テメレアが飛びかかったときには、すでに川の水が赤く染まり、頭部と片脚のない骸《むくろ》が浮いていた。クロコダイルたちは、ちぎれた脚をなおも奪い合っていた。

「ふふん！」テメレアが激怒して言った。「ふふん、どういうつもりだよ。よくも食ってくれたな！」まだ泡立っている川に頭を突っこみ、それぞれが一トンはあろうかという三匹を顎でしっかりと捕らえる。三匹の骨がバキバキと砕ける音は、デューイの断末魔の悲鳴に勝るとも劣らぬおぞましさだった。

テメレアは三匹を放り出すと、ふたたび川に入って新たなクロコダイルを襲い、とうとう岸辺に十数匹の死骸を積みあげた。生き延びたクロコダイルは水面下に潜り、するすると逃げていった。

「思い知ったか！　つぎはよく考えるんだな」テメレアが息を切らして言ったが、ローレンスには、クロコダイルが思い知るほどの知性を持っているとは思えなかった。それでも水兵たちには不用意に川に近づくべきではないという教訓になったはずだ。

イスキエルカがテメレアの大騒ぎで目覚め、体を起こして、あくびをした。「なんでそんなことしたの？　そいつら、ぜんぜんおいしくないから。でも、ほかにましなものがないなら、二匹ばかりもらうわよ」それを聞いて、何人かの水兵がこそこそと木立のなかに入り、盛大に嘔吐した。

結局、クロコダイルは食べられずに、すべて捨てられた。だが、一行はその場をすぐに立ち去らなければならなかった。ジャングルの掃除屋たちが、大量のご馳走目当てに集まってきたからだ。猿もカブトムシも、ドラゴンを恐れなかった。グランビーは不安そうに「なんとかこれでやっていくしかありませんね」と言い、片腕をふたたび脇腹にくくりつけ、使えるほうの腕だけでイスキエルカの背にのぼった。

ローレンスはドラゴンの驚くべき飛行速度に慣れきっていた。すなわち時速十五マイルを保ち、そびえる山や避けるべき街道などの障害物がなく風の影響も受けなければ、一日およそ二百マイルを飛べた。しかし、今回の旅の速度は、無風状態のなかを小型ボートに曳《ひ》かれてゆっくりと進む船のようなものだった。

　イスキエルカは長くは飛べず、つねにクルンギルとテメレアが交替で彼女を下から支えなければならなかった。だが彼らにも彼女の巨体を支えるのは難儀だったし、耐えられる時間もかぎられていた。グランビーが力なくイスキエルカの背に寄りかかり、イスキエルカも力なく首を落として飛んだ。イスキエルカはときどき地上におり、川に浸かって体を休めると、蒸気を噴きながら川を行く蛇のように、水を掻いて進んだ。

　ジャングルの熱気はすさまじかった。川を行くイスキエルカに合わせて低空を飛ぶと、もわっとした暑い湿気がまとわりついてきた。ハモンドが哀れっぽく、もっと急いでくれと訴えた。彼は一分ごとに震える指でひたいの汗をぬぐった。眠りが浅く、熱もあるようだ。水兵たちの多くが体調を取り戻したが、ハモンドだけ回復が遅れていた。この旅では、強靱《きょうじん》な男たちさえ限界まで体力を試されていた。早くここから抜け出したくても、思うほどに速力は出ず、力という力がみなの体から絞り取られていくようだった。

　そんななか、黒いドレス姿のペンバートン夫人だけは、どんどんみすぼらしくなっていく男たちを尻目に、信じがたいほど文明人の体裁を保っていた。彼女は決然と、信頼できる――つまり働くのを拒むほど疲れてはおらず、議論やけんかをするほどの気力はない――男たちを厳選するように求め、毎夕彼らを使って、彼女とエミリーを隔離する小さな野営と焚き火を、さらには熱い湯まで用意させた。

一行は、ゆっくりとジャングルを進みつづけた。ある夜、ローレンスはカモメが鳴き騒ぐ夢を見て目覚めたが、目覚めてもなお、カモメの鳴き声が聞こえていた。テメレアが偵察に行き、はるか先で川が海に流れこんでいるのを発見した。カモメの大群が、その上空で輪を描いていた。河口の先には、果てしなく広がる大海があった。とうとう、南米大陸の東海岸に、大西洋に到達したのだ。


イスキエルカが潮だまりに体を浸し、目を閉じた。グランビーは支えられて竜の背からおろされ、椰子の木陰に移された。テメレアとクルンギルは海に出ていき、一昼夜帰ってこなかった。ローレンスが本気で心配しはじめ、ひたいに手をかざして波間を見つめはじめると、沖合《おきあい》に奇妙なかたちをした飛行体があらわれた。ふくれあがった体から四つの翼が生え、四肢はないという不気味な生きものだった。

「岸から離れろ！」ローレンスは、それが近づいてくると、水兵たちに叫んだ。

こうして、疲れきった二頭のドラゴンが、巨大な獲物をおろした。深海に潜む本物の怪物、シロナガスクジラだった。まだ成長しきっていないようだが、それでもテメレアとクルンギルを合わせたよりも大きかった。

「おそらく、二万ポンドの価値がありますね」水兵のひとりで、かつて捕鯨船員だった男が低い声で言った。男は、研いだ槍の刃先をクジラの脂肪層に沈め、分厚い脂肪を切り出した。全員に肉がふるまわれ、イスキエルカはひとりで二トンほどたいらげた。テメレアとクルンギルは沖合にいるときに、すでに空腹を満たしていた。

「息をするために水面にあがってきたところを、咆吼で仕留めたんだよ。それで、ひとりがかかえているあいだ、もうひとりが食べた」テメレアが眠たげな声で語った。ローレンスはその鼻づらをやさしく撫でた。「食べたほうが持ち帰るのが楽になるからね。だけど、ローレンス、あなたには打ち明けるけど、大きすぎて岸まで運べないんじゃないかって心配になったよ。ふふん！ すごく疲れちゃった」

翌朝、イスキエルカはクジラの肉と脂身《あぶらみ》を食べると、それまでの不調と停滞から抜け出し、いきなり不機嫌になった。「グランビーはどこ？ なぜ、あたしといっしょにいないの？」そしてとうとう、グランビーが横たわる場所に目をやった。

「誰も行かないなら、あたしが行く」最初の混乱から立ち直ると、イスキエルカは決然と宣言した。グランビーは発熱と痛みに朦朧とし、彼女の問いかけに応えず、まぶたは重く垂れ、瞳は遠くを見つめていた。「グランビーには外科医が必要なの。ぜったい外科医のところに連れていかなきゃ。すぐに彼をあたしの背に乗せて」

ほかにも、小さな傷が壊疽を起こし高熱を出している者が七人いた。ほんのちょっとしたかすり傷が、気づかないうちに腐りはじめてしまったのだ。それによって死んだ者がすでにふたり。しかし、ローレンスには前進する決心がつかなかった。もしかしたら、最悪の結果を招くのではないか。外科医の手にかかって人が死ぬのを人生で何度も見てきた。たとえ近くに腕の立つ医者がいたとしても、いまのグランビーを無理に移動させ、その手にゆだねるという危険を冒していいものかどうか。

しかしイスキエルカの決意は、いまが危険の極限だという暗い絶望にもとづいていたので、一歩も引こうとしなかった。結局、グランビーを枝と蔓で編んだ担架にそっと乗せ、テント状の日《ひ》除《よ》けを葉でこしらえた。「わたしもいっしょに乗って、彼の体を支えます」エミリー・ローランドが志願した。独占欲の強いテメレアも、さすがにこのときばかりは、エミリーがイスキエルカの背に乗ることに反対しなかった。

一行は南に向かい、一日足らずで、城壁に囲まれたこぢんまりとした街、ベレンにたどり着いた。ドラゴンたちが空から街に近づくと、警鐘が鳴り響いた。「引き返せ！」とローレンスは叫び、一瞬、もしかしたら手遅れかと危ぶんだ。街の住民たちの目に映っているのは、得体の知れない巨大なドラゴン四頭だ。帰属を示す旗もなく、そろいの軍服を着ているわけでもない。ヨーロッパから来たことも簡単にはわからないだろう。テメレアは中国種、イスキエルカはオスマン種、チュルキがインカ種で、クルンギルは珍しい交配種――。「テメレア、引き返すんだ。イスキエルカにもそうさせてくれ。すぐに砲撃されるぞ」

だが、グランビーのことしか考えられなくなっているイスキエルカは、街の広場に向かって急降下した。テメレアが彼女の下に突っこんで、胡椒銃《こしょうじゅう》の射程外へと、体ごと押しあげた。と同時に、発砲音が立てつづけに響き、城壁の上に黒い布を広げるように、胡椒の雲が湧きあがった。

そのあとに、砲身の長い大砲が火を噴き、棘のある砲弾が飛んできた。

だが、武器はあっても、扱いには不慣れなようで、最初の攻撃が静まると、つぎの攻撃までに十分近くも間があいた。そのうえ、ドラゴンたちが射程外に引いても砲撃をつづけようとした。ローレンスは二度目の攻撃が終わるのを見とどけてから、テメレアに片手で触れて合図し、そこから四頭が一斉に街の広場に急降下した。広場に連隊が整列しはじめていたが、どうやら半分近くが欠けているようだ。

「やめろ！」テメレアがフランス語で叫んだ。「街を攻撃するつもりはない。ぼくらは英国から来た。ツワナ軍とはちがう。あなたたちを助けに来たんだ」

「ぼくはもっと感謝しないといけませんね」腕を切り落としたあとの回復ぶりを褒めたローレンスに、グランビーが言った。「つぎつぎに危険が降りかかってきたというのに、まだ土に埋まっていない。この腕がちょっと厄介だとしても、不満は言ってられません」

一行が敵ではなく味方だとわかると、街の人々は安堵し、気前よくもてなしてくれた。ハモンドがこの地方の首長に会い、侵略者を撃退しにやってきた救世主であるかのように自己紹介すると、さらに気前がよくなった。

インカ帝国の情勢が変化したことまでハモンドが伝えたかどうかは、大いに疑わしいとローレンスは思っていたが、とにかく優秀な外科医が、高熱以上にグランビーを朦朧とさせる強い酒とともに手配された。そしていまは、数人の修道者が昼夜分かたず彼を看護しつづけている。

「仲間たちがそんなに気にしないのはわかってます」グランビーは付け加えて言った。「腕にかぎ手を着ければいいんです。だから、ぼくの愚痴はどうか話半分で。それより、ここを早く発ったほうがいいんじゃないですか？　ジブラルタルに駐留して、スペイン語はかなり上達したと思ってましたが、ここの人たちの言うことをぜんぶ理解できるわけじゃない。ですが、きのう、ぼくらがリオで必要とされてるってことは、はっきり聞きとれましたよ。ただし、リオでポルトガルの摂政皇太子と会えるなら、ですが」

「あと数日はここにとどまろう」ローレンスは静かに言った。グランビーの顔はまだ青白く、発熱による消耗もあった。「テメレアが土地の祭司や商人に相談して、最善のルートを考えている。飛びながら水場をさがす必要がなければ、リオまでの時間が半分に節約できるだろう」

「了解。イスキエルカにおとなしくしているようにと伝えてください。きっと今夜にはバルコニーまで這い出て、顔を見せてやれますよ」グランビーはそう言うと、枕に深く頭を沈めて、すぐに目を閉じた。ローレンスは彼の良いほうの肩にそっと触れ、病室を出た。外に出るや、グランビーのことが心配でたまらず、やきもきしている一頭のドラゴンが飛びかからんばかりにやってきた。

「きみが追っ手のドラゴンをやっつけてくれたことには感謝してる」イスキエルカが、テメレアに言った。ローレンスは、グランビーのようすを彼女に報告すると、外科医から話を聞くために去っていった。「大いにけっこう。でも、あたしが殺《や》りたかったわね。いまから戻れば、そいつらと戦えるんじゃないの？　グランビーがまだよくならないなら、あたしひとりでもやらなくちゃ」

「そんなことしたって、なんの意味もないよ」テメレアは言った。「ぼくらは闇のなかで戦ったんだ。いちいちどんな敵だか確認していられなかった。ジャングルのすべてのドラゴンが襲いかかってきたわけじゃないんだ。ぼくらのことをぜんぜん知らないドラゴンだって、いっぱいいるよ。誰かを責めるなら、インカ帝国を責めるんだね。それと、ナポレオンを。だって、インカ帝国はナポレオンのために、ぼくらに追っ手を放ったんだから。それはともかく、きみはまだよくなってない。もうちょっとこの牛を食べなよ」

　イスキエルカは、むっつりとしつつも牛に口をつけた。テメレアは、自分が指示してサイフォに描かせた地図の上に頭をおろした。地図は、テメレアのもとにしぶしぶ連れてこられた商人たちから得た情報にもとづいている。

　イスキエルカが牛の尻の肉を呑みこんで言った。「クジラのことだけど」

「なに？」テメレアは上《うわ》の空で返事した。

「クジラ、もらっていい？　それから、きみの半分も」イスキエルカが首をおろして、クルンギルを小突いた。

「代わりに、その牛の頭をくれる？」クルンギルが片目をあけて尋ねた。

「かまわないけど」イスキエルカが、牛の頭の入ったシチューの大鍋をクルンギルのほうに押しやった。

「クジラをあげるのはいいんだけどさ、どうするつもり？」テメレアは尋ねた。「ここまで運んでくるのだって半日かかってる。もう肉はおいしくないよ。塩漬けにしてもいないし」

「肉がほしいんじゃなくて、脂身がほしいの」イスキエルカはそう言い、肉の腐臭が脂身に移っていようが気にしないと言った。テメレアは理解しかねたが、翌日夕方、彼女はすすまみれの体から異様な臭いを放ち、意気揚々と帰ってきた。そして、街が毎日ドラゴンたちに提供してくれる食糧の分け前にありついた。

「グランビーがきみはどこかって二度も尋ねたそうだよ」テメレアは冠翼を寝かせ、咎めるように言った。「ついでに、風下に行ってくれないかな。いったいなにをしてきたんだ？」

「クジラの脂を溶かしてた」イスキエルカが分け前の羊を引き裂きながら言った。「何人かの商人に頼まれて、あたしの炎でね。水兵のひとりが手順を教えてくれたわ。だから、あたしはまたお金持ち。これでグランビーに黄金のかぎ手を買ってあげられる」

そのあと、テメレアはローレンスに言った。「彼女のやり方は、ずるすぎる。もちろん、グランビーを責めるつもりはないよ。でも、あれはぼくの――ぼくとクルンギルのクジラだった。だったら、クジラで儲けられるとわかったときに、ぼくらにそう言うべきだったんだ……」

数日後、テメレアはその金儲けの結果を目《ま》のあたりにして、怒りを抑えきれなくなった。その日は、グランビーがようやく病床から起き出してきた。すると、この件に関してイスキエルカから交渉代理人に選ばれたシプリーが、ぱりっとした黒の上下を着て満面の笑みを浮かべ、うやうやしく一個の箱を差し出した。箱のなかには、黒いベルベットに包まれて、輝く黄金のかぎ手が入っていた。

「黄金はやわらかすぎて使いものにならないよ」驚きから立ち直ったグランビーが言った。「だから、これは特別な場合にだけ――」

「だいじょうぶ」イスキエルカが言った。「それもちゃんと考えた。これは、鋼《はがね》でつくってあるの。黄金は外側だけ。残ったお金はダイヤモンドに回したわ」

「ははあ、なるほど」グランビーは、かぎの台座を囲むように並ぶダイヤモンドを見つめた。

「いますぐ着けてみて」イスキエルカが言った。興奮のあまり、勢いよく蒸気を噴き出しているのが音だけでわかる。

グランビーが箱の蓋を閉めた。「やめておこう」

ふてくされていたテメレアは、思わず頭をあげてまばたきし、グランビーを見つめた。

グランビーが言った「やめておく。ぼくは終わりにしたいんだよ、イスキエルカ。いいかい？　よく聞いてくれ。もう終わりにしたい。これからは、引きずりまわされるのも、洒落者《しゃれもの》に仕立てられるのも、結婚のお膳立てをされるのも――」

「でも、あなたがぜんぜん結婚しないから――」イスキエルカが言い返そうとした。

「ぼくが結婚しないのは、きみのせいじゃないよ」グランビーは言った。まさしく真実だ。「でもきみのことだから、きっとすぐに、どこかの王女だか女公爵だかを連れてこようとするだろう」

イスキエルカがびくっと身をよじらせた。テメレアにはそれが後ろめたさのあらわれのように思われた。グランビーがつづけた。「ぼくはもう、そういうことに耐えられない。殻から出てきたばかりの幼竜じゃないんだから、少しは分別を持ってほしい。それがいやなら、ぼくを放り出してくれ。そして、きみの言うことをなんでも聞いて、きみの好きにさせてくれるキャプテンを見つければいい」

「だめ！　そんなの、ぜったいだめ！」イスキエルカが息巻いた。「はっ！　なんでそんな残酷なことが言えるの？　あたしは、あなたのことを考えてやってるだけなの。よくわかってるくせに」

「いや、きみは、どうやったらぼくを通して自分を目いっぱい自慢できるか考えてるだけだ」グランビーはにべもなく言った。「相手のことを思うって、そういうものじゃないよ」

イスキエルカは不安そうに尾を体に巻きつけた。テメレアは、自分のことが心配になってきた。でも――と心のなかで自分に言い聞かせた。ぼくは、ローレンスがすごくすてきな人だってことを、みんなに認めてほしいだけなんだ。ローレンスに中国式の長衣を着るように押しつけたわけじゃない。ただ提案しただけ。まあ、ときどき。長衣を着るのがふさわしいって思えるときに。それから、慎み深いローレンスの背中をひと押しする必要があるって思えるときに。

「ううん、あたしはあなたのことだけ思ってる」イスキエルカが言い訳するように言った。「あなたはきっと、すてきな宝物がほしくて、自分がどんなに特別かをみんなにわかってもらいたいんだろうって思ったの。だからあたしは――」

「ぼくのいちばんの宝物は――」と、グランビーが言った。「カジリク種のドラゴンだよ、大切なイスキエルカ。そして、ぼくのいちばんの望みは、一頭の竜を得て、英国航空隊のキャプテンを名乗ることだった。もう望みはかなった。だから、きみがぼくを公爵や皇帝や王様にしてくれたとしても、自分を持てあますだけだろう」

イスキエルカは喉の奥から不平のうめきをもらした。が、しぶしぶのようすで言った。「あなたが王子様になりたくないなら、あたしはあきらめる。でも、あなたにはかぎ手が必要だから――」

「実用本位のかぎ手ならうれしいな。質のいい鋼で、ピカピカの飾りはなしで、戦闘のときに剣を受けとめられるようなやつがいい」グランビーはきっぱりと言った。「そして残った資金は、全員の蓄えとしよう。クジラはみんなのものだから」イスキエルカの利己主義が正されて、テメレアは気が清々した。「そして今後、きみが報奨金を得ることがあるなら、それは国債にまわそう」

「なんなの、それ？」と、イスキエルカ。

「ううむ、つまり……株券みたいなものかな」グランビーは曖昧に答えた。「つまり、投資だよ。英国に帰ったら、詳しい人を見つけて、管理をまかせよう。自分のために散財するより、多くの人のために使いたい」

それから二日後、一行はようやくまともな身なりになった。飛行士全員に――それぞれに適正なサイズではなかったとしても――新しいズボンとブーツが支給され、正規の制服に近づいた。少なくとも、シャツは一行の全員に新調された。

エミリー・ローランドの度胸のすわった値下げ交渉のおかげで、四挺《ちょう》のライフルが買えたことを、テメレアは喜んだ。こうしてふたたび、正式な射撃手《ライフルマン》がクルーに加わった。ローレンスはそのひとりにアリージャンス号の給仕係だったバギー青年を抜擢し、これまで正式なクルーではなかったフェリスとともに、士官見習いとして就任の宣誓をさせた。さらには、必要なときに焼夷弾として使えるように、予備の火薬を角《つの》製の火薬入れに満たしておくよう命令した。

竜ハーネスが修理され、ようやく通常の金輪を装備できたので、水兵たちも通常の地上クルーと同じ方法で搭乗できるようになった。テメレアは満ち足りた思いで、大きく息を吸いこんで言った。「準備万端異常なし！　装備がきちんとしてるのは、すばらしいことだね、ローレンス」振り返って、ローレンスがいつもの位置に座していることを確かめた。

「ああ。つぎに戦うときは、ただの役立たずだと悔しい思いをせずにすむよ」ローレンスも満足そうに答えた。テメレアは、乗組員全員がカラビナを装着していることがうれしかった。これで上空にいても誰かを振り落とすんじゃないかと心配しなくてすむ。

「わたしは、テメレアに乗ります」ハモンドが、自分の背に乗るようにと言い張るチュルキからここそと逃げてきた。彼女は竜ハーネスではなく細い首輪しか装着していないので、空の上で安全かどうかが心配なのだろう。「飛んでいる最中にツワナ軍と遭遇するなら、わたしもテメレアに乗っていたほうがいいかと——」

「だって、みんないっしょに行動するのよ」チュルキが言った。「それに、テメレアは戦闘竜で、あなたは軍人ではない。だから、戦いに巻きこまれるかもしれないドラゴンには乗らないほうがいいわ。わたしなら、大使であるあなたを守れる」

ハモンドはさほど潔くもなく屈服したが、コカの葉を口に放りこみ、気持ちを落ちつけた。ベレンの街でコカの葉を入手してからは、かなり体調が回復したようだ。「どうか忘れないでくれたまえ」彼は、テメレアに言った。「ツワナ軍と遭遇したときは、わたしに彼らと話し合う時間を与えること。これより先、勝手な判断にもとづく行動を許すわけにはいかない」

「あの言い方はないよ」空に飛び立つと、テメレアはローレンスに言った。**プサンチン・スウユ**〔インカ帝国〕で交渉がうまくいかなかったのは、ぼくのせいじゃない。ぼくはグランビーを女王と結婚させたくなかっただけさ」

ペンバートン夫人は、ハモンドといっしょにチュルキに乗った。ベレンにとどまって英国行きの船を待ってはどうかと提案されても、彼女は応じなかった。「いいえ、キャプテン。お心遣いには感謝します。でも、最後まで責任を果たさないような、意志薄弱な人間にはなりたくありません。いまようやく、わたしたちは最終目的地にたどり着こうとしているのですから」

一行は、北からまっすぐに南下し、帯状に広がるジャングルを縦断してリオを目指すコースをとった。目的地に近づくと、開けた土地が増え、緑の草地とおだやかに草を食《は》む牛が目立つようになった。「破壊行為に関する情報は、正確に伝わっていなかったのかもしれないね」リオの街の手前で休憩をとり、旨い牛を食べながら、テメレアは言った。「このあたりは、何事もないみたい。海がまた近くなったようだけど」

「だが、牛の世話をする人間が見あたらないな」ローレンスが声を落として言い、街の南に回りこんで、コルコバードの丘の陰から気づかれずに街に近づくようにとテメレアに指示した。そして翌日の午後、一行はとうとうリオの港を目前にした。ローレンスがいつも話していた美しい港だ。リオの街も眼下にあった。

「くそう、やられた!」ハモンドの声がした。みなが言葉を失った。海に沈んだアリージャンス号より巨大なドラゴン輸送艦が港に停泊していた。まわりを小さな艦《ふね》が、砲身を突き出した六隻の小型フリゲート艦が囲んでいた。檣《マスト》に三色旗がひるがえっている。

街は廃墟と化していた。倒壊した家々、人けのない街路、あらゆるものに炎に焼かれた黒い焦げ跡があった。大きさもまちまちなドラゴンが十数頭、カラスのように瓦礫《がれき》のなかや破壊された艦の上にたむろしている。牛を食べたり、見張りについたりしており、港に近い空き地にテントや小屋を並べた野営地とおぼしき場所で身を寄せ合うドラゴンもいる。

「ともあれ、ぜんぶが重量級ってわけじゃないね」テメレアは言った。しかし内心では──不安を煽りたくはなかったが──もし戦いになったら、これだけの数に四頭で立ち向かうのはかなりむずかしいと感じていた。しかも四頭というのは、チュルキがこちらに味方した場合の話だし、イスキエルカもまだ本調子ではない。「でも、あの赤茶色のドラゴンは、ぼくと同じぐらいの体重じゃないかな」

「ケフェンツェだ……」ローレンスが言った。「あのドラゴンの名は、ケフェンツェだ」

16　奴隷は誰のものか

「お元気そうでなによりですわ、キャプテン・ローレンス」エラスムス夫人が言った。いや、いまの名はリサボだ。アフリカで拉致される前の、少女時代の名を取り返したのだと、彼女自身がローレンスに伝えた。ケープタウンではじめて会ったときの、控えめで物静かな女性の面影はもはやどこにもなかった。目の前にいる女性は、手の込んだツワナ式のドレスをまとい、黄金と宝石をふんだんに身に着けていた。だがそれは外見的な変化にすぎず、首をすっくと伸ばした姿勢や、眉間の傷痕を隠そうともせず後ろへ引っつめた髪型や、まっすぐ相手を見つめるまなざしにこそ、彼女の真の変化があらわれていた。

「でも、敵として来たわけではありませんよね」彼女は単刀直入に言った。

リサボは、ケフェンツェとともに、奴隷の生存者の捜索を指揮するために、リオにやってきた。ツワナ王国の幾多の集落で捕らえられ、奴隷として売られた人々は、ほぼすべてブラジルに送られていた。ツワナ軍が蜂起《ほうき》し、アフリカの奴隷港をつぎつぎに焼き払い、奴隷貿易をやめさせる以前のことだ。

　まだほっそりした少女だったころに、リサボは家から連れ去られ、奴隷としてブラジルに売られた。だが幸運にも自由を取り戻し、最終的には生まれ故郷に帰ることができた。しかし、彼女のような生存者はそう多くない。奴隷船の船倉という劣悪な環境が、海を渡るあいだに多くの命を奪った。ブラジルまで生きてたどり着けたとしても、その先にはジャングルの開拓やサトウキビの収穫という過酷な労働が待っていた。

「ツワナ王国がナポレオンに利用されているのですよ」ローレンスは言った。「このままでは、いま以上に多くの国がフランスの属国になるでしょう。そしてあの男は、フランス領土において、奴隷制を禁ずるどころか、復活させている。ツワナ軍がリオを襲撃したことによって、あなたの一族の生存者がどれほど見つけられましたか？　それで大勢の無辜《むこ》の民を殺したことを正当化できるのですか？」

「大量殺戮《さつりく》などしていません」彼女が言った。「街を焼いてもいない。わたしたちがコルコバードの丘に到着し、盗んだものを返すように要求したとき、恐慌をきたしたポルトガル人たちが街に火を放ったのです。わたしたちは、彼らが逃げ去ったあとで、この街を占拠した。奴隷の生存者がどれほどいるかは、あなたの目で実際に確かめるといいでしょう」

　ケフェンツェにひと声かけると、彼女は、ローレンス、グランビー、ハモンドを連れて、生存者が暮らすという野営地に入り、そのなかを縫う細くて曲がりくねった道を歩いた。驚いたことに、野営の集落には何千人もの人々が暮らしていた。破壊と解放に呆然とした男、女、子どもたち。「このなかには、拉致されたツワナ人の子や孫もいます。彼らには故郷アフリカの記憶がありません」リサボが言った。

「一族じゃない人たちもいるってことですね」グランビーが声を潜めてローレンスに言った。

「つまり、ツワナ王国とはぜんぜん関係ない人も。あのドラゴンたちは、奴隷を見つけられれば、どこの出身だろうと気にしないんじゃないですか？」それを聞きつけたリサボが振り返ると、グランビーはびくっとして、ばつの悪そうな顔をした。

「でも、彼の発言が間違っているとは思えません」ローレンスは、港のほうに戻る道すがらリサボに言った。港に近い、火災をまぬがれた建物が、当座の指令本部として使われていた。多くの部屋が瓦礫のなかから救出した食糧や衣類で埋め尽くされており、戻ってきた一行は、塩漬け牛肉の樽に囲まれてすわった。「ツワナ王国軍が奴隷港を襲撃する前に、これほど大勢の人々があなたの国から連れていかれたとは思えません。それに、十人に一人も生き残ることができなかったと、以前にあなたから聞いている。とすると、あの野営にいる、あなたがたが救ったという人々の大半は、ツワナ人ではないということになる」

「そうだとしても」とリサボが言う。「彼らは、先祖の、つまり遠い過去の記憶のなかでツワナの民だったと言うのです。それは、わたしたちの先祖がわたしたちの守護竜として生まれ変わるのと同じように真実であるとは言えないでしょうか？」

ローレンスは答えに詰まった。リサボは、かつては宣教師の妻であり、良きクリスチャンとして迷信を信じることはなかったはずなのだ。ローレンスの困惑を見てとり、リサボは首を振った。

「わたしはそれを嘘とは呼びません。信じることが真実になる。神は、法律書よりも正義を愛しておられます。ちょっと失礼」

彼女は立ちあがり、建物に飛びこんできた新たな四人の生存者を出迎えた。男、女、腕に抱かれた子ども、手を引かれた年上の子ども。その四人は、彼らを入口におろした中型ドラゴンを、怯えた目で振り返った。それとは対照的に、ドラゴンは入口に腰をおろし、期待を寄せるように建物のなかの彼らをのぞきこんでいる。

リサボがポルトガル語で彼らに話しかけたので、ローレンスには会話を追い切れなかったが、彼らがしだいに落ちついていくのはわかった。そのあと、彼らはとまどうようにドラゴンを振り返った。その顔には内心の困惑が浮かんでいた。

やがてリサボが窓辺のテーブルまで行き、そこにある大きな台帳を開いた。台帳のページにはまんなかに仕切りがあり、左右双方に人名らしきものが書かれていた。リサボは台帳をめくっていき、ボイトゥメロという名だけが左に書かれたページを開き、彼らに向かって声を出してその名を読んだ。

男がその名をゆっくりと繰り返し、問いかけるように女を見た。女は子どもたちを見つめ、一拍置いて、その名を繰り返す。リサボがうなずき、右の欄になにかを書きつけた。そのあと、外で待っていたドラゴンのところまで四人を導き、ツワナ語で話しかけた。ローレンスは建物の戸口まで行って、そのやりとりを見た。

リサボは、この男はおそらくボイトゥメロの孫で、この四人は家族だと竜に説明した。竜はうれしげに胸を張り、自分もそう思っていた、男の子の顔がボイトゥメロに生き写しだと答え、鼻先を少年に近づけた。少年はややあって、ためらいがちに手を伸ばし、竜の鼻をそっと撫でた。

十五分ほどで、リサボは建物のなかに戻った。新しくやってきた一家は、彼女を補佐する女性のひとりによって、野営集落に連れていかれた。リサボは、台帳を見つめていたローレンスに向かって、片方の眉だけあげた。「わたしの仕事について、なにかおっしゃりたいことが?」

「いいえ、ありません」ローレンスは、台帳を閉じる彼女を見ながら、静かに答えた。「ただ、あなたは、どうやってこれほど大勢の人々を故郷に連れ帰るつもりなのか、知りたく思います」

「フランスが艦《ふね》で送り届けると約束してくれました。何度でも往復すると。わたしたちはアフリカから奴隷として、あれより小さな船で運ばれてきたのです。巨大輸送艦なら、一度に千人近くが乗れて、はるかに快適です。奴隷としてではなく、自由に向けての旅は平和そのものでしょう」彼女はローレンスの視線に気づき、うなずいてつづけた。「そう、アフリカから戻るときには、さらに多くのドラゴンを乗せて運びます。もちろん、フランスはわたしたちを利用している。しかし、その逆もしかり。本物の同盟関係ではありません。わたしたちの王は、ナポレオンを信用するほど分別を欠いてはいません。しかし、わたしたちの大儀のためには、同盟国を選んでいる余地などありませんでした」

「ほかと手を組む気はありませんか？」ローレンスは率直に尋ねた。グランビーの驚きの顔も、ハモンドがかろうじて言葉を呑みこんだようすも見なかったふりをした。

「ありうるかもしれませんね、キャプテン」リサボが言った。「ただし、あなたが最初にわたしたちに責任をかぶせようとした大量殺戮を、わたしたち全員がふたたびすぐに目撃することにならなかった場合にかぎります」

リサボのいた指令本部を出て、街はずれに向かう道を歩きはじめると、ハモンドが早々に「キャプテン」と話しかけてきた。街はずれでは、指令本部を訪れた三人を丘の上の野営地まで連れ帰るために、テメレアが待っている。「当然ながら、この植民地のためにわたしたちが直接行動を起こすのは、いまの段階では非現実的です。しかし――」

ローレンスは、グランビーと視線を交わし合った。グランビーが、いまの発言を三頭の竜と二十頭近い竜の戦闘として受けとめているのが、彼の表情から読みとれる。

「ポルトガルは、わが英国の同盟国なんですよ。これを忘れてはならない。その価値は計り知れません。たとえいまこの瞬間、英国兵団がポルトガル本国に上陸していたとしてもです。わが英国とポルトガルの関係を損なうような計画は、いかなるものであろうと許すわけにはいきません」

「わたしはなんの計画も練ってはいません」ローレンスは言った。

「言葉が過ぎたとしたらお許しを」と、ハモンド。「ですが、法的に見るなら、あの野外キャンプに収容された人々は、逃げてきた奴隷——ポルトガル君主の臣民たる地主の合法的所有物です。暗黙の慣行というか、いやもう、ほぼお墨付きというか、奴隷の所有権がどこあるかは明々白々であり——」

ローレンスは小径《こみち》で立ち止まり、ハモンドの腕をつかみ、いま来たほうを無理やり振り向かせた。子どもたちが道端で、砕けた煉瓦で小さな砦《とりで》をつくって遊び、女たちがしゃがみこんで洗濯している。それは廃墟のなかにありながら、どこの集落にも見られるような光景だった。

「ミスタ・ハモンド。もしあなたが、国家や地主の現世的な利益のために、何千もの人間を奴隷の状態に置くことを目的としてここへ来たのなら、あなたは間違った助っ人を選んだことになる。わたしがどういう人間かを承知したうえで、誘ったのではなかったのですか?」

「うむ――」ハモンドは気まずそうに腕を引き抜こうとしたが、ローレンスは放さなかった。

「キャプテン、わたしはこの地における主権について、均衡《きんこう》を保つことの重要性について話しているのです。もしあなたがポルトガル王室を怒らせるようなことをすれば、あのキャンプに収容された人々の自由は保証しかねます。摂政皇太子の意向を無視し、権威を侵害し、ツワナ王国との交渉に失敗すれば――」

「ポルトガル王室が直面する難題を、ツワナ王国への譲歩なしに解決する方法を思いつくなら、教えてもらいたいものだ。ツワナ王国が、奴隷所有権を肯定する道理があるなら、教えてもらいたい。あなたもリサボの口から現況を聞いたはずだ。彼女が出まかせを言ったのでないかぎり、一刻も無駄にすることは許されないというのが、わたしの見解です」

リサボが語ったところによれば、リオが焼き払われ、ツワナ王国の要求が通らないまま放置されると、ツワナ竜たちが街の周辺や個人の地所にあらわれ、奴隷をさらって街に連れ帰るようになった。噂はすぐに広がり、多くの奴隷が主人から逃れ、解放を求めて街を目指すようになった。

具体的な衝突も、大規模な交戦も起こらなかった。ツワナ側は奴隷を負傷させるような行為を避けたし、市民軍との対立は何度かあったものの、ツワナ竜が近隣のすべての大砲を奪うか壊すかし、彼らの要求どおりに決着させたからだ。ツワナ竜は当初、この救出活動をなんなくやってのけていた。だがそのうち、一部の入植者が、財産の喪失と今後起こりうるかもしれない攻撃を未然に防ぐために、おぞましい手を考えついた。所有地の納屋や小さな建物に奴隷を閉じこめて人質とし、近づいたら焼き払うと脅迫したのだ。

この戦略が膠着《こうちゃく》状態を生んだ。ツワナ側は戸外で見つけた奴隷だけを連れ去るという戦術に切り替えた。だが、彼らのなかで血族を守りたいという切望と忍耐のせめぎ合いがつづいていた。もちろん、こんな膠着状態がそう長くつづくとは思えない。

「うん、そういうこと」野営に戻ってくると、テメレアが請け合った。「ケフェンツェと話してたんだ。彼は、攻撃は避けられないって考えてる。二か月も足踏み状態がつづいたし、奴隷が監禁されている地所を避けてると、狩りもろくにできないからね。でもまだ仲間全員の賛同は得られていない。ディケレディ――っていうのは、あなたも飛んでるとこを見たことあると思うけど、ピンク色の中型ドラゴンでね――、彼女が、まだ自分の一族の生存者をひとりも見つけてないから、危険を冒すわけにいかないって言ってるんだ」

ディケレディは、仲間の多くの竜のようなごまかしを好まなかった。わずか数年前に故郷の村を襲撃で失っており、他村の人々の子孫を新しい血族として受け入れるのではなく、生存者の出自を厳密に特定するように要求した。彼女は体が大きいほうではないが、空中戦のすぐれた技能によって、ツワナ竜のなかでも一目置かれている。高名な女祭司の生まれ変わりだと信じられているようだ。

それでも、多くのドラゴンがディケレディとは反対の意見に傾きはじめていると、テメレアは言った。ドラゴンたちは、人質となった奴隷たちへの過酷な扱いに怒りをつのらせていた。とくに、ある農園主が奴隷たちを飢えさせ、悲惨な結末を招いてからはなおさらだった。

「もし、われわれが阻止できなければ、大量殺戮がつぎつぎに起きるでしょう」ローレンスは言った。「だからこそ、ミスタ・ハモンド、同盟国の感情を害することを案ずるより、停戦協定の締結をすみやかに促していただきたいのです。これは奴隷たちの命に関わる問題です」

ポルトガル政府は、パラチーの要塞に撤退していた。パラチーの街は、リオからドラゴンなら一日とかからない距離にある。テメレアは、リサボが瓦礫のなかから見つけたぼろぼろの英国旗を掲げていた。それにもかかわらず、パラチーの要塞に近づくと、叫びがあがり、警鐘が鳴り響いて兵士に召集がかかった。

テメレアは、大砲の射程外で空中停止《ホバリング》した。ゲリー少年が国旗を振り、信号旗によってポルトガル語のメッセージが送られた。飛行士たちのなかに信号手を長く務めた経験のある者がいなかったので、かなり適当なポルトガル語になっていた。

信号旗のメッセージは地上でかなり怪しまれたようだ。議論を引き起こしたらしく、十五分後にようやく返信があり、砲列のまん前に着陸するよう命じられた。そこにはポルトガル軍がまだ保持するすべての大砲が並び、砲手たちがくすぶる火縄を持って火門のそばにかまえていた。

「テメレア、わたしたちをおろしたら、きみは飛び立ったほうがいい」ローレンスは、ピリピリしている砲手たちを見て言った。「相手側の判断は当てにならない。彼らがわたしたちを認めるまで、大砲の射程外にいてくれ」

「うん、わかった。でもぎりぎりのところだよ」テメレアが心配そうに言った。「危ないときは、すぐに来る。側面から適切な角度で吼えれば、あんな大砲くらい、はじき飛ばしてみせるよ」

ローレンスはひそかに首を振った。〝神の風《ディヴァイン・ウィンド》〟の増幅作用の威力については、まだよくわからない部分がある。テメレアはそれをリエンのやり方を見て会得した。リエンは中国の伝統によって戦闘に参加することを長く避けてきたのだが、ナポレオンに危機が迫ったとき、その方針を変えざるをえなくなった。ナポレオンは、彼女の恐るべき破壊力を実戦に使うためなら、あらゆる手段で彼女を説得するだろう。その破壊力は海だけでなく陸においても激烈なものであるかもしれず、リエンはますます危険な脅威となりつつある。

ローレンスは、テメレアの背から中庭の地面におりると、もたもたしているハモンドをテメレアが運び去ってしまう前に助けおろした。振り返ると、汗みずくのポルトガル軍士官の疑わしげなまなざしと目が合った。その軍服からして歩兵隊大尉のようだ。ローレンスの暗緑色の上衣に金の階級章を認めるや、彼は一転、顔を輝かせて大きくうなずき、かなりくだけたフランス語で話しかけてきた。「おお、よく来てくれた！　こりゃうれしい！　ちょっと失礼」大尉が大砲のほうを振り返って手をひと振りすると、兵士らは安堵の表情を浮かべ、演習場として使われている荒れた広場から退却した。

伝令が要塞の本部棟に走っていった。そこは最近補修されたらしく、新しい石壁が築かれ、塗り直された壁には風雨による染みがない。しばらくは立っているだけだったので、ローレンスは要塞を取り囲む壁を観察した。ツワナ軍に攻撃されたら、ひとたまりもないだろう。一頭の中量級ドラゴンの攻撃さえ、ももたないかもしれない。

ふいにハモンドがローレンスの肘を小突き、深々と頭をさげた。要塞の建物から軍人の一団とともに、軍服を勲章で飾りたてた肥った男があらわれた。ハモンドが最初にポルトガル語で挨拶してから、フランス語に切り替えた。「殿下、不測の事態につぎつぎ見舞われ、このように到着が遅れましたこと、どうかお許しくださいませ。ご紹介いたします。こちらは、英国航空隊の空佐《キャプテン》、ウィリアム・ローレンスです」ハモンドはローレンスのほうを向くと、声を落として、言わずもがなのことを言った。「さ、正式なお辞儀を。こちらはポルトガル摂政皇太子にあらせられます」

「われわれは、かならずリオを取り返す——わが軍が万全に集結したときには」ジョアン皇太子は言った。「すでにメキシコから援軍としてドラゴンが十数頭やってきた。いまも演習しておるところだ」

皇太子は、彼の執務室の窓に近づき、片手でそれを示した。窓の下に谷があり、そこに野生種のようにも見える、小型ドラゴンが何頭かいた。「一世代前が野生ドラゴンか、あるいは一世代前ですらないですね」フェリスが窓から外を見やり、ローレンスだけに聞こえる小声で言った。どの竜も英国のグレイリング種より小さい。これでは、ヨーロッパに匹敵する高度な交配と繁殖技術から生まれ、象を食糧として育てられるツワナ竜にはとてもかなわないだろう。

「もっと多くのドラゴンが到着するのを、いまは待っておるのだ。ドラゴンを輸送できるのはナポレオンだけではないぞ。きみたちのドラゴンの働きにも期待しておる。停戦など、もってのほか。われわれはぜったいに降伏などし――」

「殿下、わたしたちがお送りした報告書をお読みになっていないようですね」ローレンスの失礼きわまりない発言に、ハモンドが青ざめた。「わたしたちはこう申しあげました。ナポレオンは、インカ帝国と同盟関係を結ぶだけにとどまらず、直接的な忠誠を手に入れた――。いまやあなたの王国に隣接して彼の帝国があり、いつでも踏みこめる状態にあるということです。ほどなく、彼は脇から攻めてくるでしょう。海を越えてきたドラゴンなど必要とせず、忠誠を誓った国が広域に組織した土着のドラゴンたちの空軍を使って」

「キャプテン・ローレンス」ハモンドが必死に止めた。「立場をわきまえてください。殿下、どうかお許しくださいますよう――」

「ミスタ・ハモンド。己れの立場を忘れたつもりはありません」ローレンスは言った。「ですが、この植民地を維持する希望を打ち砕くような、浅はかな冒険的計画を支持するつもりも、傍観するつもりもありません。ですから、殿下――」と、皇太子のほうに向き直って言った。「一時的な勝利があなたのお望みでないのなら、取るべき道はひとつであると、わたしは考えます。ツワナ王国と和解し、彼らを送り返すのではなく、この地に定住するように説得するのです」

ローレンスは、驚きの沈黙が生まれることを期待して、あえて唐突に提案を口にした。はたしてそのとおりになった。港に停泊するフランス輸送艦と街にあふれる一万人を超える避難者を見て、最初にこの考えが頭に浮かんだのだが、声に出して言ってみると、いっそう妄言《もうげん》に聞こえることは否めなかった。

あの野営地で、あの大勢の人々を見たとき、これだけの人数を故郷アフリカまで送り届けるために、いったいどれだけの艦の往復と時間が必要とされるかを考えて、呆然となった。ポルトガルが残る奴隷の解放に応じたときには、帰郷を望む人の数はさらに増えるだろう。そのうえ、海を渡る危険もある。ツワナ王国軍はここへ来たときほど、帰り着くのは容易ではないはずだ。それこそナポレオンの狙いだったのではないか。つまり、ブラジルというポルトガル植民地を長期の膠着状態に置いて苦しめることが。

「殿下」ローレンスは、まじまじと見つめてくる人々に言った。「インカ帝国に対する防衛策として、ツワナ王国との停戦以外に選ぶべき道がないことをどうか認めてください。手遅れになる前に。たとえ何頭かのドラゴンを海の向こうから呼びよせたとしても、その竜はいっときヨーロッパの戦場から離れるだけです。たとえこの地で勝利しても——それも非常に危ういですが——すぐに戻らなければならない。ツワナ王国では、空中戦にも長《た》けた小規模なドラゴン軍団が集落を守り、人間と自然な情愛の絆で結ばれています。そしていつでも、より戦闘力の高いドラゴンを交配させられるのです」

ローレンスは窓辺に近づき、窓を開け放って呼びかけた。「テメレア！　あのドラゴンたちのなかに入ってくれないか？」

「いいよ、もちろん」テメレアはそう言うと、地面から頭をもたげ、窓をのぞきこんだ。窓ガラスいっぱいに、テメレアの切れ長の青い眼が広がり、部屋にいた半分が戦《おのの》いて椅子から腰を浮かせ、後ずさった。「彼らのじゃまにならなきゃいいんだけど」

テメレアは昼寝をしていた中庭から、窓のカーテンリングが音をたてるほどの勢いで飛び立ち、すぐに小さなドラゴンたちのなかに交じった。小さなドラゴンたちは飛行演習を中断し、テメレアに群がり、高ぶった声で騒ぎたてた。その声が部屋のなかまで聞こえてきた。彼らの大きさは、なんの脅威も感じさせなかった。ライオンや熊のような大きな獣のまわりで輪を描くスズメのようなものだ。

ローレンスは窓辺から皇太子のほうを振り向いて言った。「殿下、あなたの新兵たちに重戦闘竜の相手は務まりません。きわめて高度な技術をもってしても、育種計画は結果が出るまで何十年も要します。ツワナ軍をかろうじてこの土地から追い払ったとしても、ナポレオンが、西側から攻め入ってくる前に、そのような長い歳月をあなたがたに与えると思われますか？」

ローレンスは話しながら、この場に立ち会うしかないハモンドを少し気の毒に思った。これは一介の軍人が、一国を統べる君主になしうる最大限に無礼な発言かもしれない。ハモンドは落胆というよりは恐怖に呆然としていた。

「わたしが間違っているのなら、あるいは根拠のない主張をしているのなら、謹《つつし》んでご意見をうかがいます」と、ローレンスは言い添えた。「他意はありません。しかし、わたしもテメレアも、わたしたち一行のどのドラゴンも、この状況において、ツワナ軍を攻撃する計画に乗るわけにはいかないのです。成功しても失敗しても、地獄の道を進むにちがいないのですから」

この最後通告のあとに議論すべきことはほとんどなかった。ローレンスはそっけなく退出を命じられ、丁重にお辞儀して部屋を出た。ハモンドだけが皇太子の命令でその場に残された。ローレンスには、これ以上皇太子を説得するつもりはなかった。あとの会話はおおよそ察しがつく。

皇太子は、ローレンスの他の飛行士に対する影響力、テメレアの他のドラゴンに対するそれがどの程度のものかを尋ねているにちがいない。どんな情報だろうが、隠すよりは伝えてくれるほうがよかった。

「きみの良心にそむくような行動をとれと言うつもりはない。わたし自身もそんな勧告など願いさげだ」リオの野営に戻ると、ローレンスはグランビーに言った。そしてディメーンにも同じことを伝えようとした。ディメーンは、エミリー・ローランドが彼のために描いた重量級ドラゴンのための作戦見取図から顔をあげた。最近になって飛行術の学習に目覚め、暇さえあれば先輩飛行士たちから熱心に知識のかけらを聞き集めている。

「ぼくは、奴隷商人を助けるために、ツワナ軍を攻撃する気にはなれません」ディメーンはきっぱりと言った。ローレンスはディメーンの仲間が、拉致されたわけではないとしても、ケープタウン植民地でオランダ人入植者から侮辱的な扱いを受けていたことを思い出した。「いっそ、ツワナ軍といっしょに戦いたいです。無理でしょうか?」彼がそう尋ねると、エミリーは驚いたように背を伸ばし、憤慨の表情になった。「ぼくとクルンギルは、テメレアやイスキエルカと戦うつもりはありません。でも、ポルトガルが先に戦いを仕掛けてくるなら、ぼくはポルトガルと戦ってもかまいませんよ」

「ふふん! それならぼくだって、戦ってもかまわないよ」聞き耳を立てていたテメレアが言った。「でも、ポルトガルがツワナにやられるのはまずいよね。ポルトガルは、ナポレオンとの戦いでは、ぼくらの味方なんだから。もしかしたら、ツワナ王国だって、ぼくらといっしょにナポレオンに立ち向かってくれるんじゃないかな。ぼくは早くケフェンツェといっしょに戦いたい。アフリカであなたをさらったことについては――」と、ローレンスのほうを向いて言った。「ケフェンツェはきちんと謝ってくれた。誤解は解けたよ。それに、ツワナが焦ってるのを誰も責められないと思うな。ぼくはツワナのほうに義があると思う」

「おそらく、ぼくもイスキエルカに尋ねるべきなんでしょうね」グランビーが言った。「でも、尋ねるまでもありません。イスキエルカは、相手が誰だろうが、喜んで戦います。それが、あなたがポルトガルを説得する助けになるなら、ぼくはなんだってするんですが、そうでもなさそうだ。ハモンドによれば、イギリス海峡からまさかの援軍が来るそうです。ただし、ドラゴン戦隊がいつ到着するかが問題だ。あなたがポルトガルを説得する前に到着すれば、彼らは到着早々、ツワナ軍と戦うことになりかねない。そうなったら、ぼくはきっと、傍観しているだけではすみませんし」彼はつらそうに言った。

ローレンスは黙ってうなずいた。自分自身も、そんな状況を傍観できるかどうか、ツワナ軍に加勢するなとテメレアを説得できるかどうかは疑わしい。おそらくは耐えられないだろう。

ハモンドはその日の午後遅くリオに戻ってくると、すぐさまグランビーの懐柔に取りかかった。グランビーは精いっぱい彼をはぐらかしていたが、とうとう夕食前に片隅に追いつめられた。だが結局、ハモンドはその会話を不満そうに終えて、渋い顔でメキシコの伝令竜に乗って、パラチーに帰っていった。

「ええ、ハモンドは立場をはっきりさせるようにとぼくに迫りました」グランビーはため息をつき、ベンチ代わりにしている丸太にどさりと腰かけた。食事を戸外でとるため、わずかに残った防水布を日除けに使っているが、数が少なく、たいして日をさえぎってはいない。一行は、フランス海軍の目と大砲の射程を避けて、海岸から少し離れた丘の上に野営を張っていた。海風はここまで届かず、樹木は街の建設のために伐採されて木陰もなく、熱帯の太陽が容赦なく照りつけている。

「今回の件で航空隊から追い出されないように願うばかりですよ、ローレンス」グランビーは大声で言ったあと、気遣いの足りなさにはっと気づいたようだった。テーブルの反対側で、哀れなフェリスが木皿に盛られた料理をじっと見おろしていた。

ローレンスは、改めてフェリスをまじまじと見た。自分が間違ったことをしたとは思っていない。だが、己れの言動がフェリスの復権の芽をつぶしてしまったことは否めなかった。今回の任務に勝利という見返りは期待できないだろう。せいぜい、この植民地を当座の破壊から守るぐらいのものだ。ハモンドがそこそこの職をフェリスのために提案してくれるかもしれないが、自分の反抗と一連の行動が、それさえつぶしてしまう可能性は高い。海軍省委員会諸卿はローレンスとテメレアの不服従をふたたび記憶に刻むだけで、その配下にあった元副キャプテンに恩情をかけることなどまず考えないだろう。

「そもそも、ツワナ軍に攻撃を仕掛けるのは、並大抵《なみたいてい》のことじゃありませんよ」その夜、グランビーがローレンスに言った。ふたりは、ツワナ軍の夜の会議を偵察するために、闇にまぎれて、コルコバードの丘の頂上まで来ていた。海岸でドラゴンと戦士が円陣を組み、顧問官がその内側で小さな焚き火を円く囲んでいた。彼らの影が車輪の輻《や》のように放射状に伸びている。海ではフランス艦のランタンが水面《みなも》に映って星座のように輝き、あちこちの明かりが大砲の鉄の砲身を闇に浮かびあがらせている。

「しかし、彼らが実際に入植者の農園を襲いはじめたら、ぼくらはどうすればいいんでしょう」グランビーがつづけて言った。距離が離れすぎているため会議の内容までは聞きとれないが、雌ドラゴンのディケレディが、難色を示すように、頭をのけぞらせてシューッと息を吐き出した。

「ローレンス、摂政皇太子があなたの意見を聞き入れる可能性はあるんでしょうか？」

「いまのところ、ほとんど期待できない」ローレンスは、やりきれない思いで答えた。「インカ帝国の危険性を少しは考えて、停戦を模索するのがせいぜいだろう。だが彼は、ツワナ王国とは方針の対立する大勢の奴隷所有者をかかえている。まあおおかたは、わたしを頭のイカれたやつだと見なして終わりだろう」

「少なくともハモンドは、ポルトガル側にあなたのことをよく伝えて――いやぁ、悪く伝えているかもしれませんね。なんにせよ――」と、グランビーは望遠鏡をおろして言った。「ポルトガルには、ぼくらの援軍なく、ツワナ軍に勝てる見込みはありません。ぼくらが加勢すれば、短期決戦ですむかもしれないが」

「グランビー！」そのとき、斜面の下からイスキエルカの呼ぶ声がした。石をごろごろ転がしながら、彼女が丘腹をのぼってきた。「すぐに出動しなきゃ。ドラゴンがあたしたちの野営に南から近づいてる。少なくとも五頭」

「いやな予感が当たったかな」グランビーが言った。ローレンスは、彼のかぎ手を太い革紐で留めつけた肘をつかんで支え、イスキエルカのところまで斜面をおりた。イスキエルカは前足を伸ばし、ふたりを背まであげると、力強い跳躍とともに舞いあがった。ローレンスの足もとに、竜の体内で響く石臼《いしうす》を挽《ひ》くよう低い音の振動が伝わってくる。火焔を噴く準備がすでにはじまっているのだ。

「おいおい」グランビーがこぶしでぽんぽんとイスキエルカの肩を叩いた。「まだわからないのか？　あれはたぶん、ぼくらの仲間だ。厄介なことになるから、火を噴かないでくれ。あいつらのキャプテンが喜ぶとは思えない」ローレンスのほうを振り返って言った。「テメレアに彼らを説得できるでしょうか?」

「期待しよう」ローレンスは言った。翼影がさらに近づいてきた。野営にいるテメレアが頭をもたげ、咆吼で挨拶した。ドラゴンたちの姿はもう見間違えようがない。長い翼を開いているのは、毒噴きのロングウィング種、リリーだ。ひときわ巨大な影を地面に落として飛んでいるのはリーガル・コッパー種、マクシムスにちがいなかった。

17　パラチーの要塞で

マクシムスがクルンギルについて屁理屈《へりくつ》をこねていることを、テメレアは残念ながら認めざるをえなかった。彼の言い分もわからないではないが、クルンギルも好きこのんでこんなに大きくなったわけではないだろう。だから、それを責めてもしかたがない。「それにね、ぼくはいまでこそ、こういうクルンギルに慣れちゃったけど、卵から出てきたときは、信じられないくらいガリガリだった。だからそんなに文句を言うべきじゃないと思うな」

マクシムスは、腹の底からうめきを洩らした。「ううむ。おまえの友だちならしかたないか」

クルンギルがためらいがちに尋ねた。「誰か、牛いらない？　ゴン・スーが何頭か煮こもうとしてるんだけど――」この気遣いが、マクシムスの気持ちをかなりほぐしたようだった。

「ともかく、あいつがけちんぼじゃなくてよかった。あれでけちんぼなら、おれは我慢できない」マクシムスは牛一頭をむさぼりながら、機嫌よく付け加えた。「翼の長さなら、おれのほうがちょっと勝ってると思う、間違いなく」

テメレアはどうかなと思ったが、黙っていることにした。こうしてすべてが丸くおさまり、けんかもなく、新しくやってきた一行が野営に落ちついた。ただどういうわけか、マクシムスの担い手、バークリーだけが苛立っていた。

「あの要塞にいたやつらは教えてくれなかったぞ。きみたちの仲間に三十トン級の超大型ドラゴンが加わっていたとはな」すっかり赤ら顔になったバークリーが、腰をおろして言った。受け取ったグロッグ酒のお替わりを飲みほし、荒い息をつく。「いや、まだ言いたいことがある。〝ローレンスとテメレアがまた面倒を起こしそうです。思いとどまらせてください〟ときたもんだ。今度はなにをやらかした？　パラチーにいる若造へなちょこ大使は、卒倒しそうだった――〝おれたちだって、そんな成功も見こめない、ばかげた任務を請けるつもりはない〟と言ってやったもんだからな。航空隊から放逐されるのは、一回だけじゃすみそうにないかもしれないな、はっはぁ」

「あなたが航空隊に戻ってきたことは、空将から聞いたわ」リリーがテメレアに言った。「でも、なぜわたしたちは戦わないの？　わたしたち、戦うためにここに来たんでしょう？」

「それはぜんぶ説明するよ」テメレアは、リリーとマクシムスに言った。「食事をすませてひと眠りしたあとでね。そのあとクジラを獲りにいくのもいいね。クジラを一頭獲れば、数日間は狩りをしなくてすむから」

「いや、だめだ」マクシムスが、牛の頭を噛み砕きながら釘を刺した。「クジラはだめだ！　ほんのひと月前までは魚ばかり食べてたんだ。艦《ふね》には肉がなかった。つまり新鮮な肉が。肉といったら、おまえが入れ知恵した粥のなかに入った干し肉ぐらいだ。ほかのものを食いたいときは、狩りに行くしかなかった」

「真《ま》に受けなさんな」自分の分け前をゆっくりと食べていたメッソリアが言った。「マクシムスのために艦には六頭の牛が用意されていた。彼はそれをすぐに食べてしまって、あとは文句たらたらたらたらたら……三か月間の航海のあいだずっと」

「海に出たあと、牛はどんどん瘦せて硬くなっていく。とっておいてもしかたないだろう？」マクシムスが心外だという顔で言い返した。

テメレアは言った。「明日になったら、牛がもっと見つかるよ。なんなら、今夜はぼくの分をあげてもいいよ。ああ、きみたちがいてくれて、ぼくは幸せだ！」

マクシムスとリリーがふたたび仲間に加わったことが、テメレアにたとえようもない安心感をもたらした。もちろん、かつてのドラゴン戦隊の面々――メッソリア、イモルタリス、ドゥルシア、ニチドゥスが戻ってきたことも。焚き火のまわりに和気藹々《わきあいあい》とした声がにぎやかに響いた。ここにはどんな対立も生まれなかった。まだこの地にツワナ軍はいるし、テメレアは彼らと戦いたくないと思っている。だが、彼らが望めば、あるいは、誰かが受け入れがたい侮辱を受けたときには、また仲間といっしょに戦えるのだと考えるだけでわくわくした。

「とにかく、英国にいるよりずっとましよ。昼も夜もイギリス海峡を偵察してたわ」リリーがテメレアに言い、最後に残った牛の尻を、首をのけぞらせて上品に呑みこんだ。「とにかく、戦闘がなかった。フランスのほとんどのドラゴンがどこかへ行ってしまったから。たぶん、スペインか東ヨーロッパね。ハーネスをつけないドラゴンが海岸沿いをパトロールしてたけど、ぜったいに近づいてこなかった。すごく退屈だったわ。だから、みんなでペルシティアがドラゴン舎をつくっているのを助けようって考えたわけ。そしたらもう、ばからしいほど怒られて──」

「こいつら、ハートフォードシアいちばんの石切場を半分掘り返し、ミッドランズの樫《かし》の木を五十本も倒しやがった」バークリーがローレンスに言った。

「だから、ここに送られたのよ」リリーが話を引き継いだ。「それでよかったわ。で、食事もすんだことだし、ここでなにをするのか教えてくれない？　敵がいるのなら、なぜ戦うことにひるむの？」

「ひるんじゃいないよ」テメレアは言った。「誰がそんなことを言ったの？　ただ、ぼくの考えでは、ツワナの竜も人も敵じゃないっていうだけさ。ほら、ぼくらがアフリカで出会ったドラゴンだよ。いまはここで同郷の仲間をさがそうとしてる。彼らが、〝子孫〟と呼んでる、奴隷にされた人々をね」

「それって、あたしのキャサリンをさらったドラゴンども？」リリーの黄色い眼が冷たくきらりと光った。

「明日、ケフェンツェに会うといいよ」テメレアはあわてて言った。「ぼくに謝ったように、彼はきっときみにも謝ってくれると思う。ともかく、真の敵はインカ帝国だよ。ローレンスは、インカ帝国がこの植民地に攻め込んでくると確信してる。この土地を守るためにとどまるようツワナ軍を説得できないかぎりはね」

「それ、ほんとうなの？」リリーのキャプテン、キャサリン・ハーコートがとまどったようにローレンスに尋ねた。「あなたがそんなことをたくらんでると、ハモンドがほのめかしてたわ。わたしたちが、彼の指示で動くつもりはないって伝える前のことだけど。でも、事態を混乱させたのは、きっとハモンドにちがいないって、わたしは考えた。相手がわたしたちの三倍もいるのに、あわてて飛びかかる気になんかなれないわ。だけどインカ帝国は、どうしてそんなことになったのかしら」

ローレンスは、フランスが鮮やかな手口でインカ帝国と協定を結ぶに至った顚末《てんまつ》をおおまかに説明した。そこにテメレアが付け加えた。「ぼくらは止めようとしたけど、女王は結局、ナポレオンと結婚する気になった。彼がどんなに恐ろしい存在か警告したのに」

「驚くには当たらないな」バークリーが言った。「きみらがインカ竜の大群に追われて、ほうほうの体《てい》で逃げるはめになったのも、むべなるかな」

「うん、まあ、確かにそうだけど」テメレアは言った。「ちっともおもしろくないよ。ねえ、なんでそんなに笑うの？」テメレアはむっとして尋ねた。

「気に障ったのならすまんな、おまえは最高にイカれたドラゴンだよ」バークリーは言った。彼の顔には、テメレアがもっとも見苦しいと思うせせら笑いがまだ浮かんでいた。


英国から直接やってきたキャサリン・ハーコート率いるドラゴン戦隊とそのクルーは、野営に保たれていた秩序を、たちまち、航空隊特有の行き当たりばったりで雑然としたやり方に塗り替えた。しかし彼らは、銃、火薬、予備の鎖かたびらなど大量の物資も運んできた。水兵たちをとりわけ喜ばせたのは、ラム酒の大樽だった。さっそくグロッグ酒がふるまわれ、一部の樽が肉や果物と交換された。キャプテン専用の心地よい焚き火が用意され、ドラゴンたちが周囲にベンチ代わりの丸太を並べた。

準備が進むあいだ、ローレンスとグランビーは、不首尾に終わったインカ帝国との交渉について詳しく説明した。「確かなことは言えないが」と、ローレンスはみながそれぞれの席についたところで言った。「インカ女王にナポレオンと結婚するつもりがなければ、あんなふうにわたしたちを襲撃しようとは考えなかったはずだ。まだ結婚まで至っていないとしても、早晩に実現されることは間違いない」

「女王を乗せたフランス艦が出帆するのをすぐに艦《ふね》で追いかけたとしても、ホーン岬の東側で追いつくのはまず無理じゃないだろうか？」リトルがそう尋ねながら、グランビーの隣に腰をおろし、グロッグ酒のマグを彼に手渡して、さらにつづけた。「彼が結婚式を先延ばしにする可能性はどうだろう？」ローレンスは、グランビーの顔を見ないようにするために、相当な意思の力を必要とした。もしイスキエルカが軽率に暴露しなければ、ふたりの仲を知らずにすんだし、これからも知ることはなかったのだろう。

「海のどまんなかで、ナポレオンを発見しても、対処に困りますね」グランビーが言った。「ほかにお供がいなかったとしても、少なくとも二隻の輸送艦は確実にいて、どちらにもインカ竜が目いっぱい乗っているはずだ」

「いや、戦力的には同等だろう」サットンが言った。「ブレイズ艦長が沖合にポテンテート号を停泊させている。アリージャンス号もこの近辺にいるのでは？」

グランビーがはっとしてローレンスを見つめた。ローレンスも身を硬くした。海軍省宛ての遭難事件の報告書は、まだローレンスの手もとにあった。キャサリンに宛てた手紙は、フランス大使ド・ギーニュが英国に届けることを約束して丁重に受け取ったものの、いまもトリオンフ号の郵便袋のなかにある可能性は高い。フランスの伝令竜かフリゲート艦に託されていたとしても、この数か月間、キャサリンは洋上にいたのだから手紙を受け取れるはずもない。つまり、悪い知らせをいまここで彼女に伝えなければならないということだ。

「諸君《ジェントルメン》、しばらく席をはずさせてもらいたい。キャプテン・ハーコート、あなたに話さなければならないことがある」せめて仲間の面前ではなく、彼女がひとりで受けとめられるように気遣った。

しかし、彼女は立ちあがり、真正面からローレンスを見すえて言った。「ローレンス、トムは死んじゃいないわよね？」

ローレンスは彼女をむなしく見つめ返した。助けを求めることも与えることもできなかった。

「すまない……。知らせがきみに届いていないことに先に気づくべきだった。アリージャンス号は、五日間の嵐ののち、南緯四十度台で沈没した」

「トムは避難しなかったの？」キャサリンが尋ねた。

「彼があえて艦と運命を共にしたなどとは、どうか思わないでほしい」ローレンスは言った。「最後に彼を見たときも、艦を救おうと果敢に奮闘していた。最後の最後まで、彼は希望を捨てようとしなかった」

キャサリンは無言でうなずき、青ざめた顔に厳しい表情を浮かべて立っていた。彼女の面長の顔は、軍務と出産をへて、かつてのみずみずしさを失っていた。髪は後ろに引っつめて一本の三つ編みに結われている。「紳士のみなさん、失礼するわ」彼女はそう言うと、焚き火のそばから歩み去った。

しばらくは彼女のほっそりした影が野営の端に黒く浮かびあがり、リリーだけが慰めるように、彼女のかたわらに頭をおろしていた。ほかのキャプテンがそれぞれのテントに引きあげても、ローレンスだけは、焚き火のそばで彼女を待っていた。キャサリンが、そのときの状況をもっと知りたいと思うかもしれない。彼女にとって満足できる答えを返せないとしても、この役目を引き受けるのは自分しかいないだろうと考えていた。

だが、とうとう戻ってきた彼女は、目を赤く腫らし、顔のあちこちが汚れていたものの、自分のカップを取って火のそばにすわると、ローレンスにはなにも尋ねず、ただこう言った。「ああ、なんて無駄なことをしたのかしら！　はっ、いったい誰よ！　わたしにトムとの結婚を勧めたのは！　彼の兄さんも亡くなったの。これからはきっと、あのガミガミおばさんがちっちゃなトムを寄こせって、しつこく迫ってくるわ」

キャサリンの言うガミガミおばさんとは、おそらく彼女の義姉のことだろう。その人物が、甥であるちっちゃなトムの教育のみならず、財産相続権のない自分の三人の娘の運命についても案じているというわけだ。トムの息子のつぎに相続権を持つのは遠縁のいとこで、義姉一家の将来を考えたり、未亡人となった義姉に恩情をかけたりすることはまずなさそうだった。

「どうやら、あの子が一切合財《いっさいがっさい》もらうことになりそうね。ねえ、ちっちゃなトムはもうひとりで、ドラゴンの腹側ネットからハーネスをつたって竜の背のキャプテンの座までのぼれるのよ」キャサリンは誇らしげに言ったが、三歳児にそれをやらせることにローレンスはためらいを覚えた。

「あの子、わたしのやることに興味を持ちはじめたの。彼はきっと将来、ドラゴンを担うわ。息子をつぎの担い手に選ぶようにリリーを説得できないものかしら。さらにもう一頭のドラゴンのことで思い悩まなければならないのは、ごめんだもの」


ドラゴン戦隊の到着によって、ローレンスに圧力をかけて思いどおりに動かそうというハモンドの最後の希望は断たれ、ついに膠着状態が終わった。摂政皇太子はポルトガル王室の威厳にこだわってツワナ側と直接会見するのを渋り、数名の貴族から成る代表団を仕立てて、ツワナ王国との交渉会議に送りこんだ。ポルトガル代表団の主席であるドム・ソアリス・ダ・カマラは、数千人の男、女、子どもを所有する権利をつゆ疑わず、それを誇らしげに語るような人物だった。かたやツワナ軍の将官モゴツィは、ドラゴンには狭すぎるパラチーの要塞の入口を、小ばかにしたような顔で通り抜けた。

ローレンスには、モゴツィ将軍がリサボに話す言葉の一部しか理解できなかったが、彼が生まれ変わるほど尊い先祖がいない者たちを冷笑していることは察しがついた。将軍は、要塞の外でケフェンツェに恐れをなしている、ポルトガル側の野生種のような小型ドラゴンたちに片手を払うような仕草をした。相手にならないと言っているのは、通訳を待つまでもなく明白だった。その後の交渉では、開戦も避けられないかと危ぶまれるほど、敵意が交錯した。ポルトガル代表団の面々はみずから奴隷所有者であり、和平を望むより戦争を挑発しているようにも見えた。

「奴隷の所有こそが、彼らが土地を維持するための唯一の希望にちがいありません」休憩時間に控え室にさがると、ハモンドは気もそぞろに、狭い部屋のなかを行きつ戻りつしてしゃべりつづけた。「そう、唯一の希望――。戦争になっても、いくらかの勝機はあるだろう。いやしかし、あの将軍の自制心には恐れいるな。軍人にはおよそ似つかわしくない自制心だ」

リサボの通訳と精いっぱいの聴き取りで会談の流れを追っていたローレンスには、ハモンドが称賛するほどモゴツィ将軍が自制心を発揮しているようには見えなかった。むしろ、ポルトガルの貴族らに交渉を終了させる口実を与えるような発言もあったことが見逃されているのではないかと思えた。

ポルトガルの代表団主席は鼻先で笑うのみで、あとはローレンスににらみをきかせる仕事に終始した。彼から急《せ》かすような耳打ちを受けて、ハモンドが三度、抗弁した。ハモンドは、リリー率いる戦隊さえ来ればローレンスを頼らずにすむと思っていたのだが、いまや最後の望みも断たれ、甘言《かんげん》、脅し、侮辱、懇願……あらゆる手を尽くしてポルトガル側の権利を守ろうとした。だが、それも成功しなかった。そしてとうとう、彼はツワナ側を説得することをあきらめ、せめて一時的な和平協定をツワナ王国と結ぶように、摂政皇太子を説得するほうに努力を振り向けた。

一時的な和平は、ポルトガル側にとって、第二希望にはちがいなかった。しかしその夜、一頭の小型ドラゴンが要塞の中庭に舞いおり、乗り手が荒い息でおりてきて、新たなフランス輸送艦が港に近づいていると報告した。乗っていたツワナ竜九頭はすでに甲板から飛び立ち、海岸にいる仲間と合流したそうだ。

新たな知らせを受けて、翌日は未明から交渉担当者らが起き出し、身を寄せ合い、厳しい顔つきでささやき合った。夜明けにケフェンツェが戻ってきたところで、ツワナ側との交渉が再開した。ポルトガル側は、奴隷所有権の保持をあきらめ、解放された奴隷がそのまま地所に残るように主張しはじめた。解放が最初からまやかしではないとしても、そこには状況さえ許せばただちに無効にしようという意図が感じとれた。

リサボが耳を傾け、モゴツィと話し合い、ポルトガル代表団のほうに向き直って言った。「あなたがたはわたしたちの親族どうしを引き裂き、ばらばらにした。許されることではありません。解放された彼らが故郷に戻ることを望まないとしても、せめて先祖を同じくする者どうしが再会し、ひとつの地所にとどまれるように取り計らうべきでしょう」

慢心を顔に張りつけたポルトガルの交渉担当者たちが、ツワナ人の言う〝先祖〟が、生まれ変わりとされるドラゴンであることを理解しているのかどうか、ローレンスにははなはだ疑わしかったが、つぎの休憩時間になって、ドム・ソアリス・ダ・カマラが仲間に自慢げに話しているときも、あえてそれを教えなかった。

「見たかね、あいつらはちょっと餌を投げてやるだけで、すぐに飛びついてくる」と、ドム・ソアリス・ダ・カマラは言った。「もっと早く、これを持ち出すべきだった。あのような野蛮人どもには分別も洗練もない。原始的な本能を満たしてやるだけで、簡単に操れる。やつらは奴隷が好ましいものではないことを知った。けっこう、われわれは彼らを〝自由民〟と呼ばせてやろう。そのうえで、やつらが仕えることを拒まないなら、習性としてそれを受け入れるなら、なんの問題があるだろう？　数千人が無謀にもアフリカに戻る道を選ぶとしても、奴隷たちがドラゴンのもとに逃れるまでには長い時間がかかる。だとしたら、われわれが敗者になる可能性はきわめて低い」

ハモンドがちらちらとローレンスのほうを見た。おそらく、どの程度いまの言葉を理解しているか、反論するつもりかどうかをさぐっているのだろう。ローレンスは黙っていた。部屋の反対側にいるリサボを見つめると、彼女はかすかにほほえんで見つめ返してきた。

「すばらしい居住地を用意されたのだから、彼らの多くが説得に応じてとどまってくれるといいわね」キャサリン・ハーコートが高台からリオの街を眺めながら言った。五頭の重量級ツワナ竜が到着し、街はいくぶん窮屈になっていた。大きなドラゴンたちはまんなかを取りたがり、隅っこに追いやられた中量級たちで場所取り合戦になっている。「もし彼らをポテンテート号で送り届けることになれば、わたしたちは向こう一年、もしかしたら三年、こちらにとどまることになるのね。一度の航海では希望者の半分も運べないでしょうから」

「ここに来たときのように、船倉に詰めこまれるのはいやだろうな。だが、きっとそうなる」ウォーレンが言った。「ドラゴンもいっしょに行くとしたら、食糧を用意するのもたいへんだぞ。一度に五百人より多くは運べないことに賭けてもいい。おい、気をつけろ！」

ウォーレンは、一頭の大型ツワナ竜が近づいてきたことを警告した。その雌ドラゴンは、街の瓦礫のなかに落ちつこうと試みていたのだが、突然舞いあがり、山のほうへと飛んできた。だが、英国航空隊の飛行士たちの姿は見えていないようだった。いや見えていたとしても、なんの関心も払おうとしなかった。雌ドラゴンは崖の壁面にしがみつき、岩の成分を調べるように引っ搔いた。そして結果に満足したらしく、首を低くし、吼えて仲間を呼んだ。

ツワナ竜の何頭かが作業を中断して飛んできて、雌ドラゴンに合流した。彼らも同じように岩を引っ搔いた。小型ドラゴンの一頭が、なにかを思いついたように、鳥のさえずりのような声をあげて飛び立った。しばらくすると、そのドラゴンは盗んだ大砲のひとつをかかえて戻ってきた。

ドラゴンたちは、大砲から車輪をはずし、木製の固定索の一部を持ち手として残した。大型ドラゴンたちが代わるがわるそれを持って、砲身を断崖の壁面に打ちつけた。小型ドラゴンたちも砲身を適切な位置で支え、ついに半分まで岩に埋まると、今度はそれをねじったり揺らしたりしはじめた。ほどなく、岩のかけらがゴロゴロと落ちてきた。それは、ローレンスたちがかつてツワナ王国の都、モシ・オ・トゥニャで見た作業を思い出させた。あのときも、ドラゴンたちが滝のある渓谷の断崖に、住居にできるほど巨大な洞窟をくり抜いていた。

翌朝、断崖の穴は小型ドラゴン一頭がなかにはいって瓦礫を掻き出せるほど大きくなった。夜には、大きめのドラゴン二頭がその穴におさまって眠りについた。「ほほう、まるでわが家のようにくつろいでいるじゃないか。そういうドラゴンもいるわけだな」みなで作業の進展を確かめているとき、サットンが言った。しかしその後、ローレンスが交渉会議に戻って、リサボにその話をすると、彼女は首を横に振った。

「ケフェンツェはここに残ります。わたしも娘たちも残ります――故郷にはもう親族がいないので。けれども、ここがわが家とはなりえないドラゴンも数多くいるのです」

リサボは、親族を失ったドラゴンにいっそう寛大だった。そのようなドラゴンは、血族かどうか疑わしい難民も積極的に受け入れ、海を渡る危険を冒すより、この地にとどまるほうを望んだ。しかし、アフリカに帰る村があり、親族が待っている十数頭のドラゴンは、すぐにも帰りたいと主張し、およそ二千人の人々が彼らとともに渡航することを望んでいた。その数は小さな軍隊ほどの規模であり、食糧調達のむずかしさが予想された。

「ポルトガル人がどんな美しい言葉を書類に連ねようが、ドラゴンたちには、どうでもよいことなのですよ、キャプテン」交渉の席から離れたとき、リサボがローレンスに言った。「あなたもわたしも、それは承知しています。ドラゴンたちが満足できなければ、協定は成立しない。わたしたちの要求は、すべての奴隷を解放すること、〝先祖〟と再会させること、帰郷を望む者をアフリカまで送り届けることです。もし、あなたがたにそれができないのなら、わたしたちはフランスと交渉しなければなりません。そしてもし、ポルトガルが奴隷を解放しないのなら――」

リサボは、おわかりですね、と言わんばかりに両手を広げた。ローレンスはうなずいた。

「人間なら英国船で運べる。輸送艦より小さな船《ボート》、たとえばフリゲート艦とか商船とかはどうだろう？」ウォーレンが提案した。ローレンスは、彼がフリゲート艦を〝シップ〟ではなく不用意に〝ボート〟と呼ぶことにいささか閉口したが、この提案はリサボによって即座に却下された。〝先祖〟であるドラゴンたちは二度と親族の人間たちと離れたがらないだろうという理由によって。

「さてと」グランビーがリオの港を見おろしながらつぶやいた。港にはフランスの輸送艦が二隻停泊し、檣《マスト》の先には日差しを浴びて三色旗が鮮やかにひるがえっている。「ほかに打つ手がないのなら、いったいどうしたものだろう？」

18　誰が艦《ふね》を動かすか

「あいつらを沈めるのは、片目をつぶるくらい簡単だな」キャプテン・ウォーレンが意見を述べた。砲撃に加え、ドラゴンたちが海岸から大きな石を運んで、高所からつぎつぎに落とせばいい。二隻の輸送艦が海の底に沈むのにそう時間はかかるまい――。ただし、それではツワナの民をアフリカに送り届ける輸送手段として使えなくなってしまう。

二隻の巨大な輸送艦を使用可能な状態のまま手に入れるのは、沈めるよりはるかに手間がかかるはずだった。そもそもフランスが、不確かな同盟国でしかないツワナ軍が勢いでそれをやってのけることを警戒していた。

輸送艦じたいが重武装しており、ドラゴン甲板には、檣《マスト》の桁端《けたはし》から大量の鉄菱《てつびし》をおさめた袋が吊されていた。いざとなれば、鋭いスパイクを持つ鉄菱が甲板にばら撒かれ、どんなドラゴンも容易には着陸できなくなる。一方、鉄菱の大きさゆえに、そこで仕事をする水兵らにはそれほどの不便を与えないだろう。

　輸送艦を周囲から守るフリゲート艦は、ニチドゥスやドゥルシアが着陸するにも小さすぎた。速度が出せて小回りがきき、その多くが瞬時に短い砲身を返して、輸送艦に近づくドラゴンを狙える小ぶりの大砲を搭載している。輸送艦との距離が近いため、輸送艦を避けてフリゲート艦だけを攻撃することは不可能だ。さらには、フリゲート艦が、それぞれ四艘のガン・ボート〔小型砲を載せた艦載艇〕を搭載しているのをローレンスは発見した。それらの細くて長い砲身を持つ小型砲は、棘のある小さな砲弾を撃ってくるだろう。

「ガン・ボートは、警報から五分で海面におろせる」ローレンスは、望遠鏡をのぞきながら言った。「腕の立つ水兵ぞろいなら、警報から十分で砲撃がはじまるだろう。そこまで火器で武装されたなか、航空隊のドラゴンを甲板にとどまらせるわけにはいかない」

「どうにか輸送艦の甲板を制圧できたとしても、周囲のフランス艦から砲撃をくらうだろう。乗っ取る旨みはあっても、結局、長い航海には耐えられない状態になって、三年間はここに留め置かれることになる」サットンが言った。

「そうね。まずは、あのガン・ボートをどうにかしなくちゃ」キャサリン・ハーコートが言った。彼女は染みだらけの羊皮紙を広げると、焚き火から拾った黒焦げの木片で、港の略図を描いた。「ガン・ボートを使わせなければ、かなり手早く二隻の輸送艦を乗っ取れる。ただし、甲板に鉄菱を撒いて妨害されなければ。先に輸送艦を押さえてしまえば、フリゲート艦はむやみには攻撃できないはずよ。自分たちの仲間全員を海に沈めてしまうことになるんだから」

「もうひとつ、厄介な問題がある」ウォーレンがたんたんと言った。「誰が艦《ふね》を動かすか。飛行士には無理だ。われわれを運んできたポテンテート号の乗組員だけでは、二隻の輸送艦を英国まで帆走させることはできない。ローレンス、きみのもとにいる水兵たちが役に立つとしても——」

「彼らはかなり向上したが」と、ローレンスは言った。「それでも、熟練の海軍士官がいなければ、おだやかな海で一枚縦帆の小帆船《ディンギー》を十マイル走らせるのも無理だろう」

「思い悩むのは一度にひとつで充分！」キャサリンが言った。「フリゲート艦の攻撃を阻止できるなら、あとに解決すべき問題があったとしても、ありがたく思うべきね」


「ぼくにもどうすればよいかわからないなあ、ローレンス」テメレアは振り返って言った。濃い藍色《あいいろ》の海が眼下を流れすぎていく。空は晴れ渡り、暑くもなく、絶好の飛行日和《びより》だ。うれしさのあまり、らせん飛行を試さずにいられなかった。二隻の輸送艦を乗っ取るのは確かにむずかしいだろうけれど、きっとやり遂げられる。こんな天気の良い日に、どうして思い悩んでなどいられるだろう。

「ぼくら、航路から離れてないよね」テメレアは、海を見おろしながら言った。ローレンスはコンパスと首っぴきでもなく、夜空の星々を見あげるでもなく、どうしていつも自分たちが海のどこにいるかを正しく把握できるのだろう？　それがテメレアにはわからない。陸から離れてすでに二時間がたっていた。

「ああ、だいじょうぶ」ローレンスが答えた。「右舷二ポイントの方向に船が見える。たぶん、捕鯨船だ。英国かアメリカの船であってくれればいいんだが。アメリカ人だとしても、十数人の乗組員が確保できればありがたい。怒らせるのはやむをえないな」

　ローレンスがその行為が正しいと納得しているのなら、それでいい。テメレアは、捕鯨船に向かって目いっぱい速度をあげた。しかし近づいてみると、船はテメレアの英国旗《ユニオン・ジャック》を認めて、オランダ国旗を掲げた。ローレンスは、空中停止《ホバリング》するテメレアからロープを垂らし、檣《マスト》の索具に飛び移って、索具づたいに甲板におりた。そこにはこの捕鯨船の船長が待っていた。

　しばらくすると、ローレンスはふたたびロープをのぼってきたが、乗組員は連れていなかった。交渉が不首尾に終わったことに、テメレアはため息をついた。だが、テメレアの背に戻り、ふたたび搭乗ハーネスのカラビナを留めつけると、ローレンスは言った。

「南南西に進路をとってくれ、愛しいテメレア。一刻も無駄にはできないぞ。フールフ船長が今朝、ダプル号とやりとりしたと教えてくれた。生え抜きの四十八門フリゲート艦だ。離れすぎる前に追いつくことができたら、水兵を十人は確保できるだろう」

ローレンスは望遠鏡で海上をくまなくさがした。今回乗り組んだ少数のクルーも、あらゆる方向に目を凝らした。日を受ける船窓のきらめき、黄昏時にはランタンのまたたき、なんであろうが艦の証を見つけようとした。とうとう、ローレンスが心ひそかに定めた飛行限界距離に近づいたころ、バギーが疑わしげに声をあげた。「キャプテン、あの、あれは……？　艦の明かりだと思います、たぶん」

近づいていくと、ダブル号が青い光で信号を送ってきた。テメレアの旗を認めたらしく、ダブル号も旗を掲げて歓迎の意を表した。艦長も上空から海賊があらわれることはまず想定していないのだろう。ローレンスはいまのダブル号の艦長が誰かを知らない。〈シューベリネスの戦い〉の惨禍のあと、英国海軍において大規模な人員の再配置が粛々と行われたからだ。

ローレンスはダブル号におりるとき、この艦が提供できる士官の数だけで頭がいっぱいだったので、いまや懐かしい英国海軍の軍艦生活のただなかにおり立ち、名前を問われてようやく、自分の危うい立場に思い至った。英国のほぼすべての士官にとって、自分はいまも有罪宣告を受けた罪人であり、国家反逆者だ。復権はまだ公式には報告されていないだろう。

「キャプテン・ウィリアム・ローレンス」と答えた。「担う竜は、テメレア」

若い士官たちに動揺が走り、ローレンスとテメレアの名をよく知らない者に説明するささやきが広がった。彼らは空を見あげ、そこに黒いシルエットとなったテメレアの姿を認めた。ダブル号の第三海尉の、容貌からすれば二十歳にも満たないと思われる青年が、ドラゴン用の巨大なはしけの用意を水兵たちに命じた。「よろしく頼む、ミスタ・ライトリー」彼はそう言うと、艦長に視線を向けた。

「キャプテン・アデア・ギャロウェイだ」艦長はローレンスと同齢くらいで、握手は求めず、ゆっくりとしゃべった。「いったい何事か説明していただく必要がありますね」

「もちろん、説明します」ローレンスは言った。「ただし、手短にさせてください。こんなお願いで恐縮なのですが、貴艦の乗組員を提供していただきたいのです。ご無理は承知しておりますが、できるだけ多くの乗組員を」ローレンスの発言が、名前を伝えたときよりも大きな衝撃として甲板に広がった。

ギャロウェイ艦長は、いっそう困惑したようだった。ローレンスは、その名前と評判をかすかに憶えていた。評判は……そう、厳格主義者――。ダブル号にもそれがあらわれていた。大西洋を渡り、いまからホーン岬を回ろうというのに、艦の塗料はつややかに輝き、真鍮はランタンのもとで温かな輝きを放っている。士官たちは晩餐会にも出席できるほどきっちりと軍服を着こなし、艦のすみずみまで静かな秩序が保たれていた。

要するに、ダブル号はかつてローレンス自身が好んだやり方で管理されていた。悲しいかな、いまのローレンスのズボンは薄汚れ、ブーツは色褪せ、リネンのシャツは黄ばんでいる。だが、こんな情けない状態でも、ギャロウェイよりも四年ほど先任であったことが有利に働いた。「なかでお話しできませんか?」ローレンスは言った。「テメレアは少しこちらで休ませてもらえれば喜びますが、できるだけ早くここを発たなくてはなりません。一刻も無駄にできないのです」

ギャロウェイ艦長は拒むわけにもいかず、艦長室にローレンスを案内すると、ドアをぴたりと閉ざした。乗組員たちは興味しんしんで、全員ではないにせよ、いまや多くの耳がドアに押し当てられているだろう。聞こえた会話は復唱されながらすぐに広がっていく。

「ギャロウェイ艦長、率直な言い方で恐縮なのですが、まず、あなたの疑いをぬぐい去っていただけませんか。わたしは昨年十一月十一日をもって復権しました。ですが、いまはわたしの個人的状況など取るに足らないことです。いま、フランスの輸送艦が二隻、リオの港に停泊していま す。その二隻をわたしたちは奪うつもりです。その任務にあたるドラゴンが十頭。ただし、拿捕した艦を動かす水夫が二百名たらずで、士官となるとひとりもいません」

テメレアは、はしけが固定されるまで、辛抱強く空中停止《ホバリング》をつづけた。それほど大きくないはしけだったので、水没させないように、腹に空気をたっぷりとためて慎重に舞いおりなければならなかった。「よし、これでだいじょうぶ」そう言うと、フリゲート艦の手すりのほうを振り向いた。手すりに並んでテメレアを見ていた水兵たちがあわてて後ずさったが、ひとりの若い士官だけは、青ざめてはいるものの、その場から動かなかった。

「感謝します」テメレアは言った。「でも、この三本目のロープをなんとかしてもらえませんか。結び目がゆるくて、いまにもほどけそうだ。ぼくの下ではしけがばらばらになるのは、いただけないからね。そうなると、ぼくが水から引きあげるしかないんだから。ところで、あなたたちの何人が、ぼくらのところに来てくれるんですか?」こらえきれずに質問した。

口ごもるだけで、誰も答えようとしなかった。やがてローレンスが艦長といっしょに甲板にあらわれた。艦長は不機嫌そうだったが、四十名の水兵と四名の士官に竜に乗りこむよう命令した。ローレンスが、カラビナと予備の搭乗ハーネスを吊り下げて士官たちに渡すように、ゲリー少年に指示した。

第三海尉のクリードから海尉候補生の十五歳のレンまで、士官たちがつぎつぎにテメレアの背に乗りこんだ。水兵たちはしぶしぶと、甲板に置かれた急ごしらえの袋に潜りこみ、それをテメレアが持ちあげて腹側ネットにおさめた。腹側ネットに入ってしまえば、水兵たちは袋から這い出し、居心地は多少悪いとしても安全に飛行することができた。

四十人も水兵が増えたんだ! テメレアは彼らを運びながら誇らしい気持ちになった。もちろん、新しく加わった彼らは、近いうちに輸送艦で仕事に就くことになる。自分の目の届くところからはいなくなるのだが、それでもこの数の多さにはかなりの達成感があった。そしてもしも輸送艦を奪えなかったら……そのときは、ほかの水兵といっしょに自分のクルーに組みこまれるはずだ。

テメレアは大いに満足し、野営に戻ると彼らをおろし、甘く熟したバナナを詰めた牛の丸焼きを平らげ、眠りについた。ところが数時間後、ドンッとひと突きされて眠りから覚めた。「いたっ」と声をあげ、片目をあける。「いったいなに？」

「眠ってる場合じゃないわよ」イスキエルカが言った。「起きて、あたしを助けなさい。ばかげたことをやめさせなきゃ。みんな、輸送艦を乗っ取るつもりなの、あたしたち抜きでね」

「なにか勘違いしてるよ」テメレアは身を起こして、あくびした。「リリーもマクシムスもそんなことは――」

「ちがう」イスキエルカがじれったそうに言った。「グランビーとローレンスのこと！」

ボートの船首にすわった海尉候補生のレンが、きわめて小さな声で時間を告げた。船尾にいるローレンスは、口の動きから言葉を読み取った。オールが静かに水に入り、なめらかな動きで水から出る。そしてまた水に潜るまで、オールはすみやかに弧を描きながら数滴のしずくを波間に落とした。ローレンスの乗るボートの左舷のすぐそばに、クリード海尉の乗るボートがあった。

彼の細い顔が緊張で蒼ざめている。乗っ取りに成功すれば、彼は否応もなく、ひとつの大役を担う。巨大輸送艦の指揮をとるという海軍の男たちが夢見る幸運が、飛躍的な出世として、二十歳の青年士官に舞いこむことになるのだ。

ただし、ボートに乗りこむとき、オディーが陰気な口ぶりで言ったことも充分に予測できる。

「キャプテン、われわれ全員が、深い海の底でおぞましい大海蛇《だいかいじゃ》の餌食《えじき》となって、命果てるやもしれませんな」

ローレンスは右舷のほうに目をやり、グランビーの乗るボートを見た。海辺の漁師から手に入れた、たらいに似たそのボートは、鎖かたびらをうずたかく積んでいた。そのすぐ先を行くのは、キャサリン・ハーコートの乗るボートだ。ローレンスは、彼女の参加を、それとなく押しとどめようとした。しかし結局、一行の全員が――名前の特定さえおぼつかない者まで含めて――どれかの船に乗りこんだ。そのなかには、信号弾を命綱のように握りしめたサイフォもいた。キャサリンは、サイフォの及び腰にさげすむような視線をちらりと送った。

グランビーのボートから後ろに目をやると、エミリー・ローランドの勇猛な輝きをたたえた目があった。ローレンスはエミリーの参加を止めようとはしなかったが、鎖かたびらを載せる二番目のボートを彼女にまかせることで自分を納得させた。その仕事に就いているかぎり、最終段階まで輸送艦の甲板にのぼることはないだろう。

小さな船団は港内を静かに進み、海面からそびえ立つ巨大な二隻の輸送艦、ポロネーズ号とマレシャル号に近づいた。頼りにできる明かりは、頭上からそそぐ月光と、背後にある街のかがり火のみだった。かがり火のもとでは、今夜もツワナの人と竜が、夜の会議を開いている。海を渡ってくる議論の声が、ボートの音よりも騒がしい。かがり火のまぶしさが見張りの目を眩《くら》ましてくれるといいのだが……。

さらに輸送艦に近づくと、クリード海尉がローレンスのほうを見て、うなずいた。彼のボートが、船団から離れてマレシャル号のほうに向かうと、ほかの何艘かもあとにつづいた。残るボートは、ポロネーズ号と横並びになった。ローレンスは望遠鏡を長く伸ばして、ポロネーズ号の甲板を偵察した。当直士官が艦尾に近い舵輪のそばで寝ており、水兵たちも後甲板の大砲のあいだで背を丸めて眠っている。檣楼《しょうろう》近くの見張りは、手で口を覆ってあくびをした。いかにも港に停泊する艦らしい、のどかな光景だった。

ローレンスは、ボートの舳先《へさき》で待機している上等水兵のイーウェルにうなずいた。イーウェルは、いささか鈍いところはあるが頑健な青年で、フック付きのロープをポロネーズ号に向かって放った。フックが舷側の手すりに当たって、カンッと音をたてる。全員が身じろぎせず、湿った空気のなかで息を潜めて待った。

警報は鳴らなかった。イーウェルが結び目を足がかりにロープをよじのぼると、腰に巻いていた五本のロープをほかのボートに向けて投げおろした。こうして、ローレンスが上にのぼるころには、見張りのいないドラゴン甲板にすでに二十名近くの味方がいて、干草ロールや樽の陰に身を潜めていた。甲板で眠っていたフランス人たちは、口にぼろ布を押しこまれ、縛りあげられている。

イーウェルとレンが、鉄菱をおさめた袋を目指して、前檣《フォアマスト》にのぼりはじめた。キャプテン・リトルとキャプテン・チェネリーもすぐにつづいた。ドラゴンに長く騎乗し空中作業に慣れた熟練飛行士にとって、帆桁の上の移動はたやすいものだった。

ローレンスが舷側から身を乗り出すと、グランビーがボートから手を振った。彼のボートは、乗っていた水兵の半分をマレシャル号に送り届け、いまは少し距離をおいてマレシャル号と舷側を並べるポロネーズ号のほうに向かってくる。いよいよこれから重要な仕事がはじまる。ボートからポロネーズ号の甲板にいる味方の水兵にロープが投げられ、手すりにかけられると、ドラゴンの装備品から供出された鎖かたびらの引きあげがはじまった。こうして鎖のネットが、ポロネーズ号の舷側に並ぶ砲門に、つぎつぎにかぶせられていった。

ローレンスはその作業を最後まで見とどけることなく体を返すと、水兵の一団を率いてドラゴン甲板の端まで行き、主甲板におりる階段の手前で立ち止まった。フランスの水兵がひとり、階段の下でだらしなく口をあけて、大いびきを掻いていた。

メイヨーが寄こした視線に、ローレンスはうなずきを返した。メイヨーと同じく水兵のトッドが裸足でそっと階段をおり、階段の裏にまわった。メイヨーがいびきを掻く水兵の口を手でふさぎ、もう一方の手で喉をつかんで押さえつけた。ローレンスには階段の踏み板の隙間から、男が驚いて白目を剝《む》き、メイヨーの大きな手に抗うようすが見えた。トッドが男の腕を背中に回して体をロープで縛り、さらに足首と膝も手ぎわよく縛りあげる。水兵は階段の柱の陰に押しやられ、行く手の障害物はなくなった。

ローレンスは忍び足で主甲板におりた。傷んで擦り切れたブーツが、こんなときには役立つ。配下の水兵が八人いることを確認し、彼らを率いて、前方昇降口に近づいた。周辺に敵はいなかった。味方の水兵が水樽のひとつを持ちあげ、どうにか昇降口の上に置いた。こうして下甲板からの出口をふさぐと、あたりのようすをうかがった。それぞれが体のどこかにピストル、ナイフ、斬りこみ刀《カトラス》などの武器を隠し持っている。

いまや主甲板のかなり先まで見通せた。不運な当直士官は若い海尉で、操舵手との立ち話にひと区切りをつけて、風下から艦首のほうに歩いてくる。ローレンスは待った。辛抱強く待った。グランビー配下の水兵たち、そして檣《マスト》の上にいる者たちが作業に費やせる時間をできるだけ稼ぎたかった。たとえ三十秒でも、いまは計り知れない価値がある。

当直士官は甲板の中央で立ち止まり、手すりから身を乗り出した。舷側を調べているようだ。

ローレンスはここにのぼってくるとき、船体の側面に大量に付着するフジツボに気づいていた。もしフジツボがこそげ落とされていたら、もっとのぼりづらくなっていたはずだ。

フランス海軍士官は背を伸ばし、鼻歌を歌いながら、ときどきそれを口笛に替えながら、ふたたび艦首のほうに歩きだした。そしてまた立ち止まり、目を細めて海のほうを見た。なにか不審なものを見つけたかのように、海岸とポロネーズ号のあいだに停泊するマレシャル号をじっと見つめている。街のかがり火の明かりが、マレシャル号の甲板にうずくまる英国海軍水兵たちの黒い影を浮かびあがらせていた。

「英国方《がた》、かかれ！」ローレンスは声をかぎりに叫んだ。若いフランス海軍士官は、情けなくも驚いてぴょんと跳びあがり、ローレンスのほうを振り向いた。しかし、剣を抜く間もなく、跳びかかってきた三人の英国水兵に、あっけなく倒された。ローレンスはなりゆきを最後まで見ることなく、艦尾昇降口に向かって走りだした。新たな八人の味方の水兵が後ろからついてきた。彼らが樽をかつぎあげ、昇降梯子をのぼってきた幾人かの顔が見えて叫びがあがるのと同時に、樽をおろして彼らの出口をふさいだ。

「警報《アラム》！　警報《アラム》！」檣楼にいる見張りの少年が叫び、甲板の水兵たちが目を覚まして跳ね起きたところに、剣やナイフが襲いかかった。しかし、身長六フィート半を越える、熊のような太い腕を持つ大男のフランス水兵が、攻撃をものともせずに立ちあがり、元アリージャンス号の水兵が振りおろすカトラスをかわし、甲板に置かれた箱のひとつから両手で砲弾を持ちあげ、振り返って英国水兵に振りおろした。砲弾は血と脳漿《のうしょう》の轍《わだち》を残して転がった。フランスの大男は奪ったカトラスを片手にかまえ、大砲を乗り越え、別の英国水兵に斬《き》りかかった。

ローレンスは、昇降口をふさいだ水樽を背にしていた。昇降梯子から出ようとする者たちがドンドンと出口を叩く音とともに水樽が振動する。甲板にいたフランス水兵たちもこちらに向かって駆けてくる。ローレンスは二挺のピストルを放った。ひとりが倒れ、もうひとりは腕を負傷した。

すぐに剣を斬り結ぶ激しい接近戦になった。ローレンスはひとりの水兵の腹をブーツのかかとで蹴り倒し、別の水兵に斬りつけた。だがその男は、ローレンスの剣を持つほうの腕にしがみついてきた。男の頬から血がほとばしり、軍服の袖が血に染まる。ローレンスは剣の柄《つか》を握りしめたまま、こぶしで男の顔を殴りつけた。

男は腕にしがみついたまま、ローレンスを道連れに甲板に倒れた。そこに、あの大男のフランス水兵が突進してきた。ローレンスが腕を振りほどこうともがいているところに、高い構えからカトラスが振りおろされる。カトラスの刃は闇のなかでただの影となり、黒い斑点《はんてん》のようなわずかな錆だけ見えた。ローレンスは頭を守ろうとして、とっさに腕をあげた。が、つぎの瞬間、大男がどさっと崩れ落ちた。死んだ人間の重みがローレンスを押しつぶそうとする。

死体を懸命に持ちあげ、這い出し、振り返ってぎょっとした。ゴン・スーが細長いナイフを大男の腋《わき》から引き抜いていた。鋭利な刃ゆえに血はほとんどついていない。刃の青白く冷たい金属の輝きが、ゴン・スーの顔を奇妙な灰色に染めていた。そのとき、頭上からシューッと音が聞こえた。信号弾が空に打ちあげられた音だった。

信号はマレシャル号でも戦闘がはじまったことを告げていた。こちらのポロネーズ号の戦いはマレシャル号より先にはじまっており、これからの十分で——もしかしたらもっと短い時間で——この作戦行動の成否が決まる。もし二隻の輸送艦の甲板を制圧できなかったら、あるいはフリゲート艦がすでに気づいて艦載艇をおろしていたら——悪い予感が駆け抜けた。

そのとき突然、テメレアの咆吼が聞こえた。まるで世界が粉々に砕けるかのような強烈な響きは、間違いなくテメレアのものだった。波が騒ぎ、巨大なポロネーズ号さえ揺れていた。海を渡って警告の叫びが聞こえ、雹《ひょう》が降るような音がした。もし、雹のひとつひとつが人間の頭ほどの大きさの石だったとしたら、こんな音になるにちがいない。すぐにそれは、英国ドラゴンたちがフリゲート艦に搭載されたガン・ボートを狙って、大量の石を投下している音だとわかった。

しかしローレンスに、石が命中しているかどうかまで闇のなかで確かめる余裕はなかった。背後にある昇降口に置かれた水樽から、急に光が洩れてきた。下にいる者たちが、樽底の板を壊して水を抜き、軽くなった樽を押しのけて、甲板に出ようとしている。「ウェスケット、樽を押さえろ！」ローレンスは水兵のひとりに叫び、押し寄せてくるフランス水兵から彼を守るために背後についた。

テメレアがドラゴン甲板におり立ち、ポロネーズ号がふたたび揺れた。テメレアは後ろ足立ちになって、檣《マスト》のフランス国旗を引き裂き、ふたたび吼えた。英国海軍の水兵でさえ、その咆吼に恐れをなして甲板に突っ伏した。ドゥルシアがポロネーズ号の主甲板に急降下し、どうにか左舷の手すりの脇に着地した。着陸するとすぐさま、彼女は甲板にいるフランス水兵をつまみあげ、海に放り投げる仕事を開始した。


「ローレンス！」テメレアは不安に駆られて叫び、ローレンスをさがした。そして、ポロネーズ号の甲板の端、艦尾昇降口に近い場所でフランス兵に囲まれているローレンスを発見した。フランス兵の多くが甲板に伏しているが、なぜそうなったのかはテメレアの場所から確かめようがない。テメレアは、フンッと鼻を鳴らした。来るなとか撤退しろとか、もういちいち指図されるのはたくさんだ。「ドゥルシア！」と呼びかけた。「ローレンスの面倒を見といて！　ぼくはまた戻らなきゃ。あと四隻のフリゲート艦が残ってる」

「了解。チェネリーはどこ？」ドゥルシアが叫び返し、艦の上を通過しながら、立ちあがってローレンスに近づこうとするふたりのフランス兵をくわえて、海に放りこんだ。

「チェネリーならここにいる。帆桁の上だ」テメレアは下をちらりと見おろして答えた。「きみのところに連れていこうか?」

「自分の足で甲板を歩いていくからだいじょうぶだ!」チェネリーが叫び、頭上を見あげて、ひたいの汗をぬぐった。「それより鉄菱の袋を持っていって、ぶちまけてくれ」

「ふふん、使えそうだな」テメレアは、チェネリーとリトルが帆桁からはずした大きな袋をつかむと、ポロネーズ号への砲撃のチャンスを狙っているフリゲート艦まで飛んでいき、「イスキエルカ!」と呼んだ。

「あたしは忙しいのっ!」イスキエルカが別のフリゲート艦の上空で旋回しながら叫び返した。風下から艦の艤装《ぎそう》を軽く炙りながら、旗を寄こせと脅しているのだ。

「よくも言えたな。拿捕賞金を稼ごうと証拠品を集めてるだけなのに」テメレアは言った。「きみもよくわかってるだろうけど、狙いは二隻の輸送艦を奪うことだけ。ぼくらの目標は、輸送艦が降伏するまでフリゲート艦の攻撃を阻止することだ。さあ、こいつを投下する前に、火で炙ってくれ」

「ははん、お安いご用。あとできみが、この艦にフランス語で降伏を呼びかけてくれるならね。あたしが言っても、ちっともわかってくれない」彼女はそう言うと、テメレアのほうに飛んできた。テメレアが鉄菱の袋を開き、イスキエルカが宙で火焔を噴いた。鉄菱は棘の先端が半ば熔《と》けた状態で、フリゲート艦の甲板に、積載するガン・ボートに、檣《マスト》に落下した。テメレアは空中停止《ホバリング》しながらそれを見おろし、大いに満足した。乗組員たちが煙をあげる鉄の雨から逃れようと海に飛びこんでしまったので、もうガン・ボートを使用するのは無理だろう。

だが、テメレアははっとして視線をあげた。もう一隻の輸送艦、マレシャル号から咆吼が聞こえた。が、つぎにとどろいたのは、ドラゴンの咆吼ではなく砲撃音だった。そのあとに、マクシムスの苦悶の叫びがつづいた。

テメレアは速度をあげた。石の雨を降らせて使い物にならなくしたと思っていたフリゲート艦の一隻が、いつの間にかマレシャル号のドラゴン甲板に舷側砲を向け、マクシムスが鉄菱の袋を受け取るために降下するまで、砲撃を控えていた。マクシムスが完全に射程に入ったところで、フリゲート艦は片舷斉射《かたげんせいしゃ》したのだ。

マクシムスの片翼が裂け、切られた帆のように翼の薄膜がだらりとさがった。肩、尻、脇腹からも赤黒い血が噴き出した。マレシャル号の前檣《フォアマスト》が砕け、飛び散った木片が、ヤマアラシの棘のようにマクシムスの頭や首から突き立っている。マクシムスは両眼をきつくつぶり、宙で首を前後に激しく振った。そのあいだにも、フリゲート艦は着実に砲弾を再装塡している。

だがテメレアより早く、リリーが反撃に出た。彼女は急降下し、フリゲート艦の甲板のふちに沿って、強酸を噴射した。そこはマレシャル号と向き合う舷側の真上だったので、強酸の飛沫が砲列甲板まで飛び散り、砲手たちを襲い、白い煙とともに悲鳴があがった。テメレアも急降下し、海に向かってすさまじい咆吼を放った。咆吼が生んだ高さ二十フィートのうねりに、フリゲート艦がさらわれた。二回目の砲撃はばらばらになり、砲弾はマレシャル号の竜骨《キール》の十ヤード手前で落ちた。

「思い知ったか！」テメレアは勝ち誇って叫んだ。が、つぎの瞬間には、テメレア自身が震えて叫び、海に落ちそうになっていた。

翼の関節に焼かれるような痛みが走った。羽ばたくたびに苦痛が増した。あえぎながら、ふたたび叫んだ。クルンギルが横に飛びこみ、テメレアの体重を下から支えた。テメレアには、自分が降下していくのが、マレシャル号のドラゴン甲板に近づき、マクシムスの横に着陸するのがわかった。

「だけど、ローレンスがまだ……」テメレアは苦しい息で言った。「ローレンス……」

「弾《たま》はめりこんではいない」マクシムスの竜医、ゲイターズが言った。彼は両腕を肩まで血に染めて忙しく働いていた。「だから、きみはここでじっとしていてくれ。いずれ、わたしたちの誰かが戻ってきて、きみを診《み》る。おいおい、それじゃだめだ！」最後は臨時の助手として傷の止血を手伝っている若い士官見習いに怒鳴った。「帆布をもっと詰めこめ。必要なら、その上に立て」

「みんなが戦ってるときに、じっとしてるなんていやだよ」テメレアは竜医に言い返し、試しに首を曲げて傷を確かめようとした。たぶん、そんなにひどい傷じゃない。だからもしかしたら——「あいたっ！」首を回すだけで、痛みが走った。砲弾の棘が肉を裂く感触がよみがえる。

「ねえ、マクシムス。きみの傷はひどいの？」

「縫い合わせれば、もとどおり」マクシムスがうめきながら答えた。「あんな声で叫ぶんじゃなかった。不意打ちをくらって、驚いただけさ」

「おまえ、止血しなきゃ、一時間で死ぬぞ。だから目を閉じて黙ってろ。いいな」ゲイターズが憤然として言った。「あの火噴きはどこにいる？　なんでこんなときにいない？　傷を焼灼しなきゃならないっていうのに。この弾を取り出したらすぐに——」

「あう」マクシムスが声をあげた。テメレアは友を思って、それを泣き言とは見なさなかった。ゲイターズがマクシムスの脇腹に頭を寄せ、大きな鉄の砲弾を両手で傷口から引きずり出し、彼自身もフッと息をついて痛みをこらえた。砲弾はまだ熱かった。彼はそれを甲板に落とし、足で隅に転がした。

イスキエルカが呼び出し信号に応えて舞いおり、ゲイターズがトングにはさんで差し出した鉄の棒に炎を噴きつけた。それを見て、マクシムスが叫んだ。今度ばかりは、テメレアがどんなに贔屓目《ひいきめ》に見たとしても、悲鳴以外のなにものでもなかった。焼けた鉄棒が、すでに腸線で縫い合わされた傷口に押しつけられ、ジュッと音があがった。

傷の焼灼が行われているときも、マレシャル号は砲撃音とともに揺れていた。テメレアは、ローレンスがまだ戦っているポロネーズ号を不安な気持ちで見つめた。クリード空尉とその部下も、このマレシャル号の下層甲板に六百人近いフランス兵を閉じこめている。砲列甲板にいるフランスの砲手たちは、英国兵を狙ってポロネーズ号の甲板に狙いを定めていた。

だが、グランビーとエミリーが、それぞれの小隊を率いて、みごとに任務をやり遂げていた。彼らが鎖かたびらで輸送艦の舷側を覆ったおかげで、砲弾は発射しても勢いをそがれ、片っ端から海に落ちていた。かろうじて二発がポロネーズ号まで届き、ドラゴン甲板の一部を破壊した。

バークリーがマクシムスの頭のそばから立ちあがり、重い足取りで主甲板におり、籠手《ガントレット》をはめた大きなこぶしを、ふさいだ前方昇降梯子のそばの厚板に打ちおろした。「艦長、そこにいるか？上甲板は制圧した。きみも承知だろうが、配下の者の戦う気力は尽きた。降伏したまえ。でなければ、全員を上にあげて、ドラゴンがボーリングのピンのようにきみたちを海にはじき飛ばすのを見物してやるぞ。もうこれで終わりにしよう」

19　正体を明かす者

「キャプテン、あなたがやり遂げたことを軽んじようとはこれっぽっちも思っていません」ハモンドが、岬から二隻の輸送艦を眺めながら、ローレンスに言った。輸送艦は英国旗をたなびかせ、それぞれに二頭と三頭のドラゴンを乗せていた。残りのドラゴンは、時をへてふたたび結びついた一族を祖国まで送り届ける艦《ふね》を心配そうに見守っている。あるいは、アフリカまでの六週間の船旅を支える穀物や干し肉を運び入れている。二隻の輸送艦に乗って人々がたどり着くのは、彼らの多くがかつて奴隷として送り出され、いまはツワナ軍の襲撃によって打ち壊されたルアンダの港だろう。

「ええ、これっぽっちも」ハモンドは陰鬱な声で繰り返した。英国輸送艦ポテンテート号の帆影も沖合に小さく見える。日没前には港に到着し、ポーツマス港に帰るための準備をはじめるはずだ。だがハモンドにとって、帰国はかならずしも喜ばしいことではないらしい。

ポルトガル大使によるハモンドに関する本国への報告が、彼の益となることはまず望めなかった。良くて、影響力のない無能な人物、悪ければ、ローレンスの反逆行為にあえて目をつぶった要注意人物と見なされる。どちらかと言えば、後者になる可能性が高かった。そこでハモンドは失点回復をはかった。英国がフランスから二隻の輸送艦を奪取したあと、彼は交渉の場でポルトガル王室内から支持を得られるように全力を注ぎ、結果として、しぶしぶながらもポルトガル側に奴隷の解放と希望者の帰還を納得させた。

しかし、その成功が、彼自身が背負うかもしれない悪評を塗り替えることには期待していなかった。輸送艦の奪取は海軍省には目眩《めくら》ましになるかもしれないが、インカ帝国に関する衝撃的な新情報を得た外務省には見向きもされないだろう。彼らにとって重要なのは、またも大国が、みずから望んで、ナポレオンと同盟関係を結んだこと、それによって英国が孤立への道を歩むかもしれないということだ。

「で、わたしはあのドラゴンをどうすればいいんでしょう？　彼女はわたしのものではない、と言うのは簡単ですが、彼女がしつこくわたしを追ってくるなら、わたしのものも同然になってしまう。この件について、どのドラゴンもわたしに同情しないし、彼女を追い払ってくれません」ハモンドはいささか憤慨したようすで言った。実際、チュルキのハモンドへの愛着はもはや執念に近かった。彼がわざとつらく当たっても、彼女はまるでやんちゃな子を余裕しゃくしゃくであしらう親のように対応した。

「まさか海を越えて追いかけてはこないだろう」チェネリーが言った。

「そうでしょうか?」ハモンドが苦々しげに返す。「彼女がテメレアに相談するのを、偶然聞いてしまいました。牡牛をたくさん渡すから、それを船賃として輸送艦に乗せろと言っていましたよ。艦に乗せたが最後、彼女をおろせるとは思えませんね」

「でもね、ローレンス」ハモンドの苦境についてローレンスが話すと、テメレアは言った。「どうしてチュルキがぼくらといっしょに英国に来るのがまずいのか、ぼくにはわからないな。あなたはいつも言ってたよね。海軍省はつねに新しい戦闘竜を求めてるって。チュルキはインカ帝国軍の将校だった竜だよ。戦い方を知らないわけじゃない。クルーをつけてくれたら戦うつもりだって、彼女自身が約束してくれたよ」

「愛しいテメレア、彼女はわが英国とは敵対する帝国の臣民だ」ローレンスは言った。「もしわたしたちに協力したら、彼女は国家の裏切り者になる。協力しなければ、われわれの敵だ」

「ぼくには裏切りとは思えない」テメレアが反論した。「だって、チュルキは仲間のインカ竜と戦うわけじゃない。戦うとしたらフランスだ。**サパ・インカ**がナポレオンと結婚するのは、彼をインカの皇帝にするためじゃないって、チュルキが言ってたよ」テメレアはさらに言った。「彼女をのけ者にするような失礼なまねは、ぼくにはできないよ。場所ふさぎになるほど大きくないし、メッソリアを除けば、ぼくらみんなよりも年上なんだから」

「お気の毒だが、彼女から逃れるのは無理かもしれない」ローレンスは海岸のテントで、自分の衣類箱《シーチェスト》の荷詰めを監督しながら、ハモンドに言った。ゲリー少年はあまり器用ではなく、結局、箱に入れる前に服をひとつひとつローレンス自身がたたまなければならなかった。「あなたにつきまとわないように彼女を説得できる誰かが見つからないかぎりは——。あなたさえ承諾するなら、航空隊士官のなかには喜んであなたに代わって彼女の愛情を受け入れたい者が何人もいるのだが……」

「一も二もなく承諾しますよ」ハモンドが言った。「ですが、それが解決策になるとは思えませんね。彼女が移り気な性格なら、インカ帝国に残っていたでしょう。それにきっとインカ式に、彼女は求められればすべて受け入れます。つまり、わたしを手放さず、来る者は拒まず、ぜんぶ自分のものと見なすでしょう。英国に来たとしても、身を潜めているように彼女を説得できれば幸運なほうです。彼女のことだから、わたしのあとについてロンドンの繁華街を闊歩《かっぽ》することにもなりかねない。あ、そうだ。彼女にちょっとずつ毒を盛るっていうのはどうでしょうね？」ハモンドは腹黒い一面をのぞかせ、テントにちょうど首を突っこんだ料理人のゴン・スーに尋ねた。

「食糧のことで、なにかわたしに用が？」ローレンスは尋ねた。

「いいえ、キャプテン」ゴン・スーが答えた。「ミスタ・ハモンド、あなたのお望み、かなえられません。ですが、別のいい方法あります。チュルキがあなたといっしょに中国に行くなら、ぜんぜん問題ない」

「ははぁ、わたしがふたたび中国に赴任することはないでしょう」ハモンドが言った。「英国に戻ったら地方に飛ばされますよ、未来のポストを漠然と約束されて。だがそれは実現しない——いや、ドム・ソアリス・ダ・カマラが海軍省委員会に訴えて、わたしを法廷に引きずり出したらどうなるんだろう。そればかりは無視できないから——」

「失礼」ゴン・スーが、ハモンドのとりとめのない独白をさえぎった。「あなたは英国に戻る必要ありません。中国に行けばよいのです」

「なんだって？」ハモンドが、ゴン・スーをまじまじと見つめた。

「もちろん、あなたもです、キャプテン」ゴン・スーはそう言って一礼した。「そして、龍天翔《ロン・ティエン・シエン》も。謹んでご招待申しあげます」

ローレンスは、ふだんは控えめな人物が、まるでポテンテート号を意のままにできる立場にあるかのような厚かましい提案をしたことに驚いた。だが、もしかしたら、ゴン・スーは彼の祖国に帰りたいのかもしれない。それなら納得がいく。ローレンスが中国から離れて、すでに五年がたっていた。「マデイラ島かどこかで、広東《カントン》行きの商船に乗り継げるだろう。もしきみが帰国したいなら、旅費はこちらで——」

だが、ゴン・スーは首を横に振った。

「これは、ちっぽけなわたしごときには関係ないこと。わたしのお仕えする高貴なお方は、この世界の果てに起きるさまざまな出来事に興味をお持ちです。そして、あなたとより親密に話し合う機会をお望みです。あなたのやんごとなき兄上、〝天の使い《セレスチャル》の玉座〟を司る畏《おそ》れ多き陛下の太《たい》子《し》たるそのお方は、時が満ちたとわたしが判断したとき、あなたを中国にご招待できる栄誉をわたしに授けてくださいました。これもまた、その方の先見の明と知恵のなせる業《わざ》」

ゴン・スーはそう言うと、油布の包みを取り出した。包みからあらわれたのは、細く折りたたまれた書状だった。一拍置いて、ローレンスは気づいた。それは、オーストラリアにいたとき、中国の伝令竜ロン・シェン・リーが運んできた手紙だった。そう、オーストラリアを発つ直前だった。ゴン・スー宛てのその包みを、ローレンスは彼の家族から送られてきたものだとばかり思っていた。みごとな赤の封印があり、中国の漢字が書きこまれた封印も包み紙のあちこちに貼られていたのを思い出す。

ゴン・スーは書状を両手でささげ持ち、ローレンスに差し出した。

「わたしの兄？　なんだって？」ローレンスは面食らって言った。「それは、ミエンニン皇太子のことか？　きみが仕えるお方？　どういうことなんだ？」ローレンスははっとして、これ以上みっともない乱れ言《ごと》を垂れ流さないように唇を結んだ。いまのいままで、ゴン・スーは自分の雇った料理人だと思いこんでいた。だまされていたことに怒りを覚えた。なんと厚かましいやり口か、なんとぬけぬけと正体を偽り……。

「彼はスパイではありませんよ」ハモンドがローレンスを引きずるようにテントの隅に連れていき、声を低くして言った。「まったくスパイではありませんよ、キャプテン。彼のことをそんなふうに考えてはいけない。彼は――」言葉をさがすように手をぐるぐる回して、「彼はあなたに仕えることを命じられたのです」

「仕えることを命じられた?」ローレンスはハモンドをじろりと見た。「ミスタ・ハモンド、あの男はスパイ以外の何者でもない。そうでなければいったいなんだ。わたしのやることなすことを逐一《ちくいち》報告し、いっときは、わたしの父親の家にもいた! 他国の権力に仕えながら――」

「あなたのご親族に仕えたのです。あなたのご親族にはその権利がある」ハモンドはゴン・スーにも劣らぬ厚かましさで言ったが、これでは説得できないと悟ったのか、急いで軌道修正した。「もちろん、彼の国の政府にも仕えています。第一の忠誠を捧げる対象ですから。ですが、いずれにせよ」勢いこんでつづけた。「いずれにせよ、これは最大限に重要視すべき事態です――ミエンニン皇太子がわれわれを正式に招待しているのなら」

「ミエンニン皇太子から招待されたわけじゃない」ローレンスは言った。「ただ仮定として示されただけだ。そして招待するかどうかの判断を、あの――」

「――皇帝の継嗣《けいし》に仕える者に託したのです」ハモンドはここぞとばかりに声を大きくした。

「そのような権限を与えるにふさわしい高潔さと判断力をあわせもった信頼のおけるこちらの人物に。キャプテン、皇太子が中国にわれわれを招待する目的はひとつしか考えられません。彼らは、同盟の締結について話し合いたいのです」

「どうして、そんな結論に至るんだ？　なんの裏付けもなく。中国がそんな兆候を見せてもいないのに」

「この五年間、わたしが中国外交に骨を折ってきたからですよ、キャプテン。彼らに目的がないことなどありえません。中国がわが英国に門戸を開かないとしても、軟化はしてはいます」

「軟化から一気に同盟締結か？」ローレンスは言った。

「あのう、よろしいですか」ゴン・スーがおずおずと言った。ローレンスとハモンドの声の大きさは内輪の会話の域を超えていた。これまで会話するとき、よほどの個人的な話を除いて、自分の話すことが、ただの噂好きの好奇心を超える関心にさらされているなどとは考えてみたこともなかったのだが。

「わたしごときに、わが主人の動機や、招待の目的について、推測することなどできるわけがありません！　ですが、昨今、世界の均衡と秩序を悪いほうに変える恐ろしい出来事がつぎつぎ起きるにつけ、いよいよ明かさなければならないときが来たと思ってました。ですから、こう言わせていただくしかありません。どうか急ぎ、ミエンニン皇太子のご招待を受けてください。それが皇帝陛下の子たるあなたの務めです」

「ふふん、ローレンス、すばらしいじゃない！」テメレアが言った。「もちろん、行かなくちゃ。マクシムスとリリーに中国を見せたくてたまらないよ。ドラゴン戦隊のみんなにもね。まさか、ゴン・スーがそれをぜんぶ手配してくれるなんて、想像してみたこともなかったなあ」

「まったくだ」ローレンスは、新たに湧いてくる憤りを呑みこんで言った。裏切られたという最初の怒りの熱が冷めたあとは、ハモンドの説得にそう長くは持ちこたえていられなかった。ゴン・スーの主張は――皇帝の息子への礼儀として直言を避けるという配慮はあったにせよ――筋が通っていた。ゴン・スーを嘘つきで信用ならない男と決めつけられたらどんなにいいかと思ったが、無理だった。皇族に仕える身でありながら、故郷も家族も捨てて下僕《げぼく》の地位を受け入れ、戦火をくぐり抜け、五大陸を渡り、何年ものあいだ働きつづけてきた男の忠義を疑うことはできなかった。

テメレアが、いささか心配そうに、ローレンスをのぞきこみ、「ぼくの願いは……」とためらいがちに切り出した。「まっすぐに英国に帰らないことを、あなたが気に病まないでいてくれること。中国に行ってもいいかな？　リリーから聞いた話では、いまは戦況が動いてないそうだよ。ナポレオンは、国に戻るまで長い航海をつづけるだろうし。ポテンテート号のブレイズ艦長は、この状況でぼくらが中国に行くことがどんなに重要か、きっとわかってくれると思うな」最後の点に関して、ローレンスには確信が持てなかった。「皇帝ではなく皇太子から招待されているだけなのだから、なんとも言えないな。中国までたどり着いても、そこから先がうまくいくかどうかはわからない」ローレンスは真顔で言った。「だが、挑戦しないわけにはいかない。それは納得している。中国と同盟関係を結べるなら、ナポレオンにしぶとく立ち向かうための唯一の希望になるかもしれない。だがもしかしたら、陸路をはるか北へ、ベーリング海峡まで進まなければならない事態もありうる。わたしには、ブレイズ艦長がわたしたちの頼みを聞き入れて、ポテンテート号を中国に立ち寄らせてくれるだろうと言いきる自信はないんだ。彼は、ライリーじゃないからな」

ローレンスははっと口をつぐみ、低い声で繰り返した。「彼は、ライリーじゃない」湧いてくる無念をもう一度呑みこんだ。友人を喪《うしな》っただけではなかった。心から頼れる男を、かけがけのない宝を喪ったのだ。

「うん、ライリーじゃない」テメレアはそう答えると、頭を低くおろし、慰めるように鼻先をローレンスの背中にそっと押しあてた。

謝辞

ベータ・リーダーのジョージーナ・パターソンとヴァネッサ・レンとレイチェル・バレンブラットに、卓越した意見をもって数かぎりない方法でこのシリーズを向上させてくれるN・K・ジェミシン（もし彼女の小説を未読なら、『空の都の神々は』〔The Hundred Thousand Kingdoms　佐田千織訳　ハヤカワ文庫〕をすぐに手に取ってほしい）に多大なる感謝を捧げる。

わたしの優秀なるエージェントのシンシア・マンソンに感謝する――とりわけ、わたしとテメレアを比類なき編集者のベッツィー・ミッチェルに引き合わせてくれたことに。ミッチェルの情熱と励ましがあったからこそ、一個の竜の卵を獲得したリライアント号の甲板に飛びこんだときにはおぼろにしか見えていなかった、ローレンスとテメレアの冒険物語に数かぎりない改良が加わり、大きな広がりが生まれた。

わたしの作品のつねに最初の、最良にしてもっとも厳しい読者であるチャールズに、そしてわたしたちの幼い娘、この本のあらゆる段階であらゆる知恵を絞ってじゃましてくれたエヴィデンスに、ありったけの愛と感謝を捧げる。

訳者あとがき

十九世紀初頭、ナポレオン戦争の時代に、もしドラゴンがいて空中戦を展開していたら、世界史はどう変わっていただろう？　そんな斬新な着想から生まれ、ナオミ・ノヴィクが書き継いできた歴史改変ファンタジー「テメレア戦記」シリーズ（The Temeraire Series）は、この第七話『黄金のるつぼ』（Crucible of Gold）をもって、物語の舞台をさらに大きく新世界へと広げた。今回、主人公ウィリアム・ローレンスと相棒の竜テメレアが目指すのは、南米大陸だ。

これまでの物語のなかで、北米大陸に関する噂はたびたび聞こえてきたのだが、南米大陸については、ほとんどわかっていなかった。ところが第六話『大海蛇《だいかいじゃ》の舌』（Tongues of Serpents）でようやく、ジェーン・ローランド空将の手紙から、この物語世界における南米の様相が、うっすらとだが浮かびあがってきた。それによると、かの大陸にはインカ帝国が存続しているらしい。奴隷貿易の根絶を求めるアフリカのツワナ王国が、かつて奴隷として南米に送りこまれた同胞を取り返そうと、ドラゴン軍団をポルトガルの植民地であるブラジルに送りこんでいるらしい。しかも、そのツワナ軍の侵攻にひと役買っているのが、世界支配をもくろむフランス皇帝、ナポレオンだというのだ。

そこで、ポルトガルを味方につけたい英国政府が、荒ぶるツワナ軍を鎮める役割として目を付けたのが、かつてアフリカ奥地のツワナ王国を訪れた経験を持つウィリアム・ローレンスとテメレアだった。しかし、彼らはオーストラリアに流罪になり、軍役を離れて隠遁《いんとん》している。かくして、異才の外交官アーサー・ハモンドが、赴任先の中国からオーストラリア大陸の奥地まで、彼らを引きずり出しにやってきた。ハモンドが不慣れなドラゴンに乗って〝緑の谷間〟にたどり着くプロローグは、いかにも冒険ファンタジーの幕開けにふさわしく、のっけから読む者をわくわくさせてくれる。

第二話『翡翠《ひすい》の玉座』(Throne of Jade) で、テメレアとローレンスの中国行きに同行した若き外交官ハモンドは、その後、英国と中国の和平協定を締結させようと骨を折ってきた。読者に忘れさせまいとする配慮からか、シリーズを通して風の便りに〝ミスタ・ハモンド〟の名が時折聞こえてきたものだ。仕事熱心で一本気だが、ときに厚かましく鬱陶《うっとう》しくもあるハモンドのことを、本書の冒頭の名を見て、なつかしく思い出された方も少なくないのではないだろうか。

『黄金のるつぼ』には、ハモンドのみならず、テメレアとローレンスにとってなつかしい仲間たちがふたたび集まっている。シリーズはこのあと、鎖国時代の日本も舞台の一部となる第八話『暴君の血』(Blood of Tyrants) をへて、第九話『ドラゴン同盟』(League of Dragons) で完結するのだが、ドラゴンが人間と共生するパラレル・ワールドにおけるナポレオン戦争の終結に向けて、この七話あたりから役者たちが徐々に顔をそろえ、いくつかの重要な布石も敷かれはじめている。それと同時に、虚実入り乱れるストーリーは、さらに虚の成分を増して、現実の歴史と距離をぐんと大きくあけた。なにしろ、史実においては一六世紀半ばにスペインの征服者《コンキスタドール》によって滅ぼされたインカ帝国が存続しているのだから、ネルソン提督が〈トラファルガーの海戦〉で戦死したか生き延びたかどころの話ではないと言える。

この物語のなかのインカ帝国は、コルテスとピサロに侵略され、皇帝アタワルパが惨殺された一五三三年以降も――現実のようにスペインの傀儡《かいらい》皇帝のもとで滅亡に至ることなく――疫病による人間の不足という問題をかかえつつも国力を盛り返し、ナポレオンが放っておかないほどの空軍力を持つに至っている。もちろん、そのようなもうひとつの世界史を生み出す原動力は、その土地に棲みつづけてきたドラゴンたちにある。

一方、ブラジルは一六世紀以降ポルトガルの植民地となり、アフリカから多くの黒人奴隷が農園や鉱山の労働力として送りこまれてきた。そして、ナポレオン軍がポルトガルに攻め入ると、ポルトガル王室は首都リスボンから逃れ、リオデジャネイロに遷都した。このあたりは史実をそのまま取りこみ、女王マリア一世の摂政を務めたジョアン皇太子（のちのジョアン六世）を登場させている。もちろん、この世界には竜がいるので、遷都したあとも事態はますます混迷を深めるのだけれど……。

さて、舞台は南米大陸と先に書いたが、テメレア一行にとっては、そこにたどり着くまでが苦難の連続だ。巨大なドラゴン輸送艦アリージャンス号は、テメレアと火噴きのイスキエルカと超重量級のクルンギルを乗せて、熟練の船乗りも恐れる〝吠える四十度《ロアリング・フォーティーズ》〟を進んでいく。待ち受けるのは嵐だけではない。一難去ってまた一難。そんななかで、かつて英国艦艦長だったローレンスの経験が大いに生きてくる。また第一話『気高き王家の翼』（His Majesty's Dragon）で砂色の髪の〝少年〟として登場し、テメレアのクルーとして奮闘してきたエミリー・ローランドの成長が著しい。また、わがままで気まぐれなイスキエルカが、一本芯の通った性格をのぞかせる。第七話では降りかかる苦難のなかで、おなじみの脇役たちにも、つぎつぎにスポットライトが当たっていく。それもまた、この物語を読み継いできたわたしたちの楽しみのひとつになっている。

「テメレア戦記」の第七話をこうして日本語の読者にお届けできることが、とてもうれしい。本シリーズの原著は二〇一六年に第九話で完結したが、日本語版は第六話『大海蛇の舌』から先の刊行が途絶え、残る三話が未訳のままになっていた。どうなってしまうのかと問われることもあったが、原著の版権取得という翻訳以前の手続きが進まないことには、一介の訳者としてできることに限界があった。それでも、あきらめきれずに全巻のあらすじと読みどころをまとめた企画書を携えて働きかけをつづけていたところ、二〇二一年にやっと道が拓け、絶版になっていた

第六話までが静山社文庫版で復刊され、第七話以降の未訳作品も刊行できることになった。本シリーズのつづきを待ち望む読者のみなさんの熱い声が、復刊と続刊の大きな決め手のひとつになったことを、ここで感謝を込めてお伝えしておきたい。

第六話までの文庫化にあたっては旧刊の訳文を改めて読み直し、改訂を加えた。そのなかでもっとも大きな変更は、旧刊では「空軍」と訳していたAerial Corpsを、新刊では「航空隊」と変えたことだ。英国のドラゴン軍団は海軍省の指揮下にあり、それがさまざまなかたちでローレンスとテメレアを翻弄するため、「海軍」とは並列的でない訳語のほうがふさわしいと考え直した。どうかご承知おきください。

本作品でも、海事および英国海軍に関わる事柄について、歴史海洋冒険小説をこよなく愛し、この分野に深い造詣を持つ葉山逗子さんにチェックをお願いした。精確さを期すことによって物語の世界に厚みや深みももたらす、貴重な助言をたくさんいただいたことに感謝している。ただし訳文の最終的な責任が訳者にあることも申し添えておきたい。本シリーズの日本語版復活への道を拓いてくださった元静山社編集者の小宮山民人さん、担当編集者の足立桃子さん、校閲の桂由貴さん、ブックデザインの藤田知子さんにも心から感謝いたします。

そして最後になりますが、「テメレア戦記」シリーズのつづきを待ちつづけ、続刊を望む声をあげてくださった読者のみなさん、あらためまして、ほんとうにありがとうございました。つぎの第八話『暴君の血』は、シリーズのなかでもっとも長い作品ですが、これまでのようにお待たせすることはありません。どうか最後まで、ローレンスとテメレアの冒険を見守りつづけてください。

二〇二三年三月

那波かおり

【著者】
ナオミ・ノヴィク Naomi Novik
1973年ニューヨーク生まれ。ポーランド移民の二世として、ポーランド民話に親しんで育つ。ブラウン大学で英文学を学んだ後、コロンビア大学でコンピューター・サイエンスを学び、『ネヴァーウィンター・ナイツ』などのRPGゲームの開発に携わる。2006年『テメレア戦記1　気高き王家の翼』で作家デビュー。ジョン・W・キャンベル新人賞(現アスタウンディング新人賞)や、コンプトン・クルック新人賞を受賞。また、ヒューゴー賞にもノミネートされ、『テメレア戦記』はその後ベストセラー・シリーズとなった。他の作品に『ドラゴンの塔』『銀をつむぐ者』「死のエデュケーション」シリーズなどがある。現在、夫と娘とともにニューヨーク市に暮らす。

【訳者】
那波かおり Kaori Nawa
翻訳家。上智大学文学部卒。主な訳書にナオミ・ノヴィク『ドラゴンの塔』『銀をつむぐ者』「テメレア戦記」シリーズ(静山社)、ダニエル・アレン『マイケル・Aの悲劇』(筑摩書房)、エリザベス・ギルバート『女たちのニューヨーク』『食べて、祈って、恋をして』(早川書房)などがある。

テメレア戦記7　黄金のるつぼ

著者　ナオミ・ノヴィク
訳者　那波かおり

2023年5月10日　第1刷発行

発行者　松岡佑子
発行所　株式会社静山社
〒102-0073　東京都千代田区九段北1-15-15
電話・営業　03-5210-7221
https://www.sayzansha.com

ブックデザイン　藤田知子
組版・本文デザイン　アジュール
印刷・製本　中央精版印刷株式会社

Published by Say-zan-sha Publications, Ltd.
ISBN978-4-86389-744-1 Printed in Japan